KB068229

마지막 별

일러두기

- 《마지막 별》은 《제5침공》의 세 번째 책입니다.
- 본문의 각주는 모두 옮긴이의 것입니다.
- 본문의 고딕 글자는 원서의 이탤릭체를 표시한 것입니다.

릭 얀시 장편소설

전행선 옮김

마지막 별

THE LAST STAR

샌디에게 바칩니다.

"세상이 끝납니다. 세상이 다시 시작합니다."

아무도 절망케 하지 말라,
칠흑같이 어두운 밤일지라도
희망의 마지막 별은 사라지지 않을지니.

프리드리히 실러

차 례

날 수 있는 소녀

아주 오래전, 소녀의 아버지가 열 살이 되었을 때, 그는 천문관으로 향하는 버스에 올라탔다.

천문관의 둥근 천장은 수백만 개의 빛으로 폭발할 듯이 반짝였다. 소년의 입이 절로 벌어졌다. 아이의 작은 손가락이 앉아 있던 나무 벤치 끄트머리를 꽉 움켜잡았다. 머리 위로는 하얀 불구덩이처럼 보이는 작은 구멍들이 빙글빙글 돌아가고 있었고, 그 모습은 지구가 무한한 우주 속의 평범한 은하계 끝자락에서 평범한 별의 궤도를 도는 시커멓게 구멍이 숭숭 뚫린 바윗덩어리 모양의 평범한 행성으로 처음 나타났던 그날처럼 순수해 보였다.

북두칠성. 오리온자리. 큰곰자리. 단조롭게 웡웡대는 천문학자의 목소리. 입을 쩍 벌린 채 눈도 깜빡이지 않고 하늘을 올려다보는 아이들의 얼굴. 그리고 인공 하늘의 거대함 아래서 지극히 왜소하게 느끼는 소년.

소년은 그날을 잊을 수 없었을 것이다.

몇 년 후면 그에게 어린 딸이 생길 테고, 소녀는 통통하고 작은 다리로 아장아장 비틀거리며 그에게 달려가서 작은 팔을 위로 들어 올리고 두 눈에 기대와 기쁨을 가득 담은 채, 아빠, 아빠, 부르며 작은 손가락을 활짝 펼치고 두 팔을 뻗어 하늘 끝에 가 닿으려 할 터였다.

그리고 아이는 두려움 없이 하늘로, 그 텅 빈 곳으로 훌쩍 뛰어오를 것이다. 왜냐하면 그는 단지 그 아이의 아버지가 아니라, 아빠이기에. 그라면 소녀를 꽉 붙잡고 절대로 떨어지지 않게 해줄 것이 분명하기에.

소녀는 소리 지를 것이다. 날아갈래, 아빠, 날아갈래!

위로 들어 올려진 소녀는 경계 없이 드넓은 하늘을 향해, 두 팔 벌려 그 무한의 공간을 부둥켜안으며 고개를 한껏 뒤로 젖히고 두려움과 경이로움이 만나는 곳을 향해 로켓처럼 날아갈 것이다. 그동안 자신이 무중력으로 자유롭게 떠가고 있으며, 아빠의 팔 안에서 안전하게 살아 있음이 기뻐 어쩔 줄 모르며 비명을 질러댈 것이다.

카시오페이아.

천문관에 다녀온 그날부터, 소녀의 삶이 시작되려면 아직 15년이나 남은 그 시점부터, 소년은 미래의 딸이 될 소녀에게 어떤 이름을 지어줄지 단 한 번도 의심해보지 않았다.

★

1

"내가 함께 앉아 있을게요"

이것은 내 몸이다.

동굴 속 가장 아래쪽 방에서, 신부는 포효하던 도중에 얼어붙어 버린 용의 입을 떠올리게 하는 암석 앞으로 제병(가톨릭 성찬식에서 신부가 주는 얇은 과자－옮긴이)을 들어 올렸다. 그의 식량도 이제 거의 고갈되었다. 천장에서 점점 길게 자라 내려오는, 등불 속에서 붉고 노란색으로 빛나는 그 암석은 마치 이빨처럼 보였다.

그의 손이 바치는 신성한 제물의 재앙.

이걸 받아라, 너희들 모두, 그리고 먹어라…….

다음은 마지막 포도주 방울이 담긴 성배다.

이걸 받아라, 너희들 모두, 그리고 마셔라…….

11월 말경 어느 자정이다. 이 동굴 속에 숨은 작은 무리의 생존자들은 봄까지 버티게 해줄 충분한 식량이 있으니 따듯하게 숨어 지낼 수 있을 것이다. 몇 달 동안 역병에 죽은 사람은 하나도 없었다. 최악의 상황은 지나간 듯 보인다. 그들은 이곳에서 안전하다. 완전히 안전하다.

너희를 향한 사랑과 자비에 대한 믿음으로, 나는 너희의 몸을 먹고 너희의 피를 마신다…….

그의 속삭임이 깊은 곳까지 메아리친다. 그 소리는 미끄러운 벽을 기어오르고 좁은 통로를 따라 위쪽 방이 있는 공간으로 빠르게 달음박질친다. 위쪽 공간에는 그의 동료 피난민들이 불안한 잠에 빠져들고 있다.

이것이 내게 비난이 아닌, 마음과 몸의 건강을 가져다주게 하소서.

더는 빵도 와인도 없다. 이것이 그에게 남은 마지막 영성체다.

이 그리스도의 몸이 내게 영생을 가져다주게 하소서.

상한 빵 조각이 그의 혀 위에서 부드러워진다.

이 그리스도의 피가 내게 영생을 가져다주게 하소서.

시큼하게 상한 와인 방울이 그의 목구멍을 태운다.

그의 입속에 계신 하나님. 그의 텅 빈 위장 속에 계신 하나님.

신부가 흐느낀다.

그가 성배에 물 몇 방울을 붓는다. 손이 떨린다. 그가 물과 뒤섞인 그 소중한 피를 마신다. 그리고 성작 수건으로 성배를 깨끗이 닦아낸다.

다 끝났다. 영원한 성찬식이 마침내 끝이 났다. 그는 성배를 닦아낸 같은 수건으로 자신의 양 볼을 닦는다. 인간의 눈물과 그리스도의 피는 이제 분리할 수 없다. 그 안에 새로운 것이란 없다.

그는 같은 천으로 성반을 문질러 닦고, 천을 성배 안에 구겨 넣어 옆으로 치워둔다. 목에서 녹색 어깨 천을 당겨내서 조심스럽게 접은 후 그것에 키스한다. 그는 신부와 관련된 모든 것을 진심으로 사랑했다. 그중에서도 미사를 가장 사랑했다.

그의 목깃은 땀과 눈물로 축축해진 채 목에 헐렁하게 걸쳐 있다. 전염병이 돌기 시작한 이래로 그는 7킬로그램이나 살이 빠졌고, 어배너 북부에 있는 동굴까지 160킬로미터나 되는 여행을 하기 위해 자신의 교구를 버리고 떠나왔다. 오는 길에 그를 따르는 사람이 거의 50명까지 늘어났지만, 안전한 곳에 도착하기도 전에 32명이 감염으로 사망했다. 그들이 죽음에 가까워질 때마다, 그는 의식을 집도했다. 가톨릭이든 신교든 유대인이든 그런 건 문제가 되지 않았다. 사랑과 자비의 주님이시여, 이들을 도우소서……. 그들의 뜨거운 이마에 놓인 십자가를 엄지손가락으로 훑어 내려갔다. 주님이 당신을 죄에서 놓여나게 하고 구원해주시리라…….

그들의 눈 속에 퍼져나가는 핏발이 그가 눈꺼풀에 문질러주는 기름과 섞여들었다. 연기는 들판을 가로질러 흩어지기도 하고, 숲 속에 웅크리고 앉아 있기도 하고, 깊은 겨울날 느리게 흘러가는 강물 위로 얼음이 얼어붙듯이 도로를 뒤덮기도 했다. 콜럼버스에서 불길이 타올랐다. 스프링필드와 데이턴에서도 불길이 타올랐다. 후버 하이츠와 런던과 페어본에서도 타올랐다. 프랭클린과 미들타운과 제니아에서도. 저녁마다 수많은 곳에서 타오르는 불길이 연기를 뿌연 주황색으로 바꾸어놓았고, 하늘은 그들의 머리 바로 위까지 낮게 가라앉았다. 신부는 한쪽 팔을 앞으로 뻗고 다른 손에는 천 조각을 쥐어 코와 입을 꾹 눌러 막은 채 타들어가는 풍경 속으로 발을 질질 끌며 나갔다. 눈물이 항의라도 하듯이 얼굴로 흘러내렸다. 부러진 손톱 밑에 피가 말라붙어 있었고, 양손 바닥의 손금을 따라, 그리고 신발 바닥에도 피가 엉겨 붙어 있었다. 멀지 않았어요, 그가 따르는 사람들에게 용기를 북돋웠다. 계속 움직여요. 동굴을 찾아가는 동안, 누군가 그에게 모세 신부님이라는 별명을 지어주었다. 연기와 불길 속에 묻혀버린 세상에서 '오하이오의 가장 다채로운 동굴!'이라는 약속의 땅으로 그의 '민족'을 이끌어가고 있었기 때문이다.

물론 그들이 동굴에 도착하자 이미 사람들이 그곳에 와 있었다. 신부는 그러리라 예상했었다. 동굴은 불타지 않는다. 날씨에 영향을 받지도 않는다. 무엇보다 좋은 것은 방어하기 쉽다는 점이다. 외계인 침공의 여파 속에서 동굴은 군 기지와 정부 건물 다음으로 가장 인기 있는 목적지였다.

사람들은 물과 보존식품, 담요, 반창고, 의약품 같은 생필품을 모았다. 당연히 라이플이나 권총, 산탄총은 물론이고 칼 같은 무기도 종류에 상관없이 모아들였다. 아픈 사람들은 지상에 있는 방문객 환영센터로 가서 기념품점의 장식 선반 사이에 배치한 간이침대에 누워 검역을 받았고, 신부는 매일 그들을 방문해 대화를 나누고 함께 기도하며, 그들의 고해성사를 듣고, 영성체를 주었으며, 그들이 듣고 싶어 하는 말을 해주었다. 인간의 구원이라는 거룩한 신비에 따라…….

수많은 사람들이 죽음이 끝나기도 전에 죽음을 맞이할 운명이었다. 그들은 환자들을 태우기 위해 방문객 환영센터 남쪽에 폭 3미터, 깊이 10미터나 되는 구덩이를 팠다. 불길은 밤낮없이 천천히 타올랐고, 살점이 타들어가는 냄새는 너무도 흔한 것이 되어 다른 냄새와 거의 구별도 되지 않았다.

이제 11월이었고, 동굴의 가장 낮은 방에 있던 신부는 자리에서 일어섰다. 그는 키가 별로 크지 않았다. 하지만 그럼에도 용의 입천장이나 거기서 자라나온 억센 이빨 같은 종유석에 부딪히지 않으려고 등을 구부리고 있는 게 분명했다.

미사는 끝났습니다, 이제 편히 쉬세요.

그는 성배와 성작 수건, 성반과 스톨을 남겨두고 간다. 그것들은 이제 유물이다. 빛의 속도로 과거 속으로 사라져 버린 시대의 유물이다. 우리는 동굴 거주자로 시작했다. 신부는 지상으로 나가는 동안 생각한다. 그리고 다시 동굴로 돌아왔다.

아무리 긴 여행이라도 제자리로 돌아오게 되어 있다. 역사는 늘 순환해서 원래 있던 그 자리로 돌아가기 마련이다. 기도서에 이런 말이 있다. '기억하라, 너는 흙이니 흙으로 돌아가리라.'

그러고 나서 신부는 수면 위에서 빛나는 하늘을 향해 열심히 발을 차며 올라가는 잠수부처럼 지상으로 올라갔다.

흐느끼는 돌벽 사이로 구불거리며 위쪽으로 살짝 경사져 올라가는 좁은 통로 바닥은 볼링 레인만큼이나 매끄러웠다. 겨우 몇 달 전만 하더라도, 소풍 온 학생들이 한 줄로 죽 늘어서서 바위 표면에 손가락을 대고 훑어가며 눈으로는 바위 틈새마다 깊게 자리한 그림자 속에 숨어 있는 괴물의 흔적을 찾으며 행진해 올라가던 곳이었다. 그들은 여전히 괴물의 존재를 믿을 만큼 어렸다.

그리고 신부는 마치 칠흑같이 검은 심해에서 올라오는 레비아단(성서에 나오는 바닷속 괴물－옮긴이)처럼 솟아올랐다.

지상으로 가는 길은 원시인의 침상과 수정의 왕을 지나 피난민들의 주요 거주 구역인 빅룸으로 이어졌고 마침내는 그가 동굴 내에서 가장 좋아하는 구역인 신의 궁전으로 들어가게 되어 있었다. 신의 궁전에는 수정 결정체가 마치 얼어붙은 달빛 조각처럼 반짝거렸고, 천장은 해안에서 구르는 파도처럼 감각적으로 굴곡을 이루었다. 여기, 지상과 가까운 이곳에 도착하면, 공기는 희박하고 건조했으며, 그들이 뒤에 남겨두고 온 세상을 먹이 삼아 여전히 활활 타오르는 불길이 뿜어내는 연기의 냄새를 맡을 수 있었다.

하나님 아버지시여, 우리가 흙에서 생겨났음을 보여주는 이 잿더미를 축복하소서.

단편적인 기도의 말이 그의 마음을 스치고 지나갔다. 찬송가 소절. 호칭기도(사제가 먼저 말하면 신도가 그에 호응하는 형식으로 이어지는 기도–옮긴이)와 축복의 기도와 용서의 기도, 하나님이 너희에게 용서와 평화를 주고, 내가 너의 죄를 사하노라……. 그리고 성서의 한 구절도 떠올랐다. "내가 산의 뿌리까지 내려가자 그 땅이 빗장을 질러 나를 영영 가두어놓으려 했습니다."

향로에서 타오르는 향. 따스한 봄날 스테인드글라스 위로 부서지는 태양 빛. 먼바다에 떠 있는 낡은 선박의 선체처럼 삐걱거리는 일요일의 신도 석. 사계절의 당당한 조치(계절마다 있는 신성한 의식–옮긴이), 갓난아기 때부터 그의 삶을 관장해왔던 달력, 재림절, 크리스마스, 사순절, 부활절. 그는 비기독교인이 교회를 흠잡을 때 주로 언급하는 의식과 전통, 그것에 수반되는 화려함과 겉치레라는 옳지 않은 것들을 자신이 사랑하고 있음을 알았다. 그는 내용이 아니라 형식을, 예수의 몸이 아니라 빵을 흠모했다.

그렇다고 그가 나쁜 신부였던 것은 아니다. 그는 조용했고, 겸손했으며, 소명에 충실했다. 또한 사람들을 즐겨 도왔다. 동굴에서 지내온 나날은 그의 삶에서 가장 충만한 시간에 해당했다. 고난이 신을 그가 태어난 고향으로, 두려움의 구유로, 혼란과 고통과 상실로 데려간다. 널리 유통되는, 고난이라는 화폐를 뒤집어봐라, 신부는 생각한다, 그러면 그분의 얼굴을 보게 될 것이다.

보초 한 명이 신의 궁전 위의 입구 안쪽에 앉아 있다. 그의 건장한 체격이 그 너머 하늘에 흩뿌려진 별빛을 배경으로 윤곽을 드러낸다. 하늘은 겨울이 머지않았음을 보여주는 강한 북풍 탓에 깨끗이 문질러 닦여 있다. 보초는 야구 모자를 이마가 다 덮이도록 푹 눌러 쓰고 가죽 재킷을 걸치고 있다. 손에는 쌍안경이 들려 있다. 무릎에는 라이플 한 정이 놓여 있다.

남자가 신부에게 고개를 끄덕여 인사를 한다.

"외투는 어디에 두셨어요, 신부님? 오늘 날씨가 굉장히 추운데요."

신부는 파리하게 미소 짓는다.

"아무래도 아가사에게 빌려준 것 같네요."

남자가 무슨 말인지 알겠다는 듯이 끙 소리를 낸다. 아가사는 늘 불평을 입에 달고 사는 사람이다. 늘 춥고, 늘 배고프고, 늘 뭔가가 불만이다. 그는 눈에 쌍안경을 가져다 대고 하늘을 찬찬히 바라본다.

"그게 더 보이지는 않나요?" 신부가 묻는다.

그들은 한 주 전에 담배 모양으로 생긴 잿빛이 도는 은색 물체를 처음 발견했다. 그것은 움직임도 없이 동굴 위쪽에 몇 분간 떠 있다가 조용히 위로 솟구쳐 올라서 점점 작아지더니 거대한 푸른 하늘에 펜으로 그린 작은 흉터만을 남겨놓고 사라졌다. 그리고 이틀 후 또 하나가, 아니, 같은 것일지도 모를 물체가 다시 나타나서 소리도 없이 그들 위로 미끄러져 가다 수평선 아래까지 뚝 떨어져 내렸다. 그 이상한 비행물체가 어디서 날아왔는지는 의문의 여지가 없었다. 동굴 거주자들은 그 물체가 지상의 것이 아님을 알았다. 그들을 두렵게 한 것은 그 비행물체의 목적이 무엇인지 알지 못한다는 점이었다.

남자가 쌍안경을 내리고 눈을 문지른다.

"무슨 일 있으세요, 신부님? 잠이 안 오나요?"

"아, 요즘은 잠을 잘 못 자요." 신부가 대답한다. 그러고는 덧붙인다. "할 일이 너무 많아서요."

그는 남자가 신부씩이나 되면서 불평불만을 늘어놓는다고 생각하게 하고 싶지 않다.

"참호 속에서 무신론자는 없는 법이죠."

이 상투적인 말이 마치 부패한 냄새처럼 공중에 그대로 떠 있다.

"혹은 동굴 안에서도 그렇겠죠." 신부가 말한다.

처음 만난 이래로, 신부는 이 남자와 친해지려 애써왔지만, 그는 닫힌 방이나 다름없었다. 그 방은 분노와 슬픔과 뜻밖에 연장된 저주받은 삶을 살아가는 절망적인 두려움으로 빗장이 단단히 걸려 있었다. 몇 달 동안, 그는 그곳에서 돌아서지도 피해 숨지도 않았다. 어떤 사람에게는 죽음이 종교적 믿음에 가 닿게 하는 산파나 다름없다. 그러나 어떤 사람에게 믿음이란 사형집행인일 뿐이다.

남자가 가슴 주머니에서 껌 한 갑을 꺼내더니 조심스럽게 포장 하나를 벗겨 입에 집어넣는다. 그가 남은 껌의 개수를 세더니 다시 주머니에 집어넣는다. 신부에게는 아예 권하지도 않는다.

"이게 나한테 남은 마지막 껌이에요."

남자가 설명하듯이 말하고는 차가운 돌 위에서 무게중심을 바꾸어 앉는다.

"이해합니다." 신부가 말한다.

"그래요?" 남자가 껌을 씹는 동안 그의 턱이 최면을 거는 듯한 리듬으로 움직인다. "정말 이해해요?"

건조한 빵, 시큼한 와인. 그 맛이 신부의 혀끝에 남아 맴돈다. 빵은 다른 사람과 잘라 먹을 수도 있었다. 와인도 나눠 마실 수 있었다. 혼자 미사를 집도할 필요도 없었다.

"예, 이해합니다."

작은 신부가 대답한다.

"난 못 해요." 남자가 일부러 천천히 말한다. "빌어먹을, 난 아무것도 이해 못 해요."

신부가 얼굴을 붉힌다. 그의 부드럽고 당황한 듯한 웃음소리는 어린아이가 긴 층계를 터벅터벅 올라가는 소리처럼 들린다. 그가 초조하게 목깃을 만진다.

"전기가 나갔을 때, 난 다시 불이 들어올 거라고 믿었어요." 라이플을 무릎에 얹고 있는 남자가 말한다. "모두가 그랬죠. 전기가 나가면, 전기가 들어온다고. 그것도 믿음이에요, 아닌가요?" 그가 껌을 질겅거리며 씹어댔다. 왼쪽으로 오른쪽으로 번갈아가며 씹다가 그 녹색 덩어리를 혀로 길게 늘였다가 다시 입안으로 집어넣었다. "그러다가 해안지방에서 소식이 들려오기 시작했어요. 이제 더는 해안 도시가 없다는 소식. 이제는 리노가 주요 해안 도시가 됐죠. 그게 무슨 대수라고, 안 그래요? 전에도 지진은 있었어요. 쓰나미도 있었죠. 누가 뉴욕이 필요하대요? 캘리포니아가 뭐 그렇게 특별한대요? 우린 다시 돌아갈 거예요. 늘 제자리로 돌아갔잖아요. 난 그럴 거라고 믿었었죠."

보초를 서는 남자가 밤하늘에 떠 있는 차갑게 불타오르는 별들을 바라보며 고개를 끄덕였다. 눈은 높은 곳을 바라보며, 낮은 목소리로 그가 말을 이었다.

"그런데 사람들이 아프기 시작했어요. 항생제. 검역. 살균제. 우리는 마스크를 쓰고 피부가 다 벗겨질 때까지 손을 씻었죠. 그래도 어쨌든 대부분 죽고 말았어요."

그러고 나서 라이플을 든 남자는 마치 별들이 검은 하늘에서 흔들려 느슨해져서 지구로 굴러떨어지길 기다리는 사람처럼 별들을 바라본다. 좀 떨어져 내리면 또 어떻겠는가.

"내 이웃들. 친구들. 아내와 아이들. 나는 그들이 다 죽지는 않으리라고 믿었어요. 어떻게 그 많은 사람들이 다 죽을 수가 있어요? 어떤 사람은 아프겠지만, 대부분은 그렇지 않을 거라고, 나머지는 다 낫게 되리라고, 안 그래요? 그게 믿음입니다. 그게 내가 믿었던 거예요."

남자가 부츠에서 커다란 사냥용 칼을 꺼내 들어 손톱 밑에 낀 때를 긁어내기 시작한다.

"믿음이란 이런 겁니다. 아이가 자라나서, 학교에 가고, 커서 직업을 갖고 결혼하게 되고, 가족을 갖게 된다는 거." 한쪽 손을 끝내고 나서, 통과의례처럼 손톱 하나하나의 때를 긁어낸 후에, 그는 다른 손을 시작했다. "아이들은 자라납니다. 자라서 학교에 가죠. 직업도 얻어요. 그리고 결혼을 하고, 가족을 갖게 되죠." 긁고, 긁고, 긁고, 긁고, 또 긁고. 그는 칼을 들고 있는 손바닥으로 모자를 뒤로 밀어젖힌다. "나는 생전 흔히들 말하는 종교적인 사람인 적이 없었어요. 20년 동안 교회 안쪽을 들여다본 적도 없었죠. 그렇지만 믿음이 뭔지는 압니다, 신부님. 뭔가를 믿는다는 게 어떤 건지도 알아요. 전기가 나가면, 다시 전기가 들어오는 거. 물살이 밀려 나가면, 다시 밀려 들어오는 거. 사람이 아프다가도 다시 낫는 거. 그게 진정한 믿음이죠, 안 그런가요? 천국과 지옥, 죄와 구원에 관한 허튼소리를 아무리 떠들어댄다고 해도, 신부님은 여전히 그것들과 함께 여기 남아 있습니다. 심지어 교회라면 치를 떨어대는 무신론자들도 그 사실만은 믿어요. 삶은 계속될 거라는 거."

"그래요." 신부가 말한다. "삶은 계속될 겁니다."

보초가 분노하며 이를 드러낸다. 그가 칼을 들어 올려 신부의 가슴에 들이대고 으르렁댄다.

"지금까지 내 말을 단 한 마디도 안 들었군. 보라고, 이래서 내가 당신 같은 부류를 참을 수가 없는 거야. 당신 같은 인간들은 촛불을 켜고, 라틴어 주문을 중얼거리면서 존재하지도 않거나, 우리에게는 관심도 없거나, 아니면 그냥 미치거나, 잔인하거나, 혹은 둘 다일지도 모르는 신에게 기도를 하지. 세상은 불타고 있는데, 당신은 이 모든 일을 주도했을지도 모르는, 혹은 여기에는 아무 관심도 없는 그런 빌어먹을 개자식에게 기도를 한다고."

작은 신부가 마치 자신의 손은 비어 있으며, 남자를 해칠 의도 같은 것도 전혀 없음을 알리고자 하는 듯이 양손을 들어 올린다. 빵과 포도주를 축성했던 바로 그 손이다.

"나는 신의 마음을 아는 척하지는 않습니다." 신부가 손을 내리며 말을 시작한다. 눈으로는 여전히 칼을 주시하면서 성경의 한 구절을 인용한다. "'따라서 내가 바로 헤아릴 수도 없이 신비로운 일들에 관해 영문도 모르면서 떠들어댄 자입니다.'"

남자가 아주 오랫동안, 매우 불편한 심정으로 신부를 노려본다.

이미 단물이 다 빠져버린 껌을 질겅거리는 턱 외에는 아무런 움직임도 없다.

"솔직하게 말씀드리죠, 신부님." 그가 아무런 감정이 실리지 않은 목소리로 말한다. "기분 같아서는 지금 당신을 죽이고 싶습니다."

신부가 침울하게 고개를 끄덕인다.

"진실이 모습을 드러낸다면, 그런 일이 일어날 수도 있겠죠."

그가 남자의 떨리는 손에서 칼을 거둔다. 그리고 남자의 어깨에 손을 올린다. 남자가 잠시 움찔하지만, 몸을 뒤로 빼지는 않는다.

"뭐가 진실인가요?"

남자가 중얼거린다.

"이것."

작은 신부가 대답과 함께 남자의 가슴 깊숙이 칼날을 꽂아 넣는다. 칼날은 매우 날카롭다. 쉽게 남자의 셔츠를 뚫고 들어가 갈빗대 사이로 미끄러져 들어가서는 곧 심장 속으로 반 뼘쯤 되게 깊숙이 가라앉는다. 신부가 남자를 가슴 앞으로 끌어당겨 그의 이마에 키스한다. 신이시여, 이자를 용서하시고 평화를 내려주소서.

빠르게 끝이 난다. 벌어진 남자의 입술 사이에서 껌이 떨어져 내리자 신부가 그것을 집어 동굴 안으로 던져버린다. 그가 남자의 시신을 차가운 바위 위에 눕히고 자리에서 일어선다. 젖은 칼날이 그의 손안에서 희미하게 빛을 발한다. 새롭고도 영원한 언약의 피…….

죽은 남자의 얼굴을 찬찬히 들여다보는 동안, 신부의 가슴이 분노와 역겨움으로 타들어간다. 인간의 얼굴은 우스꽝스럽고 참을 수 없을 만큼 기괴하다. 이제 더는 혐오감을 숨길 필요가 없다.

반질반질 닳아버린 길을 따라 작은 신부가 빅룸으로 돌아간다. 나머지 사람들이 이리저리 뒤척이며 불안한 잠에 빠져 있는 가장 큰 방이다. 아가사를 제외하고 모두가 잠들어 있다. 그녀는 작은 신부가 빌려준, 모피로 안감을 댄 외투 속에 푹 싸여 벽에 등을 기대고 앉아 있다. 감지도 않아 부스스한 머리는 잿빛과 검은색이 뒤섞인 회오리바람 같다. 오래전에 잃어버린 틀니 덕분에 입술 주위로 쭈글쭈글 깊이 팬 주름 사이에는 더러움이 더께져 앉아 있고, 두 눈은 축 늘어져 거의 접혀버린 피부 속으로 푹 꺼져 들어가 있다.

이게 바로 인간이지, 신부는 생각한다. 이게 바로 인간의 얼굴이야.

"신부님이세요?"

그녀의 목소리는 마치 쥐가 높은음으로 찍찍거리는 소리처럼 간신히 알아들을 수 있는 정도다.

그래, 이거야, 이게 바로 인간의 목소리지.

"그래요, 아가사. 나예요."

그녀가 어둠 탓에 보이지 않는 신부의 모습을, 그가 갓난아기 시절부터 뒤집어쓰고 있는 인간의 탈을, 눈을 가늘게 뜨고 바라본다.

"잠을 잘 수가 없어요, 신부님. 잠시만 저와 함께 앉아 계실래요?"

"그래요, 아가사. 내가 함께 앉아 있을게요."

★

2

그가 자신의 손에 희생된 시체들을 한쪽 옆구리에 하나씩 끼고, 한 번에 두 구씩 동굴 밖으로 운반해서 구덩이 속에 던져버린다. 하나 위에 하나를 던져 넣기 전에 아무런 의식도 치르지 않는다. 아가사를 죽인 후, 그는 잠자고 있는 나머지 사람도 다 살해했다. 아무도 깨어나지 않았다. 신부는 조용히, 그리고 빠르게, 확신에 차서 전혀 떨리지 않는 손으로 한 명씩 처리해갔고, 들리는 소음이라고는 마흔 여섯 개의 심장 속으로 칼날이 꽂혀 들어가는 동안 입고 있는 옷이 찢기는 작은 바스락거림뿐이었다. 그렇게 그는 뛰고 있는 심장이라고는 오직 그의 것 하나만 남을 때까지 계속 할 일을 해나갔다.

새벽이 되자 눈발이 흩날리기 시작한다. 그는 잠시 바깥에 서서 텅 빈 잿빛 하늘을 향해 고개를 든다. 눈송이가 그의 창백한 뺨 위에 내려앉는다. 참으로 오랫동안 기다려온 마지막 겨울이다. 낮과 밤의 길이가 같아지는 춘분이 오면, 포드(우주선의 분리 가능한 부분-옮긴이)가 내려와 그를 우주 모함(母艦)으로 데려갈 것이다. 그곳에서 그는 마지막으로 인간 세상을 깨끗이 쓸어버리도록 훈련받은 자들이 맡은 임무를 완수할 때까지 기다리게 될 터다. 일단 우주 모함에 올라타면, 그 고요한 공간 속에서 그는 지켜볼 것이다. 그들이 발사한 폭탄이 지구상의 모든 도시를 쓸어버리고 인간 문명의 흔적을 완전히 지워버리는 모습을. 의식의 여명 이래로 인류가 꿈꿔왔던 세상의 종말이 마침내 실현될 터였다. 하지만 분노한 신에 의해서가 아니라, 아주 무심한 그들의 손에, 그 작은 신부가 희생자의 심장 속으로 칼날을 꽂아 넣었을 때처럼 아주 냉담하게 처리될 것이다.

눈송이가 하늘로 치켜든 그의 얼굴 위에서 녹아내린다. 겨울이 끝나려면 아직 넉 달이나 남았다. 폭탄이 떨어지려면 120일이 남았다는 뜻이다. 그 이후에는 다섯 번째 파동이 개시되고, 그들이 훈련시킨 인간 앞잡이들이 동족을 학살하게 될 터였다. 그때까지 신부는 그의 영역 안을 헤매다니는 생존자를 모조리 살육하면서 남아 있어야 한다.

거의 끝났어. 이제 거의 다 온 거야.

작은 신부는 신의 궁전으로 내려가 아침을 먹는다.

★

3

링거

옆에서 레이저가 속삭였다.

"도망쳐."

그의 총이 내 귓가에서 폭발하듯이 발사되었다. 레이저의 표적은 모든 것의 합인 가장 작은 것이었고, 그의 총알은 나와 소녀를 함께 옭아매고 있던 사슬을 끊어놓은 검이었다.

티컵.

죽어가는 동안 레이저가 그 부드럽고 감정이 풍부한 두 눈을 위로 들어 올려 내 눈을 바라보며 속삭였다.

"넌 자유야. 도망쳐."

나는 도망쳤다.

★

4

나는 감시탑 창문을 몸으로 들이받아 통과해 나가서 나를 향해 달려드는 바닥으로 곤두박질친다.

아스팔트 포장 위에 착륙해도 내 뼈는 한 군데도 부러지지 않을 것이다. 나는 고통도 느끼지 않을 것이다. 나는 이보다 더 엄청난 추락도 감당해낼 수 있게끔 적의 손에 강화되었다. 지난번 내 추락은 수백 미터 상공에서 시작되었다. 그러니 이 정도는 식은 죽 먹기다.

착륙하자마자 몸을 굴려 두 발로 일어선 후, 나는 전력으로 질주해서 감시탑을 돌아 날카로운 가시철망을 둘러놓은 콘크리트 장벽과 울타리 쪽을 향해 활주로를 달려간다. 바람이 귓가에서 비명을 질러댄다. 지금 나는 지구에서 가장 빠른 동물보다 더 빠르다. 치타는 나와 비교하면 거북이에 불과하다.

주변에 있는 감시병과 감시탑에 있는 자도 나를 목격한 게 틀림없지만, 총소리는 들려오지 않는다. 사살하라는 명령이 전달되지 않은 것이다. 나는 총구에서 발사된 총알처럼 활주로 끝을 향해 쏜살같이 달려간다.

그들은 널 잡을 수 없어. 그들이 무슨 수로 널 잡겠어?

내 머릿속에 심어놓은 중앙처리장치가 내가 채 바닥에 닿기도 전에 계산을 마치고 내 근육 조직에 할당된 수천수만의 미세한 드론에 이미 정보를 전달해놓았다. 따라서 나는 속도나 타이밍, 또는 공격 지점 같은 것을 생각할 필요가 없다. 허브가 나를 대신해 모든 것을 한다.

활주로 끝이다. 나는 펄쩍 뛰어오른다. 발바닥이 즉시 콘크리트 장벽 위에 가 닿는다. 그러고는 나를 펜스 쪽으로 날려 보내기 위해 바닥을 찬다. 가시철망이 내 얼굴을 향해 달려든다. 뒤구르기를 수행해서 담장을 넘어가기 위해 내 손가락이 철망과 그 위쪽 바 사이의 너비 5센티미터쯤 되는 틈새로 미끄러져 들어간다. 나는 발을 먼저 담장 위로 날린 후, 등을 구부리고 양팔을 쫙 펼친다.

바닥에 착지한 후, 나는 다시 담장과 숲 사이 100미터쯤 되는 거리를 전속력으로 질주해 4초도 안 되는 시간에 숲으로 들어간다. 날아오는 총알은 없다. 날 추적하기 위해 날아오르는 헬기도 없다. 내 뒤로 나무들이 마치 커튼처럼 닫히고, 내 발은 미끄럽고 울퉁불퉁한 바닥을 확신에 차서 밟아 나간다. 얼마 후 강에 다다른다. 검은 물살이 빠르게 흘러간다. 강을 가로질러 건너는 동안 물살이 거의 반으로 쪼개지는 듯 보인다.

강 반대편 숲으로 건너가자 숲이 드넓은 툰드라 지대로 연결되어 손상되지 않은 천혜의 자연이 북쪽 지평선까지 수 킬로미터나 뻗어 있다. 그 끝없는 황무지 속으로 사라지면 나는 절대 발견되지도, 괴롭힘을 당하지도 않을 것이다.

자유다.

나는 몇 시간을 달린다. 열두 번째 시스템이 나를 지탱한다. 그것이 내 관절과 뼈를 강화한다. 내 근육도 북돋워 힘과 인내력을 주고, 고통을 무효화시킨다. 내가 할 일이라고는 그저 맡겨두는 것뿐이다. 믿는 것뿐이다. 나는 견뎌낼 것이다.

VQP. 수백 구의 시체가 타오르는 동안 그 불빛 속에 앉아서 레이저는 자신의 팔에 이 세 글자를 새겨 넣었다. VQP. 견디는 자가 승리한다.

죽기 전날 밤 레이저는 말했다. 어떤 것들은, 그러니까 아주 작은 것에 이르기까지, 어떤 것들은 모든 것의 합만큼이나 가치가 있어.

레이저는 내가 티컵만 고통받도록 남겨두고 도망치지 않으리라는 사실을 이미 알고 있었다. 그러니 그가 날 배반함으로써 내 목숨을 구하리라는 사실을 나도 알고 있어야만 했다. 처음부터 그게 레이저의 목표였다. 그는 내가 살 수 있도록 티컵을 죽였다.

아무 특징 없는 풍경이 사방으로 펼쳐져 있다. 태양이 구름 한 점 없는 하늘 끄트머리로 저물어간다. 얼굴을 때리는 매서운 바람 속에서 눈물이 나와 흐르는 동안 얼어버린다. 열두 번째 시스템은 몸을 괴롭히는 고통으로부터 나를 보호할 수 있지만, 영혼을 뭉개버리는 고통에는 속수무책이다.

몇 시간 후, 마지막 태양 빛이 하늘 언저리에 매달려 있는 동안에도, 샛별이 나타나는 순간에도, 나는 여전히 달리는 중이다. 지평선에는 마치 눈꺼풀 없는 녹색 눈처럼 생긴 우주 모함이 둥둥 떠다니며 지상을 노려본다. 그것으로부터는 절대 도망칠 수 없다. 숨을 수도 없다. 닿을 수 없기에 공격할 수도 없다. 마지막 인간이 한 줌 재로 스러져 내리고 한참 지난 어느 날에도 모함은 그곳에서 확고하고 헤아릴 수 없고 불가해하게 그대로 자리해 있을 것이다. 신은 이미 왕좌에서 내려왔다.

나는 계속 달린다. 신뢰와 협력이 진보라는 괴수를 풀어놓기 전과 다름없는, 인간에 전혀 상처 입지 않은 세상 속 태고의 풍경을 관통해 달려간다. 세상은 우리가 알기 전 그 모습으로 다시 한 바퀴 돌아왔다. 잃어버린 낙원. 다시 찾은 낙원. 나는 슬프고 씁쓸하던 보쉬의 미소를 기억한다. 구원자. 내가 정말?

무(無)를 향해 달려가고, 무로부터 달아나고, 무심한 하늘의 광활함 아래서 티 한 점 없이 새하얀 텅 빈 풍경을 가로질러 달려가면서, 나는 지금 그것을 본다. 나는 그것을 이해한 것 같다.

오래도록 지속 가능한 숫자까지 인간의 수를 줄이고, 그들에게서 인간성을 말살해버린다. 신뢰와 협력이야말로 자연의 섬세한 균형에 가장 큰 위협이고, 세상을 벼랑 끝으로 밀어버리는 도저히 용납할 수 없는 죄악이기 때문이다. 외부인들은 세상을 지키는 유일한 방법이 문명을 멸망케 하는 것이라는 결론에 도달했다. 밖에서부터의 멸망이 아니라, 안으로부터의 멸망. 인간 문명을 멸망시키는 유일한 방법은 인간 본성을 바꾸는 것이다.

★

5

나는 황무지 속으로 계속해서 뛰어들어갔다. 여전히 뒤를 쫓는 기척은 없었다. 하루하루 날짜가 지날수록, 나는 헬기가 낮게 하강해와서 추적팀을 떨어뜨려놓을지도 모른다는 걱정보다는, 어떻게 하면 좀 더 따뜻하게 지낼 수 있으며, 열두 번째 시스템의 주인이 허약한 몸을 지탱하게 해줄 신선한 물과 단백질을 어디서 구해야 할지를 더 걱정하게 되었다. 나는 몸을 숨길 구덩이를 팠고, 잠자는 동안 그 아래로 숨기 위해 달개 지붕도 만들었다. 나뭇가지를 갈아 창을 만들어서 토끼와 무스를 사냥해 날것을 그대로 먹었다. 헤이븐 캠프 시절에 적에게 배운 덕분에 불을 지피는 방법은 알고 있었지만, 감히 불을 피울 수는 없었다. 적은 내가 황야에서 살아남기 위해 알아야만 하는 모든 것을 가르쳐주었고, 외계인의 기술력도 내게 주었으며, 내 몸이 그것에 적응할 수 있게 도와주었다. 죽이는 법과 죽음을 피하는 법도 내게 가르쳤다. 그는 또한 열 번의 세기 동안 이어져 온 협력과 믿음 이후에 인간이 잊은 것이 무엇인지에 관해서도 알려주었다. 그리고 두려움에 관해서도 가르쳐주었다.

삶이란 두려움의 도움으로 돌아간다. 포식자의 두려움. 사냥감의 두려움. 두려움 없이는 삶도 존재하지 않는다. 언젠가 나는 좀비에게 이 사실을 설명하려 애써봤지만, 그는 이해하지 못한 듯했다.

나는 황야에서 40일을 지냈다. 그리고, 아니, 그 상징성은 내게 의미가 있었다.

나는 더 오래 버틸 수도 있었다. 열두 번째 시스템은 100년이라도 나를 온전하게 지탱해갈 수 있을 터였다. 마리카 여왕님이 되어 살 수도 있었을 것이다. 열두 번째 시스템이 마침내 붕괴되어 내 몸이 산산조각 나거나, 시체를 처리하는 동물들에 먹혀버리거나, 버려진 외딴 풍경 속에 있는, 아무도 읽지 않은 룬문자처럼 뼛조각이 사방으로 흩어져 있게 될 때까지 고대의 외로운 사냥꾼이자 동물의 말라버린 뼛조각 위에 말라붙은 초라한 껍질이며, 무의미한 왕국에서 논란의 여지 없는 통치자로 지낼 수도 있었을 것이다.

하지만 나는 돌아갔다. 그들이 왜 나를 추적해오지 않았는지 깨달았기 때문이다.

보쉬는 나보다 늘 두 걸음 앞서 있었다. 그는 늘 그랬다. 이제 티컵은 죽었지만, 나는 여전히 약속을 지켜야만 했다. 어쩌면 이미 죽어버렸을지도 모를 사람에게 내가 한 적도 없는 그 약속을 말이다. 하지만 어쩌면, 이라는 가능성도 이젠 아무 의미가 없어졌다.

보쉬는 내가 좀비를 살릴 기회가 있음에도 그것을 무시하고 그가 그냥 죽게끔 내버려두지는 못하리라는 사실을 알고 있었다.

그리고 좀비를 구하는 방법은 단 한 가지뿐이다. 보쉬도 그게 무엇인지 안다. 나는 에반 워커를 죽여야만 한다.

1부

★

첫째 날

★

6

캐시

나는 에반 워커를 죽일 것이다.

그 음울하고 수수께끼 같은, 자기밖에 모르는 비밀스러운 후레자식. 나는 그 가엽고 뒤틀린 인간-외계인 혼혈을 지금의 비참한 신세에서 구해줄 것이다. 너는 하루살이야. 널 위해서라면 난 기꺼이 죽을 수 있어. 네 안에서 나를 봤을 때, 나는 비로소 깨어났어. 아, 웩.

어젯밤 나는 샘을 목욕시켰다. 3주 만에 처음이었다. 그리고 샘은 거의 내 코를 부러뜨릴 뻔했다. 아니, 다시 부러뜨릴 뻔했다고 말해야 옳을지도 모르겠다. 에반의 옛날 여자친구(아니면 함께 잠만 자는 사이였을 수도 있고, 또는 뭐 다른 사이였을지도 모르지만)가 내 얼굴을 문짝에다 들이받는 바람에 한 번 부러졌던 과거가 있으니까. 그 문 뒤에는 내 작은 동생이, 내가 구하려고 그토록 애를 썼던 그 쥐방울만

한 녀석이 있었다. 그리고 바로 그 쥐방울만 한 녀석이 오늘 내 코를 또 거의 부러뜨릴 뻔했다. 얼마나 역설적인지 느껴지는가? 여기에는 아마 어떤 상징성이 있을지도 모르지만, 시간도 늦었고, 난 거의 사흘 동안 잠을 한숨도 자지 못했기에, 그게 뭔지 잊어버렸다.

나는 에반에게 돌아왔다. 그를 죽이기 위해서다.

기본적으로, 그건 알파벳으로 귀결된다.

샘이 내 코에 주먹을 날린 후, 나는 흠뻑 젖은 채로 욕실 문을 박차고 나오다가 벤 패리시의 가슴에 정면으로 충돌했다. 벤은 샘과 관련된 일은 하나에서 열까지 전부 자신의 책임이라도 되는 양 복도에 숨어 있는 중이었다. 앞서 얘기한 그 쥐방울만 한 녀석이 내 등 뒤에 대고 입에 담기도 무서운 말들을 고래고래 소리 지르고 있었다. 샘을 목욕시키려 애쓰는 동안에도 내 몸에서 유일하게 물에 젖지 않았던 부분은 등밖에 없었다. 아빠가 했던 말 중에 내가 가장 좋아했던 '영리한 것보다는 운이 좋은 게 훨씬 낫다'라는 말의 살아 있는 표본이라 할 만한 벤 패리시는 내게 '대체 무슨 일이야?'라고 묻는 듯한 얼빠진 표정을 지어 보였는데, 그게 어찌나 한심하게 귀여워 보이던지 그의 코로 주먹을 날려서 빌어먹을 벤 패리시 고유의 표정을 짓지 못하도록 만들고 싶은 것을 억지로 참아야 했다.

"넌 죽어야만 해." 내가 그에게 말했다.

나도 안다, 내가 좀 전에 에반을 죽여버리겠다고 적었다는 것을. 하지만 당신도 이해해야만 하는 게…… 아, 젠장. 앞으로 누가 이걸 읽겠어. 내가 죽어 없어질 때쯤이면, 이걸 읽을 사람은 지구에 단 한 명도 남아 있지 않을 거야. 그러니 이건 당신, 그러니까 절대 존재하지도 않을 미래의 누군가에게 적고 있는 게 아니야. 그냥 날 위해 적는 거야.

"아마도." 벤이 말했다.

"내가 전에 알던 누군가가 아직도 여기 살아남아 있을 확률이 얼마나 될까?"

그가 가만히 생각에 잠긴다. 아니, 그냥 생각하는 척만 했을 수도 있다. 그는 남자 아닌가.

"70억 분의 1?"

"내 생각에는 70억 분의 2쯤 되지 않을까 싶어, 벤." 내가 말했다. "35억 분의 1이라고 말할 수도 있겠지."

"우와, 그렇게나 많아?" 그가 욕실 문 쪽으로 고개를 홱 돌렸다. "너겟하고는 무슨 일이야?"

"샘. 그애 이름은 샘이야. 다시 한 번만 너겟이라고 부르면 네 너겟('Nugget'은 한입에 먹을 수 있도록 작은 덩어리로 만든 음식이라는 의미뿐 아니라, 고환이라는 의미로도 사용된다-옮긴이)을 무릎으로 걷어차 줄 테니 그런 줄 알아."

그가 미소 지었다. 그러고 나서, 내가 한 말을 한 박자 늦게 이해한 척하는 건지, 아니면 즉시 이해했으면서도…… 아, 어쨌든 미소 짓던 그의 입술이 상처 입은 자존심을 보여주는 굳어진 입술 모양으로 변해버렸다.

"내 너겟이 그 너겟보다는 좀 크지 않을까 싶어. 아주 약간." 그러고는 찰칵! 그 미소가 다시 돌아왔다. "내가 들어가서 얘기 좀 해볼까?"

나는 그가 뭘 어떻게 하든 전혀 관심 없다고 말했다. 내게는 그보다 중요한, 반드시 해야 할 일이 있지 않은가. 예를 들어, 에반 워커를 죽이는 일 같은 것.

나는 쿵쿵거리며 복도를 걸어서 거실로 갔지만, 여전히 가까웠다. 혹은 멀지 않았다. 샘의 고함소리를 듣지 않기에는.

"난 신경 안 써, 좀비. 신경 안 써, 신경 안 쓴다고. 난 누나가 싫어."

나는 덤보와 메건을 지나쳐 걸어갔다. 두 아이는 소파에 앉아서 누군가 아이들 방에서 찾아낸 디즈니 만화의 한 장면이거나 그와 비슷한 모양을 한 직소 퍼즐을 맞추고 있었다. 내가 옆으로 빠르게 지나쳐 가는 동안 두 아이가 재빨리 시선을 돌렸다. 마치 '우린 신경 쓰지 마, 괜히 귀찮게 안 할게. 잘하고 있어, 우린 아무것도 못 봤어'라고 말하는 듯했다.

바깥 테라스는 얼어 죽을 것처럼 추웠다. 봄이 오길 거부하고 있는 탓이다. 멸종이라는 사건에 단단히 화가 나 있으니, 봄은 절대로 오지 않을 것이다. 혹은 외부인들이 그냥 그렇게 할 수 있다는 이유로, 또 한 번의 빙하기를 조작해냈는지도 모른다. 혹은 뭐가 아쉬워서 그냥 저주받은 인간 세상에 만족하겠는가, 춥고 배고프고 비참하게 저주받은 인간 세상을 만들어낼 수도 있는데, 안 그런가? 후자 쪽이 훨씬 만족스러울 것이다.

그는 부러진 발목에 무리가 가지 않도록 난간에 기대서 있었다. 라이플은 구부린 팔 안쪽에 끼고, 교복이나 다름없는 구겨진 격자무늬 셔츠와 스키니진 차림이었다. 내가 방충 문을 쿵 소리가 나게 열어젖히자 그의 표정이 밝아졌다. 그의 눈은 당장에라도 나를 들이마실 듯했다. 아, 이게 바로 에반이지. 사막에서 오아시스를 발견한 남자처럼 내 존재를 벌컥벌컥 들이마시는 저 모습.

나는 그를 한 대 후려쳤다.

"왜 때린 거야?"

그가 이유를 알아내기 위해 1만 년의 가치가 있는 외계인의 지혜를 쥐어짜 낸 후에 물었다.

"내가 왜 이렇게 젖었는지 알아?"

그가 고개를 저었다.

"왜 젖었는데?"

"내 꼬마 동생 목욕을 시키고 있었거든. 내가 왜 동생 목욕을 시키고 있었을까?"

"더러우니까?"

"같은 이유로, 우리가 여기로 옮겨온 후에 나는 이 쓰레기 더미 속을 일주일 동안이나 청소했어." 그레이스가 엄청난 힘을 자랑하는, 노르웨이 얼음 공주의 외모와 그에 어울리는 심장을 가진, 기술적으로 강화된 외계인-인간 혼혈이었는지는 모르겠지만, 적어도 살림살이에는 완전히 젬병이었던 게 분명했다. 구석구석 먼지가 눈처럼 쌓여 있었고, 곰팡이 위에 또 곰팡이가 끼어 있었으며, 부엌은 호더(병적으로 물건을 버리지 못하고 쌓아두는 사람을 일컫는 말-옮긴이)가 와서 봐도 얼굴이 달아오를 정도였다. "왜냐하면 그게 바로 인간이 하는 일이거든, 에반. 우리는 쓰레기 더미 속에서는 살지 않아. 우리는 목욕도 해. 우리는 머리도 감고 이도 닦고 너무 길어 나온 수염을 면도……."

"샘이 면도도 해야 해?"

그는 웃자고 하는 말이었다. 그렇지만 한심한 생각이었다.

"입 좀 다물어! 내가 말하고 있잖아. 내가 말할 땐, 너는 말하는 게 아니야. 네가 말할 때는 나도 말 안 하잖아. 그게 인간이 하는 또 다른 일이야. 우리는 서로를 존중으로 대해. 존중, 에반."

그가 엄숙하게 고개를 끄덕였다.

"존중."

그러고는 내 말을 따라했는데, 그게 날 더 화나게 했다. 에반은 나를 마음대로 조종하고 있었다.

"다 존중에 관한 거라고. 깨끗이 하고 돼지처럼 고약한 냄새를 풍기지 않는 거, 그것도 다 존중하는 마음에서 나오는 거야."

"돼지는 냄새가 고약하지 않아."

"입 다물어."

"음, 내가 농장에서 자랐잖아. 그래서 말하는 거야. 그게 다야."

나는 고개를 저었다.

"어, 아니, 그게 다가 아니야. 절반도 아니라고. 내가 후려갈긴 너라는 존재의 일부는 세상 그 어느 빌어먹을 농장에서도 자라지 않았어."

그가 팔에 끼고 있던 라이플을 들어 난간에 기대놓고, 절뚝이며 그네 쪽으로 다가갔다. 그리고 앉았다. 그리고 먼 산을 바라봤다.

"샘이 목욕해야 했던 게 내 잘못은 아니잖아."

"당연히 네 잘못이야. 이 모든 게 네 잘못이야."

그가 나를 바라봤다. 어조는 침착했다.

"캐시, 아무래도 너 지금 안으로 들어가는 게 좋겠어."

"왜, 네가 이성을 잃기 전에? 이런, 제발 한 번이라도 이성을 좀 잃어보지그래. 네가 이성을 잃으면 어떤 모습일지 정말 보고 싶거든."

"너 지금 춥잖아."

"아니, 안 추워."

그제야 나는 젖은 옷을 입은 채로 그의 앞에 서서 내가 얼마나 심하게 떨고 있는지 깨달았다. 얼음처럼 차가운 물이 목덜미에서 척추를 타고 흘러내렸다. 나는 양팔로 가슴을 감싸 안고 방금 양치질을 해서 매우 깨끗한 이빨을 부딪치지 않으려고 애썼다.

"샘이 ABCD를 까먹었어." 내가 말했다.

그가 거의 4초쯤 되는 긴 순간 동안 나를 바라봤다.

"저기, 뭐라고?"

"ABCD를 까먹었다고. 왜 있잖아, 알파벳이라는 거, 이 은하계 돼지치기 양반아."

"그렇군."

그의 눈이 내 얼굴에서 텅 빈 마당을 지나 텅 빈 도로를 오갔다. 마당은 텅 빈 지평선을 향해 뻗어 있었고, 그 너머에는 다시 텅 빈 도로가 이어지고 숲과 들판과 마을과 도시가 자리해 있었다. 속을 파낸 커다란 호박 같은, 텅 빈 오물통 같은 세상, 에반과 같은 존재에 의해 속이 텅 비어버린 그런 세상. 그가 인간의 몸속에 자기 자신을 집어넣기 전에는 어떤 존재였는지 모르지만, 어쨌든 그는 꼭두각시 인형의 엉덩이 속으로 쑥 집어넣는 손처럼 인간의 몸속에 자기 자신을 집어넣었다.

그가 앞으로 몸을 기대고는 어깨를 굴려 재킷을 벗더니 그것을 들어 올렸다. 얼마 전 그 낡은 호텔에 나타났을 당시 입고 있던, 어배너 핀헤드라는 볼링팀 이름이 적힌 한심한 볼링 재킷이었다.

"받을래?"

어쩌면 그걸 받지 말았어야 했는지도 모르겠다. 그러니까 내 말은, 계속 같은 상황이 반복된다는 것이다. 내가 추워하면, 그가 날 따뜻하게 해주고, 내가 다치면, 그가 날 치료하고. 또 내가 굶주리면,

그가 날 먹이고, 내가 쓰러지면, 그가 날 둘러업고. 나는 물이 빌 새가 없이 계속 채워지는 해변 모래사장에 뚫어놓은 구멍이나 다름없다.

나는 체격이 큰 편이 아니다. 재킷이 내 몸을 완전히 감싸버렸다. 그리고 그의 몸이 남겨놓은 열기도 나를 감싸안았다. 그러자 마음이 진정되기 시작했다. 딱히 옷의 열기가 그의 몸에서 나왔다는 사실 때문이 아닌, 열기 그 자체가 그랬다는 것이다.

"인간이 하는 또 하나의 일은 글을 배우는 거야." 내가 말했다. "그래야 읽을 거 아니야. 그래야 뭔가를 배우지. 역사나 수학, 과학 같은 건 물론이고, 예술, 문화, 종교, 그리고 무엇보다도 왜 이런저런 일들이 일어나거나 일어나지 않는지, 심지어는 왜 어떤 게 존재하는지 같은 걸 배울 수 있거든."

내 목소리가 갈라져 나왔다. 불청객처럼 그 이미지가 떠오른 탓이었다. 세 번째 파동이 일어나고 나서 빨간색 손수레에 책을 잔뜩 실어 나르던 아빠의 모습, 성가신 외계인 문제가 처리되고 나면 어떻게 지식을 보존하고 문명을 재건해야 할지 열변을 토하던 아빠의 모습이었다. 나 참, 얼마나 슬프고 얼마나 안쓰럽던지. 머리는 벗어지고, 어깨도 굽은 한 남자가 폐허가 된 도서관 잔해를 뒤져 모든 책을 수레에 가득 실어 끌며 외딴 거리를 터벅거리고 걸어가는 모습이라니. 다른 사람들은 약탈을 대비해 집을 보강할 자재를 모으고 통조림과 무기를 찾아 돌아다니는 동안, 아빠가 가장 현명한 행동이라고 결단 내린 것은 바로 읽을거리를 쌓아두는 것이었다.

"다시 배울 수 있잖아." 에반이 말했다. "네가 가르쳐주면 되지."

그를 다시 한 번 후려치지 않기 위해 나는 내 안의 모든 의지를 동원해야 했다. 한때 나는 내가 지구에 살아남은 유일한 인간일지도 모른다고 생각했고, 그때 나는 인류 전체였다. 인류에게 도저히 갚을 수 없는 빚을 진 것은 에반 하나만이 아니다. 나는 인간이고, 에반은 그들이다. 그리고 그들이 우리에게 한 짓을 생각하면, 인간은 그들 몸의 뼈란 뼈는 다 분질러버려야만 한다.

"요점은 그게 아니야." 내가 말했다. "내가 말하고자 하는 바는, 왜 너희들이 이런 식으로 하는지 내가 도저히 이해하지 못하겠다는 거야. 이렇게 빌어먹을 정도로 잔인하게 굴 필요 없이 그냥 한꺼번에 다 죽여버릴 수도 있었잖아. 동생이 나를 죽이고 싶을 만큼 미워한다는 사실 외에 내가 오늘 밤 또 알아낸 사실이 뭔지 알아? 동생이 다 잊어버린 건 알파벳뿐만이 아니라는 거야. 그애는 우리 엄마가 어떻게 생겼었는지, 그것도 기억 못 해. 자기를 낳아준 엄마의 얼굴도 기억 못 한다고."

그 순간 나는 폭발했다. 그 멍청한 핀헤드 재킷으로 온몸을 꽁꽁 싸맨 채로 나는 고래고래 소리 질렀다. 내가 이성을 잃은 모습을 에반이 본다는 사실도 이제는 전혀 상관없었다. 내가 이성을 잃은 모습을 누군가 봐야만 한다면, 그건 바로 300킬로미터 상공에 떠 있는 우주 모함이 차례로 세 번의 파괴적인 파동을 개시하는 동안 자기 농장에서 편안히 지내며 먼 거리에서 인간을 살해해온 저격수, 에반이기 때문이었다. 첫 번째 공격에서 50만, 두 번째는 수백만, 세 번째는 수십억이 사망했다. 그리고 지구가 불타오르는 동안, 에반 워커는 사슴고기를 구워 먹고, 한가로이 숲 속을 산책해 다니고, 따뜻한 불 옆에서 게으름을 피우고, 완벽한 모양의 손톱을 다듬고 있었다.

그는 고통받는 인간의 얼굴을 가까이서 봐야만 한다. 너무 오랫동안 그는 하늘에 떠 있는 모함처럼 너무 멀리서 다가갈 수 없는 존재가 되어 두려움에 휩싸인 인간들 위를 맴돌았다. 그러니 이제는 그것을 보고 만져봐야 한다. 부러지지 않은 날렵하고 완벽한 모양의 코 위에 고통받는 인간의 얼굴을 가져다 대고 누른 채 냄새도 맡아봐야 한다.

샘처럼 고통받는 인간의 얼굴을. 기분 같아서는 난 당장에라도 안으로 달려 들어가 그가 고통을 안겨준 동생을 욕조 밖으로 확 잡아끌어내서 발가벗은 채로 테라스로 질질 끌고 나와, 에반 워커에게 동생의 피골이 상접한 모습을 보여주고, 가녀린 팔목을 잡아보게 하고, 구멍 뚫린 듯 움푹 들어간 관자놀이를 훑어 내려가게 하고, 흉터와 상처를 만져보게 하고 싶었다. 에반 워커가 바로 그 어린아이의 기억을 텅 비워버리고, 아이의 가슴을 미움과 무기력함과 쓸모없는 분노로 채워놓은 장본인이었다.

에반이 일어서려 애썼다. 보나 마나 나를 끌어당겨 안고 머리칼을 쓰다듬으며 내 눈물을 말려주고 모든 게 다 괜찮으리라는 말을 속삭여주려 할 터였다. 그게 그의 전형적인 수법 아니던가. 하지만 에반도 지금은 안 그러는 게 좋겠다고 제때 판단한 모양이었다. 그가 다시 자리에 앉았다.

"내가 이미 말했잖아, 캐시." 그가 부드럽게 말했다. "난 상황이 이런 식이 되길 바란 적이 없어. 이렇게 되지 않게 하려고 싸웠다고."

"순순히 동조하기 전까지는 그랬다는 거겠지." 그래, 여전히 이해하려 애쓰면서도 그는 시키는 대로 했다. 그 생각을 하자 욕설이 튀어나올 것 같았다. "그리고 '이런 식'이 되길 바라지 않았다는 말은 대체 무슨 뜻이야?"

그가 자세를 바꾸어 앉았다. 그네가 삐걱거렸다. 그의 눈이 다시 텅 빈 도로 쪽을 바라봤다.

"우린 인간들 사이에서 독립적으로 살아갈 수도 있었어. 숨어서 전혀 감지되지 않은 채로. 우리 존재를 인간 사회 지도자들 속에 주입할 수도 있었지. 우리의 지식을 공유해서 인간의 잠재력을 기하급수적으로 확장해서 진화의 속도를 올릴 수도 있었고. 그리고 인간이 늘 원해왔지만, 절대 갖지 못한 한 가지, 그걸 우리가 줄 수도 있었을 거야."

"그게 뭔데?"

나는 떨어지는 콧물을 다시 콧속으로 들이마셨다. 휴지도 없었고, 코를 들이마시는 게 역겨워 보이리라는 사실도 신경 쓰지 않았다. 외계인의 도착이 역겨움의 정의를 완전히 바꿔버리지 않았는가.

"평화."

그가 대답했다.

"그랬을 수도 있지. 그래, 그랬을 수도 있어."

그가 고개를 끄덕여 보였다.

"그 방법이 거부되었을 때, 나는 다른 방법을 주장했어……. 더 빠른 방법."

"더 빠른 방법?"

"소행성. 인간에게는 그걸 멈출 기술력이 없어. 설령 기술력이 있다고 해도 시간이 모자라지. 소행성은 굉장히 간단하지만 깨끗하게 끝낼 수 있는 해결책이었어. 그렇게 했다면, 지구는 천 년 동안 생명이 살 수 없는 곳이 되었을 거야."

"그게 너희에게 문제가 돼? 왜? 너희들은 거의 신처럼 제정신이고 불멸이잖아. 천 년이라는 세월이 너희에게 어떤 의미가 있는데?"

확실히 그 질문은 대답하기에 상당히 복잡했던 게 분명했다. 혹은 나와 함께 나누고 싶지 않은 대답이었는지도 모르겠다.

그때 그가 말했다.

"1만 년 동안, 우리는 인간이 1만 년이나 꿈꿔온 것을 가지고 있었어." 그가 잠깐 멋쩍은 웃음을 웃었다. "고통과 굶주림도 없고, 육체적인 욕구도 전혀 없이 존재하는 것. 그렇지만 불멸은 그만한 대가를 치러야만 해. 육체가 없었기에 우리는 육체와 함께하는 모든 것을 잃었지. 자율성이나 자비 같은 것. 또 공감능력 같은 거." 그가 마치 양손이 텅 비어 있다는 사실을 내게 보여주려는 듯이 손을 펼쳐 보였다. "알파벳을 잃어버린 건 샘 하나만이 아니야."

"난 네가 싫어."

내가 말했다.

"아니, 그렇지 않아."

그가 고개를 저으며 대꾸했다.

"널 미워하고 싶어."

"실패하길 바랄게."

"너 자신을 속이지는 마, 에반. 넌 날 사랑하지 않아. '나'라는 아이디어를 사랑하는 거야. 네 머릿속에서 그게 뒤죽박죽 얽혀 있는 거지. 넌 내가 아니라, 내가 상징하는 걸 사랑하는 거야."

그가 고개를 한쪽으로 기울였다. 갈색 눈동자가 별빛보다 더 반짝였다.

"네가 상징하는 게 뭔데, 캐시?"

"네가 잃어버렸다고 생각하는 거. 네가 생각하기에 넌 절대로 가질 수 없을 것만 같은 거. 난 그게 아니야. 난 그저 나일 뿐이야."

"그럼 넌 뭔데?"

나는 그가 뭘 묻고 있는지 알았다. 그리고, 당연히, 그가 뭘 묻고 있는지 전혀 모르기도 했다. 그게 바로 우리 사이였다. 우리 둘 다 정확히 꼬집어 말할 수 없는 것, 사랑과 두려움 사이 끊을 수 없는 유대감. 에반이 사랑이고, 내가 두려움이다.

7

나는 집 안으로 들어서자마자, 벤이 꼬치꼬치 캐물으려고 기다리는 중이라는 사실을 알아차렸다. 그가 꼬치꼬치 캐물으려고 기다리는 중이라는 걸 내가 당장에 알아차릴 수 있었던 것은 내가 안으로 들어가자마자 그가 물고 늘어졌기 때문이다.

"괜찮은 거지?" 그가 물었다.

나는 뺨에 흘러내린 눈물을 문질러 닦으며 웃어 보였다. 물론이야, 벤 패리시, 이 짜증 나는 외계인 종말론만 제외하면 아주 괜찮고말고.

"그가 설명하면 할수록, 난 점점 더 이해를 못 하겠어."

내가 말했다.

"내가 전에 그 자식은 뭔가 좀 이상한 데가 있다고 말했잖아."

벤은 '거봐, 내가 뭐랬어'라고 말하는 듯한 인상을 주지 않으려고 무던히도 조심하고 있었다. 하지만 소용이 없었다. 기본적으로 그는 그렇게 말하는 중이었다.

"네가 만약 1만 년 동안 육체 없이 살다가 갑자기 육신이 생겼다면 어떻게 할래?" 내가 물었다.

그는 고개를 한쪽으로 기울이고는 웃지 않으려 애를 썼다.

"분명히 욕실로 들어가겠지."

덤보와 메건은 나가고 없었다. 우리 둘뿐이었다. 벤은 벽난로 옆에 서 있었기에 황금색 불빛이 그의 얼굴 위에서 춤을 추었다. 그의 얼굴은 우리가 그레이스의 안전 가옥에서 지내기 시작한 지 6주 만에 통통하게 살이 올라 있었다. 충분한 휴식과 음식, 깨끗한 물과 항생제 덕분에 벤은 이제 거의 침략 이전의 자아로 돌아간 듯했다. 하지만 완벽하게는 아니었다. 여전히 뭔가에 홀린 듯한 표정을 지으면서, 매가 선회하는 초원을 돌아다니는 토끼처럼 경계하는 기색도 역력했다.

물론 그런 사람이 벤 하나만은 아니었다. 안전 가옥에 도착한 후로, 우리가 거울을 들여다볼 용기를 내기까지는 꼬박 두 주의 시간이 걸렸다. 그리고 그 경험은 마치 중학교 이래로 한 번도 본 적 없는 누군가와 우연히 마주친 듯한 느낌을 주었다. 즉, 그들을 알아보기는 하지만, 정말 우리 눈에 보이는 것은 그들 모습이 아니라 변한 방식이었다. 그들은 기억 속에 남아 있던 예전의 우리 자신과는 너무도 달랐다. 하지만 잠시 후 우리는 또다시 당황하고 말았다. 우리의 기억 속에 남아 있는 그들이 바로 그들임을 깨달았기 때문이다. 따라서 거울을 들여다봤을 때, 나는 나 자신의 기억에 전혀 들어맞지 않는 어떤 자아를 봤다. 특히 코, 그레이스 덕분에 이제는 오른쪽으로 살짝 굽어버린 그 코는 내 코가 아니었다. 하지만 나는 그냥 잊기로 했다. 앙심을 품어봐야 어쩌겠는가. 내 코는 이제부터 계속 굽어 있을 테지만, 그레이스의 코는 그녀의 나머지 신체와 함께 증발해버리지 않았는가.

"샘은 어때?" 내가 물었다.

벤이 집 뒤쪽으로 고개를 홱 돌렸다.

"메건하고 덤보랑 놀고 있어. 괜찮아."

"샘은 내 배짱이 싫대."

"네 배짱을 싫어하는 건 아니야."

"나한테 내 배짱이 싫다고 했어."

"애들은 맘에 없는 말도 그냥 하는 거야."

"애들만 그런 건 아니지."

벤이 고개를 끄덕였다. 그리고 내 어깨너머로 현관문 쪽을 바라봤다.

"링거가 옳았어, 캐시. 이건 좀 말이 안 돼. 그는 인간의 몸을 훔쳤어. 훔치지 않은 나머지 인간의 몸을 다 죽이기 위해서. 그러다 어느 날 갑자기 자기 종족을 죽이기로 결심했어. 훔치지 않은 인간의 몸을 구하기 위해서. 게다가 이따금씩 한두 명의 자기 종족을 죽이겠다는 것도 아니야. 전부 다 죽이려는 거야. 지금 그는 자기 종족의 문명 전체를 파괴하려 하고 있어. 대체 뭐 때문에? 여자애 하나 때문에? 여자애 하나라고!"

해서는 안 될 말이었다. 벤도 알고 있었다. 하지만 혹시라도 의문의 여지가 남아 있으면 안 되기에 내가 천천히 덧붙였다.

"있잖아, 패리시, 그것보다는 아주 약간 복잡할지도 몰라. 그에게도 인간의 부분이 있기는 하잖아."

아, 젠장, 캐시, 너 뭐가 문젠 거야? 1분 전만 해도 그에게 있는 대로 성질을 부려

대 놓고, 이제는 그를 감싸 도는 꼴이라니.

벤의 표정이 딱딱하게 굳었다.

"난 그의 인간 부분을 걱정하는 게 아니야. 네가 링거를 좋아하지 않는다는 건 나도 알아. 하지만 그애는 정말 빌어먹게 똑똑해. 그래서 그애가 핵심을 짚었어. 만약 그들에게 인간의 몸이 필요하지 않다면, 지구도 필요하지 않은 거야. 그리고 만약 그들에게 지구가 필요하지 않다면, 대체 왜 우리를 침략한 거냐고?"

"나도 몰라." 내가 냉정하게 말했다. "링거가 그렇게 똑똑하면, 그 애한테 직접 물어보지그래?"

벤이 깊이 숨을 들이마시더니 말했다.

"그럴 거야."

내가 그의 말이 무슨 뜻인지 이해하는 데는 약 1초쯤 시간이 걸렸다. 그가 진지하다는 사실을 이해하는 데도 다시 1초쯤 시간이 걸렸다. 그리고 마지막 3초째에는 앞의 2초에 관해 뭔가 조처를 해야만 할 것 같았고, 그래서 자리에 앉기로 했다.

"내가 많이 생각해봤는데……." 그가 다시 말을 잇다가 이내 멈췄다. 마치 완곡한 표현을 골라내려 하는 듯했다. 다른 사람도 아닌, 나를 상대로 말이다! 내가 무슨 성질머리가 고약하거나 그런 사람이라도 된다는 건가? "그리고 네가 무슨 말을 할지도 알 것 같은데, 일단 내 말부터 들어봐. 그냥 들어보기야, 알았지? 만약 워커가 진실을 말하는 거라면, 포드가 도착해서 그가 자기 일을 하러 떠나기 전까지 우리에게는 나흘이라는 시간이 남아 있어. 그건 내가 거기 갔다가 돌아오기에 충분한 시간이야."

"어딜 갔다가 돌아온다는 거야, 벤?"

"혼자는 안 갈게. 덤보를 데려갈 거야."

"좋오오오아. 너랑 덤보랑 어딜?" 그때 나는 깨달았다. "동굴 말이구나."

내가 이해했다는 사실에 안도를 했는지 그가 재빨리 고개를 끄덕였다.

"답답해서 죽을 것 같아, 캐시. 그애들 생각을 멈출 수가 없어. 어쩌면 티컵이 링거를 따라잡았을지도 몰라. 아니, 어쩌면 아닐지도 모르지. 티컵도 링거도 둘 다 죽었을지도 몰라. 아, 젠장, 그래, 분명히 죽었을 거야. 아니, 어쩌면 그렇지 않을지도 몰라. 그래, 어쩌면 동굴에 도착했을지도 몰라. 그래서 링거가 우리를 데리러 호텔로 돌아갔는데, 거기엔 아무도 없었던 거지. 아예 돌아갈 거기라는 장소 자체가 사라져 버렸으니까. 어쨌든, 죽었든 살았든 간에, 그애들은 지금 저기 어딘가 있어. 그리고 그애들이 살아 있다면, 앞으로 무슨 일이 닥칠지 전혀 모르고 있을 거라고. 누군가 가서 데려오지 않으면, 그애들은 정말 죽게 될 거야."

그가 크게 떨리는 숨을 내쉬었다. 속사포처럼 말을 쏟아낸 이후로 처음이었다.

"그애들을 데리러 간다." 내가 말했다. "샘을 데리러 돌아갔던 것처럼. 그때 네 여동생을 구하러 가지 못한 것……."

"맞아. 아니야. 아, 젠장." 그의 얼굴이 붉게 달아올랐다. 불 옆에 너무 가까이 서 있기 때문은 아니었다. 그는 내가 무슨 말을 하려 하는지 알고 있었다. "이건 내 여동생과는 아무 상관도 없는……."

"그때 넌 도망쳤고, 그때부터 계속 다시 돌아가려 애쓰고 있다는 거 알아."

그가 내 쪽으로 다가왔다. 벽난로 불빛에서 멀어지자 그의 얼굴이 그림자 속으로 들어가 버렸다.

"쥐뿔도 모르면서 떠들지 마. 그게 널 얼마나 기분 상하게 하는지 잘 알아. 왜냐하면 캐시 설리번은 모든 걸 다 알고 있거든, 안 그래?"

"나한테 뭘 원해, 벤? 난 네 엄마도 아니고, 사령관도 아니고, 아무것도 아니야. 네가 하고 싶은 대로 해."

나는 일어섰다. 그리고 곧 다시 주저앉았다. 갈 데가 없었다. 음, 부엌으로 가서 샌드위치를 만들 수도 있겠지만, 문제는 빵도 햄도 치즈도 없다는 것이다. 확실히는 모르지만, 천국에는 모퉁이마다 서브웨이 햄버거 가게가 자리해 있을 것이다. 고디바 초콜릿 가게도 있겠지. 이곳에 도착한 지 이틀째 되는 날, 나는 그레이스가 쌓아둔 고디바 초콜릿 마흔여섯 상자를 발견했다. 물론 정확히 세어본 것은 아니다.

"난 요즘 너무 힘들어." 내가 그에게 말했다.

내 꼬마 동생은 나를 미워하고 내 인간-외계인 경호원은 연민은 커녕 연필과 연민을 구분할 줄도 모르는 게 분명해 보인다. 또, 예전에 내가 고등학교 시절 짝사랑했던 남자애는 자기가 두 명의 실종자를, 그것도 거의 죽었을 게 분명한 아이들을 찾기 위해 자살 특공 임무에 착수하겠다고 선언했다. 게다가 나는 절대로 구할 수 없을 게 분명한 샌드위치를 원하고 있다. 외계인의 침략 이후로 나는 세쌍둥이를 임신한 여자보다도 더 심하게 식탐 때문에 고통받고 있었는데, 늘 내가 다시는 맛볼 수 없는 음식들을 갈구했다. 초콜릿 아이스크림콘. 냉동 피자. 캔에 들어 있는 생크림. 엄마가 토요일 아침마다 만들어주던 시나몬 롤케이크. 맥도날드 감자튀김. 베이컨. 아니, 베이컨은 아직도 구할 수 있을지 모르겠다. 어디서 돼지 한 마리만 찾아내서, 도살하고 정육하고 훈연한 다음 튀겨먹으면 그만 아닌가. 베이컨을 생각하고 있자니, 그 가능성을 생각하니 갑자기 희망이 생기는 듯했다. 베이컨만 구할 수 있다면, 우리가 모든 걸 다 잃은 것은 아닐 것이다.

정말로.

"미안해." 벤이 말했다. "그런 식으로 말하면 안 되는 거였어."

그가 내 쪽으로 다가오더니 너무 과하다고 느껴질 만큼 가깝게 붙어 앉았다. 과거에 나는 벤 패리시가 우리 집에 와서 함께 소파에 앉아 있는 상상을 하곤 했었다. 함께 담요를 덮고 앉아 그의 무릎 위에 커다란 팝콘 그릇을 얹어놓은 채 새벽 1시까지 함께 공포영화를 보는 것이다. 때는 토요일 밤이고 그는 여섯 개의 파티를 마다하고 나와 함께 앉아 있다. 그 파티에는 나보다 훨씬 멋진 애들이 우글우글할 테지만, 그는 내 옆자리 외의 다른 장소에는 있고 싶어 하지 않는다. 나와 함께 있는 것만으로도 충분히 즐겁기 때문이다.

지금 그가 여기 있다. 다른 점이라고는 죽이는 파티가 없다는 것과, TV도 담요도 빌어먹을 팝콘도 없다는 것이다. 원래 세상에는 두 명의 벤이 살고 있었다. 내가 존재하는지도 모르던 진짜 벤과, 버터가 잔뜩 묻은 손가락으로 내게 팝콘을 먹여주던 상상 속의 벤. 그런데 이제는 세 명이 됐다. 처음 두 명에다가, 지금 꽉 끼는 검은색 스웨터를 입고 근사한 수염을 기른 채 내 옆에 너무 가까이 앉아 있는 또 한 명의 벤. 지금 그의 모습은 공연 도중 막간을 이용해 휴게실에서 잠시 쉬고 있는 인디 로커처럼 보인다. 하지만 한 번에 세 명의 벤을 머릿속에 담아두는 건 너무 복잡할 듯하다. 그러니 다른 이름을 지어주어야 할 것 같다. 벤, 벤이었던 벤, 벤일지도 모르는 벤.

"알았어." 내가 말했다. "그렇지만 왜 지금 가야만 하는데? 왜 기다리면 안 되는 거야? 만약 에반이 성공한다면……."

그가 고개를 저었다.

"그가 성공하고 안 하고와는 별 상관이 없어. 위험은 저 위에 있는 외계인이 아니야. 여기 아래에 있는 인간들이라고. 나는 다섯 번째 파동이 일어나기 전에 링거와 티컵을 찾아야만 해."

그가 내 손을 끌어당겨 잡았다. 그러자 내 안의 깊은 곳에서 작은 목소리가 울려 나왔다. 벤. 그 작은 소리는 부스스한 머리의 중학교 여학생의 목소리였다. 코에는 주근깨가 잔뜩 박혀 있던 내성적인 성격의 그애는 죽기를 거부했다. 늘 세상을 다 안다는 듯이 오만하게 굴었지만, 실은 부모님의 끊임없는 격려를 받으며 댄스 수업에 가라테 수업까지 들었음에도 자의식만 강하고 행동거지는 어색하기 그지없었다. 또한 어리석고 평범하고 신파적인 사춘기 애들 특유의 커다란 비밀 보따리를 품고 다녔는데, 예쁘고 인기 있는 애들이 만약 그게 무슨 비밀인지 알았다면, 충격을 받아 쓰러지고도 남았을 터였다.

대체 그애에게 무슨 일이 있었던 걸까? 왜 이미 사라진 인구에 포함되지 않았던 것일까? 내 안에는 너무 많은 벤만 있던 게 아니라, 너무 많은 캐시도 있었다. 세 명의 벤과 두 명의 캐시와 두 명의 샘, 그리고 말 그대로 두 명의 에반 워커까지. 이 중 어느 누구도 하나의 자아로 통합되지 않았다. 우리의 진정한 자아는 사막의 신기루처럼 멀리서 끊임없이 뒤로 물러나며 어른거리고 있을 뿐이었다.

벤이 내 얼굴을 만졌다. 손가락 끝으로 깃털처럼 가볍게 내 볼을 어루만졌다. 그러자 머릿속의 그 작은 목소리, 흐려지는 그 외침이

다시 들려왔다. 벤.

그리고 내 목소리가 들렸다.

"넌 죽게 될 거야."

"그래, 물론 그렇겠지." 그가 미소 지으며 말했다. "그리고 필연적인 방향으로 상황이 전개될 거야. 그들의 방식이 아니라, 내 방식대로."

현관문의 녹슨 경첩이 삐걱거리는 소리가 들리더니, 목소리 하나가 따라왔다.

"캐시 말이 맞아, 벤. 넌 기다려야 해."

벤이 내게서 떨어져 앉았다. 에반이 문간에 기대서 있었다.

"너한테 안 물어봤어."

벤이 말했다.

"우주 모함이 다음 국면의 핵심이야." 에반이 마치 미치광이나 얼간이를 상대로 얘기하는 듯이 천천히 또박또박 말했다. "모함을 폭파하는 게 우리가 이 상황을 끝낼 수 있는 유일한 방법이야."

"네가 뭘 폭파하든 말든 난 신경 안 써." 벤이 말했다. 그러고는 에반을 바라보는 것조차 더는 참고 있을 수 없다는 듯이 고개를 돌렸다. "이 상황을 끝내든지 말든지 난 그것도 관심 없어. 복잡해서 도저히 이해할 수도 없는 구원자를 곁에 두고 있는 누군가에게는 힘든 일일지 모르지만, 나는 세상 전부를 구원하고 싶은 생각도 없어. 단 두 사람이면 충분해."

그가 자리에서 일어나 내 다리를 넘어 복도 쪽으로 걸어갔다. 에반이 그를 부르며 뒤따라갔다. 그리고 뒤이어 그가 한 말이 벤을 차갑게 얼어붙도록 만들었다.

"춘분이 나흘 남았어. 내가 우주선에 올라가지 못해서 그걸 폭파해버리지 못하면, 지구 위의 모든 도시가 파괴될 거야."

빌어먹을. 나는 벤을 바라봤다. 그도 나를 돌아봤다. 그리고 우리 둘 다 에반을 바라봤다.

"네가 말하는 '파괴'된다는 의미는……?"

내가 물었다.

"폭파돼버린다고." 에반이 말했다. "그게 다섯 번째 파동이 시작되기 전 마지막 단계야."

벤이 경악하고 역겨워하고 분노하는 표정으로 그를 바라보면서 천천히 고개를 저었다.

"왜지?"

"쉽게 정화를 끝내려는 거지. 그리고 인간과 관련된 모든 것을 완전히 말살시키려는 목적이기도 하고."

"그런데 왜 지금이야?"

벤이 물었다.

"소리 없는 자들이 모함에 올라탈 예정이니까. 안전하거든. 내 말은, 우리한테. 우리에게는 안전하다는 거지."

나는 고개를 돌렸다. 구역질이 날 것 같았다. 지금쯤이면 적어도 이 정도는 짐작하고 있어야 했다. 상황이 아무리 나빠진다고 해도 이보다 더 나빠질 수는 없을 거라고 생각하자마자, 상황이 더 나빠지고 있다.

★

8

좀비

나는 덤보에게 방 밖으로 나오라고 손짓한다. 캐시가 맘껏 원하는 말을 하도록 내버려두자. 내게 그 꼬마 녀석은 영원히 너겟일 테니. 덤보가 나를 따라 복도로 나왔고, 나는 그애에게 뒤로 물러서라고 말한다. 그리고 문을 닫고 덤보 쪽으로 돌아선다.

"네 물건 챙겨. 우린 떠날 거야."

덤보가 눈을 동그랗게 뜬다.

"언제?"

"지금 당장."

그가 침을 꿀꺽 삼키고는 거실 쪽을 향해 시선을 흘낏거린다.

"우리 둘이서만, 하사?"

나는 덤보가 뭘 걱정하는지 안다.

"나 다 나았어, 덤보." 내가 링거의 총알이 박혔던 곳을 만지며 대답한다. "100퍼센트는 아니겠지만, 86.5퍼센트 이상이야. 이 정도면 괜찮아."

옷장 선반에서 배낭을 끌어내리려고 팔을 뻗자 고통이 칼날처럼 옆구리로 파고든다. 좋아, 1.5퍼센트는 떼어버리고, 85퍼센트만 하자. 그래도 0보다는 100퍼센트에 가깝지 않은가. 어쨌든 경기 후반부에 누가 100퍼센트 괜찮겠어? 심지어 저 착한 편인 사악한 외계인도 발목을 부러뜨렸는데.

나는 배낭을 뒤지기 시작한다. 물론 배낭 속에는 뒤지고 자시고 할 물건도 별로 없다. 부엌에서 깨끗한 물과 식량이나 좀 챙기고, 칼도 하나 챙겨 넣으면 쓸모가 있을 것이다. 나는 바깥쪽 주머니도 뒤진다. 아무것도 없다. 어떻게 된 걸까? 여기다 집어넣었는데. 무슨 일이지?

나는 침실 바닥에 무릎을 꿇고 앉아 가방에 든 것을 다 쏟아놓고 세 차례나 뒤적거린다. 그때 덤보가 안으로 들어온다.

"하사?"

"여기 있었어. 바로 여기 있었다고." 나는 덤보의 얼굴을 올려다본다. 내 표정이 그를 움찔하게 한다. "누군가 가져간 게 틀림없어. 아, 젠장, 대체 누가 가져간 걸까, 덤보?"

"뭘 가져가?"

나는 다시 뒤꿈치에 체중을 싣고 주머니를 더듬어본다. 젠장. 여기 있네. 처음 넣어둔 곳에 그대로 있다. 동생의 목걸이. 동생이 죽어가도록 그대로 내버려두었던 그날 밤에 내 손으로 뜯어냈던 그 목걸이.

"좋아, 됐어." 나는 자리에서 일어나 바닥에서 배낭을 집어 들고 침대에서 라이플을 챙겨 든다. 덤보가 나를 유심히 바라보고 있지만, 나는 거의 눈치채지 못한다. 덤보는 지금까지 여러 달 동안 거의 엄마 닭처럼 날 돌보고 있다.

"난 내일 밤에 떠나는 줄 알았어."

덤보가 말한다.

"그애들이 이곳과 호텔 사이, 아니, 호텔이 있던 곳 사이에 있지 않다면, 우리는 어배너를 두 번 가로질러 가야 해." 내가 말한다. "그런데 나는 빌어먹을 외계인 자식들이 다 더뷰크로 날아 올라갈 때 어배너 근처에서 얼쩡거리고 싶지 않아."

"더뷰크?"

덤보의 얼굴색이 하얗게 변한다. 이렇게 말하는 듯하다. 아, 맙소사, 또 더뷰크야! 나는 배낭을 한쪽 어깨에 둘러메고, 라이플을 나머지 어깨에 둘러멘다.

"버즈 라이트이어(만화영화 〈토이 스토리〉에 등장하는 우주 경비대원 인형. 여기서는 에반 워커를 의미한다-옮긴이)가 방금 그놈들이 도시를 폭파해버릴 거라고 했어."

덤보가 그 말을 받아들이는 데는 약간의 시간이 걸린다.

"어느 도시?"

"전부 다."

덤보의 입이 쩍 벌어진다. 그가 나를 따라 복도로 나가서 모퉁이를 돌아 부엌으로 들어간다. 생수병, 포장을 뜯지 않은 소고기 육포 몇 개, 크래커, 단백질 바 몇 개가 있다. 내가 그걸 두 사람 몫으로 나눈다. 너겟의 레이더가 작동하기 전에 얼른 서둘러야 한다. 그러지 않으면 방에서 쏜살같이 달려 나와 내 바짓가랑이에 들러붙어 떨어지지 않을 것이다.

"전부 다?" 덤보가 되묻는다. 그리고 인상을 찌푸린다. "그렇지만 링거는 놈들이 도시를 폭파해버리지는 않을 거라고 했잖아."

"음, 링거가 틀렸어. 아니면 에반 워커가 거짓말하는 거겠지. 소리 없는 자들이 다 없어질 때까지 기다려야 한다는 헛소리를 해대고 있거든. 그래서 내가 어떤 결정을 내렸는지 아나, 병사? 더는 내가 모르는 것에 대해 걱정만 하면서 시간을 낭비하고 앉아 있지는 않을 작정이야."

그가 고개를 젓는다. 아직도 도시를 폭파한다는 사실에 관해 이해해보려 애쓰는 모양이다.

"지구상의 모든 도시를?"

"신호등이 딱 하나만 있는 빌어먹을 정도로 작은 마지막 도시까지 전부 다."

"어떻게?"

"모함으로. 사흘 후에, 지구를 향해 크게 한 방 휘두르는 거지. 우리 위로 지나가면서 폭탄을 투하한대. 그런 일이 일어나기 전에 워커가 올라가서 모함을 폭파하지 않는 한은 그렇다는 건데, 난 에반의 말을 그다지 믿고 싶지가 않아서 말이야."

"왜?"

"왜냐면 에반을 별로 신뢰하지 않으니까."

"난 아직도 이해를 못 하겠어, 좀비. 왜 처음부터 폭탄을 투하하지 않고 지금까지 기다린 건데?"

덤보는 온몸을 떨고 있고, 심지어 목소리도 떨려 나온다. 이성을 잃어가는 중이다. 나는 그의 어깨를 부여잡고 억지로 나를 바라보게끔 한다.

"내가 전에 말했잖아. 놈들은 소리 없는 자들을 철수시킬 계획이야. 보쉬처럼 훈련을 담당하는 자들은 제외하고, 지구상에 만연한 마지막 한 놈까지 모조리 불러들이려고 포드를 내려보낼 예정이라고. 그래서 놈들이 전부 다 우주선에 올라타고, 지구상의 도시란 도시는 모두 사라지게 되면, 생존자들이 숨어 있을 공간 같은 건 더는 존재하지 않게 되는 거야. 그때부터 지구를 끝장내도록 세뇌당한,

일명 다섯 번째 파동이라고 이름 붙인 그 불쌍한 개자식들에게 전적으로 유리한 싸움이 시작되는 거지. 내 말 이해하겠어?"

그가 고개를 양옆으로 천천히 젓는다.

"이제 그런 건 상관없어. 하사가 가는 곳은 어디든 따라갈 테니 가자고."

덤보 뒤에서 그림자 하나가 움직인다. 빌어먹을 너겟, 그림자 흉내를 내고 있다. 내가 너무 오래 지체한 거다.

"좀비?"

"좋아." 내가 한숨을 쉰다. "덤보, 잠깐만 나가 있어."

그가 단 한 마디를 투덜거리며 부엌을 나간다. 더뷰크라니! 그러고 나서 이제 너겟과 나뿐이다. 나는 이런 상황을 원치 않았다. 하지만 우린 그 무엇에게서도 진짜로 도망칠 수는 없다. 모든 건 순환한다. 링거는 내게 그 사실을 알려주려 노력했었다. 얼마나 멀리, 얼마나 빠르게 달아나든 간에, 언제가 될지는 모르지만, 어쨌든 우린 처음 시작했던 그 자리로 돌아오게 되어 있다. 캐시가 내 면전에 죽은 여동생 얘기를 던졌을 때, 나는 극도로 화가 났었다. 하지만 그녀가 옳다는 사실은 우리 둘 다 알고 있다. 시시는 죽었다. 시시는 절대로 죽지 않을 것이다. 나는 끊임없이 시시에게 가 닿으려 할 것이다. 시시는 영원히 내게서 멀어질 테고, 동생의 목걸이는 영원히 내 손에 뜯길 것이다.

"티컵과 링거는 어디 있지?" 내가 묻는다.

너겟이 방금 깨끗이 씻은 얼굴을 들어 내 얼굴을 바라본다. 녀석은 아랫입술을 쑥 내밀고 있다.

"난 몰라."

"나도 몰라. 그러니까 나와 덤보가 찾으러 갈 거야."

"나도 같이 갈래."

"그건 허락 못 한다, 일병. 넌 여기서 누나를 돌보고 있어야 해."

"누나는 내가 필요 없어. 누나한테는 그 형이 있잖아."

나는 그 사실로 말싸움을 하고 싶지는 않다. 너겟이 정확히 핵심을 찔렀기 때문이다.

"음, 그럼 메건을 책임지는 임무를 네게 맡기겠어."

"우린 절대 갈라지지 않을 거라고 약속했잖아. 무슨 일이 있어도 절대 헤어지지 않을 거라고."

나는 아이 앞에 무릎을 꿇고 앉는다. 너겟의 눈동자가 눈물로 반짝이지만, 아이는 울지 않는다. 이미 나이보다 너무 커버린, 강인한 애늙은이가 돼버렸기 때문이다.

"한 이틀 정도면 돼."

기시감이 느껴진다. 링거가 떠나기 전에 했던 말과 정확히 똑같지 않은가.

"약속하는 거지?"

그리고 이것도 내가 링거에게 물었던 말과 정확히 똑같다. 링거는 약속하지 않았다. 그러지 않는 게 낫다는 걸 알고 있었기 때문이다. 그렇다면 나는? 난 그렇게 똑똑하지 않다.

"내가 언제 약속 안 지킨 적 있어?" 내가 아이의 손을 잡아 손가락을 펴서 시시의 로켓(사진 등을 넣어 목걸이에 다는 작은 금속 갑-옮긴이)을 손에 꼭 쥐여준다. "이거 가지고 있어."

내가 명령조로 말한다.

"이게 뭔데?"

손바닥에서 반짝이는 금속을 빤히 바라보며 아이가 묻는다.

"목걸이에 달려 있던 거야."

"무슨 목걸이?"

"세상 모든 걸 다 연결해주는 목걸이."

너겟이 고개를 젓는다. 무슨 말인지 이해가 안 되는 모양이다.

너겟만 그런 건 아니다. 나도 방금 내 입에서 왜 그런 말이 나왔는지, 그게 무슨 뜻인지, 그리고 왜 내가 그런 말을 했는지 전혀 모르겠다. 이 싸구려 모조 보석 조각……. 나는 내가 죄책감과 수치심 때문에 지금껏 그걸 간직해왔다고 생각했었다. 나 자신에게 실패와 뜯겨나간 모든 것을 상기시키기 위해서라고 생각했다. 하지만 다른 이유도 있었던 모양이다. 적당한 단어를 찾을 수 없기에 도저히 말로는 설명할 수 없는 이유. 아니, 그걸 표현할 적당한 단어 같은 건 아예 없는지도 모른다.

★

9

아까와 마찬가지로 현관문 옆에 그대로 서 있던 에반이 거실까지 나를 따라 들어온다.

"벤, 너 지금 너무 경솔하게 행동하는 거야."

에반이 말한다.

"그애들은 동굴에 있을 수도 있고, 없을 수도 있어." 나는 그의 말은 무시하고 캐시를 바라보며 얘기한다. 그녀는 벽난로 옆에서 자기 몸을 꼭 끌어안고 있다. "만약 그애들이 동굴에 있다면, 우리가 데리고 올 거야. 거기 없으면, 우리도 어쩔 수 없고."

"우린 여기에 6주 동안이나 머물고 있어." 에반이 지적한다. "다른 상황에서라면 우린 이미 죽었을 거야. 죽지 않은 유일한 이유는 우리가 이 구역을 정찰하는 첩보원을 무력화시켰기 때문이라고."

"그레이스." 캐시가 혹시라도 내가 모를까 봐 통역한다. "동굴까지 가는 동안, 너희들은 세 명의 첩보원을……."

"둘이야." 에반이 그녀의 말을 정정한다.

캐시가 눈을 부라린다. 그러거나 말거나.

"두 구역이 에반과 같은 소리 없는 자들에 의해 정찰당하고 있어." 캐시가 에반 쪽을 흘낏거린다. "어쩌면 에반과는 다를지도 모르지. 그다지 질이 좋지 않을지도 몰라. 인간 제거 능력이 상당히 뛰어난 아주 악랄한 소리 없는 자들일 수도 있다는 거야."

"운이 좋아서 한 명 정도는 따돌릴 수 있을지 모르지." 에반이 말한다. "그렇지만 둘은 아니야."

"그렇지만 조금만 더 기다린다면, 따돌리고 자시고 할 것도 없이 소리 없는 자 자체가 아예 없을 거야." 이제 캐시는 내 옆에서 내 팔을 잡고 애원하는 중이다. "그들 모두 모함에 올라가 있을 거라고. 그런 다음 에반이 작정한 일을 하면, 너도……."

캐시가 말끝을 흐린다. 나를 속이기 위해 떠들어댈 만한 헛소리가 다 떨어진 탓일 게다.

나는 그애를 바라보지 않는다. 대신 에반을 바라본다. 나는 그가 다음에는 무슨 말을 하려는지 안다. 왜냐하면 나라도 같은 말을 할 테니까. 만약 덤보와 내가 동굴까지 갈 방법이 전혀 없다면, 링거와 티컵 역시 거기 갈 방법이 전혀 없는 거다.

"넌 링거를 몰라." 내가 그에게 말한다. "누구든 간에 동굴까지 간 사람이 있다면, 링거도 갈 수 있어."

에반이 고개를 끄덕인다. 하지만 그는 링거를 모른다는 첫 번째 말에 동의한 것이지 나머지 말에 고개를 끄덕인 게 아니었다.

"각성한 이후에 우리는 신체를 거의 파괴 불가능하게 만드는 기술력으로 강화됐어. 우리는 우리 자신을 살인 기계로 만든 거야, 벤." 그런 다음 에반은 깊이 숨을 들이마시더니 한참 만에야 숨을 내쉬었다. 빌어먹게 둔한 자식. "그애들이 이렇게까지 오래 살아남을 방법이 없어. 우리에 대항해서는 아니야. 네 친구들은 죽었어."

그럼에도 나는 떠났다. 제기랄, 엿 먹어라, 에반. 세상 전부 다 엿 먹어라. 나는 세상이 끝나기를 기다리며 너무 오랫동안 퍼질러 앉아 있기만 했다.

링거는 약속을 지키지 않았다. 그러니 내가 대신 그 약속을 지킬 작정이다.

★

10

링거

정문에서 감시병이 날 기다리고 있다. 나는 즉시 착륙장이 내려다보이는 감시탑으로 호송된다. 또 하나의 원이 완성된 것이다. 그곳에서 보쉬가 나를 기다린다. 마치 지난 40일 동안 그 자리에서 한 발짝도 움직이지 않은 듯하다.

"좀비는 살아 있군요." 내가 말했다.

바닥을 내려다보았을 때, 나는 레이저가 쓰러지면서 남겨놓은 핏자국 위에 내가 서 있다는 사실을 알아차렸다. 몇 발짝 떨어진 곳에 콘솔이 서 있다. 레이저의 총알이 티컵을 쓰러뜨렸던 자리다. 티컵.

보쉬가 어깨를 으쓱했다.

"모르겠는걸."

"좋아요, 어쩌면 좀비가 아닐지도 모르지. 어쨌든 나를 아는 누군가가 아직까지 살아 있는 건 분명해." 그는 대답하지 않았다. 어쩌면 캐시일지도 몰라, 나는 생각했다. 내 운이 거기까지일지도 모르지. "당신도 알겠지만, 에반이 신뢰하는 누군가가 내 신원을 보증하지 않는 한, 내가 그의 곁에 다가갈 방법은 없어요."

그가 길고 강인한 팔을 들어 가슴 앞으로 팔짱을 끼고 밝은 새 눈 같은 눈을 반짝이며 코를 밑으로 향하고 나를 바라봤다.

"넌 내 질문에 아직 대답하지 않았어." 그가 말했다. "내가 인간인가?"

나는 주저하지 않았다.

"맞아요."

그가 미소 지었다.

"그렇다면 그게 더는 희망이란 남지 않는다는 걸 의미한다는 것도 여전히 믿고 있나?" 그는 내 대답을 기다리지 않았다. "내가 세상의 희망이야. 인류의 운명은 내게 달렸어."

"그것참 엄청난 부담감이겠군요."

내가 말했다.

"까부는구나."

"그들은 당신 같은 사람이 필요했겠죠. 왜 그들이 왔고, 또 무엇을 원하는지도 잘 알고 있는 조직책이자 관리자."

그가 고개를 끄덕였다. 얼굴은 환하게 밝아지고 있었다. 그는 내게 만족했고, 나를 선택한 자기 자신에게도 만족했다.

"그들에게는 선택의 여지가 없었어, 마리카. 물론 그건 우리 인간에게도 선택의 여지가 없었다는 의미이기도 하지. 모든 가능한 시나리오하에, 우리는 우리 자신과 우리가 살아온 터전을 파괴하게끔 저주받았어. 그러니 유일한 해결책은 급진적인 무력 개입밖에는 없었지. 지구를 살리기 위해서는 인간이 사는 마을을 파괴해야 했던 거야."

"그래서 70억 인구를 말살하는 것만으로는 충분치 않았군."

"물론 충분치 않았지. 그것만 원했다면 소행성 충돌이 답이었을 거야. 하지만 그렇지 않았어. 그래서 최고의 해결책이 밀밭에서 걸어 나온 어린아이가 된 거야."

그 기억을 떠올리자 속이 뒤집힐 듯이 메스꺼웠다. 죽어버린 밀밭을 아장아장 걸어가던 어린아이. 그 아이를 집 안으로 받아들인 몇 명의 생존자들. 마지막 남아 있던 믿음의 조각이 지옥 같은 초록빛 재 속에서 폭발해 날아가던 모습.

그를 처음 만났던 날, 나는 연설을 들었다. 모든 신병이 다 들었다. 지구상의 마지막 전투는 그 어떤 평원이나 사막, 또는 산꼭대기에서도 일어나지 않을 것이다……. 나는 가슴에 손을 얹었다.

"여기가 바로 그 전쟁터였어."

"맞아, 그렇지 않으면 지구의 생성과 멸망이라는 사이클은 또다시 반복되고 말 테니까."

"그래서 에반 워커가 중요한 거군요."

"그의 안에 심어놓은 프로그램은 완전히 실패했어. 우리는 왜 그런지 이유를 알아야만 해. 너에게는 명백해 보일 그 이유를 알아야만 해. 그리고 그 목적을 달성할 방법은 딱 한 가지뿐이고."

그가 옆에 있는 콘솔박스의 단추 하나를 눌렀다. 내 뒤에서 문이 열리더니 어깨에 중위 계급장을 단 중년 여인 하나가 걸어 들어왔다. 얼굴은 미소 짓고 있었다. 치아는 완전히 가지런했고, 굉장히 컸다. 눈은 회색이었다. 금모래 빛 머리칼은 뒤로 바짝 당겨 위로 틀어 올려놓았다. 나는 첫눈에 그녀가 싫었다. 거의 본능적인 반응이었다.

"중위, 링거 일병을 의무실로 데려가서 배치 전 신체검사를 받게 하게. 브라보 상황실에서 04시에 보도록 하지."

그가 돌아섰다. 더는 나와 볼일이 없다는 의미였다.

승강기 안에서, 금모래 빛 머리의 여자가 말했다.

"기분은 어때?"

"꺼져."

여자의 얼굴에서는 미소가 사라지지 않았다. 내가 마치 '좋아요. 당신은요?'라고 대답이라도 한 듯이.

"난 피어스 중위야. 그렇지만 그냥 콘스턴스라고 불러."

승강기 벨 소리가 울렸다. 문이 미끄러지며 열렸다. 그녀가 주먹으로 내 목을 가격했다. 시야가 검게 흐려졌고, 무릎이 절로 꺾였다.

"이건 클레어를 위해서야." 그녀가 말했다. "너도 그녀를 기억하겠지."

나는 일어서면서 손바닥 끝으로 그녀의 턱 밑을 가격했다. 여자의 뒤통수가 만족스러운 쩍 소리를 내며 벽에 가서 부딪쳤다. 그런 다음 나는 그녀의 복부를 공격했다. 여자가 내 발 아래 무너졌다.

"이건 70억 인구를 위해서야. 당신도 그들을 기억하겠지."

11

의무실에서 나는 철저하게 신체검사를 받았다. 열두 번째 시스템이 완벽하게 작동되고 있다는 사실을 확실히 하기 위해 컴퓨터가 오랫동안 진단을 해나갔다. 그런 다음 잡역부가 상다리가 부러질 정도로 푸짐하게 음식을 운반해왔다. 나는 걸신들린 듯이 먹어댔다. 거의 한 달 동안 제대로 된 음식을 입에 넣어보지도 못한 탓이었다. 접시가 비자, 잡역부가 쟁반 하나를 또 가지고 왔다. 나는 그것 역시 다 먹어치웠다.

그들이 내 예전 제복을 가지고 왔다. 나는 옷을 벗었다. 그리고 싱크대에서 할 수 있는 만큼 최선을 다해 깨끗이 씻었다. 40일 동안 씻지 않은 탓에 내 주위를 떠도는 악취를 맡을 수 있었고, 무슨 이유에선지 나는 창피함을 느꼈다. 칫솔은 없었기에 이는 손가락으로 닦았다.

열두 번째 시스템이 치아의 에나멜질도 보호해주는 걸까 궁금했다. 나는 옷을 입고, 부츠 끈을 단단히 동여맸다. 기분이 훨씬 좋아졌다. 옛날의 링거로 돌아간 듯했다. 아무것도 몰라서 행복하고 순진하고 강화되지도 않은 링거. 그날 밤 말하지 않은 약속을 마음에 품고 좀비를 떠나왔던 그 링거. 나는 돌아올 거야. 그럴 수만 있다면, 반드시.

문이 활짝 열렸다. 콘스턴스. 중위 제복을 벗고 유행에 한참 뒤떨어진 청바지에 낡은 후드 티로 갈아입은 모습이었다.

"아무래도 우린 시작이 순조롭지 못했던 것 같네."

그녀가 말했다.

"꺼져."

"이제 우린 파트너야." 그녀가 다정하게 말했다. "친구지. 그러니 잘 지내야 해."

나는 그녀를 따라 3개 층을 내려가 지하 벙커로 갔다. 끊임없이 살균된 빛을 뿜어대는 형광등 불빛 아래 잿빛 벽의 통로가 구불구불 이어졌고, 곳곳에 아무 표시도 없는 문짝이 보였다. 그곳은 내 몸이 열두 번째 시스템을 상대로 절대로 이길 수 없는 싸움을 하던 시간을 떠올리게 했다. 그때 나는 레이저와 함께였다. 우린 체스 볼을 하며 비밀 암호를 만들어내고 가짜 도주 계획을 짰었다. 결국은 그 시간이 나를 이 섬뜩한 불빛 밑으로 내려보냈고, 또 하나의 원이 불확실성과 두려움을 토대로 완성되었다.

콘스턴스는 나보다 반걸음 정도 앞서 걸었다. 우리의 발소리가 허공에 메아리쳤다. 나는 그녀의 숨소리도 들을 수 있었다. 지금 당장 널 죽이는 건 일도 아니게 쉬울 거야, 나는 하릴없이 생각했다. 하지만 곧 그 생각을 밀어냈다. 언젠가는 때가 올 터였다. 그러기를 바라지만, 지금은 아니었다.

그녀가 문 하나를 열었다. 우리가 지나쳐온 50개나 그 이상쯤 되는 문짝과 똑같이 생긴, 아무 표시도 되어 있지 않은 문이었다. 나는 그녀를 따라 회의실로 들어갔다. 영사 스크린이 벽에 걸려 있었다. 스크린 앞에는 긴 탁자가 자리해 있고, 그 위에는 작은 금속 상자가 놓여 있었다.

탁자 뒤에 앉은 보쉬의 모습이 보였다. 우리가 안으로 들어가자 그가 자리에서 일어섰다. 전등이 흐려졌고, 스크린이 환해졌다. 구르는 듯 드넓게 펼쳐진 텅 빈 들판 한가운데를 가로지르는 2차선 도로를 곧장 내려다보는 화면이 등장했고, 어느 주택의 사각형 지붕이 화면 한가운데 위치했다. 그 사각형 지붕의 왼쪽 끄트머리에 보초를 서는 사람의 열 신호를 감지한 작은 점 하나가 일렁였다. 집 안쪽에도 빛을 발하는 얼룩들이 모여 있었다. 나는 우선 그들의 숫자를 세고, 다음에는 하나씩 이름을 지어주었다. 덤보, 파운드케이크, 캐시, 너겟, 워커, 그리고 한 명 더, 좀비.

안녕, 좀비.

"6주 전에 정찰기가 보내온 영상이다." 보쉬가 말했다. "어배너에서 대략 25킬로미터쯤 떨어진 곳이지." 비디오 영상이 잠시 캄캄해지더니 다시 환해졌다. 아까의 가늘고 검은 도로와 역시 아까의 그 사각형 집이 보였지만, 집 안에서 반짝이는 얼룩 수는 줄어 있었다. 두 명이 사라졌다. "이건 어젯밤 영상이야."

카메라가 뒤로 물러났다. 숲, 들판, 검은 사각형이 몇 개 더 몰려 있는 모습, 잿빛 풍경 속에 여기저기 보이는 검은 얼룩, 텅 비고 버려지고 죽은 듯한 세상. 가늘고 검게 이어지는 도로가 화면에서 미끄러져 나갔다. 그리고 그들이 보였다. 북서쪽 멀리에서 빛을 발하는 두 개의 점. 누군가 움직이고 있었다.

"저들이 어디로 가는 거죠?"

내가 물었지만, 난 이미 그 해답을 알고 있었다. 보쉬가 어깨를 으쓱해 보였다.

"확실치는 않지만, 가장 유력한 목적지는 여기가 아닐까 싶군."

그가 영상을 멈추게 했다. 그리고 화면 맨 위쪽의 점 하나를 손으로 가리키더니 내게 알아보겠냐고 묻는 듯한 시선을 보냈다.

나는 눈을 감았다. 후줄근한 노란색 후드 티를 입고 폐허가 된 호텔의 로비 카운터에 기대서 있는 좀비의 모습이 보였다. 손에는 그 한심한 안내 책자를 움켜쥐고 있었다. 나는 이렇게 말했다. 내가 가서 살펴보고 이틀 후에 돌아올게.

"저들은 동굴로 가고 있어요." 내가 말했다. "날 찾으러 가는 거예요."

"그래, 나도 그렇게 생각해." 보쉬가 동의했다. "그리고 그게 정확히 저들이 찾으러 가는 사람이지." 불이 들어왔다. "넌 저들이 도착하기 전에, 오늘 밤 미리 그곳에 가 있게 될 거야. 피어스 중위가 표적 획득 임무를 맡았어. 네가 할 일은 중위를 유효 공격 범위 내로 데려가는 거야. 임무를 완수하게 되면, 피어스 중위와 에반 워커는 빠져나와 기지로 돌아올 테고."

"그런 다음엔?" 내가 물었다.

그가 천천히 눈을 깜빡였다. 내가 알고 있기를 기대하는 눈빛이었다.

"그런 다음 너와 네 동료들은 자유롭게 가도 좋다."

"어디로?"

그가 옅은 미소를 지어 보였다.

"바람이 이끄는 곳으로 아무 데나. 그렇지만 가능하면 시골로 가라고 제안하고 싶군. 도시는 이제 더는 안전하지 않을 테니까."

그가 콘스턴스에게 고개를 끄덕이자, 그녀가 나를 지나쳐 문 쪽으로 걸어가며 말했다.

"받아가, 꼬마야, 나중에 필요할 거야."

나는 그녀가 떠나는 것을 지켜봤다. 받아가라고? 뭘 받아가?

"마리카." 보쉬가 나를 향해 손가락을 구부렸다. 이리 와봐.

나는 움직이지 않았다.

"왜 중위를 나와 함께 보내는 거죠?" 그리고 나는 스스로 내 질문에 답했다. "당신은 우릴 보내줄 생각이 없어. 일단 에반을 손에 넣으면, 우릴 죽여버릴 작정인 거야."

그가 이마에 주름을 잡으며 눈썹을 추켜세웠다.

"내가 왜, 뭐하자고 너를 죽이겠어? 네가 없으면 세상이 얼마나 재미없을 텐데."

그가 너무 많은 것을 말했다고 자책이라도 하는 듯이 재빨리 시선을 돌리며 아랫입술을 깨물었다.

그가 탁자 한가운데 놓인 상자를 손으로 가리키며 무뚝뚝하게 말했다.

"앞으로 우리가 다시 볼 일은 없을 거야. 그러니 내 생각에는 이게 적당할 것 같더구나."

"적당하다니, 뭐에?"

"작별 선물로."

"난 당신이 주는 건 아무것도 받고 싶지 않아요."

이것이 내 머리에 처음 떠오른 말은 아니었다. 처음 떠오른 말은 이거였다. 엿이나 처먹어.

그가 상자를 내 쪽으로 밀었다. 얼굴은 미소 짓고 있었다.

나는 뚜껑을 열었다. 무엇을 기대해야 좋을지 확신이 서지 않았다. 어쩌면 우리가 함께했던 좋은 시간을 떠올리게 해줄 여행용 체스게임 세트일지도 모르지. 상자 안의 발포 쿠션 위에 놓여 있는 건 투명한 플라스틱 속에 든 녹색 알약이었다.

"세상은 시계야." 그가 부드럽게 말했다. "삶과 죽음 중에서 하나를 선택하는 것이 전혀 어렵지 않을 시간이 오고 있어, 마리카."

"이게 뭐죠?"

"밀밭을 걸어가던 아이의 목구멍 속에 수정된 버전의 이 알약이 들어 있었지. 다른 점이라면 이 모델이 여섯 배쯤 강력하다고 생각하면 돼. 즉, 반경 8킬로미터 내의 모든 것을 즉각적으로 기화시켜 버릴 만한 위력이 있지. 이 알약을 입에 넣고, 이빨로 깨물어 봉랍을 깨뜨리고 나면, 네가 할 일이라고는 숨을 쉬는 것뿐이야."

나는 고개를 저었다.

"난 이런 거 필요 없어요."

그가 고개를 끄덕였다. 두 눈에서는 불꽃이 번쩍였다. 내가 거절하리라 예상하였을 터였다.

"사흘 후에, 우리의 후원자가 우주 모함에서 폭탄을 투하할 거다. 그게 지구상에 남아 있는 모든 도시를 파괴할 거야. 무슨 말인지 알겠니, 마리카? 인간의 발자취가 완벽하게 씻겨나갈 거라는 의미야. 우리가 6천 년간 건설해온 모든 것이 하루 만에 자취를 감추게 되는 거지. 그러고 나면 다섯 번째 파동의 군인들이 생존자를 상대로 작전을 개시할 테고, 전쟁이 시작되는 거란다. 지구상의 마지막 전쟁 말이다, 마리카. 끝나지 않을 전쟁. 그 전쟁은 마지막 총알을 다 써버릴 때까지 계속될 테고, 그 후에는 몽둥이와 돌멩이를 들고 싸우게 되겠지."

내 당혹스런 표정이 그의 인내심을 자극한 모양이었다. 보쉬의 목소리가 딱딱해졌다.

"밀밭의 어린이가 주는 교훈이 뭐지?"

"외부인은 절대 믿지 마라." 내가 발포 쿠션 위에 놓인 녹색 알약을 바라보며 대답했다. "심지어 어린아이도."

"그리고 아무도 신뢰할 수 없게 되면 무슨 일이 일어날까? 낯선 사람이 모두 '외부인'이 된다면 우린 어떻게 될까?"

"믿음 없이는 협력도 없어요. 협력 없이는 진보도 없죠. 역사가 멈추는 거죠."

"바로 그거야!" 그의 얼굴이 자랑스러움으로 빛났다. "너라면 이해할 줄 알았어. 인간의 문제를 해결할 수 있는 해답은 바로 모든 인간적인 자질의 죽음에 놓여 있어."

그의 팔이 움직이더니 나를 향해 뻗어왔다. 나를 만지려는 것 같았지만, 그가 갑자기 움직임을 멈췄다. 나와 만난 이후 처음으로 그의 표정이 무언가 때문에 어두워지는 듯 보였다. 내가 조금만 더 똑똑했더라면, 그가 두려워하고 있다는 사실을 알아차렸을지도 모르겠다.

하지만 그가 두려워하다니, 말도 안 되는 얘기다.

보쉬가 팔을 내리고 돌아섰다.

★

12

C-160의 외피가 지는 해를 받아 반짝거렸다. 활주로 위는 얼어붙을 듯이 추웠지만, 햇살은 내 뺨을 희롱했다. 춘분까지 나흘이 남았다. 모함이 탑재하고 있는 화물을 떨어뜨리기까지도 나흘이 남았다. 마지막까지 나흘이 남았다.

내 곁에서는 콘스턴스가 자신의 장비를 마지막으로 한 번 더 점검하고 있고, 지상 근무자들은 비행기를 마지막으로 한 번 더 점검하는 중이다. 나는 권총과 라이플과 칼을 휴대하고 있고, 등에는 옷을 짊어지고, 주머니에는 작은 녹색 알약을 챙겨 넣었다.

나는 그의 마지막 선물을 받기로 했다.

그가 왜 내게 그걸 주려 했는지 이해했기 때문이다. 그리고 나는 그 제안이 의미하는 바도 알고 있었다. 그는 약속을 지키려는 것이다. 콘스턴스가 에반을 잡게 되면, 우리는 자유다.

우리가 무슨 위험이 되겠는가, 안 그런가? 숨을 곳이라곤 없다. 우리가 그들이 제안하는 죽음과 우리가 선택한 죽음 사이에서 궁극적인 선택을 해야 하는 순간에 처하기까지는 길어야 몇 달일 것이다. 그리고 우리가 앞서 말한 두 가지 선택 외에 다른 선택의 여지라고는 없이 궁지에 몰리거나 생포되더라도, 내게는 그가 준 선물이 남아 있을 것이다. 나는 그것을 선택하면 된다.

나는 부산하게 배낭을 챙기는 콘스턴스를 내려다봤다. 드러난 뒷목이 지는 햇살을 받아 황금빛으로 빛나고 있었다. 나는 칼을 꺼내 그 부드러운 피부 속으로 깊숙이 찔러 넣는 상상을 해봤다. 증오는 답이 아니다. 나도 그 사실은 알고 있다. 그녀도 나와 마찬가지로, 70억 인구나 밀밭을 뛰어가던 어린애와 마찬가지로 희생자였다. 사실 그녀와 에반 워커와 소리 없는 자 프로그램에 감염된 수천의 인구는 희생자 중에서도 가장 슬프고 가장 가여운 희생자였다.

적어도 내가 죽을 때, 나는 두 눈을 크게 뜨고 죽을 것이다. 진실을 아는 채로 죽을 것이다.

그녀가 나를 올려다봤다. 확신은 못 하겠지만, 내 입에서 '꺼져'라는 말이 다시 나오기를 기다리고 있다는 느낌이 들었다.

그래서 하지 않았다.

"당신도 그를 알아?" 내가 물었다. "에반 워커. 분명히 서로서로 알고 있겠지, 안 그래? 저 위에서 1만 년이나 함께 살았을 테니까." 내가 하늘의 초록색 얼룩 쪽으로 고개를 기울인 채 말했다. "그가 배신자가 됐다는 거 알고 있었어?"

콘스턴스가 커다란 이빨을 드러냈지만, 대답은 하지 않았다.

"좋아, 모든 게 다 헛소리야." 내가 말했다. "당신이 진실이라고 생각하는 모든 게 다 헛소리라고. 당신이라고 생각하는 당신 자신, 당신의 기억, 모든 게 다. 당신이 태어나기도 전에, 그들이 당신의 뇌 속에 프로그램을 심어놨어. 그리고 당신이 사춘기에 접어들었을 때, 그걸 부팅시킨 거지. 분명히 사춘기 호르몬에 시동이 걸린 화학 반응일 거야."

그녀가 여전히 이를 다 드러낸 채 고개를 끄덕였다.

"그래, 그렇게 생각하는 게 마음이 편하겠지."

"당신은 말 그대로 뇌 속에 깔아놓은 바이러스성 프로그램에 영향받는 거야. 그게 일어나지도 않은 일을 '기억'하게 하는 거라고. 당신은 인간성을 말살하고 지구를 식민지화하기 위해 여기 온 외계인 의식이 아니라, 인간이야. 나처럼. 보쉬처럼. 다른 모든 사람처럼."

"난 너하고는 전혀 비슷하지도 않아."

콘스턴스가 말했다.

"아마 때가 되면 모함으로 돌아가게 되리라고 믿고 있을 테지. 그 다음에 다섯 번째 파동이 인간 대학살을 끝내게 되리라고 알고 있겠지만, 그렇지 않아. 그들의 계획은 그게 아니야. 당신은 총알이 다 떨어지고 역사가 멈추는 순간까지 당신이 만들어낸 바로 그 군대와 싸우게 될 운명이라고. 믿음은 우릴 협력으로 이끌어가고 협력은 진보로 이어지지만, 이제 진보 같은 건 없을 거야. 새로운 석기시대는 없어. 끊임없이 계속되는 석기시대만이 있을 뿐이지."

배낭을 둘러메고, 콘스턴스가 아스팔트 포장 위에서 일어섰다.

"대단히 흥미로운 이론이네. 맘에 들어."

나는 한숨을 쉬었다. 그녀의 믿음을 깨뜨릴 길이 없었다. 그렇지만 콘스턴스를 탓할 수는 없었다. 만약 그녀가 '네 아버지는 주정뱅이 화가가 아니었어. 사실 그는 술이라고는 입에도 대지 않는 침례교 목사였지'라고 말했다면 나 역시도 그녀의 말을 믿지 않았을 테니까. 코기토 에르고 줌(Cogito ergo sum, 나는 생각한다. 고로 존재한다.). 경험의 총합보다, 우리의 기억이 현실의 궁극적인 증거다.

비행기 엔진이 윙윙거리며 돌기 시작했다. 그 소리에 나는 움찔했다. 그 어떤 것도 기계화된 세계를 상기시키지 않는 황야에서 나는 장장 40일을 보냈다. 훅 끼쳐오는 배기가스 냄새와 피부 위에서 진동하는 공기가 이 또한 언젠가는 끝나리라는 사실을 상기시키며 가슴속에 그리움의 통증을 불러왔다. 마지막 전투는 아직 시작도 하지 않았지만, 전쟁은 이미 끝이 났다.

태양이 지친 한숨을 쉬듯이 지평선 아래로 잠겨 들어갔다. 어두워지는 하늘을 배경으로 녹색 눈이 더 밝게 빛났다. 콘스턴스와 나는 승강구를 뛰어 올라가 비행기 안으로 들어가서 나란히 앉아 안전띠를 맸다.

커다란 쉬-익 소리와 함께 문이 닫혔다. 잠시 후 우리는 활주로를 향해 천천히 움직이기 시작했다. 나는 콘스턴스를 바라봤다. 표정은 여전히 미소 짓고 있었지만, 검은 눈동자는 상어의 눈처럼 아무 감정도 실려 있지 않았다.

내 손이 앞으로 쑥 뻗어 나가 콘스턴스의 팔뚝을 움켜잡았다. 그녀의 두꺼운 파카 천을 통해 끓어오르는 듯한 증오가 느껴졌다. 그 증오와 분노와 역겨움이 그녀 안에서 폭포처럼 흘러나와 내 안으로 들어왔고, 나는 그제야 깨달았다. 그녀가 목표물을 획득하는 순간, 우리의 소용은 끝나버린다. 따라서 지시받은 사항이나 보쉬가 했던 그 모든 약속과는 상관없이, 콘스턴스는 나와 좀비와 모두를 죽여버릴 것이다. 우릴 살려두면 위험부담이 너무 크지 않겠는가.

그건 내가 그녀를 죽여버려야 한다는 의미였다.

비행기 동체가 앞으로 홱 쏠렸다. 위가 뒤틀렸다. 욕지기가 올라왔다. 지금껏 나는 멀미라는 걸 해본 적이 없었다.

나는 격벽에 등을 기대고 눈을 감았다. 허브가 내 갈망에 응답해서 청각과 촉각을 닫아버렸다. 나를 감싸고 있는 무감각한 고요 속에 앉아, 나는 주어진 선택사항을 하나씩 점검해갔다.

콘스턴스는 죽어야만 한다. 하지만 그녀를 죽이는 것은 에반의 문제를 더 심각하게 만들 터였다. 보쉬가 두 번째 첩보원을 보낼 수도 있겠지만, 그는 모든 전술적인 이점을 다 잃게 된다. 그러니 만약 내가 콘스턴스를 죽인다면, 그는 우리를 지옥 불 미사일로 다 끝장내버리기로 결정할지도 모른다.

만약 그가 에반 워커를 죽여야만 한다면.

에반 워커가 이미 죽어버린 게 아니라면.

입안으로 신물이 올라왔다. 한바탕 구역질을 해대고 싶은 충동과 싸우며 나는 침을 꿀꺽 삼켰다.

보쉬는 에반을 원더랜드 의자에 앉혀놓아야만 한다. 그게 에반이 왜 자신의 프로그래밍에 반해 반역을 일으킨 것인지 알아낼 수 있는 유일한 방법이다. 결함이 에반에게 있는지 프로그램에 있는지, 아니면 그 둘의 유독한 조합에 놓여 있는지 알아내야만 한다. 프로그램 속의 근본적인 결함은 지속 불가능한 패러다임을 창조해낼 테니 말이다.

그러나 만약 에반이 죽는다면, 보쉬는 시스템의 결함을 확인할 수가 없다. 그렇게 되면 작전 전체가 붕괴돼버릴 수도 있었다. 만약 모두가 같은 편이라면, 전쟁을 일으킬 수 없지 않은가. 특히 끝없이 이어지는 다양한 전쟁을. 에반 안에서 '잘못된' 것이 무엇이든 간에, 그건 다른 소리 없는 자들 안에서도 잘못될 수 있다는 의미였다. 그는 왜 에반의 프로그래밍이 실패했는지 반드시 알아야만 한다.

그런 일이 일어나게 할 수는 없어. 보쉬에게 그가 원하는 것을 주어버리는 위험은 절대로 감수할 수 없어.

그가 원하는 것을 갖지 못하게 하는 것이 우리에게 남은 유일한 희망일지도 모른다. 그리고 그걸 할 수 있는 방법은 오직 하나다.

에반 워커는 죽어야만 한다.

★

13

샘

길 위의 좀비가 점점 작아진다.

별빛을 받으며 텅 빈 도로를 따라 걸어 내려가는 좀비와 덤보의 모습이 점점 흐려진다.

샘은 주머니에서 은제 로켓을 꺼내 손에 꼭 쥔다.

약속하는 거지?

내가 언제 약속 안 지킨 적 있어?

그리고 어둠이 마치 괴물의 입처럼 더는 좀비의 모습이 보이지 않을 때까지 그를 집어 삼켜버려서 오직 괴물과 어둠만이 남는다.

아이가 차가운 유리창에 나머지 한 손을 가져가 꾹 누른다. 버스가 그를 헤이븐 캠프로 데려간 날, 아이는 갈색 길 위에 서서 갈색 곰 인형을 꼭 붙들고 점점 무(無)로 줄어들어 좀비처럼 먼지와 어둠의 입속으로 집어 삼켜지는 누나 캐시의 모습을 봤다.

아이 뒤에서, 캐시가 성난 목소리로 에반 워커에게 말한다.

"왜 걔들을 못 가게 말리지 않았어?"

"노력은 했어."

에반 워커가 대답한다.

"그리 열심히는 아니지."

"그의 다리를 분질러서 앉혀놓을 만큼 시간이 많지도 않았어. 내가 대체 뭘 할 수 있을지 모르겠더라고."

샘이 손을 떼었을 때도 유리창은 그 손의 추억을 그대로 간직하고 있었다. 마치 그날의 버스 창문이 그랬던 것처럼, 그의 손이 얹혀 있던 자리에는 뿌연 자국이 남아 있었다.

"네가 샘을 잃어버렸을 때, 만약 누군가 널 만류했다면, 넌 동생 찾는 걸 멈췄을 것 같아?" 에반 워커가 묻는다. 그리고 밖으로 나가 버린다.

샘은 유리창에 비친 누나의 얼굴을 볼 수 있다. 외계인의 침략 이후, 다른 모든 것과 마찬가지로 누나도 변했다. 캐시는 먼지 뿌연 도로에서 점점 작아져 가던 그 캐시가 아니다. 코는 마치 누가 누나의 얼굴을 유리창에 대고 누르고 있기라도 하듯이 살짝 휘어버렸다.

"샘." 누나가 부른다. "너무 늦었어. 오늘 밤은 내 방에서 같이 자면 어떨까?"

아이는 고개를 젓는다.

"메건을 돌봐야 해. 좀비의 명령이야."

누나는 무슨 말인가 하려고 한다. 그러다가 멈춘다. 그리고 다시 말한다.

"좋아. 나도 좀 있다가 그리 갈게. 같이 기도하자."

"난 기도 안 할 거야."

"샘, 기도는 해야 해."

"난 엄마를 위해 기도했어. 그랬더니 엄마가 죽었어. 아빠를 위해서도 기도했어. 그랬더니 아빠도 죽었어. 누군가를 위해 기도하면, 그 사람들은 죽어."

"그래서 사람들이 죽은 게 아니야, 샘."

누나가 동생 쪽으로 팔을 뻗는다. 동생이 뒤로 물러난다.

"이제 난 누구를 위해서도 더는 기도하지 않을 거야." 아이가 누나에게 말한다.

침실에 들어가니 메건이 곰 인형을 안고 침대에 앉아 있다.

"좀비가 떠났어."

샘이 말한다.

"어디로?"

메건이 속삭인다. 아이는 자기가 낼 수 있는 가장 큰 목소리로 말하고 있지만, 다른 사람의 귀에는 속삭임으로밖에 들리지 않는다. 캐시와 에반 워커가 녹색 알약 폭탄을 꺼내면서, 목 안에 상처를 남긴 게 분명하다.

"링거와 티컵을 찾으려고 정찰을 떠난 거야."

메건이 고개를 젓는다. 링거와 티컵이 누군지 모르기 때문이다. 메건의 손이 곰 인형의 머리를 꾹 누르자 곰의 입술이 마치 뽀뽀를 해달라는 듯이 쑥 내밀어진다.

"조심해." 샘이 말한다. "머리 망가뜨리지 마."

이 침실의 창문에는 판자가 둘러쳐져 있다. 그래서 밖을 내다볼 수 없다. 밤에 불을 끄고 나면, 어둠이 너무 무겁게 내려앉아서 마치 피부를 압박하는 듯한 기분까지 든다. 천장에는 느슨한 철삿줄과 두 개의 공처럼 생긴 것이 매달려 있는데, 좀비는 그게 목성과 해왕성이었을 거라고 말했다. 이 방은 에반 워커가 모빌의 철사로 그레이스라는 악마 같은 여자를 죽이려고 했던 곳이다. 카펫 위에는 핏자국이 나 있고, 벽에도 피가 흩뿌려진 흔적이 남아 있다. 그래서 전에 붉은 죽음이 덮쳐왔을 때, 엄마가 누워 있던 방처럼 보인다. 그때 엄마의 코에서는 코피가 멈추지 않았었다. 엄마는 코뿐 아니라 입으로도 피를 흘렸고, 죽기 얼마 전에는 눈과 귀에서도 피가 흘렀었다. 샘은 엄마의 피를 기억한다. 하지만 엄마의 얼굴은 기억나지 않는다.

"난 에반이 우주선을 폭파할 때까지 우리가 다 함께 여기 머물 거라 생각했었어." 메건이 곰 인형을 쥐어짜듯이 눌러대며 소곤거리는 목소리로 말한다.

샘은 옷장 문을 연다. 희미하게 전염병 냄새가 남아 있는 옷과 신발 옆에 보드게임과 액션 피겨와 핫휠 경주용 자동차 수집품이 놓여 있다. 언젠가 캐시가 방으로 들어왔을 때, 샘은 죽은 아이들의 장난감을 가지고 바닥에서 놀고 있었다. 그녀는 방 한가운데 남아 있는 커다란 핏자국 위에 앉아서 동생이 노는 모습을 지켜봤다. 샘은 캠프를 지어서 그의 예전 분대인 53분대를 주둔시켰고, 캠프 안에는 지프와 비행기도 한 대씩 배치했다. 그들은 감염자들의 거점으로 침투하라는 임무를 부여받았다. 하지만 감염자들은 그들이 오는 것과 그들의 드론이 폭탄을 투하하는 것을 미리 알아차렸고, 결국 샘을 제외한 모두가 다치고 말았다. 그러자 좀비가 그에게 말했다. 이제 자네에게 달렸네, 일병. 자네가 우리를 구할 수 있는 유일한 병사야. 아이의 누나는 동생이 노는 모습을 몇 분 정도 지켜보다가 아무 이유도 없이 울음을 터뜨렸고, 그게 아이를 화나게 했다. 누나가 지켜보고 있다는 사실을 몰랐기 때문이었다. 그는 누나가 왜 우는지 이해하지 못했다. 샘은 갑자기 창피해졌다. 이제 그는 군인이지 장난감이나 가지고 노는 어린애가 아니지 않은가. 그래서 아이는 장난감 놀이를 그만둬 버렸다.

샘은 옷장 안으로 들어가려다가 잠시 주저한다. 메건이 침대에서 그를 바라보고 있다. 메건은 그의 비밀에 관해 모른다. 아무도 모른다. 그러나 좀비가 명령을 내렸으니 그는 따라야만 한다. 좀비는 그의 지휘관이다.

"만약에 에반 오빠가 우주선을 폭파하면, 어떻게 오빠는 그 안에서 폭파되지 않을 수 있어?" 메건이 묻는다.

샘이 옷장 안으로 들어가기 전에 어깨너머로 소녀를 바라본다.

"난 그 형도 폭파됐으면 좋겠어."

좀비는 자기가 에반 워커를 믿지 않는다고 말했다. 그러면서 이렇게 덧붙였다.

"그는 감염자야. 그러니 그가 우리를 도와주었다는 사실은 전혀 중요하지 않아. 어떤 상황에서도 적은 적일 뿐이고, 반역자는 절대로 신뢰해서는 안 되는 법이니까."

캐시는 에반 워커가 자기 남자친구가 아니라고 했다. 하지만 샘은 누나가 그를 어떤 식으로 바라보고, 그에게 어떤 식으로 말하는지 알았다. 따라서 아이는 그가 신뢰해도 좋을 사람이고, 그가 모든 걸 원상태로 돌려놓을 거라고 했던 누나의 말을 믿지 않았다. 샘은 헤이븐 캠프의 군인들을 신뢰했었지만, 그들은 적으로 변해버렸다.

옷장 안에서 샘은 벽에 쌓아놓은 옷 무더기 옆에 무릎을 꿇고 앉는다. 그가 거기 무엇을 숨겨놓았는지는 아무도 모른다. 심지어 좀비도 모른다.

처음 이 집에 도착했을 때, 그들은 지하실 하나만 남기고 모든 방을 확인했다. 좀비는 샘이 지하실에 내려가는 걸 허락하지 않았다. 오직 덤보와 에반 워커만 데리고 지하실로 내려갔다. 다시 1층으로 올라왔을 때, 그들은 무기를 들고 있었다. 라이플과 권총과 폭탄이 있었고, 좀비가 FIM 스팅어라고 부르는 어깨에 올려놓고 쏘는 관처럼 생긴 커다란 총도 있었다. 좀비의 설명에 따르면 그 총으로는 하늘에 날아가는 헬기와 비행기도 쏘아 맞힐 수 있었다. 그런 다음 좀비는 지하실은 출입금지라고 샘에게 말했다. 그곳에 내려가는 것도, 그곳에 있는 무기를 만지는 것도 금지였다. 샘도 덤보나 좀비와 마찬가지로 군인임에도 안 된다고 했다. 공평하지 않았다.

샘은 옷 무더기 아래로 손을 집어넣어 총을 꺼낸다. 베레타 M9. 정말 근사해.

"그 안에서 뭐 해?" 메건이 곰 인형의 귀를 잡아당기며 묻는다. 샘은 메건이 그러지 않았으면 좋겠다. 그러지 말라고 천 번도 더 말한 것 같다. 그들이 이 집으로 옮겨온 후에 덤보가 곰 인형의 귀를 두 번이나 구해줘야만 했다. 샘은 기억이 허락하는 한 아주 오랫동안 그의 것이었던 곰 인형을 메건에게 양보해주었다. 그런데도 메건은 곰의 머리를 쥐어짜고, 귀를 잡아당기고, 심지어 이름도 다른 것을 지어 불렀다. 그것 때문에 그들은 다투기까지 했다.

"걔 이름은 곰이야."

그날 샘이 메건에게 말해주었다.

"그건 이름이 아니야. 곰은 그냥 종류지. 난 얘를 캡틴이라고 부를 거야."

"그건 안 돼."

메건이 어깨를 으쓱했다.

"그렇게 부를 거야."

"곰은 내 거야."

"그럼 도로 가져가." 메건이 말했다. "난 상관없어."

샘은 고개를 저었다. 곰을 다시 가져오고 싶지는 않았다. 그는 이제 더는 어린애가 아니었다. 그는 군인이었다. 샘이 원하는 것이라고는 메건이 곰을 곰이라고 제대로 불러주는 것뿐이었다.

"너도 원래는 샘이었는데, 지금은 다른 이름으로 부르잖아."

메건이 말했다.

"그건 다르지. 곰은 분대원이 아니잖아."

그래도 메건은 멈추지 않았다. 곰이라는 이름이 마음에 안 든다는 사실을 깨닫고 난 후, 메건은 단지 샘을 괴롭히기 위해 계속해서 곰을 캡틴이라고 불렀다.

메건 쪽으로 등을 돌린 채, 샘은 권총을 허리춤에 찔러 넣고 툭 튀어나온 모습을 감추기 위해 커다란 빨간색 스웨트셔츠 앞섶을 끌어당겨 여몄다.

"샘? 캡틴이 너 거기서 뭐 하는지 알고 싶어 해."

그날 밤 샘은 자기도 권총을 하나 가져도 좋을지 좀비에게 물어봤었다. 권총은 수도 없이 많았다. 지하실에 무기가 엄청나게 많아, 좀비가 말했었다. 하지만 그는 샘에게 안 된다고 했다. 캐시도 함께 서 있었기에 샘은 누나가 방 밖으로 나가기를 기다렸다가 좀비에게 다시 한 번 나도 총을 가지면 안 되겠냐고 물었다. 그와 메건만 제외하고 모두가 총을 가지고 있는 건 말도 안 되는 일이었고, 심지어 메건은 포함시킬 수도 없었다. 그녀는 민간인이기 때문이다. 메건은 샘처럼 총기를 다루도록 훈련받지 않았다.

그들은 버스에서 메건을 데려가 알약 폭탄을 목구멍 속에 집어넣어야 할 때까지 그애를 어딘가 숨겨놨었다. 메건은 혼자가 아니었다. 그애가 직접 한 말이다. 버스에서 끌어내려 가둬놓았던 아이들은 엄청나게 많았다. 수백 명도 더 됐다. 그리고 에반 워커는 그 아이들이 전부 생존자들을 속이는 데 이용된다고 말했다. 일단 생존자들이 숨어 있는 장소를 알아내면, 적은 항공기나 차를 이용해 그곳으로 아이를 데려가 내려놓았다. 그러면 사람들은 아이를 구해주기 위해 집 안으로 데리고 들어갔고, 결국 그 사람들도 다 죽었다.

그런데도 캐시는 그들이 에반 워커를 믿어야만 한다고 말하다니!

셔츠 아래 꽂혀 있는 총이 맨살에 닿아 차갑다. 좋은 느낌이다. 포옹보다도 더 좋다. 샘은 총이 무섭지 않다. 그의 임무는 메건을 돌보는 것이지만, 좀비는 아무도 에반 워커를 감시하게끔 남겨두지 않았다. 그래서 샘은 자기가 그 임무도 맡을 작정이다.

헤이븐 캠프에서 임무를 맡은 군인들은 자기들이 샘을 보호해주리라고 약속했다. 그들은 샘이 완전히 안전하다고 말해주었다. 또한 모든 게 다 잘될 거라고 약속했다. 하지만 거짓말이었다. 그들이 했던 말은 다 거짓말이었다. 모두가 모든 것에 관해 거짓말을 했다. 다들 그러지 않는가. 모두가 지키지도 않을 약속을 한다. 심지어 샘의 엄마와 아빠도 거짓말을 했다. 처음 우주선이 나타났을 때, 부모님은 절대로 그를 떠나지 않으리라고 약속했지만, 떠나버렸다. 모든 게 괜찮을 거라고 약속했지만, 그렇지 않았다.

샘은 메건 맞은편 침대로 들어가서 천장에 늘어진 철사와 먼지가 뿌옇게 내려앉은 두 개의 금속 구를 바라본다. 메건은 곰 인형을 가슴에 안고 귀를 잡아당기면서 샘을 바라보는 중이다. 그애의 입은 바람이 빠지는 것처럼 조금, 아주 조금 열려 있다.

샘은 고개를 벽 쪽으로 돌린다. 우는 모습을 메건에게 보이고 싶지 않기 때문이다.

그는 아기가 아니다. 군인이다.

이제 더는 누가 인간인지 구분할 방법이 없다. 에반 워커도 인간처럼 보이지만, 아니었다. 내면은 아니었다. 정말 중요한 부분은 아니었다. 심지어 인간이 분명한, 아니, 그럴지도 모를 메건 같은 사람도 신뢰할 수가 없다. 적이 그들에게 무슨 짓을 해놓았을지 전혀 알 수 없기 때문이다. 좀비, 캐시, 덤보…… 그들도 완벽하게 신뢰할 수는 없다. 그들도 에반 워커와 똑같을 수 있지 않은가.

내리누르는 어둠 속에서 망가진 모빌 아래 누워 있는 샘의 심장이 달음박질친다. 어쩌면 그들 모두가 샘을 속이고 있을지 모른다. 심지어 좀비도. 심지어 캐시도.

숨이 턱 끝까지 차오른다. 숨 쉬기가 힘들다. 기도는 해야 해, 캐시가 말했다. 그는 매일 밤 한 번도 빠짐 없이 기도했었다. 하지만 신이 그에게 주었던 유일한 대답은 '안 돼'였다. 엄마를 살려주세요, 하나님. 안 돼. 아빠를 돌려보내 주세요, 하나님. 안 돼. 신도 믿을 수 없다. 심지어 신도 거짓말쟁이다. 다시는 아무도 죽이지 않겠다는 약속의 징표로 신은 하늘에 무지개를 드리웠었다. 그러고는 외부인을 보내 대신 죽이게 했다. 죽음을 맞이했던 모든 사람도 역시 기도했을 테지만, 신은 '안 돼, 안 돼, 안 돼'라고 70억 번이나, 70억 번이나 안 된다고 대답했다. 신은 말했다. 안 돼, 안 돼, 안 돼.

총의 차가운 금속이 그의 맨살에 닿아 있다. 이마를 짚어보는 손처럼 시원하다. 메건이 입으로 숨을 쉬는 소리가 인간의 호흡으로 터지는 폭탄을 떠올리게 한다.

그들은 멈추지 않을 거야, 소년은 생각한다. 모두가 죽을 때까지 절대로 멈추지 않을 거야. 신은 이런 일이 일어나길 원해서 일어나게 허락한 거야. 아무도 신을 상대로는 이길 수 없어. 그는 신이니까.

메건의 숨소리가 잦아든다. 샘의 눈물도 마른다. 그는 텅 빈 광활한 곳을 떠다닌다. 아무것도, 아무도 없다. 끝없는 공간뿐이다.

어쩌면 그럴지도 몰라, 아이는 생각한다. 어쩌면 이미 인간은 하나도 남아 있지 않을지도 몰라. 어쩌면 모두 감염돼버렸을지 몰라.

그 말은 소년이 마지막 남은 인간이라는 의미다. 그가 지구상에 남은 마지막 인간이다.

샘은 손으로 권총을 눌러본다. 총을 만지니 마음이 가라앉는다. 메건에게는 곰이 있다. 그에게는 총이 있다.

만약 이게 속임수라면, 만약 모두가 인간으로 가장한 외계인이라면, 그는 절대로 외계인이 이기도록 내버려두지 않을 것이다. 필요하다면, 그들 모두를 죽인 다음 포드를 타고 모함으로 올라가 폭파해버릴 것이다. 그들은 패배할 것이다. 마지막 인간도 죽게 될 테지만, 적어도 외부인이 승리하는 일은 없을 것이다.

신은 안 된다고 말했다. 그 역시 안 된다고 할 수 있다.

2부

★

둘째 날

★

14

좀비

도시 경계 표지판이 있는 곳까지 가는 데는 한 시간이 채 걸리지 않는다. 어배너는 말 그대로 코앞이다. 도시 경계를 넘어가기 전에 나는 덤보를 길가 쪽으로 끌어낸다. 그에게 진실을 알려야 할지에 관해 나 자신과 한참이나 논쟁을 벌였지만, 사실 선택의 여지란 없다. 덤보도 알아야만 한다.

"너도 에반 워커의 정체가 뭔지 알 거야." 내가 소곤거린다.

그가 고개를 끄덕인다. 눈동자가 좌우로 빠르게 움직이다가 내 얼굴 쪽으로 돌아온다.

"빌어먹을 외계인이잖아."

"맞아. 에반 워커가 어렸을 때 그의 몸속으로 다운로드된 거야. 보쉬처럼 캠프를 운영하는 자들이 있는가 하면, 에반처럼 홀로 할당된 구역을 정찰하면서 생존자를 제거하는 자들도 있는 거지."

덤보의 눈이 내 얼굴을 떠나 다시 어둠을 응시한다.

"저격수라는 거야?"

"앞으로 우린 그런 자들이 지키는 구역 두 개를 지나가야 해. 하나는 어배너와 동굴 사이에 있고, 다른 하나는 이 표지판 너머부터 시작해."

그가 손등으로 입을 쓱 문지르고 한쪽 귓불을 잡아당긴다.

"알았어."

"그리고 그자들은 싸울 만반의 준비를 하고 있어. 나도 잘은 모르지만, 어떤 기술력 같은 거로 신체를 강화해놓은 것 같아. 힘, 속도, 감각, 그런 게 엄청나게 강해진 거지. 그러니까 우린 조용히 빠르게 움직여야 해." 나는 덤보 쪽으로 몸을 기울인다. 그가 이해했는지가 중요하기 때문이다. "만약 나한테 무슨 일이 생기면, 이 임무도 끝나는 거야. 넌 안전 가옥으로 돌아가."

그가 고개를 젓는다.

"하사 곁을 절대 떠나지 않을 거야."

"그래, 그러겠지. 하지만 네가 궁금해할까 봐 말하는데, 이건 명령이야, 일병."

"하사 같으면 날 두고 떠나겠어?"

"당연하지, 그걸 말이라고 해."

나는 그의 어깨를 다독인다. 내가 배낭에서 접안렌즈를 더듬어 찾아 눈에 끼우는 모습을 그가 조용히 바라본다. 접안렌즈를 통해 덤보의 머리가 녹색으로 환하게 밝아진다. 나는 그가 접안렌즈를 착용하는 동안 혹시 또 다른 녹색 얼룩이 사방에 흩어져 있지는 않은지 주변을 둘러본다.

"마지막으로 한 가지만 더, 덤보." 내가 속삭인다. "아군 같은 건 없는 거야."

"뭐라고?"

나는 침을 꿀꺽 삼킨다. 입이 마른다. 다른 방법이 있었으면 좋겠다. 욕지기가 날 것 같지만, 내가 이 게임을 만들어낸 게 아니다. 난 단지 이 게임을 이어나갈 수 있을 만큼 충분히 오랫동안 살아 있으려 애쓸 뿐이다.

"정체를 알 수 없는 녹색 불빛. 그게 보이면, 무조건 사살한다. 주저하지 말고. 예외도 없다. 이해했나?"

"그건 말도 안 돼, 좀비. 만약 그게 링거나 티컵이라면?"

젠장. 거기까지는 생각 못 했다. 게다가 링거 쪽에서도 나와 똑같이 생각하고 있을지 모른다는 생각도 해보지 않았다. 먼저 쏘고, 나중에 물어올까? 아니면, 총소리가 들리면 발포할까? 나는 링거가 어떤 선택을 할지 알 것 같다. 링거 아닌가.

머릿속의 작은 목소리가 속삭인다. 둘이 함께 가면 위험도 두 배가 돼. 덤보는 돌려보내. 처음 만난 이래로 전혀 변함이 없던, 내가 알고 있는 링거의 목소리와 너무나도 비슷한, 냉정하고 조용한 이성적인 목소리. 마치 누군가 화강암은 단단하고 물은 축축하다고 말하는 것처럼 전혀 논쟁의 여지를 남기지 않고 요점만 지적하는 목소리다.

덤보는 고개를 젓는다. 우리는 온갖 어려움을 함께 헤쳐 나왔다. 그는 나를 잘 안다.

"눈이 두 쌍이면 한 쌍보다 훨씬 나아, 하사. 아까 말한 대로 우린 조용히 빠르게 움직일 거야. 그러다 보면 다행히도 우리가 먼저 그애들을 목격하게 되겠지."

덤보가 나를 안심시키려는 듯 미소를 지어 보인다. 나는 자신감이 넘쳐 보이기를 기대하며 고개를 끄덕인다. 그런 다음 우린 출발한다.

구보로 주도로를 달려서 불타버리고 잔해로 뒤덮인, 쥐가 들끓고 판자로 막히고 낙서가 난무하며 오물로 얼룩진 어배너 중심으로 향한다. 뒤집힌 차량과 내려앉은 송전선, 바람과 물살에 밀려 건물의 토대 위에 수북이 쌓인 오물, 마당과 주차장을 뒤덮고 있는 잡동사니, 겨울철 헐벗은 나뭇가지에 매달린 쓰레기. 비닐봉지와 신문 조각, 옷가지, 신발, 장난감, 부서진 의자와 매트리스, TV 등이 보인다. 마치 우주 거인이 지구를 양손으로 움켜잡고 있는 힘껏 흔들다가 내려놓은 것 같다. 만약 내 안에도 사악한 외계인이 침투해 들어온다면, 나 역시도 이 모든 난장판을 치워버리기 위해 모든 도시를 폭파해버릴 것만 같다.

아무래도 이 지옥 같은 풍경을 빙 돌아 뒷길로, 너른 들판으로 나아가는 게 나을 듯하다. 링거라면 분명히 그렇게 했을 것이다. 하지만 만약 링거와 티컵이 어딘가에 살아 있다면, 그곳은 바로 동굴일 텐데, 이 길이 가장 빠른 지름길이 아닌가.

조용히 빠르게, 왼쪽, 오른쪽으로 쉴 새 없이 시선을 돌리며 보도블록 위를 바쁘게 걸어가는 동안 내가 생각한다. 조용히 빠르게.

네 블록쯤 걸어가자 높이가 2미터쯤 되는 장애물이 길을 막아선다. 뒤집히고 박살 나 서로 뒤얽힌 자동차와 나뭇가지, 빛바랜 성조기가 칭칭 감긴 박살 난 가구 등이 만들어낸 것이다. 내 생각에는 두 번째 파동이 세 번째로 나아가고 있을 때, 그러니까 300킬로미터 상공에 떠 있는 외계인의 우주 모함보다 동료 인간이 더 무시무시한 위협이 될지도 모른다는 생각이 사람들 머리에 떠오르기 시작했을 때, 모두 한꺼번에 던져서 만들어놓은 일종의 방벽이 분명했다. 그들이 손을 뗀 이후 인간들이 얼마나 빠르게 무정부 상태로 빠져들어 갔는지, 인간의 마음속에 혼란과 두려움과 불신을 심어놓기란 또 얼마나 쉬웠는지 생각해보면 어이가 없어 말이 안 나올 지경이다. 그렇게 우리가 또 얼마나 빠르게 몰락해갔는지도. 우리는 공공의 적이 생기면 인간들이 각자의 어려움은 옆으로 제쳐놓고 함께 협력해 커져가는 위협에 대항해 싸우리라고 생각했었다. 하지만 그 대신 우리는 장벽을 쌓았다. 식량과 생필품과 무기를 집안에 쌓아놓았다. 낯선 사람과 외지인과 모르는 얼굴을 외면했다. 외계인 침략이 시작되고 2주쯤 지났을 때, 이미 문명은 기초부터 금이 가고 있었다. 두 달 후에는 마치 내파되는 빌딩처럼 무너지기 시작해서 쌓여가는 시체와 마찬가지로 붕괴돼버렸다.

어배너로 가는 길에 우리는 그런 장애물을 몇 개 더 지나갔다. 검게 그을린 뼈 무더기부터 너덜너덜한 시트와 담요 등으로 머리끝에서 발끝까지 둘둘 감아놓은 시체 더미가 마치 하늘에서 뚝 떨어져 내리기라도 한 듯이, 하나씩 또는 10구나 그 이상씩 길 한가운데 버젓이 누워 있었다. 시체 더미가 뒤쪽으로 멀어져 갈 때쯤이면 또 한 무더기의 시체들이 보였고, 잠시 후면 또 다른 도시의 토사물이 앞을 가로막았다.

덤보의 눈이 어둠 속에서 녹색 점들을 찾느라 분주하게 앞뒤로 움직인다.

"엉망진창이네." 그가 쉬쉬거리며 말한다.

추위에도 덤보의 이미 위에는 땀이 송골송골 맺혀 있다. 그가 열에 들뜬 사람마냥 부들부들 떤다. 장애물을 넘어갔을 때, 나는 잠시 쉬며 요기를 하자고 제안한다. 물. 파워바(단백질을 보충해주는 간식–옮긴이). 나는 한동안 파워바에 꽂혀 살았다. 안전 가옥에서 한 상자를 통째로 발견했던 까닭이다. 하지만 지금은 충분히 구할 수가 없다. 우리는 임시로 설치해놓은 벽 속에 작은 공간을 발견해서 메인스트리트로 향하는 북쪽을 바라보며 그 안에 들어가 몸을 숨긴다. 바람은 없다. 맑은 하늘에는 별이 총총히 박혀 있다. 겨울이 끝나가고 지구가 봄을 향해 미끄러져 가는 중이다. 계절의 흐름은 우리의 감각보다 더 오래된 것이기에 우린 뼛속 깊숙한 곳에서부터 그 사실을 느낄 수 있다. 내가 좀비가 되기 전에는 그건 단지 졸업 무도회와 시험공부에 몰두하는 것을 의미했고, 졸업이 다가오고 있었기에 수업과 수업 사이에 복도에 몰려서서 초조하게 나누는 대화를 의미할 뿐이었다. 물론 졸업도 그 이후에는 모든 게 달라져서 같은 것은 아무것도 남지 않으리라는 점에서 종류만 다를 뿐 역시 묵시록적인 사건에 해당하기는 했다.

"너 어배너에 가본 적 있어, 덤보?"

그가 고개를 젓는다.

"난 피츠버그 출신이잖아."

"정말?" 난 한 번도 물어본 적이 없었다.

사실 캠프에서는 무언의 규칙이었다. 과거를 얘기하는 것은 뜨거운 석탄을 만지는 것이나 다름없었다.

"그렇군. 가자, 스틸러스(피츠버그 스틸러스 미식축구팀의 구호–옮긴이)."

"아니야." 그가 파워바를 한 입 크게 베어 물더니 천천히 씹어 먹으며 대답한다. "나는 패커스 팬이었어."

"나도 미식축구 했었는데, 너도 알 거야."

"쿼터백?"

"와이드 리시버(쿼터백의 패스를 받는 게 주 임무인 포지션-옮긴이)."

"우리 형은 야구했었어. 유격수."

"너는 안 했어?"

"어린이 야구단 하다가 10살 때 그만뒀어."

"왜?"

"하기 싫었거든. 그렇지만 나 이스포츠(e-sports, 온라인상에서 행해지는 모든 게임-옮긴이)는 잘해."

"이스포츠?"

"COD 같은 거 말이야."

"누가 더 큰 고기를 낚나 겨루는 거야('Cod'는 어류 대구라는 의미다-옮긴이)?"

그가 미소를 지으며 고개를 젓는다.

"아니. 콜 오브 듀티(Call of Duty, 온라인 게임명-옮긴이), 좀비."

"아! 너 게이머구나."

"아슬아슬하게 MLG였어."

"아, MLG, 그렇구나."

나는 덤보가 하는 말을 하나도 이해하지 못한다.

"최상위 레벨, 프레스티지 12야."

"우와, 정말?"

나는 진심으로 감명을 받아 고개를 젓는다. 단지 무슨 얘긴지 하나도 이해를 못 할 뿐이다.

"내가 무슨 말을 하는 건지 전혀 이해를 못 하는구나."

덤보가 손으로 파워바 포장지를 구긴다. 그리고 어배너 전역에 흩어져 있는 쓰레기들을 이리저리 둘러보더니 포장지를 주머니에 집어넣는다.

"날 계속 괴롭히는 게 하나 있어, 하사." 그가 나를 돌아본다. 불안해서인지 접안경을 끼지 않은 눈을 커다랗게 뜨고 있다. "우주선이 나타나기 전에, 외계인이 아기들의 몸에 자기들을 다운로드했는데, 아기가 10대가 되기 전에 그 안에서 '깨어나지' 않았다는 거잖아."

나는 고개를 끄덕인다.

"그게 워커가 해준 말이야."

"내 생일이 지난주였어. 난 열세 살이야."

"정말? 젠장, 덤보, 왜 말 안 했어. 케이크라도 하나 구워줄 걸 그랬잖아."

그는 미소 짓지 않는다.

"내 안에도 그게 하나 있으면 어떡하지, 하사? 그들 중 하나가 곧 내 머릿속에서 깨어나 날 장악해버리면?"

"너 진심이구나, 그렇지? 이봐, 일병, 그런 정신 나간 소리 그만해."

"하사가 어떻게 알아? 내 말은, 정말로 어떻게 아느냐는 거야, 좀비? 정말로 그런 일이 일어나서 내가 좀비를 해친 다음에 그 집으로 돌아가서 나머지 사람을 다 죽여버릴지도 모르잖아……."

덤보는 흥분해 있다. 나는 그의 팔을 움켜잡고 내 눈을 똑바로 보게 한다.

"내 말 잘 들어, 이 귀만 커다란 숙맥아. 넌 지금 미쳐서 날뛰기 직전이야. 정말로 그렇게 되면 내가 네 엉덩이를 걷어차서 더뷰크로 날려버릴 거야."

"제발." 그가 사정한다. "이제 더뷰크 얘기는 그만 좀 해."

"네 안에는 잠들어 있는 외계인 같은 건 없어, 덤보."

"알았어, 그렇지만 만약 하사가 틀린 거면, 그땐 직접 알아서 처리해야 해, 알았지?"

나는 그의 말이 무슨 뜻인지 안다. 그렇지만 되묻는다.

"뭐라고?"

"직접 처리하라고, 좀비." 그가 사정한다. "그 개자식을 직접 죽여버리라고."

음, 빌어먹을 생일 축하해, 덤보. 이런 대화를 하고 있자니 기분이 초조해진다.

"그래, 알았어." 내가 말한다. "네 안에서 외계인이 깨어나면, 내가 네 뇌를 폭파해버릴 거야."

안도한 표정으로 그가 한숨을 내쉰다.

"고마워, 하사."

나는 자리에서 일어나 팔을 뻗어 그가 일어서게 돕는다. 덤보의 팔이 휙 돌아가더니 나를 옆으로 밀쳐버린다. 그의 라이플이 앞으로 나온다. 그가 반 블록쯤 아래쪽에 있는 자동차 영업소 쪽을 겨냥한다. 나도 무기를 들어 올리고 오른쪽 눈을 감는다. 그리고 접안렌즈 안에서 눈을 가늘게 뜬다. 아무것도 없다.

덤보가 고개를 젓는다.

"뭔가를 봤다고 생각했어." 그가 속삭인다. "그런데 아닌가 봐."

우리는 잠시 기다린다. 빌어먹을 만큼 너무 조용하다. 버려진 도시라면 야생 들개가 짖어대고 길고양이가 울어대고, 그것도 아니라면 올빼미라도 부엉부엉 울어야 할 것 같지만, 실은 아무 소리도 들리지 않는다. 감시당하고 있는 듯한 이 기분은 단지 내 머릿속에서만 일어나는 일일까? 눈에는 보이지 않지만, 분명히 무언가가 나를 지켜보고 있는 게 확실한 듯한 이 느낌. 나는 덤보를 흘낏 바라본다. 두말할 필요도 없이 겁을 잔뜩 집어먹은 모습이다.

우리는 움직인다. 하지만 이제는 빠른 속도가 아니라 거리 맞은편으로 게걸음질을 친다. 맞은편에 도착해서는 자동차 영업소(전몰장병 추모일 맞이 깜짝 세일!)를 마주 보고 있는 중고품 위탁 판매점 벽을 따라 미끄러져 간다. 다음 교차로에 도착할 때까지 우리는 멈추지 않는다. 오른쪽 확인, 왼쪽 확인, 그런 다음 세 블록쯤 떨어져 있는 도심을 향해 직진. 별이 총총히 박힌 밤하늘을 배경으로 빌딩의 커다란 상자 같은 윤곽이 보인다.

우리는 교차로를 빠르게 통과해간 다음, 맞은편에서 다시 멈춰 벽에 등을 기대고 서서 기다린다. 무엇을 기다리는지는 나도 확실치 않다. 우리는 부서진 문짝과 박살 난 창문들을 빠르게 지나쳐 간다. 부츠 발밑에서 깨진 유리가 밟히는 소리가 충격파음보다도 더 크게 들린다. 같은 과정을 반복하면서 또 한 블록을 지나고, 모퉁이에서 왼쪽으로 돌고, 메인스트리트를 가로질러 오른쪽으로, 그다음에는 맞은편 모퉁이에 있는 다음 건물의 비교적 안전한 위치로 빠르게 움직인다.

다시 50미터쯤 나아갔을 때, 덤보가 내 소매를 잡아끌고 깨진 유리문을 통과해 거의 암흑과도 같은 어느 상점 안으로 들어간다. 갈색 자갈이 발밑에서 소리를 내며 밟힌다. 아니, 자갈이 아니다. 그 냄새는 너무 흐릿하기도 하고 어디에나 널려 있는 썩은 오물과 전염병의 상한 우유 냄새 때문에 거의 식별이 불가능하다. 그럼에도 우리는 둘 다 그것을 집어 든다. 그러자 밀려드는 향수와 함께 옅은 통증이 찾아온다. 커피다.

덤보가 문 쪽을 바라보며 카운터 앞에 주저앉는다. 나는 그를 바라본다. 왜 그래?

"나 스타벅스 정말 좋아했었는데." 그가 한숨을 내쉰다. 마치 그 행동이 모든 것을 완벽히 명확하게 드러내 보이기라도 한다는 듯이.

나도 그의 옆에 주저앉는다. 잘은 모르지만, 덤보가 잠시 쉬고 싶어 하는 것 같다. 우리는 아무 말도 안 한다. 시간이 느리게 흘러간다. 마침내 내가 먼저 입을 연다.

"해 뜰 때쯤에는 이 마을을 반드시 벗어나 있어야 해."

덤보가 고개를 끄덕인다. 움직이지는 않는다.

"밖에 누군가 있어."

그가 말한다.

"놈들을 본 거야?"

그가 고개를 젓는다.

"그렇지만 느꼈어. 무슨 말인지 알아? 놈들을 느꼈다고."

나는 잠시 생각해본다. 피해망상. 그게 분명하다.

"놈들의 사격을 유인해야겠군."

내가 그의 기분을 맞춰주기 위해 제안한다.

"아니면 주의를 딴 데로 돌리든가." 그가 가게를 둘러보며 말한다. "뭔가 터뜨리면 될 거야."

그가 배낭을 뒤져 수류탄을 꺼낸다.

"아니, 덤보. 그건 좋은 생각이 아니야."

내가 그의 손에서 수류탄을 받아 든다. 그의 손이 금속보다도 차갑다.

"놈들이 우리 뒤로 숨어들 거야." 그가 주장한다. "우린 놈들이 오는지조차도 모를 거라고."

"음, 오는 걸 모르는 게 차라리 낫지."

내가 미소 짓지만, 덤보는 미소로 답하지 않는다. 덤보는 늘 우리 중에서 가장 이성적인 팀원이었다. 그래서 그들이 덤보에게 의무병 임무를 맡겼는지도 모른다. 이 꼬마를 당황하게 하는 건 아무것도 없다. 적어도 지금까지는 없었다.

"하사, 나한테 생각이 있어." 그가 가까이 기대오며 말한다. 그의 호흡에서 파워바의 초콜릿 냄새를 맡을 수 있다. "하사는 여기 있어. 내가 먼저 갈게. 그렇지만 서로 다른 방향으로 가는 거야. 일단 내가 그들을 유인해가고 나면, 하사는 북쪽으로……."

내가 그를 멈춘다.

"정말 형편없는 생각이군, 일병. 정말, 정말 형편없는 제안이야."

그는 듣지 않는다.

"그렇게 하면 적어도 우리 중 한 명은 살아남을 수 있어."

"헛소리 집어치워. 우린 둘 다 살아남을 거야."

그의 머리가 흔들린다. 목소리도 갈라진다.

"난 그렇게 생각 안 해, 하사."

그가 접안렌즈를 홱 벗어버리더니 나를 아주 오랫동안, 매우 불편하게 바라본다. 마치 귀신이라도 본 것처럼 깜짝 놀란 표정이다. 그러다가 덤보가 벌떡 일어나 두 손을 뻗고 나를 향해 곧장 덤벼든다. 날 목 졸라 죽이려고 작정한 듯하다.

나는 그 공격을 막기 위해 본능적으로 양손을 들어 올린다. 아, 젠장, 맙소사, 이 귀만 커다란 후레자식 말이 맞았다. 그게 깨어난 거야. 덤보 안에 있던 그게 깨어난 거야.

내 손가락이 그의 재킷을 움켜잡는다. 덤보의 머리가 뒤로 홱 젖혀진다. 그의 몸이 뻣뻣해지더니 곧 맥없이 늘어진다.

거의 동시에 나는 저격수의 발포 소리를 듣는다. 레이저 유도 망원경이 장착된 라이플 종류에서 나는 소리, 좀 전에 내 머리를 향해 곧장 날아오게끔 조준되었던 탄환, 그 탄환의 발포 소리였다.

덤보는 나를 구하기 위해 조금의 망설임도 없이 그 탄환을 대신 맞았다. 내가 바로 적이 임명한, 우리 두 사람의 목숨을 지켜야 할 책임을 짊어진 바로 그 인간, 바로 그 우둔하기 짝이 없는 바보천치 얼간이 지휘관이기 때문이었다.

★

15

나는 덤보의 어깨를 움켜잡고, 카운터 뒤로 끌고 간다. 사선에서 벗어나기는 했지만, 그럼에도 궁지에 몰려 있다. 시간이 별로 없다. 나는 덤보를 엎드리게 하고 부상을 살펴보기 위해 그의 재킷과 셔츠 두 장을 위로 들려 올린다. 등 한가운데 지름 2.5센티미터 정도의 구멍이 뚫려 있다. 탄환도 아직 몸속에 남아 있는 게 분명하다. 그렇지 않았다면 나 역시도 총에 맞았을 테니까. 덤보의 가슴이 움직인다. 숨을 쉬고 있다. 나는 몸을 숙여 그의 귀에 대고 속삭인다.

"내가 뭘 해야 할지 알려줘, 덤보. 말해달라고."

그는 아무 말도 하지 않는다. 단지 숨을 쉬는데도 남아 있는 모든 기력이 필요할지도 모른다.

좀비, 넌 여기 있으면 안 돼. 그 침착한, 링거 같은 목소리가 다시 들린다. 그를 보내줘.

그래. 보내줘야지. 그게 내가 할 일이잖아. 그게 내 역할이다. 내 여동생도 보내줬고, 파운드케이크도 보내줬지. 그들은 다 가버렸고, 나는 계속 앞으로 나아가고 있잖아.

빌어먹을.

나는 카운터 앞쪽으로 기어가서 덤보의 가방을 움켜쥐고 다시 뒤돌아 기어간다. 덤보는 공처럼 몸을 웅크려서 무릎으로 가슴을 압박하고 있다. 그의 눈꺼풀이 악몽을 꾸는 사람처럼 파르르 떨린다. 나는 거즈를 찾기 위해 구급상자를 마구잡이로 뒤진다. 부상 부위를 싸매야 한다. 헤이븐 캠프에 있을 때, 단 한 번 들었던 전투 중 부상 시에 대비하는 수업에서 기억나는 거라고는 그것밖에 없다. 상처를 싸매지 않으면, 그것도 빠르게 처리하지 않으면, 덤보는 3분 이내에 과다 출혈로 사망하게 된다.

그 수업에서 들은 내용 중 내가 또 하나 기억하는 것은, 총상이 차라리 죽고 싶을 만큼 아프다는 사실이다. 얼마나 아프면 총상 환자를 처치할 때 가장 먼저 해야 할 일이 환자의 무기를 치워버리는 것이겠는가.

그래서 나는 권총집에서 덤보의 총을 빼내 내 바지 허리춤에 끼워 넣는다.

구급상자 안에 가느다란 금속막대가 있을 것이다. 그것을 이용해 부상 부위 속으로 거즈를 밀어 넣어야 한다. 그런데 찾을 수가 없다.

어서 도망쳐, 좀비. 시간이 없어.

나는 손가락으로 그의 부상 부위에 거즈를 밀어 넣는다. 덤보가 고개를 뒤로 젖힌다. 비명을 지른다. 그리고 손에 움켜잡을 만한 것을 찾으려고 카운터 바닥을 마구 할퀴어대면서 본능적으로 몸을 빼내려 애쓴다. 나는 놀고 있는 한 손으로 그의 목을 잡아 바닥으로 누른다.

"괜찮아, 덤보. 다 괜찮아……."

내가 그의 귀에 대고 속삭인다. 여전히 손가락은 그의 부상 부위에 들어가 거즈 뭉치를 밀어 넣고 있다. 거즈를 더 넣어야 해. 단단히 밀어 넣어야 해. 만에 하나라도 탄환이 동맥을 절단한 거라면…….

나는 손가락을 빼낸다. 그가 다시 한 번 밴시(죽을 운명에 놓인 사람의 옷을 빨며 강가에서 운다고 전해지는 아일랜드 민화에 등장하는 요정－옮긴이)의 울음소리 같은 비명을 토해낸다. 나는 그의 턱을 잡아 억지로 입을 다물게 한다. 나는 천천히 움직이지 않는다. 조심스럽게 움직이지도 않는다. 총상 속으로 거즈 한 뭉치를 더 욱여넣는다. 덤보가 무기력하게 흐느끼며 나를 밀어낸다. 나는 그의 뒤에서 옆으로 누워 다리로 그의 허리를 눌러 움직이지 못하게 한다.

"한 번만 더 하면 돼, 덤보." 내가 속삭인다. "거의 다 됐어……."

그리고 마침내 다 됐다. 거즈가 부상 부위에서 불쑥 튀어 올라와 있다. 더는 안으로 밀어 넣을 수가 없다. 나는 이빨로 반창고를 뜯어 손으로 처치한 부위에 붙인다. 그리고 몸을 굴려 등을 대고 바닥에 누워서 헐떡이며 숨을 들이마신다. 어쩌면 너무 늦었을지도 모른다. 어쩌면. 옆에서 덤보가 계속 흐느낀다. 흐느낌이 차츰 칭얼거림처럼 변한다. 내 몸에 기대 있는 그의 몸이 심하게 떨린다. 쇼크 상태에 빠지려는 것 같다.

고통을 줄여줄 만한 뭔가를 찾기 위해 다시 가방을 뒤진다. 덤보는 의식을 잃어가고 있다. 죽어가는 중이다. 나는 그 사실을 확신한다. 하지만 적어도 좀 더 편안히 갈 수 있게 도와야 한다. 나는 모르핀 응급주사기를 찢어서 열고 덤보의 엉덩이에 바늘을 찔러 넣는다. 효과는 거의 즉각적이다. 근육이 이완되면서 덤보의 입이 벌어지더니 호흡이 느려진다.

"봤지? 별로 나쁘지 않잖아." 내가 마치 논쟁을 마무리 짓는 듯한 어조로 말한다. "꼭 다시 돌아와서 널 데려갈게, 덤보. 반드시 그 개자식을 찾아내서 돌아올 거야."

아, 젠장, 좀비, 그런 말은 하지 말았어야 해. 약속이 마치 사형선고처럼 들린다. 감방문이 쾅 소리를 내며 닫히더니, 나를 바닥으로 끌고 내려갈 돌덩이가 내 목에 달린다.

★

16

라이플과 권총과 섬광탄 두 개를 집어오기 위해 나는 카운터를 다시 돌아 나간다. 참, 한 가지가 더 있다. 내 무기고에서 없어서는 안 될 가장 중요한 무기, 가슴 가득한 분노도 역시 다시 가져와야 한다. 나는 덤보를 총으로 쏜 그 개자식을 공중분해시켜서 덤보가 가장 좋아하는 마을로 돌려보낼 것이다.

나는 복도를 기어서 비상구 쪽으로 간다. (경고! 비상벨이 작동합니다!) 차가운 별빛 아래서, 나는 보도 위로 나간다. 가족이 살해당한 이후, 나는 처음으로 혼자가 됐다. 그러나 이번에는 도망치지 않는다. 다시는 그러지 않을 것이다.

나는 동쪽으로 향한다. 다음 블록에서는 다시 북쪽으로 방향을 틀어 메인스트리트와 평행하게 나아간다. 두 블록을 더 나아간 다음에는 다시 돌아올 것이다. 메인스트리트를 횡단해 다음 거리까지 간 다음, 뒤쪽에서 총을 쏜 놈을 공격할 것이다. 놈이 임무를 완수하기 위해 이미 길을 건너가 버리지 않았기를 바랄 뿐이다.

어쩌면 놈은 소리 없는 자가 아닐지도 모른다. 마지막 전쟁에서 첫 번째 교훈을 얻은 민간인일 수도 있다.

그렇다고 해도 달라지는 건 없다.

안전 가옥에 있을 때, 캐시가 먹을 것을 찾아 편의점 안에 들어갔다가 어느 군인을 만났던 얘기를 해줬었다. 캐시는 그를 죽였다. 그가 십자가를 꺼내는 것을 무기를 꺼내는 것으로 오해해서 벌어진 일이었다. 그 사건이 캐시를 절망케 했다. 그날의 일을 머릿속에서 지워버릴 수가 없었다. 그 군인은 자기가 지구상에서 가장 운 좋은 놈이라고 생각했을 것이다. 분대에서 떨어져 나와, 심각한 부상을 입고, 절대로 올 리 만무한 구조대를 기다리는 것 외에는 아무것도 할 수 없는 처지에서 느닷없이 여자애 하나가 불쑥 나타났으니 말이다. 이제 목숨을 구했다고 생각했을 것이다. 그런데 느닷없이 나타난 그 여자애가 라이플을 발사해서 그의 몸을 바늘꽂이로 만들어버렸다.

"네 잘못이 아니야, 캐시." 내가 그녀에게 말했다. "네겐 선택의 여지가 없었어."

"헛소리 마." 그녀가 소리 질렀다. 캐시는 시도 때도 없이 내게 빽빽 소리를 질러대는 경향이 있다. 아, 물론 내게만 그러는 건 아니다.

아무에게나 땍땍거렸으니까. "그게 바로 놈들이 우리가 믿게끔 하려는 거짓말이야, 패리시."

다시 메인스트리트로 돌아왔다. 길모퉁이를 향해 천천히 속도를 줄이면서, 나는 커피숍으로 향하는 길에 서 있는 건물 모퉁이에서 조심스럽게 주변을 살펴본다. 그 건물 바로 건너편에는 3층짜리 건물이 서 있다. 1층 창문은 전부 판자로 막아놓았고, 위쪽 두 개 층은 전부 금이 가 있다. 창문 안쪽이나 지붕 위에는 빛을 발하는 것이 아무것도 없다. 접안렌즈를 통해서도 녹색 빛 같은 건 보이지 않는다. 나는 몇 초쯤 가만히 서서 건물 정면을 지켜본다. 순서는 잘 알고 있다. 저 건물은 반드시 소거해야만 한다. 캠프에 있을 때, 우린 이 훈련을 천 번도 넘게 수행했다. 물론 그때는 우리가 7명이었다는 사실이 다를 뿐이다. 플린트스톤, 움파, 링거, 티컵, 파운드케이크, 덤보. 그런데 지금은 단 한 명이 남았다. 나뿐이다.

몸을 웅크린 채, 나는 빠르게 메인스트리트를 가로질러 간다. 저격수의 탄환이 날아올지도 모른다는 생각에 온몸이 구석구석 움찔거린다. 어배너까지 지름길로 질러가자는 묘수를 제안한 게 대체 누구였지? 누가 그 녀석에게 지휘권을 준 거지?

정신 똑바로 차리고 계속 움직이면서 위로는 창문, 아래로는 문짝들을 확인하라. 거리는 쓰레기와 깨진 유리로 가득 차 있고, 파열된 하수관과 수도관에서 새어 나온 잔여물로 미끄럽다. 기름 낀 물웅덩이들이 별빛 아래 빛을 발한다. 한 블록 더 가서 남쪽으로 꺾어져야 한다. 블록 끝에 그 건물이 있다. 나는 속도를 천천히 늦춘다. 위험한 순간에는 건물 안에 몸을 숨기고 있으라고 배웠지만, 내가 안에 들어가 머무는 순간은 덤보를 쏘아 맞힌 자를 무력화시킨 후가 될 것이다. 링거와 티컵을 찾는 임무는 중단해야 할까? 그리고 덤보를 데리고 안전 가옥으로 돌아가야 할까? 아니면 그를 여기 내버려두고 동굴에 갔다 돌아오는 길에 그를 데려가는 게 나을까?

나는 블록 끝에 도달한다. 결단을 내릴 시간이다. 일단 건물 안으로 들어가면 그때는 끝이다. 돌이킬 수 없다.

나는 깨진 창문을 통과해서 은행 로비로 들어간다. 바닥이 종이로 뒤덮여 있다. 예금 전표와 안내 책자, 잡지, 전단 조각(유례없이 낮은 이율!), 갖가지 액면가가 적힌 지폐까지. 5달러, 10달러 사이에 100달러짜리 지폐도 널려 있다.

부츠 발밑에서 축축하게 썩은 카펫이 찍찍거리며 뭉개진다. 그 방을 다 돌아보는 데는 채 30초도 걸리지 않는다. 이상 무!

나는 승강기 맞은편에서 계단실로 들어가는 문을 발견하고 천천히 열어본다. 아무것도 볼 수 없는 제로 시정에 처해 있지만, 불을 켜는 위험을 감수하지는 않을 것이다. 그러느니 차라리 내 이름을 크게 외쳐 부르거나, '이봐, 친구, 나 여기 있어!'라고 고함을 질러대는 게 나을지도 모른다. 나는 계단실 안으로 들어가 뒤로 문을 딸각 닫는다. 이제 절대적인 암흑 속에 갇혔다. 한 계단 올라가고 멈추고, 귀를 기울이고, 다시 한 계단 올라가고 멈추기를 반복한다. 아주 낡은 주택처럼 건물이 곳곳에서 약하게 앓는 소리를 낸다. 매서운 겨울을 나는 동안 구조물을 결합하고 있는 뼈대와 근육이 서로 갈라지고 얼어붙고 확장하면서 벽에 심어놓은 파이프가 깨져 회반죽 속으로 물줄기가 벌레처럼 기어나간 탓이다. 외부인들이 사흘 후에 폭탄을 떨어뜨리지 않아도, 어배너는 저절로 무너져 내릴 게 분명하다. 천 년만 지나면, 우리는 도시 전체를 한 손바닥으로 움켜쥘 수도 있을 것이다.

첫 번째 층계참, 곧 2층이다. 나는 한 손으로 금속 난간을 잡고 계속 움직인다. 한 계단, 멈추고, 또 한 계단, 멈추고. 이렇게 옥상까지 올라갔다가 다시 내려올 것이다. 놈이 옥상에 숨어 있으리라고는 생각지 않는다. 덤보와 나는 카운터 뒤에 웅크리고 있었고, 옥상에서 커피숍까지의 탄도는 너무 가파르다. 저격수는 2층에 자리 잡고 있었을 가능성이 더 크지만, 이번에는 치밀하게 확인해볼 작정이다. 행동에 옮기기 전에 모든 움직임을 반드시 숙고하라.

2층까지 절반쯤 올라갔을 때, 계단이 방향을 트는 층계참에서 나는 그 냄새를 감지한다. 도저히 착각할 수 없는 죽음의 악취. 발 밑에 뭔가 작고 부드러운 것이 밟힌다. 죽은 쥐가 분명하다. 좁고 꽉 막힌 공간에서, 그 악취는 너무도 지독하다. 눈에서 눈물이 흐르고 위가 뒤틀려 목구멍까지 올라온다. 도시를 폭파해버려야만 할 또 하나의 좋은 이유 아닌가. 악취를 없애버릴 가장 빠른 방법일 테니.

내 위로, 레이저처럼 가느다란 황금빛 줄기가 문짝 아래서 흘러나온다. 젠장, 이건 또 뭐야. 놈은 천하의 뻰뻰한 개자식이다.

나는 문짝에 귀를 대고 누른다. 조용하다. 너무도 분명한 상황 앞에서도 난 대체 뭘 어떻게 해야 할지 모르겠다. 문에 부비트랩(건드리면 터지게끔 장치해놓은 폭탄—옮긴이)이 설치돼 있을지도 모른다. 아니면, 아까 그 빛은 놈이 매복하고 있는 곳으로 날 유혹해갈 미끼일지도 모른다. 아니면 적어도 문을 열면 소리가 나게끔 장치해놓았을 수도 있다. 그 정도 예방책은 소리 없는 자가 아니더라도 얼마든지 마련해놓을 수 있다.

나는 차가운 금속 문손잡이에 손을 올려놓는다. 괜히 시간을 끌며 접안렌즈를 다시 조절한다. 천천히 들어가서는 안 돼, 패리시, 박차고 들어가는 거야. 하지만 가장 큰 고비는 박차고 들어가는 부분이 아니다. 박차고 들어간 바로 다음 순간이다.

나는 문을 벌컥 열고 재빨리 왼쪽으로 움직인 후 복도로 들어가서 어렵게 오른쪽으로 돈다. 비상벨도 안 울리고, 문에 부딪혀 쨍그랑거리는 빈 깡통 무더기도 없다. 뒤에 있는 문이 기름칠이 잘 된 경첩 위에서 조용히 닫힌다. 그림자 하나가 벽을 가로질러 달려가는 통에 내 손가락이 방아쇠 위에서 꿈틀거린다. 그림자는 털이 북슬북슬하고 줄무늬 꼬리가 달린 작은 주황색 생명체에 붙어 있다.

고양이다.

녀석이 복도 절반쯤에 있는 열린 문 안으로 쏜살같이 달아난다. 그 방에서 내가 층계참에서 보았던 황금색 불빛이 흘러나온다. 불빛 쪽으로 천천히 움직여 가는 동안, 부패의 악취가 두 가지 매우 다른 냄새에 압도당한다. 소고기 스튜 같은 뜨거운 수프 냄새가 오해의 여지 없이 쓰레기통 냄새가 분명한 어떤 냄새와 드잡이를 하고 있다. 부드럽게 웅얼대는 듯한 고음의 목소리가 들린다.

수많은 나무와 숲의 아늑한 곳을 헤매 돌아다니면서
나무 사이를 날아다니며 감미롭게 지저귀는 새 소리를 듣습니다…….

전에 들어본 적이 있는 노래다. 여러 번. 심지어 후렴구까지 기억한다.

그때 내 영혼이 구세주 하나님 당신을 찬양합니다.

당신의 존재는 얼마나 위대하신가요! 당신의 존재는 얼마나 위대하신가요!

여자의 목소리를 듣고 있자니 하나 더 떠오르는 게 있다. 노화로 가늘어져서 긁어대는 듯한 목소리가 음정도 살짝 틀리게, 흔들리지 않는 믿음에서 나오는 결사적인 각오와 자기 확신을 담아 부르는 노랫소리. 내가 얼마나 많은 주일날 할머니 옆에서 이 찬송가를 부르고 서 있었더라? 사춘기 아이답게 지루해서 미칠 것 같은 심정으로 가려운 목깃과 불편한 구두를 조용히 저주하면서, 최근에 반한 여자애에 관한 몽상에 잠겨 찬송가의 마지막 구절을 (머릿속에서) 신성모독적으로 바꿔 부르곤 했었는데. 당신의 엉덩이는 얼마나 위대한가요! 당신의 엉덩이는 얼마나 위대한가요!

그 노래를 듣고 있자니 내 안의 수문이 열려 추억이 멈출 수 없이 흘러넘치기 시작한다. 할머니의 향수. 하얀 스타킹을 신은 당신의 두꺼운 다리와 앞이 네모난 검은 구두. 당신의 입꼬리 부분 깊은 주름 사이사이에 파우더가 떡이 되어 끼어 있던 모습과 검고 친절한 눈동자. 관절염을 앓는 손가락 마디의 굴곡진 모습, 그리고 마치 해양 구조대원을 필사적으로 움켜잡은 조난자처럼 고물 머큐리의 핸들을 있는 힘껏 붙잡고 운전하던 모습. 오븐에서 방금 꺼낸 갓 구운 초콜릿 칩 쿠키와 쟁반 위에서 식어가는 사과 파이, 그리고 함께 기도 모임에 참가하는 어떤 여자가 최근에 폭탄선언을 했다며 그 내용을 신이 나서 이야기하는, 다른 방에서 들려오는 할머니의 목소리.

바로 문밖에서 멈춰선 나는 섬광탄 하나를 꺼낸다. 그리고 핀 고리 안으로 손가락을 끼워 넣는다. 손이 떨린다. 땀방울이 등줄기를 따라 흘러내린다. 이게 바로 그들이 쓰는 방법이야. 이게 그들이 우리 안의 영혼을 짓밟아버리는 방법이라고. 난데없이 과거가 네 목덜미를 강타하고, 네가 당연하게만 여겼었던 모든 추억이 복부 한가운데로 주먹을 날린다. 눈 깜짝할 새 잃어버렸던 것들, 어리석고 사소하고 있는 줄도 몰랐던, 특별할 것도 없는 그런 것들이 너를 무너뜨려버릴 수도 있다. 높은음으로 멀리서 부르는, 따뜻한 쿠키와 시원한 우유 한 잔을 마시게 얼른 집으로 들어오라고 재촉하는 어느 노파의 떨리는 목소리 같은 것들.

그때 내 영혼이 구세주 하나님 당신을 찬양합니다!

나는 핀을 뽑고 섬광탄을 열린 문 안으로 던져 넣는다. 눈을 멀게 할 듯한 섬광, 새된 소리로 울부짖는 고양이들의 끔찍한 합창, 고통스럽게 질러대는 인간의 비명.

나는 문으로 돌진해 들어가 방 한쪽 구석에 웅크리고 있는 대상을 감지한다. 그녀의 얼굴은 내 접안렌즈가 만들어내는 녹색의 소용돌이 속에 숨어버린다. 여자를 없애버려, 좀비. 한 방이면 끝나.

그러나 나는 방아쇠를 당기지 않는다. 무엇이 나를 멈췄는지는 모르겠다. 어쩌면 고양이일지도 모른다. 수십 마리쯤 되는 고양이가 가구 위아래로 뛰어오르고 뛰어든다. 어쩌면 여자가 부르는 노랫소리 때문인지도 모르겠다. 내 할머니와 잃어버린 수많은 것들을 내게 상기시켜준 그 노랫소리. 어쩌면 캐시에게 들었던 이야기 때문일지도 모르겠다. 구석에서 겁을 잔뜩 집어먹고 방어할 힘도 없이 저주받은 채 앉아 있던 그 십자가 군인 이야기. 또 어쩌면 방 안에 놓여 있던 등유 램프의 불빛이 내게 그녀가 무장하지 않았다는 사실을 알 수 있게 했다는, 아주 단순한 이유 때문이었는지도 모른다. 저격수의 라이플 대신, 여자는 나무 숟가락을 꽉 움켜쥐고 있었다.

"아, 제발, 제발 죽이지 말아요!"

노파가 비명을 지른다. 온몸을 작은 공처럼 단단히 웅크리고 두 손으로 얼굴을 가린 채. 나는 방 안을 빠르게 둘러본다. 구석에는 아무도 없다. 내가 들어온 길이 아니면 나갈 곳도 들어올 곳도 없다. 메인스트리트를 향하고 있는 창문은 두꺼운 검은 커튼으로 막혀 있다. 나는 그쪽으로 다가가 라이플 총구로 커튼을 젖혀버린다. 창문에는 판자가 덧대어 있다. 거리에서는 전혀 빛을 볼 수 없었던 게 바로 이 때문이었다. 그리고 그것이 여기는 저격수의 은신처가 아니라는 사실 또한 말해준다.

"제발 죽이지 말아요." 그녀가 애원한다. "제발 해치지 말아요."

그녀의 머리를 에워싸고 있는 녹색 불빛이 나를 짜증 나게 한다. 나는 접안렌즈를 홱 벗어버린다. 창문 옆에 작은 탁자가 놓여 있고, 그 위에 놓인 스터노(캔에 들어 있는 고체 알코올 연료-옮긴이) 깡통 위에서 스튜 냄비가 보글보글 끓고 있다. 그 옆에는 시편 23장이 펼쳐진 성경이 놓여 있다. 소파 위에는 담요와 베개가 수북이 쌓여 있다. 의자 두 개. 책상 하나. 화분에 심어진 플라스틱 나무 한 그루. 높게 쌓여 있는 잡지와 신문 더미. 확실히 저격수가 아닌 평범한 사람의 은신처다.

여자는 보나 마나 세 번째 파동이 마을로 밀고 들어왔을 때부터 여기 죽 머물러 있었을 것이다. 그 사실이 중요한 질문 하나를 제기한다. 어떻게 소리 없는 자들에 발각되지 않고 이렇게 오랫동안 목숨을 부지해올 수 있었을까?

"놈은 어디 있어?" 내가 묻는다. 마치 과거로 시간 여행을 해온 것처럼 내 귀에도 내 목소리는 너무 약하고 어리다. "총 쏜 놈은 어디 있어?"

"총 쏜 놈?" 그녀가 되풀이한다.

여자의 잿빛 머리는 뜨개질한 모자 속에 다 들어가 있지만, 몇 가닥이 삐져나와 창백한 얼굴 옆으로 흘러내려 있다. 그녀는 검은색 운동복 바지를 입고 위에는 스웨터를 여러 장 겹쳐 입고 있다. 나는 여자 쪽으로 다가간다. 여자가 숟가락을 가슴 앞에 꽉 움켜쥔 채 구석으로 더 움츠러든다. 뿌연 연기 속의 황금빛 불빛 속에서 고양이 털이 날아다니며 춤을 춘다. 나는 재채기를 한다.

"저런, 조심해요."

그녀가 반사적으로 말한다.

"당신도 분명히 그 소리를 들었을 거야." 내가 덤보를 쓰러뜨린 총소리를 의미하며 말한다. "그러니 놈이 어디 있는지 알고 있을 거야."

"여긴 아무도 없어." 여자가 흥분해서 소리 지른다. "나와 우리 아기들뿐이야. 제발 우리 아기들은 해치지 마!"

아기란 고양이를 의미한다는 사실을 알아차리는 데 나는 약간의 시간이 걸린다. 한쪽 눈은 여자에게 고정하고, 다른 눈으로는 무기를 찾으며, 나는 낡은 잡지 더미 사이로 구불구불 나 있는 좁은 길을 따라 방 안을 움직여 다닌다. 쓰레기 더미 사이에 총을 숨길 만한 장소는 수백 군데도 넘는다. 나는 소파 위의 담요 더미를 들춰본다. 책상 아래도 확인하고 서랍도 다 열어본다. 플라스틱 나무 뒤쪽도 살펴본다. 고양이 한 마리가 사납게 하악질을 하며 내 다리 사이로 홱 지나간다. 나는 그녀가 앉아 있는 구석 자리로 다가가서 일어서라고 명령한다.

"날 죽일 작정이니?" 노파가 작은 목소리로 묻는다.

그래야만 한다. 그래야만 한다는 걸 알고 있다. 살려두는 위험을 감수할 수는 없다. 덤보를 내게서 빼앗아가 버린 그 총알은 이 건물 어딘가에서 날아왔다. 나는 라이플을 어깨에 메고, 권총을 꺼낸 후 여자에게 다시 일어서라고 명령한다. 둘 다에게 힘든 일이 아닐 수 없다. 여자는 다리를 아래로 내리려고 육체적으로 안간힘을 쓰고 있고, 나는 그녀를 돕고 싶은 본능을 억누르느라 정신적으로 안간힘을 쓴다. 똑바로 일어난 후 여자는 비틀거리면서도 그 빌어먹을 숟가락 걱정에 두 손을 가슴 앞에 모으고 있다.

"숟가락 떨어뜨려."

"숟가락을 떨어뜨리라는 건가?"

"떨어뜨려."

"이건 그저 숟가락에 불과……."

"빌어먹을 숟가락 떨어뜨리라고!"

여자가 그 망할 숟가락을 떨어뜨린다. 나는 여자에게 벽을 보고 서서 두 손을 머리 위로 올리라고 말한다. 여자가 울음이 터져 나오는 걸 억지로 참는다. 나는 여자의 뒤쪽으로 다가가 한 손을 그녀의 손 위에 올린다. 손이 시체처럼 차갑다. 내가 노파의 몸을 수색한다.

아무것도 없어, 좀비, 여자는 깨끗해. 이제 어쩌려고? 태도를 분명히 밝힐 시간이야.

어쩌면 여자는 총소리를 못 들었을지도 모른다. 청각이 안 좋을 수도 있다. 어쨌거나 나이 든 노파 아닌가. 어쩌면 저격범도 여자가 여기 있는 줄 알았지만, 고양이나 끼고 사는 노인네가 위협이 돼봐야 얼마나 되겠는가 싶어서 신경을 쓰지 않았을지도 모르는 일이다.

"여기 또 누가 있지?"

내가 노파의 뒤통수에 대고 말한다.

"아무도 없어, 아무도 없다고. 맹세해, 정말 아무도 없어. 몇 달 동안 사람이라고는 코빼기도 못 봤어. 나하고 우리 아기들뿐이야. 나랑 우리 아기들……!"

"돌아서. 손은 그대로 머리 위에 얹고."

여자가 180도 돌아선다. 이제 나는 주름진 피부 속에 거의 박혀 들어가다시피 자리한 두 개의 밝은 녹색 눈동자를 내려다보고 서 있다. 겹겹이 껴입은 옷이 노파가 얼마나 말랐는지 감춰주고 있지만, 얼굴에서는 느리게 진행되는 굶주림의 징후를 읽어낼 수 있다. 광대뼈는 툭 불거져 나오고, 관자놀이는 움푹 들어가 있으며, 눈은 푹 꺼진 채 가장자리에 짙은 그늘이 져 있다. 살짝 벌어진 입술 안쪽엔 이빨이라고는 없다.

아, 맙소사. 마지막 인간세대는 거짓 희망과 감언이설에 현혹되어 살인 기계로 길러졌고, 봄이 오면 다섯 번째 파동이라는 그 살인 기계들이 세상을 휩쓸어가며 길에서 만나는 모두를, 십자가를 들고 냉장고 속에 숨어 있는 부상당한 소년들이나 고양이를 안고 나무 수저를 꽉 움켜쥐고 사는 늙은이에 이르기까지, 세상 모두를 학살할 것이다.

방아쇠를 당겨, 좀비. 모두의 운이 다한 거라고. 네가 노파를 죽이지 않으면, 누군가가 죽일 거야.

나는 그녀의 눈높이로 권총을 들어 올린다.

★

17

노파가 내 발밑에 무릎을 꿇고 주저앉아 텅 빈 손을 나를 향해 들어 올리지만, 아무 말도 하지 않는다. 할 말이 없기 때문이다. 이제 자기는 죽은 목숨이라고 확신하고 있을 것이다.

그들이 이렇게 하도록 나를 훈련시켰다. 이렇게 하도록 나를 준비시켰다. 나를 비우고, 증오로 다시 채워놓았다. 하지만 난 지금껏 한 번도 누군가를 쏴본 적이 없다. 캐시 설리번의 손에 내 손보다 더 많은 피가 묻어 있다.

처음이 가장 힘들어. 그녀가 말했다. 헤이븐 캠프에서 마지막으로 그 군인을 쐈을 때, 난 아무 느낌도 없었어. 그가 어떻게 생겼었는지조차 기억나지 않아.

"내 친구가 총에 맞았어." 내 목소리가 갈라진다. "할멈이 쐈거나, 할멈이 아는 다른 누군가가 쏜 게 분명해. 솔직히 털어놓는 게 좋을 거야."

"난 이 방을 떠난 적이 없어. 몇 주 동안 나가지도 않았어. 밖은 안전하지 않아." 그녀가 작은 소리로 대꾸한다. "난 여기서 우리 아기들하고 기다렸어……."

"기다려? 뭘 기다려?"

그녀가 시간을 벌고 있다. 나도 마찬가지다. 나는 틀리기 싫다. 아니, 옳은 것도 싫다. 선을 넘어가서 외부인들이 훈련시킨 그런 인간이 되고 싶지 않다. 내 손으로 다른 인간을 죽이고 싶지 않다. 그가 결백하든 결백하지 않든 간에.

"하느님의 어린 양." 그녀가 대답한다. "그리스도가 오고 계셔. 조만간 이곳에 오실 거야. 그러면 밀은 겨에서 분리되고 양은 염소에서 분리될 것이고, 그분은 영광중에 산 자와 죽은 자를 심판하기 위해 오실 거야."

"그래, 그러시겠지." 나는 감정을 억누르며 대답한다. "그 정도는 다들 알고 있어."

그녀가 나보다 먼저 그 사실을 인지한다. 내가 방아쇠를 당기지 않으리라는 사실. 나는 할 수 없다. 아침 해가 지평선 위로 떠오르듯이 달콤하고 아이 같은 미소가 노파 얼굴의 주름진 풍경을 가로질러 퍼져나간다.

나는 발을 질질 끌며 뒷걸음질 치다가 창가에 놓인 탁자에 부딪힌다. 스튜가 냄비 가장자리 너머로 출렁이자 그 아래 놓인 불타는 작은 깡통이 성내듯이 식식거린다.

"내 수프!" 노파가 다시 일어서려 애쓰며 소리 지른다. 나는 좀 더 뒤로 물러나면서 계속 총으로 노파를 겨냥하지만, 그래 봐야 공허한 위협일 뿐이다. 우리 둘 다 그 사실을 알고 있다. 노파가 바닥에서 수저를 집어 들더니 끓고 있는 냄비 쪽으로 절뚝거리며 다가간다. 나무가 금속 냄비 측면에 닿는 소리가 숨어 있던 수십 마리의 고양이를 밖으로 끌어낸다. 위가 조이는 듯하다. 12시간 동안 먹은 거라고는 파워바 하나밖에 없는 까닭이다.

노파가 언뜻 교활해 보일 수도 있는 시선을 흘낏 던지면서 맛을 좀 보겠느냐고 묻는다.

"시간이 없어." 내가 말한다. "친구에게 돌아가야만 해."

그녀의 눈에 눈물이 고인다.

"딱 5분만, 안 되겠니? 지금까지 너무 외로웠어." 그녀가 수프를 젓는다. "한 달 전에 통조림이 다 떨어졌어. 그렇지만 그럭저럭 견딜 만해." 다시 내 쪽을 흘낏거린다. 수줍은 미소와 함께. "친구를 이리로 데려와. 나한테 약도 있고, 함께 친구를 위해 기도도 할 수 있잖아. 주님은 마음이 순수한 사람은 누구라도 치유해주시거든."

입안에는 침이 고이고 있지만, 입술은 바짝 타들어간다. 귓속이 쿵쿵 울린다. 고양이 한 마리가 내 종아리에 몸을 비빈다. 내가 나쁜 놈은 아닌 것 같다고 결론 내린 모양이다.

"좋은 생각이 아니야." 내가 그녀에게 말한다. "여긴 안전하지 않아."

그녀가 내게 놀란 시선을 던진다.

"안전한 곳이 어디 있기는 하고?"

나는 거의 웃음을 터뜨릴 뻔한다. 늙었지만, 꽤 날카롭다. 그리고 강하다. 겁도 없다. 또한 믿음으로 가득 차 있다. 그러니 이렇게 오랫동안 살아남은 것이다. 지금까지 남아 있는 사람은 누구라도 나름의 기개가 있다. 캐시가 그런 사람들을 뭐라고 했더라? 구부러지기는 해도 부러지지는 않는 사람들. 아주 잠깐이기는 하지만, 나는 노파의 제안을 받아들여 덤보를 이곳에 데려다 놓고 링거와 티컵을 찾으러 동굴에 갔다 올까 생각한다. 어쩌면 그게 덤보에게는 최선일지도, 아니 마지막 남은 기회일지도 모른다.

나는 목청을 가다듬는다.

"통조림이 다 떨어졌다고 하지 않았어? 그런데 저 수프는 뭐야?"

그녀가 수저를 들어 입으로 가져가서는 눈을 감고 갈색 액체를 홀짝거린다. 내 발치에 있던 고양이가 지저분한 얼굴을 들어 그 커다란 노란색 눈으로 나를 빤히 바라본다.

나는 그녀가 대답하기 100만분의 1초 전에 그 해답이 뭔지 알아차린다.

"고양이."

대답과 함께 거의 흐르는 듯한 동작으로 노파가 뜨거운 국물을 내 얼굴을 향해 끼얹는다. 나는 뒷걸음질 치다가 잡지 더미에 부딪혀 균형을 잃는다. 내가 바닥으로 쓰러지기도 전에 노파가 내 위에 올라앉더니 내 재킷 깃을 양손으로 움켜잡고 마치 어린애가 봉제 동물 인형을 집어던지듯이 손쉽게 내 몸을 방 저편으로 던져버린다. 옆으로 쓰러져 누운 채 나는 내 쪽으로 돌진해오는 반짝이는 녹색 방울을 향해 권총을 겨냥한다.

노파가 너무 빨랐는지, 내가 너무 느렸는지는 모르겠지만, 그녀가 내 손을 쳐서 총을 날려버린다. 노파의 손가락이 내 목에 감겨온다. 그 손이 나를 홱 잡아 일으켜 머리를 벽으로 밀친다. 그녀의 얼굴이 내 얼굴 가까이 다가온다. 짙은 초록색 눈이 무한한 악의로 번뜩인다.

"넌 여기 와서는 안 되는 거였어." 그녀가 식식거린다. "아직 너무 이르잖아."

그녀의 얼굴이 내 시야로 너무 깊게 들어와 흐릿해진다. 너무 이르다고? 그제야 나는 이해한다. 그녀는 내 접안렌즈를 봤다. 그래서 나를 다섯 번째 파동의 일원이라고 생각한 것이다. 다섯 번째 파동은 여자가 모함으로 돌아가고 나서 일주일 후에 시작하게 되어 있다. 즉, 어배너와 다른 모든 도시가 지구에서 사라지고 난 후에야 시작하는 것이다.

내가 어배너의 소리 없는 자를 찾아냈다.

★

18

"계획이 변경됐어." 내가 헐떡인다.

노파는 내가 가까스로 숨만 쉬도록 허락한다. 차가운 손아귀의 힘이 얼마나 강한지, 그 뒤에는 얼마나 엄청난 힘이 도사리고 있을지 짐작하기 어렵지 않다. 따라서 나는 노파가 뼈만 남은 손목을 살짝 비트는 것만으로도 내 목을 꺾어놓을 수 있다는 걸 확신한다. 그렇게 되면 큰일이다. 덤보에게도 링거에게도 티컵에게도, 그리고 특히 내게 큰일이다. 노파가 날 죽이지 않고 지금까지 살려둔 유일한 이유는 바로 여기, 가장 가까운 기지에서도 수십 킬로미터나 떨어져 있고, 한 주 후면 더는 존재하지도 않을 그런 장소에 내가 있다는 사실, 바로 그 사실에 놀랐기 때문이다.

네 잘못이야, 좀비. 노파를 무력화시켜서 완전히 끝장내버릴 기회가 얼마든지 있었어.

음, 이 여자가 우리 할머니를 떠오르게 했거든.

노파의 탈을 뒤집어쓴 소리 없는 자가 내 대답에 고개를 갸우뚱한다. 마치 맛있는 먹이를 훔쳐보는 호기심 많은 새 같다.

"계획이 바뀌었다고? 그건 불가능해."

"폭격기도 이미 귀대 명령을 받았어." 어떻게든 시간을 벌어야 한다는 생각에 내가 헐떡이며 말한다. "비행기 소리 못 들은 거야?" 내가 노파의 평정심을 1초간 흐트러뜨릴 수 있다면, 그건 1초간 내 목숨을 더 부지할 수 있음을 의미한다. 하지만 폭격기가 지금 오는 중이라고 말하는 건 가장 빠른 죽음을 재촉하는 길이 될지도 모른다.

"웃기지 마." 그녀가 내게 말한다. "내가 보기에 넌 형편없는 거짓말쟁이야."

내 라이플이 팔만 뻗으면 닿을 듯한 위치에 놓여 있다. 아주 가깝다. 아니, 너무 멀다. 나를 바라볼 때 고개를 한쪽으로 기울이는 그녀의 모습을 보니 새가 떠오른다. 마치 저주받은 녹색 눈의 까마귀 같다. 바로 그때 나는 그것을 느낀다. 폭력적으로 밀고 들어오는 의식, 그녀의 의식이 마치 부드러운 나무 속으로 밀려들어가는 드릴처럼 나를 거칠게 뚫고 들어온다. 나는 짓눌리면서 동시에 가죽이 벗겨져 나가는 듯한 느낌이 든다. 내 모든 것이 그녀 앞에 적나라하게 드러난다. 안전한 것도, 두려운 것도 없다. 마치 원더랜드 프로그램에 접속된 듯하다. 그녀는 내 기억뿐 아니라 내 모든 것을 들여다본다.

"엄청난 고통이 느껴져." 그녀가 웅얼거린다. "엄청난 상실감도." 그녀의 손가락이 내 목을 단단히 감아온다. "누굴 찾고 있는 거니?"

내가 대답을 거부하자, 그녀는 내 숨통을 조여버린다. 검은 별들이 시야 안에서 꽃을 피우기 시작한다. 어둠 속에서 동생이 내 이름을 부른다. 나는 생각한다. 맙소사, 캐시, 네가 옳았어. 내가 동생의 부름에 답하지만 않았어도 이 악마 같은 노파가 내 목줄을 죄고 있지는 않을 테지. 내 동생이 나를 여기로 이끈 거야. 티컵도 아니고, 링거도 아니었어.

내 손끝이 라이플 총신에 가 닿는다. 노파의 탈을 쓰고 고양이를 잡아먹는 소리 없는 자가 이빨이 다 빠진 입에서 나오는 시큼한 숨결을 내 얼굴에 뿜어대며 웃음을 터뜨리고, 톱날처럼 내 영혼을 파고들고, 내 안에서 생명을 뽑아내 질겅질겅 씹어 먹는다.

여전히 동생이 부르는 소리가 들리기는 하지만, 이제 나는 커피숍

안의 카운터 뒤에서 웅크리고 있는 덤보의 모습을 볼 수 있다. 말할 힘도 남아 있지 않아 눈으로만 나를 애타게 외쳐 부르는 그의 모습을.

하사가 가는 곳은 어디든 따라갈 테니 가자고.

나는 그를 떠났다. 동생을 홀로 무방비 상태로 내버려두고 떠났듯이 그를 두고 떠났다. 세상에, 게다가 난 덤보의 총까지 챙겨왔다.

천하의 개자식. 총까지.

★

19

첫발은 직사거리 내에 있는, 고양이로 꽉 찬 노파의 축 늘어진 복부다.

탄환도 그녀의 손아귀 힘을 풀어놓지는 못한다. 놀랍게도 노파는 내 목에 매달려 더 힘껏 쥐어짠다. 나 역시 있는 힘껏 그녀의 힘에 반응한다. 두 번째 탄환은 노파의 심장 근처에 안착한다. 노파의 점액질 눈이 천천히 크게 떠지고, 나는 우리의 몸 사이로 양팔을 겨우겨우 집어넣어 노파의 몸뚱이를 뒤로 밀어낸다. 내 목을 움켜잡고 있던 게 발 같은 손가락이 느슨해지고, 나는 시큼달콤한 냄새가 나는, 태어나서 들이마신 공기 중에 가장 격렬한 분노로 끓어오르는 공기를 폐 가득히 들이마신다. 노파는 아직도 쓰러지지 않았다. 강하다. 다시금 기운을 끌어모으는 중이다.

그녀가 나를 향해 덤벼든다. 나는 오른쪽으로 급하게 몸을 굴린다. 노파가 벽에 머리를 세게 찧는다. 나는 다시 총을 발사한다. 이번 탄환은 그녀의 흉곽에 가서 박힌다. 하지만 그럼에도 노파는 벽을 밀치더니 산소가 풍부한 선홍색 피 웅덩이를 첨벙이며 나를 향해 기어온다. 저 노쇠한 몸뚱이를 움직이는 동력은 1만 년이라는 세월이고 그 안에는 바닷물보다 더 많은 증오가 가득 차서 넘실거린다. 게다가 노파의 육체는 인간의 몸을 강화시키고 지탱해줄 기술력의 도움으로 엄청나게 증강되었다. 쳇! 탄환 한두 개쯤? 덤벼, 이 애송이야! 하지만 나는 그녀를 밀어붙이는 힘은 기술력이 아니라는 생각이 든다.

그건 증오다.

나는 뒤로 물러난다. 그녀는 다가온다. 내 뒤꿈치가 잡지 더미에 부딪히고, 나는 뼈마디까지 울리는 쿵 소리와 함께 바닥으로 쓰러진다. 노파의 뼈만 남은 손아귀가 내 부츠를 긁는다. 나는 피범벅이 된 양손으로 총을 움켜잡는다.

창문틀 위에서 몸을 쭉 펴는 고양이처럼 노파의 등이 활처럼 뒤로 휜다. 그녀의 입이 열리지만, 아무 소리도 나오지 않는다. 대신 피를 토한다. 그리고 마지막으로 내게 덤벼든다. 하지만 내가 방아쇠를 움켜쥐는 바로 그 순간 총구에 이마를 부딪친다.

★

20

나는 라이플을 집어 든다. 권총까지는 신경 쓸 겨를도 없다. 그리고 방을 뛰쳐나간다. 복도, 층계, 은행 로비, 거리. 마침내 커피숍으로 돌아간다. 그리고 카운터 뒤로 기어간다. 제발 살아 있어야 해, 이 귀만 커다란 숙맥 같은 녀석.

덤보는 살아 있다. 퍼덕이는 맥박, 얕은 호흡, 잿빛 피부, 그럼에도 살아 있다.

그래, 이제 어쩔 건데?

안전 가옥으로 돌아가? 가장 안전하고, 위험을 최소화할 수 있는 선택이다. 링거가 있었다면 제안했을 대안이기도 하다. 그녀는 위험 전문가가 아니던가. 동굴에 간다고 해도 뭘 발견하게 될지 알 수 없고, 심지어 거기 도착이나 할 수 있을지도 모르겠다. 가는 길에는 소리 없는 자가 또 하나 있지 않은가. 링거와 티컵이 이미 죽었을 가능성이 가장 큰데, 그건 다시 말해 내가 처형장 안으로 자진해서 걸어 들어가고 있을 뿐 아니라, 덤보까지 그 길로 데려가려 한다는 의미나 다름없다.

덤보를 여기 두고 갔다가 돌아가는 길에 다시 데리고 가는 게 가장 나을 것 같다. 물론 되돌아갈 수 있으리라는 가정하에. 덤보에게도 내게도 그게 최선이다. 지금 덤보를 데리고 가봐야 짐이고 골칫거리일 뿐이다.

그러니 어쩔 수 없지만 나는 그를 여기 두고 가야 한다. 이봐, 덤보, 네가 날 대신해서 총알도 맞고 별의별 걸 다 했다는 거 잘 알아. 하지만 이제 넌 혼자 힘으로 살아남아야 해, 친구. 난 여길 떠야만 하거든. 벤 패리시는 원래 그런 놈이잖아, 안 그래?

빌어먹을, 좀비, 이미 결정된 거야. 덤보도 위험에 대해서 알고 있었고, 그럼에도 따라오기로 했어. 너를 위해 총알을 대신 맞은 것도 그의 결정이었다고. 돌아간다면 그가 맞은 총알이 아무것도 아닌 게 되는 거야. 만약 그가 죽는다면, 적어도 그 죽음은 의미 있는 게 되겠지.

나는 축축하게 피가 배어 나온 덤보의 부상 부위를 확인한다. 그의 머리를 조심스럽게 들어 올리고 베개 대신 그의 배낭을 머릿밑에 밀어 넣는다. 그리고 마지막 모르핀 주사기를 구급상자에서 꺼내 그의 팔뚝에 꽂아 넣는다.

나는 고개를 숙이고 속삭인다.

"있잖아, 덤보, 꼭 돌아올게." 손으로 그의 이마를 쓰다듬으며 나는 다시 말한다. "내가 그 여자를 잡았어. 너를 쏜 그 감염된 노파 말이야. 두 눈 사이에 총알을 박아 넣었어." 내 손 아래 있는 덤보의 이마가 펄펄 끓는다. "지금은 여기 머물러 있을 수가 없어, 덤보. 그렇지만 널 데리러 돌아올 거야. 돌아오거나 죽거나 둘 중 하나겠지. 보나마나 죽을 것 같으니까, 너무 큰 기대는 하지 말고."

나는 그에게서 시선을 돌린다. 하지만 바라볼 것이 아무것도 없다. 지금 난 완전히 녹초가 되어 당장에라도 쓰러질 것만 같다. 떠난다고 해봐야 어쨌든 결말은 잔인한 죽음으로 끝날지 모른다. 결국 내 안의 굉장히 중요한 무언가가 금이 가고 말 것이다.

나는 덤보의 손을 끌어당겨 잡는다.

"자, 내 말 잘 들어, 이 빌어먹을 코끼리 귀야. 난 티컵과 링거를 찾아낸 다음 돌아가는 길에 널 데리러 올 거야. 그럼 우리 다 같이 집으로 가는 거지. 그러면 모든 게 다 괜찮아질 거야. 내가 하사잖아. 그러니 내가 말하는 건 다 이루어지게 돼 있다고. 알아들었지? 내 말 듣고 있는 거지, 일병? 넌 죽게끔 허락받지 못했어. 이해하는 거냐고? 이건 명령이야. 넌 죽게끔 허락받지 못했어."

그의 눈동자가 눈꺼풀 뒤에서 움직인다. 꿈을 꾸고 있을지 모른다. 어쩌면 자기 방에 앉아 '콜 오브 듀티' 게임을 하는지도 모르겠다. 부디 그러길 바란다.

그런 다음 나는 덤보를 커피 가루와 널려 있는 냅킨과 흩어진 동전 사이에 눕혀놓은 채 떠난다.

이제 덤보는 혼자고, 나 역시도 죽음의 그림자가 드리운 어배너의 어두운 심장 속으로 홀로 뛰어든다. 53분대는 사라졌다. 뿔뿔이 흩어져서 죽고, 실종되고, 죽어가거나 뛰어간다.

53분대, 평화롭게 잠든다.

★

21

캐시

이 상황을 바로 잡아야 한다. 지금. 그래, 지금 당장.

내 머릿속에는 이 생각뿐이다.

새벽 4시. 나는 풍족한 초콜릿(고마워, 그레이스)과 너무 많은 에반 워커에 취해 있다. 아니, 별로 만족스럽지 않은 에반 워커에 취한 걸까? 이건 나만 이해하는 농담이다. 물론 일기장에도 자기만 아는 농담이라는 걸 쓴다면 그렇다는 거다. 개인적인 부분은 나중에 다시 얘기하기로 하자. 참, 나! 또 농담이네. 만약 당신을 웃길 수 있는 사람이 자기 자신뿐이라면, 당신은 매우 슬픈 지점에 도달해 있다는 사실을 알아야 한다.

집 안은 조용하다. 판자를 덧댄 창문을 스쳐가는 바람의 속삭임조차도 들리지 않는 텅 빈 침묵. 마치 세상이 숨쉬기를 멈추고 내가 지구상에 남은 마지막 인간이기라도 한 것처럼. 또 시작이다.

젠장, 대화를 나눌 사람이 있었으면 좋겠다.

벤과 덤보는 떠났다. 내겐 샘과 메건과 에반뿐이다. 두 아이는 자기들 방에서 잠들었다. 다른 한 명(외부인이라니, 참, 나! 정말 불쌍하기 짝이 없네)은 깨어서 보초를 서고 있지만, 그와 대화를 나누면 나눌수록 점점 더 머리만 아파진다. 한 달이 넘는 기간 동안, 그는 하루가 다르게 사라져 가고 있다. 여기 있는 듯하지만, 어느새 여기 없다. 말은 하지만, 아무 얘기도 하지 않는다. 미스터 우주인 씨가 우주 공간을 뚫어지게 바라본다. 젠장, 에반, 대체 어디로 가버린 거야? 나는 그 해답을 알고 있는 것 같다. 하지만 안다고 해도 에반이 부재한 듯한 느낌을 지우는 데는 아무 도움이 안 된다.

그리고 이제 더는 그의 애프터셰이브 로션 냄새도 방 안에 떠돌지 않는다. 벤이 떠난 후, 에반은 면도를 했다. 머리도 감았고, 일주일분의 더러움이 앉아 있던 몸에서 때도 벗겨냈다. 심지어 손톱도 깎았고, 방치해두었던 손톱 위의 굳은살도 제거했다. 그러고 나서 이 방으로 들어왔을 때, 그는 예전의 에반, 처음의 에반, 내가 완전히 인간이라고 믿어 의심치 않았던 그 에반처럼 보였다.

나는 그 에반이 그립다. 추위 속에 얼어 있던 나를 구해서 몸을 녹여주고 햄버거를 만들어주고, 자기 자신이 아닌 다른 무엇인 척을 하면서 본모습은 감추고 있던 에반.

침착하고 조용하고 한결같고 믿음직하고 강인한 에반. 지금의 외부인이 아닌, 고통받고 사로잡히고 갈등을 겪고, 너무 많은 말을 하게 될까 두려워 짧은 문장으로 말을 하는 에반이 아닌, 이미 사라져서 저 위에 올라가 있는, 300킬로미터 상공에 올라가 다시 아래로 내려올 수 없는 그런 에반 말고. 그들의 에반 말고. 말도 안 되게 완벽한 그 남자 말고.

우리는 왜 우리가 원하는 에반 대신에 늘 우리가 감당해도 싼 그런 에반만 얻게 되는 걸까?

★

22

내가 왜 귀찮게 이걸 쓰고 있는지 모르겠다. 아무도 읽을 수 없을 텐데. 만약 에반 네가 읽는다면, 난 널 죽여버릴 거야.

나는 곰돌이와 대화를 나눠도 되겠다는 생각이 든다. 곰돌이와 대화하는 건 언제나 쉬웠으니까. 숲 속에서 우리 둘이만 숨어 지내던 그 몇 주 동안 우리는 몇 시간씩 대화를 나누곤 했다. 얘기도 잘 통했다. 곰돌이는 얘기를 정말 잘 들어준다. 생전 하품도 안 하고, 끼어들지도, 도망가 버리지도 않는다. 내 말에 반대도 하지 않고, 밀당도 안 하고, 거짓말도 안 한다. 네가 가는 곳은 어디든 나도 가. 그게 곰돌이의 좋은 점이다.

곰돌이는 진정한 사랑은 절대로 복잡하지 않다는 사실을, 심지어는 보답도 필요 없다는 사실을 몸으로 증명해보인다.

에반, 경고하는데, 만에 하나라도 이걸 읽었다가는, 난 널 차버리고 곰돌이에게 가버릴 테야.

물론 너와 내가 한 번도 커플이었던 적은 없었지만 말이야.

나는 미래의 결혼식 날을 꿈꾸거나 완벽한 남자를 만나거나, 교외 주택 단지에서 3.2킬로그램으로 태어난 아기를 키우는 삶 같은 건 한 번도 꿈꿔본 적이 없는 그런 애였다. 내가 떠올리는 미래 속에서 나는 늘 대도시에 살며 멋진 직업에 종사하거나, 버몬트 같은 숲이 우거진 지역에 있는 오두막에서 살아가며 글을 쓰고, 강아지와 함께 긴 산책을 다니곤 했다. 나는 강아지에게 페리클레스나 다른 그리스식 이름을 지어줄 생각이었다. 내가 얼마나 학식 있고 교양 있는지 으스댈 수 있는 그런 이름 말이다. 어쩌면 나는 아프리카에서 아이들을 치료하는 의사가 되어 있었을지도 모른다. 뭔가 의미 있는 일. 뭔가 가치 있는 일을 하고 싶었다. 누군가 내 업적을 알아차려서 감사패나 상을 주고, 또는 거리 이름을 내 이름을 따서 짓거나 하게 말이다. 캐시 거리. 카시오페이아 도로. 내 꿈속에는 남자들이 들어설 자리는 없었다.

대학에 가면 나는 섹스를 해볼 참이었다. 술 취해서 하는 섹스나, 무작정 내게 처음 청해오는 남자와 하는 섹스, 또는 이국적인 음식을 찾아다니며 먹는 것을 즐기는 사람들이 '있잖아, 나 튀긴 메뚜기 먹어봤어'라고 말하는 것처럼 '있잖아, 나 섹스해봤어'라는 말을 하기 위해 하는 섹스를 말하는 게 아니다. 나를 정말 아끼는 누군가와 하는 걸 의미하는 거다. 반드시 사랑하는 사이일 필요는 없지만, 상호 존중과 호기심과 다정함을 겸비한다면 정말 좋지 않겠는가. 그리고 그 남자는 내가 매력적이라고 느끼는 사람이어야만 한다. 너무 섹스에 탐닉하게 되면 아무하고나 자게 된다. 대체 날 흥분시키지도 않는 사람하고 왜 같이 잔다는 건가? 그런데도 사람들은 그렇게 한다. 또는 그렇게 하곤 했을 것이다. 아니, 어쩌면 지금도 그럴지 모른다.

그런데 내가 왜 섹스에 관해 생각하고 있는 걸까?

좋아, 이건 진실하지 않아. 거짓말이야. 맙소사, 캐시, 혼자 쓰는 일기 속에서도 정직하지 않으면, 대체 어디서 정직하겠다는 거지? 진실을 털어놓는 대신 혼자만 아는 농담이나 해대고, 지금으로부터

백만 년쯤 지난 어느 날 마치 누군가 이 일기를 읽기라도 할 것처럼 은근히 암시하는 표현만 적어놓으며 당황해서 어쩔 줄 모르다니.

정말 이럴래.

적어도 오늘 밤 그가 방문 앞에 나타났을 때는 노크 소리가 먼저 들렸다. 에반은 늘 경계를 너무 분명히 해서 탈이다. 그는 문을 노크한 다음 머리, 어깨, 상체, 다리 순으로 차례차례 안으로 들어왔다. 그러고는 잠시 문간에 서서 물었다. 들어가도 괜찮아? 나는 즉시 그의 변화를 알아차렸다. 새로 면도를 하고, 머리는 아직도 젖어 있고, 깨끗한 청바지에 오하이오 주 티셔츠 차림이었다. 나는 에반이 그의 수정 헌법 제2조에 속한 권한인 맨팔을 드러낸 것을 본 게 언제가 마지막이었는지, 아니, 처음 본 건 언제였는지도 기억해낼 수가 없다.

에반 워커에게는 이두박근이 있다. 물론 이두박근쯤이야 대부분 가지고 있어서 이 사실을 언급하는 게 중요한 건 아니지만, 그냥 괜히 말하고 싶었을 뿐이다.

사실 나는 전에 그의 농장에 있을 때 질리도록 봤던, 그가 짓는 표정 중에 최고라 할 수 있는, 수줍어 어쩔 줄 몰라 하는 표정을 다시 볼 수 있기를 은근히 기대하고 있었다. 하지만 대신에 나는 잔뜩 찌푸린 이마와 입꼬리가 약간 아래로 처진 입과 허공을 응시하는 한 시인의 불안해하는 검은 눈동자를 봤다. 내가 보기에 그는 시인이 아니라 허공을 응시하는 명상가였다.

나는 침대에 그가 앉을 자리를 내주었다. 그 외에는 어디 앉을 만한 공간이 없었다. 사실 실제로 그런 경험을 해본 적이 한 번도 없었음에도, 나는 마치 우리가 어색한 분위기에서 누가 은 식기를 가져갈지, 또 함께했던 여행에서 가져온 기념품은 어떻게 나눌지 등에 관해 어쩔 수 없이 협상해야만 하는 헤어지기 직전의 오래된 연인 같은 기분이 들었다.

그때 나는 랄프 로렌 애프터셰이브 로션 냄새를 맡았다.

왜 그레이스가 남자 화장품을 집에 모셔두고 있었는지까지는 잘 모르겠다. 어쩌면 이 집에 살던 이전 주인의 것인데, 그레이스가 정리해서 가져다 버릴 생각조차 하지 않았을 수도 있기는 하다. 또는 그녀가 자기 희생자들의 머리를 날려버리거나 심장을 찢어버리거나 검정 과부거미처럼 그들을 산 채로 잡아먹어버리기 전에 그들과 섹스를 했을지도 모르는 일이다.

그는 면도하며 턱을 벤 게 분명했다. 상처에 하얀색 지혈용 연고가 묻어 있었다. 덕분에 이 세상 사람 같지 않은 아름다운 얼굴에 아주 작은 오점이 남았다. 오히려 그게 안도감을 주었다. 오점 없이 아름다운 사람은 날 정말 짜증 나게 한다.

"내가 애들 방은 들여다봤어."

그가 마치 내가 아이들 방에는 가봤냐고 묻기라도 했다는 듯이 말했다.

"그런데?"

"아무 일 없어. 둘 다 잠들었어."

"보초는 누가 서고 있는데?"

그가 불편한 몇 초의 시간 동안 나를 빤히 바라봤다. 그러더니 자기 손을 내려다봤다. 나도 그의 시선을 따라갔다. 우리가 처음 만났을 때 그는 너무도 완벽한 모습이어서 나는 지구상에 남겨진 최고의 자아도취자를 운 좋게 만나게 됐다고 생각했을 정도였다. 이렇게 하면 훨씬 인간다운 느낌이 들어. 그가 말했었다. 깨끗이 씻고 단장하는 걸 의미하는 말이었다. 후에 그가 딱히 인간이라고 할 수 없는 존재임을 알게 되었을 때, 나는 비로소 그가 하는 말이 무슨 의미인지 이해한다고 생각했었다. 하지만 그보다 더 시간이 지난 후에야, 다시 말해 지금에서야 나는 청결함이 반드시 경건함은 아니지만, 인간성과는 거의 떼려야 뗄 수 없을 만큼 가깝다는 사실을 깨닫게 되었다.

"괜찮을 거야."

그가 부드럽게 말했다.

"아니, 그럴 리 없어." 내가 받아쳤다. "벤과 덤보는 죽고 말 거야. 너도 죽게 될 거야."

"난 죽지 않아."

벤과 덤보는 언급하지 않는다.

"폭탄을 터뜨린 다음에 모함에서 어떻게 빠져나올 건데?"

"들어갈 때하고 같은 방식으로."

"네가 지난번에 그 작은 포드에 올라탔을 때, 뼈도 몇 개나 부러지고 거의 죽을 뻔했잖아."

"그게 내 취미야." 그가 일그러진 미소를 지으며 말했다. "거의 죽을 뻔하는 거."

나는 그의 손에서 시선을 돌렸다. 내가 쓰러졌을 때 안아 올리던 손, 내가 추울 때 안아주던 손, 내가 배고플 때 먹여주던 손, 다쳤을 때 치료해주고 숲에서 더러워지고 피범벅이 됐을 때 씻겨주던 손이었다. 넌 네가 살아온 문명 전체를 파괴해버리려고 하는 거야. 대체 무엇을 위해서? 여자애 하나 때문에? 그런 희생이 날 조금은 특별한 느낌이 들도록 해줄 거라 생각하는 거겠지. 그런데 아니야. 이상한 기분이야. 마치 우리 둘 중 하나는 완전히 돌아버렸는데, 돈 사람이 나는 아니라는 거지.

나는 대학살 같은 데서 로맨틱한 요소라고는 정말 티끌 한 조각만큼도 발견해낼 수가 없다. 하지만 그건 어쩌면 사랑이라고는 해본 적도 없는 까닭에 사랑의 특성을 바라보는 내 통찰력이 부족해서 그럴지도 모른다.

물론 사랑에도 여러 종류가 있다는 건 알고 있다. 내가 샘을 살리기 위해 지구상의 모든 사람을 죽일 수 있을까? 그건 대답하기 쉬운 질문이 아니다.

"그렇지만 거의 죽을 뻔했던 순간마다 너는 일종의 보호를 받았잖아, 아니야?" 내가 물었다. "너를 슈퍼맨으로 만든 그 기술력, 네가 호텔로 가는 도중에 붕괴돼버렸다고 했던 그것의 보호를 받은 거잖아. 그런데 이제는 그걸 기대할 수 없게 됐어."

그가 어깨를 으쓱해 보였다. 그러자 내가 그리워하던 그 수줍어 어쩔 줄 몰라 하는 표정이 떠올랐다. 그 표정을 다시 보니 우리가 농장에서 얼마나 멀리까지 여행을 떠나온 건지 실감이 났다. 그래서 그의 얼굴을 후려쳐 그 표정을 날려버리고 싶은 충동을 억지로 내리눌러야 했다.

"어쩔 건데? 날 위해서가 아니잖아. 그리고…… 그래 단지 날 위해서가 아니야, 너도 알고 있는 거지, 그렇지?"

"내 결심을 바꿀 방법은 없어, 캐시."

그가 고뇌에 찬 시인의 표정으로 빠르게 돌아가서 말했다.

"지난번에 네가 거의 죽을 뻔했을 때, 바로 그 직전에 언급했던 방법은 어때? 기억 안 나? 메건의 목에 심어져 있던 그 폭탄을 이용하자고 했잖아."

"그 폭탄이 있어야 말이지."

그가 말했다.

"그레이스가 집 안 어딘가 숨겨놓은 게 있지 않을까?"

대신 그녀는 남성용 애프터셰이브 같은 거나 집 안에 고이 모셔두지 않았던가. 종말 이후에 필요한 것 우선이었나 보군.

"그레이스의 임무는 뭔가 폭파하는 게 아니었어. 사람을 죽이는 거였잖아."

"그리고 그 사람들하고 섹스도 하고."

내 입에서 그 말이 튀어나올 거라고는 생각도 못 했다. 하지만 평소에도 내가 하는 말의 80퍼센트는 원래 입 밖으로 나올 말이 아니다.

어쨌거나 두 사람이 섹스를 했거나 안 했거나 누가 상관한다는 말인가? 지구의 운명이 일촉즉발의 위기에 처한 마당에 그런 걱정을 한다는 건 한심하기 그지없는 일이다. 시시하다. 하찮다. 그레이스를 안았던 손으로 나를 안았다고, 그게 뭐 어때서. 내 몸을 따뜻하게 데워주던 몸으로 그레이스를 데워주었고, 내 입술에 닿았던 입술이 그녀의 입에 닿았었다. 그게 뭐가 중요한데? 난 신경 안 써. 그레이스는 죽었어. 나는 침대 시트를 잡아 뜯으며 그런 말을 왜 했을까 후회했다.

"그레이스가 거짓말한 거야. 우린 한 번도……."

"상관없어, 에반." 내가 말했다. "중요하지 않아. 어쨌든 그레이스는 환상적일 만큼 아름다운 살인 기계였잖아. 그러니 누가 그녀를 거절할 수 있었겠어?"

그가 여전히 침대 시트를 잡아 뜯고 있는 내 손 위에 자기 손을 얹었다.

"내가 그레이스와 잤다면, 너에게 털어놨을 거야."

거짓말쟁이. 나는 그가 내게 감추고 있는 사실들을 모으면 그랜드 캐니언 협곡도 가득 채울 수 있을 것 같은 기분이었다. 나는 그에게서 손을 빼내고 초콜릿 퐁듀 분수 같은 그의 두 눈을 정면으로 바라봤다.

"넌 거짓말쟁이야." 내가 말했다.

그가 고개를 끄덕여 나를 놀라게 했다.

"맞아. 그렇지만 이번에는 아니야."

거짓말쟁이가 맞다고?

"그럼 뭐에 대해 거짓말을 했는데?"

그가 고개를 저었다. 멍청한 인간 계집애 같으니!

"내 정체에 관해서."

"그렇다면 정확히 네 정체가 뭔데? 넌 과거의 네가 어떤 존재였는지, 그건 나한테 말해줬지만, 지금의 네가 누구인지에 관해서는 한 번도 말해준 적이 없어. 넌 누구야, 에반 워커? 어디서 온 거야? 형체가 없는 존재였던 이전 네 모습은 어땠어? 너희 행성은 어떤 모습이야? 지구와 비슷해? 거기에도 식물과 나무와 바위가 있어? 도시에 살았어? 취미 생활로는 뭘 했어? 거기에도 음악이 있어? 음악은 수학처럼 보편적인 거잖아. 나한테 노래 불러줄 수 있어? 외계인 노래 말이야, 에반. 자라날 때는 어땠어? 학교에 다녔어, 아니면, 지식을 그냥 네 뇌 속으로 내려받은 거야? 부모님은 어떤 분이었어? 인간 부모님처럼 직업이 있었어? 형제자매는? 스포츠는? 아무 데서나 시작해봐."

"스포츠는 있었어."

그가 살짝 관대한 미소를 지으며 대답했다.

"난 스포츠 싫어해. 음악부터 시작해봐."

"음악도 있었어."

"들려줘 봐."

나는 가슴 앞으로 팔짱을 끼고 기다렸다. 그의 입이 열렸다. 그의 입이 닫혔다. 나는 그가 웃으려는 것인지 울려는 것인지 종잡을 수가 없었다.

"그렇게 간단한 게 아니야, 캐시."

"무슨 연주회 수준을 기대하는 게 아니야. 나 역시도 음정조차 잘 못 맞추지만, 그렇다고 비욘세 노래로 가끔 기분 내는 것까지 포기하고 살지는 않았어."

"누구라고?"

"아, 진짜. 너도 누군지 알잖아."

그가 고개를 저었다. 어쩜 그는 농장에서 자란 게 아니라 어디 바위 밑에서 자랐는지도 모르겠다. 그러다가 나는 1만 년이나 살아온 초월적인 존재가 대중문화에 정통한 것도 좀 이상할지 모르겠다는 생각이 들었다. 그렇지만 우린 지금 다른 사람도 아닌 비욘세 얘기를 하는 거라고!

그는 내가 생각했던 것보다 훨씬 이상한 존재다.

"모든 게 달라. 내 말은, 구조적으로 그렇다는 거야." 그가 혀를 쑥 빼물더니 입을 손으로 가리켰다. "난 심지어 내 이름도 발음할 수가 없어."

잠시 애수의 분위기가 너무도 짙게 내려앉아 거의 램프 불을 꺼버릴 지경이 되었다.

"그럼 흥얼거리기라도 해봐. 휘파람을 불든가. 휘파람은 불 수 있어? 입술은 있는 거야?"

"이제 그런 건 중요하지 않아, 캐시."

"아니, 틀렸어. 엄청나게 중요해. 네 과거가 바로 너야, 에반."

그의 눈에 눈물이 차올랐다. 그 모습은 마치 초콜릿이 녹아내리는 것 같았다.

"맙소사, 캐시, 부디 그렇지 않길 바라." 그가 좀 전에 깔끔하게 깎아 반짝거리게 광까진 낸 손톱과 박박 문질러 닦은 손을 내 쪽으로 들어 올렸다. 그가 날 거의 죽음 직전으로 몰아가기 이전에 무고한 사람들을 살육하기 위해 총을 들었던 손이었다. "만약에 과거가 지금 우리의……."

그동안 내가 인간은 누구나 부끄러운 실수를 저지르기 마련이라는 사실을 지적해왔을지도 모르지만, 그래도 지금 내 행동은 너무 경솔했다. 아무리 실수투성이인 캐시 설리번이라도 이러면 안 되는 거였다.

젠장, 캐시. 왜 그가 과거를 떠올리게끔 몰아붙인 거야? 나는 내가 알지 못하는 그의 과거에 너무 집착해 있어서 정작 내가 알고 있는 그의 과거에 관해서는 잊고 있었다. 자기가 파괴하기로 되어 있던 사람들을 구하기 위해, 에반 워커, 이 소리 없는 자는 전체 문명을, 자기 자신의 문명을 영원히 침묵시켜버릴 계획을 하고 있지 않은가.

아니야, 벤 패리시, 나는 생각했다. 여자애 하나 때문이 아니야. 그가 도망쳐버릴 수 없는 과거 때문이야. 70억 인구 때문이야. 네 여동생 때문이라고.

지금 무슨 일이 일어나고 있으며, 그게 어떤 경위로 일어나고 있는지 채 깨닫기도 전에, 나는 한 번도 그를 위로하지 못하고, 안아

올리지도 못하고, 그가 사라졌을 때 찾아내지도 못했던 그런 손으로 그를 꼭 껴안았다. 나는 늘 주는 걸 받기만 했다. 그가 눈밭에서 나를 구해주었던 그 순간부터, 나는 그의 책임이자 임무이며 십자가였다. 캐시의 고통, 캐시의 두려움. 캐시의 분노, 캐시의 절망. 이런 것들이 그를 찔러대던 손톱이었다.

나는 그의 축축한 머리를 쓰다듬었다. 그의 굽은 등을 어루만졌다. 그의 부드러운, 달콤한 향이 나는 얼굴을 내 목에 대고 눌렀다. 피부에 닿는 그의 눈물이 따뜻했다. 그가 무슨 말인가 속삭였다. 하루살이처럼 들렸다.

차라리 냉혹한 계집애라고 부르지.

"미안해, 에반." 내가 속삭였다. "정말 미안해."

나는 고개를 숙였고, 그는 들었다. 내가 그의 젖은 뺨에 키스했다. 너의 고통, 너의 두려움, 너의 분노, 너의 절망. 그걸 내게 줘, 에반. 한동안 내가 지고 다닐게.

그가 손을 뻗어서 그의 눈물로 축축해진 내 입술을 손가락으로 어루만졌다.

"'지구상의 마지막 인간.'" 그가 중얼거렸다. "그렇게 적었던 거 기억나?"

나는 고개를 끄덕였다.

"한심했지."

그가 고개를 저었다.

"그때는 그럴 수밖에 없었던 거야. '지구상의 마지막 인간'이라는 네 글을 읽었을 때, 나도 그렇게 느꼈었거든."

내 손이 그의 낡은 OSU(오하이오 주립대학) 셔츠를 거칠게 움켜쥐었다. 매우 거칠게. 근사한 단어 같다, 거칠게. 많은 데 적용할 수 있을 것 같은데.

"넌 돌아오지 않을 작정인 거야." 내가 말했다. 왜냐하면 그의 입으로는 차마 말할 수 없을 테니까.

그의 손가락이 내 머리카락을 쓸어내렸다. 몸이 떨려왔다. 그러지 마, 이 나쁜 자식. 다시는 나를 만져보지 못할 것처럼 날 만지지 마. 다시는 날 못 볼 것처럼 쳐다보지도 마. 나는 눈을 감았다. 우리의 입술이 마주쳤다.

지구상의 마지막 인간. 눈을 감은 채로, 나는 그녀가 한 번도 가본 적 없고, 앞으로도 갈 리 없는 버몬트의 어느 숲길을 걸어가는 모습을 볼 수 있었다. 오솔길을 감싸 안은 나뭇잎들이 붉은색과 황금색의 화려한 색조로 아리아를 불러준다. 페리클레스라는 이름의 강아지 한 마리도 여느 개들과 마찬가지로 거만한 모습으로 그녀 앞에서 뛰어간다. 그녀는 자신이 원하던 모든 것을 가졌다. 이 소녀, 아니 이 여성은 뒤에 두고 온 것도 없고, 끝내지 못한 일도 없다. 그녀는 세상을 여행해 다니며, 책을 쓰고, 연인과 사랑을 하고 실연도 한다. 그녀는 삶이 그저 살아지게 내버려두지 않는다. 때리고 치고 휘저으며 앞으로 나간다. 거칠게 이끌어간다.

공기 중에 떠도는 그의 숨결이 뜨겁다. 나는 그의 가슴속으로 파고든다. 먹잇감을 앞에 둔 굶주린 암사자처럼 그의 피부 속으로 손톱을 찔러 넣는다. 저항해봐야 소용없어, 에반. 내가 황금빛 숲 속을 걸어가거나 페리클레스라는 이름의 강아지를 키우거나 세상을 여행해 다니는 일은 절대로 일어나지 않을 터다. 잘 살았다고 인정받는 일도 없을 테고, 내 이름을 딴 거리 같은 것도 생기지 않을 것이다. 내가 한때 거기 살았다고 해서 세상이 달라지지도 않을 테고. 내 삶은 끝내지도 못하고, 앞으로도 절대 끝내지 못할 것들의 집대성이 될 것이다. 외부인이 완성하지 못한 내 추억을 모두 훔쳐가 버렸지만, 나는 그들이 이것마저 훔쳐가 버리도록 가만히 내버려두지는 않을 작정이다.

내 손이 그의 몸 위를, 이제부터 내가 에반의 땅이라 부르게 될 미지의 영토 위를 배회해 다녔다. 전투의 상흔으로 굴곡지고, 단층선과 뜻밖의 풍경으로 복잡하게 얽혀 있는 산과 계곡, 외딴 평원과 숲 속의 협곡이 느껴진다. 내 이름은 정복자 캐시다. 더 많은 영토를 정복할수록, 나는 더 많은 것을 원하게 된다.

그의 가슴이 위로 부풀어 올랐다. 덮쳐오는 쓰나미의 물결처럼 지하에서 표면으로 드러나는 전율이 느껴졌다. 그의 눈이 크게 떠지더니 촉촉해지면서 두려움과 거의 비슷한 무언가로 채워졌다.

"캐시……."

"닥쳐." 내 입술이 그의 구르는 듯한 가슴 아래 묻힌 계곡을 탐사한다.

그의 손가락이 내 머리칼과 뒤엉킨다.

"우리 이러면 안 돼."

나는 거의 웃음을 터뜨릴 뻔했다. 있잖아, 해선 안 되는 목록이 징그럽게 길다는 생각 안 해봤어, 에반. 나는 그의 가슴에 이빨 자국을 냈다. 내 혀가 닿는 영토가 충격과 여진으로 흔들렸다.

이러면 안 돼. 그래, 우린 이러면 안 되겠지. 어떤 갈망은 절대로 만족시킬 수 없다. 어떤 발견은 탐구의 위신을 떨어뜨린다.

"지금은 때가 아니야……." 그가 헐떡였다.

나는 그의 배 위에 뺨을 얹고, 눈 위로 흘러내린 머리칼을 쓸어 올렸다.

"그럼 언제가 그때야, 에반?"

그의 손이 떠돌아다니는 내 손을 찾아 단단히 움켜잡았다.

"날 사랑한다고 했잖아." 내가 소곤거렸다.

빌어먹을, 에반 워커, 그럼 대체 왜 그런 어리석고 미친, 정신병자 같은 말을 했던 거야?

아무도 너한테 분노와 성적 욕망 사이가 얼마나 가까운지 말해 주지 않았던 거겠지. 내 말은, 분자와 분자 사이의 간격도 그보다는 더 넓다는 거야.

"넌 거짓말쟁이야." 내가 말했다. "자기 자신에게 거짓말을 하는, 이 세상에서 가장 질 나쁜 거짓말쟁이야. 넌 나를 사랑하지 않아. 단지 그 생각과 사랑에 빠진 거야."

그가 시선을 돌린다. 그 순간 나는 내가 제대로 짚었다는 사실을 알아차렸다.

"무슨 생각?" 그가 물었다.

"거짓말쟁이, 무슨 생각인지는 네가 더 잘 알겠지."

나는 일어섰다. 그리고 셔츠를 아래로 잡아당겼다. 나는 그를 빤히 바라보면서 그가 날 바라보길 기다렸다. 날 봐, 에반. 날 보라고. 지구상의 마지막 인간이 아니라 네가 고속도로에서 총으로 쏴 죽인 그 모든 사람을 대신해 서 있는 날 보라고. 나는 하루살이가 아니야. 나는 캐시고, 네가 찾아낼 수 있을 만큼 오랫동안 목숨을 부지해온 멍청하거나 불행하거나 둘 중 하나인, 평범한 곳에서 자라난 평범한 소녀야. 나는 네 책임도, 네 의무도, 네 십자가도 아니야.

난 인류가 아니다.

그가 마치 항복의 자세를 취하듯이 머리 위로 양손을 들어 올린 채 벽 쪽으로 고개를 돌렸다. 참, 나. 내가 너무 멀리 갔군. 나는 청바지를 엉덩이까지 끌어 올리고 두 다리를 차며 위로 당겼다. 내가 이렇게까지 화가 나고 슬펐던 게, 또는 이렇게까지…… 아, 뭐가 됐든 간에 이런 적이 언제였는지 기억도 안 날 정도다. 나는 그를 때리고, 애무하고, 걷어차고, 껴안고 싶었다. 나는 그가 죽어버렸으면 좋겠다. 내가 죽어버렸으면 좋겠다. 나는 자의식도 없다. 전혀 없다. 그가 내 알몸을 전에 봤던 적이 있기 때문은 아니었다. 그래, 그는 내 벗은 몸을 봤다.

당시 내게는 선택의 여지가 없었다. 의식도 없이 거의 죽은 몸이나 다름없는 상태였다. 지금 나는 말짱하게 깨어 있고, 살아 있다.

나는 수백 개의 전등이 나를 밝혀주었으면 좋겠다고 생각했다. 나는 스포트라이트로 나를 비추고 확대경도 하나 가져다 그의 손에 들려주어 그가 나를 통해 불완전한 인간을 속속들이 살펴볼 수 있게 하고 싶었다.

"이건 적절한 때에 관한 문제가 아니야, 에반." 내가 그를 상기시켰다. "우리가 그걸로 뭘 할지에 관한 문제야."

★

23

링거

1만 미터 상공에서 어떤 게 더 작아 보이는지 구분하기란 쉽지 않다. 아래쪽의 지구인지, 그것을 내려다보는 그 위의 사람인지.

정북 방향으로 동굴에서 3킬로미터쯤 떨어진 위치에서, 콘스턴스가 안전띠를 풀고 머리 위쪽의 낙하산 장비를 끌어내린다. 뛰어내리기 전에 마지막으로 한 번 더 점검하는 것이다. 우리는 지상에서 목격되는 위험을 줄이기 위해 현 고도에서 뛰어내릴 예정이다. 일명 'HALO(High Altitude—Low Opening, 고고도 이탈, 저고도 개방) 강하라고 한다. 극도로 위험하지만, 1,500미터 상공에서 낙하산도 없이 뛰어내리는 것보다는 덜 위험하다.

콘스턴스도 내가 그 저주받은 헬리콥터에서 뛰어내렸던 사건에 관해 알고 있는 게 분명하다. 내게 이렇게 말했기 때문이다.

"지난번보다는 훨씬 수월할 거야, 안 그래?"

내가 꺼지라고 말하자, 그녀가 씩 미소를 지어 보였다. 나는 기쁘다. 콘스턴스에게 연민이나 동질감 같은 걸 느끼고 싶지 않기 때문이다. 그런 감정은 그녀를 죽이기 힘들게 할 테니까.

그래, 더 힘들어지겠지. 나는 여전히 그녀를 죽일 작정이니까.

"30초!" 조종사의 꺽꺽대는 목소리가 들려온다.

콘스턴스가 내 장비를 확인한다. 나는 그녀의 것을 확인한다. 뒷문이 열릴 때, 우리는 헤드셋을 좌석으로 던져놓는다. 유도 케이블에 장갑 낀 손가락을 끼워 넣고, 우리는 비명을 질러대는 구멍을 향해 발을 질질 끌며 다가간다. 영하의 바람이 마치 주먹으로 구타하듯이 얼굴을 때려댄다. C-160이 난기류 탓에 양옆으로 흔들리자 위가 뒤틀리는 듯하다. 나는 비행 내내 구토를 하고 싶은 것을 억지로 참아야 했다. 그러니 낙하하는 동안 토해놓느니 지금 토하는 게 나을 것 같기도 하다. 내가 위치만 잘 잡는다면, 토사물이 곧장 콘스턴스의 얼굴로 떨어져 내릴 텐데.

나는 왜 허브가 내 소화계를 진정시키지 않는지 궁금하다. 왠지 신뢰하던 친구에게 실망한 듯한 느낌이다.

나는 달도 없이 캄캄한 밤의 검은 식도 속으로 콘스턴스를 따라 뛰어든다. 우리는 종단 속도에 확실히 미치기 전까지는 낙하산을 펼치지 않을 예정이다. 나는 강화된 시각을 통해 왼쪽으로 150미터쯤 아래에 있는 콘스턴스의 모습을 선명하게 볼 수 있다. 속도가 빨라지는 동안 시간이 천천히 흘러간다. 이런 느낌이 허브의 역할 덕인지, 시속 200킬로미터로 낙하하는 데 따른 자연적인 반응인지 확실히 분간을 못 하겠다. 비행기 소리는 들리지 않는다. 세상이 바람 그 자체다.

지상까지 6,000미터. 5,000미터. 3,000미터. 고속도로와 구르는 듯 펼쳐진 들판과 헐벗은 채 무리 지어 서 있는 나무들이 보인다. 가까이 다가갈수록 세상이 더 빠르게 나를 향해 돌진해오는 듯하다. 1,500미터. 1,200미터. 안전하게 낙하산을 펼치기에 적절한 지상까지의 최소한의 거리는 240미터 상공이지만, 그건 한계를 초월하는 일이다.

콘스턴스가 260미터 상공에서 줄을 당긴다. 나는 그보다 약간 아래 있다. 지상이 폭주하는 기관차처럼 나를 향해 돌진한다. 나는 충격을 흡수하기 위해 무릎을 구부리고 어깨를 바닥 쪽으로 굴려 공중에서 두 바퀴를 돌아 낙하산 줄에 얽힌 채 등으로 바닥에 떨어진다. 내가 채 두 번째 숨을 들이마시기도 전에 콘스턴스가 다가와 전투용 칼로 줄을 끊어 나를 풀어준다. 그녀가 나를 두 발로 일어서게 확 잡아당긴 후, 양손 엄지손가락을 들어 보이고는 시골에서 흔히 볼 수 있는 빨간색 헛간과 지척에 서 있는 하얀색 농가 옆에 있는 두 개의 곡식 저장고 쪽으로 들판을 가로질러 걸어가기 시작한다.

하얀색 농가, 빨간색 헛간, 좁은 시골길. 이보다 더 전형적인 미국 시골 동네에 떨어지려야 떨어질 수도 없을 것 같다. 동굴이 있는 그 마을의 이름이 뭐더라? 웨스트 리버티.

나는 곡식 저장고 밑에서 그녀와 합류한다. 콘스턴스는 점프슈트를 벗느라 정신없이 바쁘다. 그 안에 그녀는 펑퍼짐한 아줌마 청바지와 후드 티를 입고 있다. 무기라고는 다리에 묶어놓은 칼집에 꽂힌 칼 외에는 없다.

"지금 서 있는 위치에서 남서쪽으로 500미터." 그녀가 숨을 헐떡인다. 동굴로 들어가는 입구다. "우리가 그들보다 두 시간쯤 앞서 있어." 한 명은 좀비일 테고, 또 한 명은 그와 함께 나와 티컵을 찾아 나설 만큼 미친 누군가일 것이다. 아마도 파운드케이크겠지. 좀비와 티컵에 관해 이야기할 생각을 하니 가슴이 죄어드는 듯하다. "넌 여기서 내 신호를 기다려."

나는 고개를 젓는다.

"나도 같이 갈 거야."

콘스턴스가 그 빌어먹게 한심한 미소를 지어 보인다.

"얘야, 그러지 않는 게 좋을걸."

"왜?"

"네 모순된 행동 때문에 우리의 위장 신분이 다 폭로돼버리면 큰 일이니까."

복부를 움켜쥐고 있던 죔쇠가 다시금 단단히 조여진다. 생존자. 콘스턴스는 동굴 속에 숨어 있는 사람들을 모두 죽여버릴 작정이다. 그리고 그 대상은 보나 마나 상당히 많을 것이다. 수십 명, 아니, 어쩌면 수백 명. 하지만 절대 쉽지 않을 것이다. 그들은 단단히 무장하고 있을 테고, 낯선 사람을 경계할 테니까. 지금까지도 네 번째 파동에 관해 알아차리지 못한 사람이 있으리라고 상상하기란 어렵지 않은가. 다시 말해, 어쩌면 나는 콘스턴스를 끝내 죽이지 못할지도 모른다. 아마도 날 위해 그들이 먼저 끝장내 줄 수도 있다는 말이다.

즐거운 생각이다. 비현실적이기는 해도, 즐거운 건 사실이다. 내 다음 생각은 전혀 즐겁지 않다. 그래서 나는 머릿속에 처음 떠오르는 생각을 입 밖으로 소리 내어 말한다.

"우리가 동굴까지 접수할 필요는 없어. 좀비가 동굴에 도착하기 전에 미리 막아서면 되니까."

콘스턴스가 고개를 젓는다.

"그건 우리가 하달받은 명령이 아니야."

"우리가 받은 명령은 좀비와 만나는 거야." 내가 주장한다. 나는 콘스턴스가 기대하는 상황이 그대로 벌어지게 하지는 않을 작정이다. 내가 포기해버리면, 무고한 사람들이 죽게 된다. 물론 사람들의 죽음에 전적으로 반대하는 건 아니다. 콘스턴스와 에반 워커는 내가 죽일 작정이니까. 하지만 피할 수 있는 일은 피해야 한다.

"이게 널 괴롭힌다는 걸 알아, 마리카." 그녀가 친절하게 말한다. "그래서 내가 혼자 간다는 거야."

"어리석게 위험을 감수할 필요 없잖아."

"넌 상황을 정확히 알지도 못하면서 결론에 도달한 거야." 그녀가 나를 비난한다.

처음부터 그게 문제였다. 내 말은, 인간 역사의 시작점부터.

내 손이 권총 개머리판 쪽으로 뚝 떨어진다. 그녀도 그 모습을 놓치지 않는다. 대답 대신 지어 보이는 그녀의 미소가 어둠 속에서 빛을 발한다.

"그런 짓을 하면 무슨 일이 일어날지 너도 알 거야." 그녀가 마치 친절한 친척 아줌마처럼, 동생을 달래는 큰언니처럼 자상하게 말한다. "네 친구들, 네가 구하러 가기로 한 그 친구들, 얼마나 많은 목숨이 그들의 목숨보다 가치가 있어? 100명이 죽어야만 그들을 살릴 수 있을까? 아니면 천 명, 아니면 만 명, 아니면 백만…… 언제 충분하다고 할 거야?"

나는 이 논쟁을 잘 안다. 이건 보쉬의 어법이다. 그들의 방식이다. 존재 자체가 위기에 처했는데, 70억의 목숨이 무슨 소용이 있지? 목구멍이 타들어가는 것만 같다. 입으로 신물이 넘어온다.

"그건 가짜 선택이야." 내가 대답한다. 마지막으로 간청해보자. "워커를 잡기 위해서라면 굳이 다른 사람들을 죽일 필요는 없어."

그녀가 어깨를 으쓱해 보인다. 확실히 내 애원이 효과가 없었나 보다.

"내가 그러지 않으면, 우리 둘 다 이번 작전을 마무리 지을 만큼 오래 목숨을 부지할 수 없을 거야." 그녀가 턱을 쳐들고 고개를 비스듬히 돌린다. "때려봐." 그녀가 자기 오른쪽 뺨을 톡톡 친다. "여기."

왜 못 하겠어? 내 주먹이 그녀를 뒤로 휘청이게 한다. 콘스턴스가 조급하게 고개를 젓는다. 그리고 다른 뺨을 내민다. "다시. 이번에는 더 세게, 마리카. 더 세게."

나는 더 세게 친다. 뼈가 부러질 정도로 세게. 그녀의 왼쪽 눈이 즉시 부어오르기 시작한다. 그녀는 내 주먹에도 아무 고통을 못 느낀다. 나도 마찬가지다.

"고마워." 그녀가 밝게 말한다.

"별말씀을. 박살 내버리고 싶은 게 있으면, 뭐든 말만 해."

그녀가 가볍게 웃는다. 내가 상황을 잘 몰랐다면, 아마 콘스턴스가 날 좋아한다고, 날 매력적으로 생각한다고 맹세라도 했을 것이다. 그런 다음 그녀는 순식간에 사라져 버린다. 오직 나처럼 강화된 시각을 가진 사람만이 그녀의 뒤를 쫓을 수 있다. 콘스턴스는 들판을 가로질러 동굴까지 이어지는 길로 들어서서 쏜살같이 달려 북서쪽 숲 속으로 꺾어져 들어간다.

그녀가 시야에서 사라지자마자, 나는 몸을 떨며 바닥에 주저앉는다. 현기증도 나고 속도 울렁거린다. 열두 번째 시스템에 무슨 문제가 생긴 것은 아닐지 걱정이 된다. 기분이 정말 엿 같다.

나는 차가운 곡식 저장고 금속 벽에 등을 기대고 앉아 눈을 감는다. 눈꺼풀 뒤의 어둠이 우주가 탄생하기 이전의 특이점(함숫값이 무한대가 되는 변숫값으로 블랙홀의 중심에 자리 잡은 지점 – 옮긴이), 눈으로 볼 수 없는 그 중심 주변을 빙글빙글 돌아간다. 티컵이 내게서 떨어져 나가 그곳에 있다. 레이저의 총구에서 터져 나온 폭발이 시공을 초월한 곳에서 공명한다. 티컵이 멀어지지만, 그애는 늘 나와 함께 있을 것이다.

레이저도 그곳에, 그 완벽한 무(無)의 완전한 중심 속에 있다. 그가 스스로 긁어서 낸 상처 VQP에서 흐른 피가 아직도 그의 팔 위에 마르지 않은 채 남아 있다. 그는 티컵을 희생시킨 대가가 자기 자신의 목숨이 되리라는 사실을 알고 있었다. 우리가 함께 밤을 보낸 이후로 나는 그가 이미 티컵을 죽이기로 마음먹었다는 사실을 확신한다. 그것이 나를 자유롭게 놓아줄 수 있는 유일한 길이었기 때문이다.

날 자유롭게 놓아줘서 도대체 뭐하려고, 레이저? 나더러 뭘 정복하라고 널 희생했던 거야?

나는 여전히 눈을 감은 채, 종아리에 차고 있는 칼집에서 전투용 칼을 꺼낸다. 레이저가 창고 문간에 서성이던 모습이 떠오른다. 바깥의 화장(火葬)용 장작더미에서 황금색 불길이 타올라 그의 호리호리한 몸을 씻어낸다. 그가 소매를 걷어 올리지만, 눈은 그림자에 가려 보이지 않는다. 그때 그의 손에 들려 있던 칼. 그 칼이 이제 내 손에 쥐어져 있다. 칼끝이 피부를 갈랐을 때, 그는 분명 움찔했을 터다. 하지만 나는 안 그런다.

나는 아무것도 느끼지 않는다. 나는 바로 그 아무것도 아닌 것 안에 고치를 틀고 앉아 있다. 그것이 바로 이유를 묻는 보쉬의 수수께끼에 대한 답변이 아닐까? 나는 레이저의 피 냄새를 맡을 수 있다. 하지만 내 피 냄새는 맡을 수 없다. 수천수만의 미세한 드론이 지혈하기에 내 상처의 표면은 절대로 갈라지지 않는다.

V: 정복할 수 없는 상대를 어떻게 정복하지?

Q: 아무도 끝까지 견뎌낼 수 없다면 누가 이길까?

P: 모든 희망이 사라졌을 때는, 무엇을 견뎌야 할까?

특이점에서 목소리 하나가 외친다.

"나의 소중한 어린 양, 왜 울고 있니?"

나는 눈을 뜬다.

신부다.

★

24

적어도 옷은 신부처럼 입고 있다.

검은 바지. 검은 셔츠. 땀에 찌들어 누렇게 변하고 녹물 같은 얼룩이 묻은 흰색 깃. 그가 내 손이 미치는 범위 바로 밖에 서 있다. 작은 키에 머리가 벗어지기 시작했고 통통한 아기 같은 얼굴이다. 그가 내 손에 들린 칼을 보고는 즉시 양손을 들어 올린다.

"난 무장하지 않았어." 그의 목소리는 생김새만큼이나 어린애처럼 고음이다.

나는 칼을 내리고 권총을 꺼내 든다.

"손 머리 위에 올리고 무릎 꿇어."

그가 즉시 시키는 대로 한다. 나는 길가 쪽을 흘낏거린다. 콘스턴스에게 무슨 일이 생긴 건가?

"놀라게 할 생각은 아니었어." 작은 남자가 말한다. "몇 달 동안이나 사람이라고는 본 적이 없어서 그랬을 뿐이야. 너 군에 소속돼 있구나, 그렇지?"

"입 닥쳐." 내가 말한다. "말하지 마."

"물론이지! 미안해."

그의 입이 꾹 닫힌다. 뺨은 두려움일지도 모르고 당황스러움일지도 모를 감정으로 빨갛게 달아오른다. 내가 상체를 수색하는 동안 그는 전혀 움직이지 않는다.

"어디서 왔어?"

내가 묻는다.

"펜실베이니아……."

"아니, 좀 전에 어디 있다가 온 거야?"

"난 동굴에 살고 있어."

"누구랑?"

"혼자! 말했잖아, 몇 달 동안 사람이라고는 코빼기도 못 봤다고. 11월 이래로……."

그의 오른쪽 주머니에 단단한 금속 물체가 느껴진다. 나는 그것을 꺼낸다. 십자가다. 오래된 물건이다. 싸구려 금박이 벗겨지는 중이다. 예수의 얼굴은 이미 다 벗겨졌다. 맥주 냉장고 뒤에 숨어 있던 캐시의 십자가 군인이 생각난다.

"제발." 그가 애원한다. "그건 가져가지 마."

나는 곡식 저장고와 헛간 사이 무성히 자란 잡초 사이로 십자가를 던진다. 대체 콘스턴스는 어디 있는 거지? 이 샌님처럼 생긴 작은 남자는 어떻게 그녀를 지나쳐 온 걸까? 더 중요하게는, 어떻게 내가 이 샌님 같은 작은 남자가 옆에 다가올 때까지 몰랐던 거지?

"외투는 어디 있어?"

내가 묻는다.

"외투?"

나는 그의 앞으로 걸어가 남자의 이마에 총구를 들이댄다.

"얼어 죽을 지경인데. 당신은 안 추워?"

"아. 아!" 그가 딸꾹질하듯이 신경질적인 웃음을 웃는다. 이빨도 그의 외모에 딱 어울리게 자잘하고 닦지를 않아 지저분하다. "집어 들고 나오는 걸 완전히 깜빡했네. 비행기 소리가 들렸을 때 너무 신이 났거든. 마침내 구조팀이 도착했다고 생각했어." 남자의 미소가 열어진다. "날 구조하러 온 거지, 그렇지?"

내 손가락이 방아쇠 위에서 움찔한다. 가끔 우리는 잘못된 시간에 잘못된 장소에 있을 수밖에 없어. 그런 때 일어난 일은 누구의 잘못도 아니야. 그 군인 이야기를 들었을 때, 내가 캐시에게 해준 말이다.

"나이가 어떻게 돼, 내가 물어도 될까?" 그가 묻는다. "군인이라고 하기에는 너무 어려 보이는구나."

"난 군인이 아니야." 내가 말한다. 정말 아니다.

난 인간 진화의 다음 단계다.

내가 정직하게 말한다.

"난 소리 없는 자야."

★
25

그가 열은 분홍색과 검은색의 폭발처럼 나를 향해 달려든다. 자잘한 이빨이 번뜩이고, 내 손에 쥐고 있던 총이 날아간다. 그의 공격이 내 팔목을 부러뜨린다. 다음 주먹은 강화된 내 눈이 따라잡지 못할 정도로 더 빠르게 날아와서 나를 곡식 저장고까지 2미터나 날려버린다. 저장고의 금속이 귀에 거슬리는 날카로운 끼-익 소리를 내며 타코처럼 내 몸을 감싸고 반으로 접힌다. 이제야 콘스턴스가 했던 말이 무슨 의미였는지 알겠다. 넌 상황을 정확히 알지도 못하면서 결론에 도달한 거야.

그녀는 동굴 속 생존자들을 무력화시키러 간 게 아니었다. 소리 없는 자를 조용히 잠재우러 간 거다.

고마워, 콘스턴스, 미리 말해줄 수도 있었잖아.

내가 충격 정도로는 죽지 않는다는 사실이 내 목숨을 구한다. 가짜 신부가 잠시 멈춰 서서 묘하게 새 같은 방식으로 고개를 갸웃 기울인 채 나를 바라본다. 나는 죽었어야 한다. 아니면, 적어도 의식 정도는 잃었어야 한다. 어떻게 내가 아직도 서 있는 걸까?

"세상에! 이건…… 정말 흥미롭군."

우리 둘 다 잠시 움직이지 않는다. 내가 그의 게임에서 살아남았다. 멈춰, 링거. 콘스턴스가 돌아올 때까지 기다려.

만약 콘스턴스가 돌아온다면.

그녀는 죽을지도 모른다.

"나는 너와 같은 종류가 아니야." 내가 금속 벽면에서 몸을 빼내며 말한다. "보쉬가 내게 열두 번째 시스템을 줬어."

재미있다는 듯한 그의 표정은 변하지 않지만, 어깨는 경직된다. 그것이 유일하게 말이 되는 설명이지만, 역시 말이 안 되는 설명이기도 하다.

"점점 더 흥미로워지는군!" 그가 중얼거린다. "사령관이 왜 인간을 강화시켰을까?"

거짓말을 할 시간이다. 위대한 것은 작은 거짓말을 통해 성취된다는 걸 적이 내게 가르쳐주지 않았는가.

"그가 너희들을 배신했어. 우리 모두에게 열두 번째 시스템을 주었거든." 그가 고개를 저으며 미소 짓는다. 내가 말도 안 되는 허풍을 떨고 있음을 아는 것이다. "그래서 이제 우리가 너희들을 잡으러 다니는 중이지." 나는 계속한다. "포드가 너희들을 모함으로 데리고 가기 전에."

내 라이플이 그의 발밑에서 1미터쯤 떨어진 곳에 놓여 있다. 권총은 어디에 떨어졌는지 모르겠다. 칼은 매우 가까이 있다. 그와 나 사이 중간쯤 되는 곳이다. 그는 내가 칼을 집으러 가길 기다리고 있을 것이다.

좋아, 내 거짓말이 먹히지 않는다는 거군. 그렇다면 이번에는 진실을 들이밀어야겠지만, 그다지 큰 기대는 하지 않는다.

"내가 여기서 쓸데없이 시간만 낭비하고 있는지는 모르겠지만, 네가 한 가지 알아야 할 사실이 있어. 너도 나처럼 인간이라는 거야. 그들이 다른 모두를 이용하는 것처럼, 너도 그들의 손에 이용당하고 있는 거지. 너 자신에 대해 네가 알고 있다고 생각하는 모든 것, 네가 기억하는 모든 것이 다 거짓이야."

그가 미친 사람을 보며 미소 짓는 식으로 내게 미소를 지어 보이며 고개를 끄덕인다.

이제 네 차례야, 콘스턴스. 어서 어둠 속에서 뛰어나와 놈의 등에 칼날을 꽂아 넣으라고. 그러나 콘스턴스는 나타나지 않는다.

"정말 당황스럽군." 그가 말한다. "내가 널 어떻게 해야 하는 거지?"

"나도 몰라." 내가 솔직하게 대답한다. "내가 아는 건, 이제 내가 저 칼을 집어 들고 돼지 멱따듯이 널 처리해버릴 거라는 거야."

나는 칼을 쳐다보지 않는다. 내가 그걸 바라보는 순간, 그가 내 책략을 단번에 알아차릴 테고, 그럼 나는 기회를 잃게 될 테니까. 대신 나는 그가 칼을 쳐다보게 한다. 그는 아주 찰나의 순간에 칼을 흘낏 바라봤지만, 내게 필요한 건 바로 그 찰나의 순간이다.

내 부츠의 강철 코 끄트머리가 그의 턱 아랫부분을 정확히 가격하자 그 작은 몸이 3미터나 붕 떴다가 바닥으로 세게 쿵 소리를 내며 떨어진다. 그가 두 발로 땅을 짚기 전에 칼이 내 손을 떠나 그의 목을 향해 쏜살같이 날아간다. 그가 칼을 허공으로 쳐버리고는 사악해 보일 만큼 우아한 동작으로 그것이 바닥에 떨어지기도 전에 움켜잡는다.

나는 총을 향해 달려든다. 그가 나를 앞선다. 그의 주먹이 내 관자놀이를 세게 후려치고 나는 쓰러진다. 내 입이 바닥을 먼저 친다. 윗입술이 찢어져 벌어진다. 자, 온다. 이제 그가 내 목을 그어버릴 것이다. 내 라이플을 집어 들어 내 머리를 날려버릴 것이다. 나는 너무 소심하고, 아마추어이며, 증강된 힘에 적응해가는 초보자일 뿐이다. 하지만 그는 열세 살 때부터 그 상태로 살아왔다.

그가 손으로 내 머리채를 한 움큼 쥐어 잡고 비틀더니 날 거칠게 집어던져 바닥으로 쓰러뜨린다. 입안에 피가 가득 고여, 나는 구역질을 한다. 그가 한 손에는 칼을 다른 손에는 라이플을 들고 160센티미터가 채 안 되는 키로 나를 내려다보며 타워처럼 우뚝 선다.

"넌 누구야?"

나는 입안에 고인 피를 뱉는다.

"내 이름은 링거야."

"어디서 왔어?"

"음, 태어나기는 샌프란시스코에서……."

그가 내 늑골을 걷어찬다. 그리 세게 느껴지지는 않는다. 그가 온 힘을 다해 찼다면 내 폐에 구멍이 나거나 비장이 터져버렸을 것이다. 그는 날 죽이고 싶지는 않은 것이다. 아직은.

"여긴 왜 온 거야?"

나는 그의 눈을 빤히 바라보며 대답한다.

"널 죽이기 위해."

그가 라이플을 멀리 던져버린다. 총이 100미터쯤 날아가서 도로를 넘어가 그 너머의 들판에 떨어진다. 그가 내 목을 움켜잡고 공중으로 들어 올린다. 내 발이 바닥에서 떨어진다. 그의 머리가 돌아간다. 호기심 많은 까마귀, 기민한 올빼미처럼.

그의 다음 공격은 내가 방어할 수 없는 종류다. 그의 의식이 내 안으로 파고든다. 그 야비한 공격이 내 자동 시스템을 멈춰버릴 정도의 강한 힘으로 내 마음을 찢고 들어온다. 나는 절대 어둠 속으로 내던져진다. 아무 소리도, 빛도 감각도 없다. 그의 마음이 내 마음을 잘근잘근 씹어 먹는다. 그의 안에서 내가 느끼는 것은 우주보다 넓은 증오와 순전한 분노와 극도의 혐오감이며, 좀 이상한 말 같지만, 시기심도 느껴진다.

"하아아아." 그가 한숨을 내쉰다. "누굴 찾고 있는 거지? 네가 잃어버린 그애들은 아니군. 작은 소녀와 슬프고 여린 감정의 소년. 그애들은 널 살리기 위해 죽었어. 그렇지? 그래. 아, 너 정말 외로운 아이구나. 마음은 또 얼마나 공허한지!"

나는 그 낡은 호텔에서 티컵의 몸을 따뜻하게 데워주고 싶어서 그애를 단단히 껴안고 있다. 레이저는 날 살리기 위해 기지 안에서 날 꼭 껴안고 있다. 그건 두려움에 얽매여 돌아가는 원이야, 좀비.

"한 명이 더 있군." 신부가 중얼거린다. "음. 너도 아는 거니? 아니면, 아직 알아차리지 못한 거니?"

그의 부드러운 웃음이 갑자기 멈춘다. 나는 왜 그런지 안다. 우린 하나이기에 추측할 필요도 없다. 그가 내 안에서 콘스턴스와 그 멍청하고 생기 없는 학부모 같은 미소를 끌어 올린다.

그가 라이플을 던져버렸듯이 나를 멀리 던져버린다. 인간이 만들어낸 쓸모없는 쓰레기를 던져버리듯이 경멸적으로. 허브가 내 몸이 충격을 견디게끔 준비시킨다. 내가 공중으로 날아가는 동안 그 정도 시간은 충분하다.

나는 하얀 농가의 썩은 베란다 난간에 가서 부딪친다. 나무가 커다랗게 우지끈 소리를 내며 부서지고 내 밑의 낡은 판자가 쩍 소리를 내며 갈라진다. 나는 가만히 누워 있다. 세상이 빙글빙글 돈다.

육체적으로 숨을 쉬는 것보다 더 힘든 것은 머릿속에서 쿵쿵 울려대는 소리를 견디는 것이다. 생각을 할 수가 없다. 조각나고 끊어진 영상들이 돌연 제 모양을 찾았다가 흐려졌다가 다시 꽃피우기를 반복한다. 좀비의 미소. 레이저의 눈. 티컵의 찌푸림. 그리고 돌로 깎은, 산처럼 거대한 보쉬의 얼굴과 눈이 보인다. 바닥까지 들여다보는 눈, 모든 것을 보는 눈, 나를 아는 눈.

나는 옆으로 돌아눕는다. 복부가 부풀어 오른다. 나는 위 속에 아무것도 남지 않을 때까지 테라스 층계 위에 전부 다 토해놓는다. 그러고도 좀 더 구토를 한다.

일어나야 해, 링거. 일어나지 않으면, 좀비를 만날 수 없어.

나는 일어서려 애쓴다. 그러다 쓰러진다.

나는 일어나 앉으려 애쓴다. 그러다 고꾸라진다.

나는 그애들이 다 사라졌다고 생각했는데, 신부로 가장한 소리 없는 자가 내 안에서 그들을 느꼈다. 나는 그들을 다 잃었다고 생각했지만, 사랑하는 사람은 절대 잃어버릴 수 없다. 사랑은 영원한 것이니까. 사랑은 인내하는 것이니까.

누군가의 팔이 나를 일으켜 세운다. 레이저다.

누군가의 손이 나를 부축한다. 티컵이다.

누군가의 미소가 내게 희망을 준다. 좀비다.

내가 그의 미소를 얼마나 좋아하는지 기회가 있을 때 그에게 말해 주었어야만 했다.

나는 일어선다.

레이저가 일으켜 세우고, 티컵이 부축하고, 좀비가 미소 짓는다.

쓰러져서 일어서지 못하고, 행진하지 못할 때는 어떻게 해야 하는지 아나, 병사? 보쉬가 묻는다. 기어서라도 가는 거야.

★

26

좀비

어배너 북쪽에서 유서 깊은 고속도로가 시골 농장지대를 가로질러 간다. 양쪽으로 펼쳐진 들판이 밝은 별빛 아래서 은회색으로 빛나고, 타고 남은 농가의 뼈대들이 그 은빛 들판을 배경으로 점점이 박혀 있다. 동굴은 까마귀가 날아가는 북동쪽으로 약 1.5킬로미터쯤 떨어져 있다. 하지만 나는 까마귀가 아니다. 이 고속도로를 벗어나 길을 잃는 위험을 감수할 수는 없다. 쉬지 않고 계속 이 속도로 나아간다면, 동트기 전에는 그곳에 닿을 것이다.

그게 더 쉬운 선택이다.

초인적 인간은 누구든 눈에 보이면 다 사살한다. 예를 들어, 찬송가나 부르는 상냥한 노인처럼 보이는 사람이라도 주저하면 안 된다.

목에 폭탄이 심어진 채 야영지 근처나 은신처를 어슬렁거리는 어린 아이도 마찬가지다. 낯선 사람에게 호의 같은 걸 베풀 이유가 없기 때문이다.

곳곳에 감시병이나 감춰진 벙커, 저격수의 은신처 같은 곳이 있을 테고, 어쩌면 사나운 독일 셰퍼드나 도베르만 같은 개가 한두 마리쯤 숨어 있을지도 모른다. 아니면, 철망으로 된 덫이나 부비트랩이라도. 적은 모든 낯선 이를 용서할 수 없는 외부인으로 변화시켜서 우리 모두를 한데 묶어주던 근본적인 접착제를 다 날려버렸다. 정말 웃기지 않은가. 외계인이 도착한 후, 우리가 서로를 낯설어하게(Alien, '외계인'이라는 의미와 '낯설고 생경한,' '도저히 이해할 수 없는' 등의 의미가 있다—옮긴이) 되었다니. 웃겨도 정말 더럽게 웃긴 일이 아닐 수 없다.

다시 말해, 낯선 사람과 마주쳤을 때 그들이 즉시 내게 총질해댈 확률이 상당히 높다는 의미다. 거의 99.9퍼센트 정도 되지 않을까.

아, 젠장, 될 대로 되라지, 안 그래?

지금까지 나는 안내 책자 뒤에 인쇄된 지도를 수도 없이 들여다봤다. 그래서 그것이 마치 잔상처럼 머릿속에 각인돼 있다. 북쪽에서 68번 미연방 고속도로를 타고 가다가 507번 주립고속도로로 빠져서 245번 주립고속도로 입구까지 간 다음, 800미터쯤 북으로 나아가면 바로 동굴이다. 식은 죽 먹기 아닌가. 전혀 어렵지 않다. 먹지도 않고 자지도 않고 쉬지도 않고 빠르게 걸어가면 네 시간 후에 거기 도착이다.

나는 정찰할 시간이 필요하다. 그런데 시간이 없다. 적대적인 감시병에게 어떻게 접근할지 계획을 세워야만 한다. 그런데 계획도 없다. 내가 가진 거라고는 매력적인 성격과 죽이는 미소뿐이다.

507번 도로와 245번 도로가 만나는 지점에 '오하이오 동굴'이라는 글씨와 북쪽을 가리키는 녹슨 빛깔의 화살표가 그려진 허리 높이쯤 되는 표지판이 하나 서 있다. 땅이 위로 경사져 올라간다. 길이 휘어져 별이 떠 있는 하늘을 향한다. 나는 접안경을 조정하고 혹시 녹색 빛이 보이지는 않는지 왼편 숲 속을 둘러본다. 언덕 꼭대기에서 몸을 숨기기 위해 바닥에 배를 대고 엎드려 꼭대기까지 기어서 올라간다. 포장된 진입로가 더 울창한 나무들 사이로 구불구불 이어져 들어가서 잿빛 배경 위에 작고 검은 점처럼 뭉개져 있는 건물을 향해 나아간다. 50미터쯤 떨어진 곳에 돌로 만든 두 개의 표지물이 세워져 있고 그 위에는 각각 'OC'라는 글씨가 쓰인 흰색 표지판이 올라가 있다.

나는 캠프에서 배운 대로 낮은 포복 자세로 천천히 기어 올라간다. 얼굴은 바닥에 가능한 한 가까이 붙이고 라이플은 한 손에 잡고 다른 손은 앞으로 뻗은 채. 이런 식으로 가다가는 21살 생일이 될 때까지도 동굴에 도달하지 못할 것 같지만, 살아서 생일을 기념하지도 못할 바에야 이렇게라도 가는 게 훨씬 나을 것이다. 거의 1~2미터마다 나는 멈춰서 고개를 들고 주변을 살핀다. 나무들. 잔디. 늘어진 전선에서 들리는 윙윙거리는 소음. 쓰레기. 옆으로 쓰러져 있는 테니스화 한 짝.

100미터쯤 앞으로 나아간 후에(물론 시간은 한 100년쯤 흘러갔다), 내 손가락에 금속이 닿는다. 나는 고개를 들지 않은 채 그 물건을 얼굴 쪽으로 끌어당긴다.

십자가다.

서늘한 한기가 등골을 타고 내린다. 내겐 생각할 시간이 없었어, 캐시가 말했었다. 난 그 금속이 반짝이는 걸 봤어. 그게 총인 줄 알았어. 그래서 그를 죽였어. 십자가 때문에 그를 죽였어.

차라리 캐시에게 그 이야기를 듣지 않았으면 좋을 뻔했다. 그랬다면, 땅에 떨어져 있던 십자가를 주웠으니 좋은 징조가 틀림없다고 생각했을 것이다. 어쩌면 이걸 행운의 상징으로 목에 걸었을지도 모른다. 그런데 지금 난 이 십자가가 마치 내 앞길을 가로질러 가는 커다란 검은 고양이처럼 느껴진다. 그래서 난 예수를 그냥 흙 속에 남겨둔다.

기어가고, 기어가고, 멈추고. 살피고. 기어가고, 기어가고, 멈추고. 살피고. 이제 눈앞에 건물이 보인다. 기념품 가게와 방문객 환영센터와 돌담의 흔적. 건물 너머로, 어둠 속에서 나무들 사이로 구불구불 이어진 길을 걸어오는 것은 손톱만 한 크기의 밝은 녹색 물방울이다. 그게 나를 향해 곧장 다가온다.

나는 얼어붙는다. 나는 완전히 노출됐다. 몸을 숨길 곳이 없다. 까닥거리는 그 녹색 방울이 점점 더 커지다가 방문객 환영센터 쪽으로 비스듬히 꺾어진다. 나는 팔꿈치를 바닥에 대고 상반신을 일으켜 세운 후 M16의 조준경을 통해 그를 바라본다. 거의 어린애로 착각하게 할 만큼 체구가 작다.

검은 바지, 검은 셔츠, 그리고 전에는 흰색이었을 목깃.

아무래도 내가 십자가의 주인을 찾은 듯하다.

그가 나를 발견하기 전에 먼저 쏴버려야 하는 게 아닐까.

아, 멍청하긴. 얼마나 한심한 생각이냐고. 그를 쏘고 나면 이 근처의 모든 적이 네 엉덩이에 따라붙을 텐데. 사격은 공격을 당할 시에만 하는 거야. 넌 여기에 사람들을 구하러 왔어, 기억 안 나?

녹색 빛으로 까닥거리는 검은 옷의 남자가 건물 모퉁이로 사라진다. 나는 시간을 잰다. 120초가 지났지만, 그는 다시 나타나지 않는다. 나는 빠르게 기어서 근처 나무로 간다. 거기서 죽은 풀과 진흙을 얼굴에 문지르고 숨을 고른 뒤 생각을 정리하려 애쓴다. 숨을 고르는 건 되는 데, 그다음은 잘 안 된다.

지금에서야 나는 보쉬가 왜 링거를 무시하고 날 분대장으로 승격시켰는지 알 것 같다. 그녀가 나보다는 확실히 더 현명한 선택이었을 터다. 나보다 더 영리하고, 사격술도 뛰어나고, 본능적으로도 더 날카롭지 않은가. 그럼에도 내가 분대장이 되었다. 이유는 그녀가 갖지 못한 단 한 가지를 내가 가지고 있었기 때문이다. 그건 바로 대의를 향한 맹목적인 충성심과 지도자를 향한 불굴의 믿음이었다. 물론, 이렇게 말하면 하나가 아니라 두 가지다. 어쨌거나 내 요점은 늘 믿음이 영리함을 이긴다는 거다. 심장이 두뇌를 이기는 거지. 적어도 적들이 목숨을 내걸지 않아도 되게끔 자신들의 목숨을 기꺼이 희생할 각오가 되어 있는, 거짓에 현혹된 자살 특공 광대들로 군대를 꾸리고자 할 때는 그게 사실이다.

여기 영원히 숨어 있을 수는 없다. 게다가 축복이라 할 만큼, 거의 크로마뇽인이나 다름없는 능력을 자랑하는 내 잘난 뇌 속에서 뭔가 좋은 아이디어가 튀어나오길 기다리며 이렇게 무작정 숨어 있는 동안 덤보가 혼자 남아 죽어가게 할 수는 없다.

내게 정말 필요한 것은 인질이다.

문제는 완벽한 인질 후보가 어딘가로 사라진 직후에 그 아이디어가 떠올랐다는 것이다.

나는 방문객 환영센터 주변의 나무를 살펴본다. 아무것도 없다. 가장 가까운 나무 쪽으로 빠르게 움직여 간 후, 멈추고, 엎드리고, 다시 주변을 둘러본다. 역시 아무것도 없다. 나무 두 개를 옮겨가서 거리가 50미터쯤 가까워졌지만, 아직도 그의 모습은 보이지 않는다. 어쩌면 그는 소변이 급해서 어딘가 으슥한 곳을 찾아 들어갔는지도 모르겠다. 아니면, 이미 아래로 내려가 안전하고 따뜻한 곳에 앉아서 링거에게 위쪽은 아무 이상 없다고 말하며 티컵을 가볍게 흔들어 재우고 있는지도 모른다.

나는 링거가 떠난 이후로 줄곧 이 동굴에 관한 환상을 키워왔다. 물론 그 환상 속 어디에도 신부의 자리는 없다. 대신 링거와 티컵이 끝없이 이어질 듯한 이 빌어먹을 겨우내 따뜻하고 습하지 않은 곳에서 잘 먹고 잘 살고 있다. 나는 마침내 링거를 만나면 무슨 말을 할지 생각해본다. 링거는 내게 무슨 말을 할지, 그리고 어떤 완벽한 구절이 마침내 그녀를 웃게 할지도 생각해본다. 사실 내 마음속 한편에는 내가 링거의 얼굴에 미소가 번지도록 하는 데 성공하는 날 이 영원한 전쟁도 마침내 끝나리라는 확신이 자리해 있다.

좋아, 신부는 잊어버리자. 나는 결심한다. 저 방문객 환영센터 안에는 분명히 사람들이 있을 것이다. 잘하면 인질 하나가 아니라, 대여섯쯤 잡을 수도 있겠지만, 아쉬운 사람이 먼저 우물을 파는 법 아닌가. 일단 어떻게든 빨리 저 동굴 안으로 들어가야만 한다.

나는 주변을 살피고, 경로를 짜고 공격 계획을 마음속으로 실행해본다. 지금 내겐 섬광탄 한 발이 있다. 그들을 놀래줄 수 있다는 말이다.

놀란다는 건 좋은 거다. 내게는 라이플도 있고, 덤보의 권총도 있다. 이 정도로는 충분치 않을지도 모른다. 저쪽의 화력이 더 우세할 수도 있다. 그건 다시 말해 내가 죽을지도 모른다는 얘기다. 그러면 덤보도 죽게 된다는 의미이기도 하다.

창문 하나가 내 쪽으로 면해 있다. 나는 라이플 개머리판으로 그 유리를 깨고 섬광탄을 안으로 굴려 넣은 후 건물 정문 쪽을 향해 굴러갈 것이다. 6초면 충분하다. 그들은 무엇이 자신들을 공격했는지도 모를 테지.

어쨌든 내가 훗날 손자들에게 오늘 겪은 이야기를 들려줄 때면, 그렇게 얘기할 거라는 거다. 하지만 실상은 창문에만 너무 집중했던 나머지 나는 내가 어디로 가고 있는지도 몰랐다.

내가 어쩌다가 그 빌어먹을 구덩이에 빠져버렸는지 다른 설명을 늘어놓을 수 있다면 얼마나 좋을까. 구멍은 2미터 넓이에 깊이는 4미터 가까이 됐기에 아무리 어둠 속에서라도 그냥 지나칠 수 없는 것이었다. 단지 그 크기 때문만은 아니고, 그 안에 들어 있던 것들 때문에라도.

시체들.

수백 구는 됨직한 시체들.

큰 시체, 작은 시체, 중간 크기 시체, 옷을 입은 시체, 반쯤 벗은 시체, 다 벗은 시체. 죽은 지 얼마 안 된 시체, 죽은 지 오래된 시체. 사지가 멀쩡한 시체, 시체의 일부, 그리고 한때는 시체 속 일부였으나 이제는 따로 돌아다니는 부위들.

나는 그 미끄덩거리고 물컹거리는 덩어리들 속을 엉덩이를 질질 끌며 나아갔다. 발을 디딜 공간이 없었다. 몸이 계속 아래로 빠져들었다. 시체 외에는 잡을 것도 없었다. 그것들도 나와 함께 아래로 미끄러져 들어갔다. 아래로 빠져드는 동안 나는 얼굴 하나를 마주 봤다. 정말 죽은 지 얼마 안 된 얼굴. 30대쯤 돼 보이는 여자의 얼굴. 금발 머리에는 더러움과 피가 떡이 져 있었다. 두 개의 검은 눈이 보였다. 한쪽 뺨은 내 주먹만큼이나 부어올랐고 피부는 아직도 분홍빛이고 입술도 아직 도톰했다. 아무리 오래돼봐야 죽은 지 겨우 몇 시간쯤 지난 게 틀림없었다.

나는 몸을 뒤틀어 고개를 돌린다. 산 사람처럼 보이는 시체보다는 차라리 썩은 얼굴 수십 구를 마주 보는 게 나을 것 같다.

이제 내 몸은 어깨까지 빠져 있지만, 여전히 아래로 빠져든다.

이러다가는 인간의 시체에 질식해 죽을 것이다. 죽음 속에 빠져 죽게 될 것이다. 참으로 어이없게 은유적이지 않은가. 웃음이 터져 나올 것 같다.

그때 그녀의 '확실히 시체는 아닌' 차가운 입술이 내 귀에 닿는다.

"소리 내지 마, 벤. 죽은 척해."

벤? 나는 고개를 돌리려 애쓴다. 그렇지만 할 수가 없다. 그녀의 손아귀 힘이 너무 세다.

"기회는 한 번뿐이야." 목소리가 소곤거린다. "그러니까 움직이지 마. 놈은 우리가 지금 어디 있는지 알아. 그래서 이쪽으로 오고 있어."

★ 27

그림자 하나가 하늘의 타오르는 별빛을 배경 삼아 구덩이 가장자리에서 솟아오른다. 자그마한 체구가 고개를 한쪽으로 기울여 소리에 귀 기울인다. 나는 숨거나 저항할 생각 같은 건 하지도 않는다. 그저 숨을 참고 몸을 늘어뜨린 채 가늘게 뜬 눈꺼풀 사이로 그를 바라본다. 그의 오른손에는 낯익은 물건 하나가 쥐어져 있다. 모든 병사에게 배급된 표준 규격의 전투용 칼 케이바다.

내 목을 쥐고 있던 여자의 손가락에서 힘이 빠진다. 그녀도 역시 기운을 빼고 몸을 늘어뜨린다. 대체 누구를 믿어야 하는 거지? 여자, 남자, 아니면 둘 다 믿지 말아야 하는 건가?

30초가 흐르고, 1분, 2분이 흐른다. 나는 움직이지 않는다. 그녀도 움직이지 않는다. 그도 움직이지 않는다. 더는 숨을 참고 있을 수도, 결정을 미룰 수도 없을 것 같다. 숨을 쉬든가, 총을 쏘든가, 물론 누구에게 쏠지도 결정해야 한다. 그러나 내 팔은 시체 더미와 뒤엉켜 있고 떨어질 때 라이플도 잃어버렸다. 지금은 그게 어디로 떨어졌는지도 모르겠다.

하지만 그는, 그러니까 칼과 자신의 십자가를 맞바꾼 그 신부는 내 총의 행방을 알고 있다.

"네 라이플이 저기 있구나, 아들." 그가 말한다. "이리 올라오너라. 두려워할 거 없어. 다 죽은 사람들이고, 나도 무서운 사람이 아니야." 그가 시체 구덩이 가장자리에 무릎을 꿇고 앉더니 한 손을 아래로 뻗는다. "걱정하지 마, 네 라이플은 네가 가지고 있어. 난 총을 좋아하지 않으니까. 절대로 갖지 않을 거야."

그가 미소 짓는다. 그때 죽지 않은 여자가 그의 손목을 낚아챈다. 그도 우리와 함께 구덩이 속으로 날아 떨어지고, 어느 순간 덤보의 권총이 그의 관자놀이를 겨냥하더니 그녀의 목소리가 들린다.

"그렇다면 이게 영 마음에 들지 않겠는걸." 그리고 신부의 머리가 폭발한다.

확신은 못 하지만, 나는 그게 구덩이를 벗어나야 한다는 신호라고 생각한다.

★

28

나는 라이플을 잃어버렸다. 그리고 어찌 된 일인지는 모르겠지만, 그 죽지 않은 여자가 덤보의 권총을 가지고 있다. 나는 그녀가 내 목숨을 구한 건지, 아니면 단지 신부를 쫓고 있었을 뿐이고, 그다음 목표는 나였는지 잘 모르겠다.

밀치고 움켜쥐며 시체 더미 밖으로 빠져나가는 일은 캠프에서도 배운 일이 없는 작전이다. 정상적인 상황에서라면, 만약 목까지 차오른 시체 더미 속에 파묻히게 될 경우, 나 역시도 그 시체 중 하나가 되어 있을 확률이 크기 때문이다.

"난 널 해치지 않아." 그녀가 말한다.

여자는 환하게 웃고 있지만, 부어오른 한쪽 뺨 때문에 상당히 아플 것처럼 보인다.

"그럼 총 내려놔."

그녀는 즉시 시키는 대로 한다. 그리고 양손을 들어 올려 보인다.

"내 이름은 어떻게 알아낸 거야?"

내가 묻는다. 그냥 묻는 게 아니라 실은 고래고래 고함을 지른다.

"마리카가 말해줬어."

"빌어먹을 마리카가 누군데?"

나는 권총을 집어 든다. 하지만 여자는 날 제지하려 움직이지 않는다.

"네 뒤에 서 있는 애."

나는 그녀에게서 완전히 시선을 거두지는 않은 채 재빨리 왼쪽으로 돌아본다. 뒤에는 아무도 없다.

"이봐요, 아줌마. 내가 오늘 일진이 정말 사납거든. 당신은 대체 누구고, 당신이 죽인 저 작은 남자는 누구야? 그리고 티컵은 어디 있고, 링거는 어디 있어?

"말했잖아, 좀비." 그녀가 전율하는 듯한 작은 웃음소리와 함께 대꾸한다. "네 뒤에 있다니까."

나는 총을 그녀의 눈높이로 들어 올린다. 난 더는 두렵지도 혼란스럽지도 않다. 그냥 화가 날 뿐이다. 이 여자가 동굴에 숨어 있던 소리 없는 자인지도 모르지만, 난 정말 신경 쓰지 않는다. 난 낯설지 않은 누군가를 찾아낼 때까지 앞길을 가로막는 모든 낯선 이를 죽여 버릴 작정이다.

난 뭐가 뭔지 안다. 젠장, 당연히 안다. 안전 가옥을 떠나기 전부터 다 알고 있었다. 모든 게 다 소용이 없었다. 정말 아무것도 아니었다. 덤보도 아무것도 아닌 거로 죽게 될 거다. 왜냐하면 링거도 아무것도 아니니까. 그녀는 저 시체 더미 속에 누워 있다. 까마귀 빛깔 머리에 아무것에도 웃지 않는 그애는 저기 티컵과 함께, 둘 다 아무것도 아닌 채로, 먼저 간 아무것도 아닌 70억의 인구와 마찬가지로 저기 누워 아무것도 아닌 게 될 때까지 분자로 분열되느라 정신없이 바쁠 것이다. 그러니 나도 도울 것이다. 내 역할을 할 작정이다. 내 앞을 가로지를 만큼 어리석고 멍청하며 운이라고는 지지리도 없는 쓰레기들을 다 죽여버릴 작정이다.

그들은 돌처럼 차가운, 아무 생각 없는 살인마들이 이 세상 속을 날뛰며 돌아다니길 원했다. 그들은 좀비를 원했다. 그리고 이제 놈들은 그런 놈을 하나 가진 것이다.

나는 미소를 지은 멍청하고 퉁퉁 부어오른 얼굴에 총을 조준하고 방아쇠를 당긴다.

★

29

링거

난 분명히 이 일을 후회하게 될 거다.

콘스턴스를 주변에 두는 건 마치 아이를 재워놓은 침대에서 독사를 발견하는 것이나 다름없다. 그 독사를 없애려 해봐야 독사가 아니라 애만 더 위험하게 만든다.

그래서 나는 좀비가 그냥 일을 끝마치게끔 내버려두고 싶었다. 하지만 총알이 총구에서 발사되기 백만분의 1초 전에 나는 그의 팔꿈치를 손으로 쳐서 총알이 빗나가게 한다. 총성이 울릴 때쯤, 그의 총은 이미 내 손안에 들어와 있다.

그가 홱 돌아서면서 주먹을 불끈 말아 쥐고 내 머리를 조준해서 날린다. 내가 그것을 낚아챈다.

좀비의 어깨가 벽돌 벽이라도 가격한 듯한 충격으로 덜컥한다. 그가 너무 놀라 믿기지 않는다는 듯한 표정으로 입을 쩍 벌린 채 눈을 크게 뜨고 바라본다. 참으로 상투적이고 예측 가능한 반응이다. 이번에는 좀비도 성공할 뻔했다. 날 거의 웃게 할 뻔했다는 말이다.

거의.

"링거?" 그가 묻는다.

나는 고개를 끄덕인다.

"하사."

그의 무릎이 후들거린다. 내게 안겨오더니 내 목에 얼굴을 묻는다. 그의 어깨너머로 나는 우리를 향해 미소 짓는 콘스턴스를 본다. 사실 지금 난 누가 누굴 안고 있는 건지 잘 모르겠다.

열두 번째 시스템을 이용해서 나는 그의 안으로 나를 들여보낸다. 고통이 있는 곳에서 위안을 준다. 두려움이 있는 곳에 희망을 준다. 분노가 보이는 곳에는 평화를 준다.

"이제 괜찮아." 내가 콘스턴스를 바라보며 그에게 말한다. "저 여자도 우리 편이야. 넌 이제 안전해, 좀비. 우린 모두 완전히 안전해."

그에게 하는 내 첫 번째 거짓말이다. 하지만 이게 마지막은 아닐 것이다.

★

30

그가 내 팔에서 몸을 빼낸다. 그의 눈이 별빛을 받은 들판으로, 저 너머 도로로, 헐벗은 사지를 하늘로 뻗은 나무들 쪽으로 헤매다닌다. 그는 묻고 싶지만, 동시에 묻고 싶지 않은 것이다. 나는 그 질문을 기다리며 긴장한다. 좀비가 소리 내어 묻도록 하는 게 잔인한 짓일까?

"티컵은?"

나는 고개를 젓는다.

그가 고개를 끄덕인다. 그리고 참고 있던 긴 한숨을 내뱉는다. 나를 찾아낸 것도 일종의 기적이었다. 기적이 하나 일어나면, 우린 곧잘 또 하나를 기대한다.

"그 조막만 한 녀석." 그가 중얼거린다. 시선은 먼 곳을 응시한다. 들판, 도로, 나무들. "그 녀석 나 몰래 빠져나갔어, 링거." 그가 내게 날카로운 시선을 던진다. "어떻게 죽었어?"

나는 머릿속에 처음 떠오르는 대답을 한다.

"저들 중 하나에 당했어." 내가 구덩이 쪽으로 고갯짓한다. 두 번째 거짓말이다. "우린 겨우내 저들을 피해다녔거든."

세 번째다. 마치 내가 절벽에서 뛰어내리는 것 같기도 하고, 좀비를 절벽으로 밀어버리는 것 같기도 하다. 거짓말을 할 때마다, 그는 내게서 한 걸음씩 물러나고 우리의 추락 속도도 가속화된다.

"그렇지만 티컵은 피하지 못한 거네." 그가 구덩이 쪽으로 다가가서 썩어가는 시체들 속을 들여다본다. "그애도 여기 있는 거야?"

콘스턴스가 우리 대화 속으로 끼어든다. 이유는 모르겠다.

"아니. 티컵은 우리가 적절하게 매장해줬어, 벤."

좀비가 그녀를 바라본다. 두 눈이 불타오른다.

"제기랄, 당신은 대체 뭐야?"

그녀가 더 크게 미소 짓는다.

"내 이름은 콘스턴스. 콘스턴스 피어스야. 미안해. 알아, 우리가 초면이라는 거. 그렇지만 난 널 잘 아는 듯한 기분이야. 솔직히 말해서 마리카가 늘 네 얘기만 했거든."

그가 콘스턴스를 잠시 노려본다.

"마리카."

그가 중얼거린다.

"내 이름이야."

이제 그가 나를 노려본다.

"나한테는 네 이름이 마리카라고 한 번도 말하지 않았잖아."

"네가 한 번도 묻지 않았으니까."

"내가 한 번도……?"

그가 유머라고는 전혀 느껴지지 않는 웃음을 딸꾹질하듯이 토해내며 고개를 젓는다. 그러고는 아무 말도 없이 구덩이 속으로 뛰어든다. 나는 그가 미친 게 틀림없다고, 도로시가 돼버린 거라고, 낙타의 등을 부러뜨린다는 그 마지막 지푸라기 한 올이 그에게는 바로 티컵의 죽음이었음이 틀림없다고 생각하며 구덩이로 뛰어간다. 그렇지 않고서야 왜 저 안으로 뛰어들었겠는가. 하지만 나는 그가 라이플을 움켜잡아 어깨에 둘러메고는 다시 구덩이를 기어 올라오는 것을 본다. 우리는 서로의 팔목에 손가락을 감고, 내가 그를 당겨 올린다.

"그들은 어디 있어?"

그가 묻는다.

"외부인?"

의미로 가득한 단어.

"생존자들. 동굴 속에 있는 거야?"

나는 고개를 젓는다.

"생존자는 없어, 좀비."

"마리카와 나뿐이야."

콘스턴스가 지저귀듯이 대꾸한다. 대체 저 여자는 무슨 기분 좋은 일이 있어서 저렇게 신이 난 걸까. 좀비는 그녀를 무시한다.

"덤보가 총에 맞았어." 그가 내게 말한다. "지금 어배너에 혼자 남겨두고 왔어. 어서 가자."

그가 먼저 나를 지나쳐 가서 뒤도 돌아보지 않고 도로 쪽으로 성큼성큼 걸어간다. 콘스턴스가 나를 바라본다.

"세상에, 쟤 너무 귀엽지 않니?"

나는 그녀에게 꺼지라고 말한다.

★

31

나는 좀비의 뒤를 따른다. 콘스턴스는 몇 미터 뒤에서 평범한 인간의 목소리가 닿을 정도의 거리를 두고 따라온다. 하지만 콘스턴스는 평범한 인간이 아니다. 좀비는 어깨를 잔뜩 움츠리고 고개를 앞으로 쑥 뺀 채, 눈은 위아래 좌우를 수시로 훑어보며 걸어간다. 도로가 이제 다시는 농경지로 이용될 리 없을 드넓은 농경지를 가로질러 우리 앞에 펼쳐져 있다.

"티컵은 자기가 원해서 그렇게 한 거야." 내가 말한다. "네 잘못이 아니야, 좀비."

그가 빠르게 고개를 젓더니 말한다.

"넌 왜 돌아오지 않았어?"

나는 깊이 한숨을 쉰다. 다시 거짓말할 순간이다.

"너무 위험해서."

"그래, 그랬군. 다 위험 때문이야, 그렇지?" 그리고 말한다. "파운드케이크가 죽었어."

"불가능해."

나는 감시 테이프를 확인했다. 안전 가옥에 있는 사람들의 숫자도 확인했다. 만약 파운드케이크가 죽었다면, 나머지 한 명은 누구지?

"불가능해? 정말?" 그가 말한다. "네가 어떻게 아는데?"

"무슨 일이 있었던 거야?"

그가 마치 각다귀 떼를 쫓아버리듯이 나를 향해 손을 휘젓는다.

"네가 떠난 후에 문제가 좀 있었어. 얘기가 길어. 짧게 말하자면, 에반 워커가 우리를 찾아왔어. 보쉬도 우리를 찾았고, 어떤 소리 없는 자도 우리를 찾았어. 그리고 파운드케이크가 자기 몸을 폭파시켰어." 그가 잠시 눈을 감았다가 번쩍 뜬다. "우린 그날 죽은 소리 없는 자의 안전 가옥에 숨어서 겨울을 날 수 있었어. 이제 나홀 남았고, 그래서 덤보와 내가 너를 찾아 나선 거야." 그가 침을 꿀꺽 삼킨다. "그래서 내가 널 찾기로 마음먹은 거라고."

"뭐가 나흘 남았다는 거야?"

그가 나를 흘낏 바라본다. 그리고 그의 얼굴에 서서히 번져가는 미소는 섬뜩하다.

"지구의 종말."

32

그리고 그가 어배너에서 무슨 일이 있었는지 말한다.

"그래, 어떤 것 같아, 어? 전투에서 내 첫 번째 살인, 그게 고양이를 키우는 아무 노인네였다니까."

"아무 노인네는 아니지. 고양이를 키우는 것도 아니고."

"그렇게 많은 고양이는 본 적도 없는걸."

"고양이를 키우는 사람은 자기 반려동물을 먹지 않아."

"아주 손쉬운 식량 공급원이기는 하지. 그런데 어느 정도 시간이 지나면 고양이도 진상을 파악하게 될걸."

그는 예전의 좀비처럼 말하고 있다. 내가 쥐가 들끓는 호텔에 남겨두고 왔던, 내게 계속 수작을 걸어왔던, 노란색 후드 티 차림의 그 좀비. 목소리는 그대로지만, 외모는 아니다. 잠시도 한 곳을 응시하지 못하는 잠이 부족한 눈, 아래로 축 처진 잿빛 입술, 마른 핏자국으로 얼룩진 뺨. 그가 콘스턴스를 흘낏 돌아보고는 고개를 약간 기울이고 목소리를 낮춘다.

"그래, 저 여자는 무슨 사연이야?"

"그냥 전형적인 거." 내가 대답한다. 다섯 번째 거짓말이다. "어배너에서 전염병을 이겨내고, 가족이 모두 숨진 후에 동굴을 찾아 북으로 향해 온 거지. 콘스턴스의 추측으로는 이번 겨울 첫눈이 올 때쯤 거의 200명 가까이 동굴로 모여들었던 것 같대. 그러다가 신부가 나타난 거지. 크리스마스 즈음해서."

나는 자연스럽게 느껴지도록 역설적인 세부사항을 덧붙인다. 한

두 개쯤 역설적인 내용을 덧붙이지 않고는 좋은 이야기를 지어낼 수 없다.

“처음에는 아무도 눈치채지 못했다고 해. 어느 날 밤 누군가 사라졌는데, 아마도 겁을 집어먹고 길을 떠났을지도 모른다고 다들 생각만 했던 거지. 그러다가 어느 날은 사람들이 절반가량 사라지고 없다는 사실을 남은 이들도 깨닫게 된 거야. 그다음에는 무슨 일이 일어났을지 너도 짐작이 갈 거야, 좀비. 모두 피해망상에 사로잡힌 거지. 사람들이 패를 나누고 동맹을 결성하고 그런 거야. 기본적인 종족 반응이라 해야겠지. 이 사람 탓이다, 저 사람 탓이다. 서로에게 손가락질을 해대기 시작하고, 그런 와중에 그 신부가 평화를 유지하겠다고 애쓰는 거지.”

나는 계속 떠벌린다. 세부사항, 뉘앙스, 중간중간에 대화까지 인용해대면서. 내 입에서 전혀 아무런 거리낌도 없이 거짓말이 흘러나오는 것을 보며 나 자신도 놀라고 만다. 거짓말은 마치 살인과 같아서, 처음은 어려워도 그다음부터는 쉬운 법이다.

마침내, 필연적으로, 그 신부가 소리 없는 자라는 사실이 발각된다. 대혼란이 뒤따른다. 생존자들이 자신은 그의 적수가 되지 못한다는 사실을 깨달았을 때쯤에는 모든 게 너무 늦어버린다. 콘스턴스는 가까스로 도망을 쳐서 어배너로 돌아가 빈집에서 빈집으로 옮겨 다니는데, 뜻밖의 운이 따라줘서 그 고양이 노파와 신부의 영역 중간에 자리를 잡게 된다. 덕분에 둘 중 아무도 그녀가 은신해 있는 지역을 정찰하지 않는다.

“거기서 바로 우리 둘이 만난 거야.” 내가 말한다. “그녀가 나한테 동굴에 가지 말라고 경고했고, 그 이후로는 우리 둘 다…….”

"티컵." 그가 날카롭게 끼어든다. 콘스턴스와 링거의 모험담 같은 건 안중에도 없다. "티컵에 관해 얘기해줘."

"그애가 날 찾아냈어." 나는 아무 생각도 없이 말한다. 진실을. 이제 다음 거짓말 차례다. 여섯 번째? 일곱 번째? 순서를 까먹었다. 이번 거짓말은 그의 어깨 위에 올라앉은 짐을 내려서 당연히 그 짐을 짊어져야 할 책임이 있는 어깨에 올려주기 위한 것이다. "어배너 바로 남쪽에서. 난 뭘 어떻게 해야 할지 모르겠더라. 그애를 다시 데려다주느라고 위험을 감수하고 싶지는 않았어. 그렇다고 데려가는 위험도 감수하고 싶지 않았고. 그런데 그 선택의 여지마저 빼앗기고 말았지."

"고양이 노파." 그가 숨을 내뱉듯이 말한다.

나는 안심하며 고개를 끄덕인다.

"그래, 덤보처럼. 하지만 티컵은 그리 운이 없었어."

보라고, 좀비. 나는 그애를 잃어버린 장본인이고, 너는 그애의 복수를 한 사람이야. 정확히 면죄부가 되지는 않겠지만, 내가 그에게 줄 수 있는 가장 비슷한 것이다.

"빠르게 끝났다고 말해줘."

"빨랐어."

"아이가 고통받지 않았다고 말해."

"고통받지 않았어."

그가 고개를 돌리고 길가에 침을 뱉는다. 입안에 고인 쓰디쓴 맛을 뱉어버리는 것이다.

"이틀이면 될 거라고 했잖아. '가서 동굴을 정찰해보고 이틀 후에 돌아올게'라고 했었잖아."

"난 규칙을 만드는 게 아니야, 좀비. 도중에 일이 틀어질 가능성이……."

"아, 가능성이라, 웃기지 말라고. 넌 반드시 돌아왔어야 해. 넌 우리와 함께 있었어야 해, 링거. 우리가 네가 가진 전부였는데, 넌 우릴 떠났어."

"그런 게 아니야. 너도 잘 알면서 왜 그래."

그가 갑자기 멈춰 선다. 녹슨 빛깔의 위장칠 아래 그의 얼굴이 더욱 짙은 붉은색으로 변한다.

"널 필요로 하는 사람들에게서 절대로 도망치면 안 돼. 그들을 위해 싸워야 하는 거야. 그들 곁에서 싸워야 하는 거라고. 어떤 값비싼 대가를 치른다 해도. 어떤 위험이 닥친다 하더라도." 그가 뱉어내듯이 말한다. "난 네가 그걸 이해하고 있다고 생각했어. 데이턴에서 나한테 이해한다고 말했으니까. 중요한 문제라면 네가 전문가라고 했잖아. 그리고 만약 그 중요한 문제라는 게 세상이 전부 불타버리는 동안 네 목숨을 부지하는 데만 연연하는 거라면, 네 말이 맞는 거겠지."

나는 그에게 아무 말도 하지 않는다. 그는 내게 말을 하는 게 아니다. 나는 단지 거울일 뿐이다.

"넌 떠나지 말았어야 해." 그가 계속 말한다. "우린 네가 필요했어. 네가 떠나지 않았다면, 티컵은 아직 살아 있을 거야. 네가 약속대로 돌아왔다면, 파운드케이크도 살아 있을 거야. 그런데 넌 우리 같은 건 안중에도 없이, 생판 모르는 남하고 계속 어울려 다니기로 했어. 그러니 지금 덤보의 피는 네 손에도 묻어 있는 거야." 그가 내 얼굴을 손가락으로 가리킨다. "덤보가 죽으면 네 책임이야. 그애가 널 끝까지 따라다닐 거야."

"이봐, 애들아, 괜찮은 거야?"

콘스턴스의 미소가 걱정스러운 표정 속에 흐려진다.

"아, 물론이지." 좀비가 대답한다. "우린 그냥 어디 가서 저녁이나 먹자는 얘기를 하는 중이었어. 중국 음식 어때?"

"글쎄, 벌써 아침 먹을 때가 다 된 것 같기는 하네." 콘스턴스가 밝게 대답한다. "난 팬케이크나 먹으러 갔으면 좋겠어."

좀비가 나를 바라본다.

"재미있는 여자네. 너도 올겨울에 꽤나 신나는 경험을 했겠어."

콘스턴스의 얼굴에서 걱정스러운 미소가 사라진다. 대신 아랫입술이 떨리기 시작한다. 그러더니 울음을 터뜨리며 아스팔트 위에 털썩 주저앉아 무릎에 팔꿈치를 올리고 부상 입은 얼굴을 양손 바닥에 파묻는다. 좀비는 오랫동안 불편하게 그 모습을 바라본다.

나는 그녀가 무엇을 하는 건지 안다. 불신의 고리를 끊어버리는 최고의 방법은 자연스러운 인간의 연민을 끌어내는 것이다. 연민이 증오보다 더 많은 사람을 죽음으로 이끌어왔다.

좀비에게 지상에서의 마지막 날이 온다면, 그를 배신하는 건 다른 누군가가 아닐 것이다. 그 자신의 심장이 될 것이다.

그가 나를 흘낏 바라본다. 저 여자 왜 저래?

나는 어깨를 으쓱한다. 누가 알겠어? 내 무심함이 그의 연민에 기름을 붓고, 결국 그는 항복하고 만다. 그가 콘스턴스 옆에 쪼그리고 앉는다.

"저기, 이봐요, 내가 너무 못되게 굴었어요, 미안해요." 콘스턴스가 팬케이크처럼 들리는 무슨 말인가를 중얼거린다. 좀비가 다정하게 그녀의 어깨 위에 손을 올린다. "저기, 코니…… 코니 맞죠?"

"콘…… 스턴-스턴……."

"콘스턴스, 맞다. 저기 나한테 친구가 하나 있거든요, 콘스턴스. 그 친구가 심하게 다쳤어요. 그래서 그애에게 가봐야 해요. 지금." 그가 그녀의 어깨를 어루만진다. "저기, 지금 당장이요."

가만히 보고 있자니 구역질이 날 것 같다. 나는 고개를 돌린다. 동쪽 지평선을 가로질러 화려한 분홍색 광선 한 줄기가 밝게 빛을 발한다. 또 하루가 저물어간다.

"난…… 난 정말이지…… 이런 식으로는…… 더는 못 버틸 것……."

콘스턴스가 두 발로 일어서더니 이제는 아예 좀비의 품에 온몸을 던져 넣고 한 손은 그의 어깨에 올려놓은 채 흐느낀다. 절대로 어리지도, 그렇다고 아름답지도 않은 비탄에 빠진 여인이다. 만약 내가 콘스턴스에게 별명을 지어준다면, 쿠거(Cougar, 어린 남성과의 연애나 일탈을 원하는 중년 여성을 지칭하는 속어－옮긴이)를 선택하겠다.

좀비가 내게 시선을 던진다. 좀 도와주면 안 돼?

"당연히 버티지, 당신이 왜 못 버텨." 내가 그녀에게 말한다. 속이 뒤집힐 것 같다. 부디 허브가 내 속을 진정시켜주길 바랄 뿐이다. "당신은 이보다 더한 것도 버틸 수 있어. 또 그보다 더한 것도, 그러고 나서도 또 버틸 수 있어."

내가 그녀를 끌어당겨 좀비에게서 떼어놓는다. 그다지 조심스러운 태도는 아니었다. 그녀가 과장되게 코를 훌쩍인다.

"제발 나한테 그렇게 못되게 굴지 마, 마리카." 그녀가 칭얼댄다. "넌 늘 나한테 너무 못되게 굴어."

아, 내가 미쳐.

"저기." 좀비가 그녀의 팔을 부축하며 말한다. "콘스턴스는 나랑 걸어가면 돼. 어쨌든 너는 후방을 주시해야 하잖아, 링거."

"아, 그래." 콘스턴스가 혀 짧은 소리를 낸다. "네가 후방을 책임져, 마리카!"

세상이 빙글빙글 돈다. 땅이 위로 솟구친다. 나는 길에서 몇 발자국 비틀거리며 걷다가 허리를 굽힌다. 바로 그 순간 위 속에 들어 있던 모든 게 폭포처럼 쏟아져 나온다.

등에 손이 하나 올라온다. 좀비의 손이다.

"링거, 왜 그래?"

"난 괜찮아." 내가 어깨를 굴려 그의 손을 떨쳐내며 헉헉거린다. "덜 익은 토끼 고기를 먹어서 그럴 거야."

또 한 번의 거짓말. 이번에는 심지어 필요치도 않았다.

★ 33

아침이다. 어배너 시내. 하늘에는 구름이 잔뜩 끼어 있고 기온은 7도쯤 된다. 누구든 그게 다가오는 걸 느낄 수 있다. 봄. 좀비와 콘스턴스는 급하게 커피숍으로 들어가고 그동안 나는 길에서 망을 본다. 문간에서 나는 좀비가 놀라서 비명 지르는 소리를 듣는다. 그러고 나서 그가 커피콩이 사방에 깔린 바닥을 위험천만하게 가로질러 내게로 급히 달려온다.

"왜 그래?"

그가 나를 밀치고 거리로 뛰어나가더니 오른쪽, 왼쪽 정신없이 두리번거리다가 다시 뒤를 돌아본다. 콘스턴스가 가까이 다가와 속삭인다.

"그 꼬마가 사라진 게 분명해."

메인스트리트 한가운데서 좀비가 고개를 뒤로 한껏 젖히고 덤보의 이름을 포효하듯이 부른다. 마치 그를 놀리기라도 하듯이 메아리가 그에게로 되돌아온다.

나는 그의 옆으로 걸어간다.

"이렇게 소리 지르는 건 별로 좋은 생각이 아니야, 좀비."

그가 크게 뜬 눈과 의도를 헤아릴 수 없는 시선으로 나를 돌아본다. 그러다가 다시 돌아서서 그의 이름을 부르고 또 부르며 거리를 달려간다. 덤보! 덤보! 그러다가, 덤보, 이 바보 같은 녀석, 너 어디 있는 거야? 그가 두 블록쯤 달려갔다가 당황스러움에 온몸을 떨어대며 다시 우리 쪽으로 돌아온다.

"누군가 덤보를 데려갔어."

"네가 어떻게 알아?"

내가 묻는다.

"네 말이 맞아, 난 몰라. 현실을 직시하게 해줘서 정말 고마워, 링거. 어쩌면 녀석이 혼자 힘으로 일어나서 안전 가옥까지 그 먼 길을 혼자 달려갔을지도 모르지. 물론 등에 총을 맞았다는 그 불편한 사실만 제외하고 생각하면 말이야."

나는 그의 빈정거림을 무시한다.

"나는 누가 그애를 데려갔을 것 같지는 않아, 좀비."

그가 웃는다.

"그래, 맞아. 내가 잊었네. 너는 늘 정답을 알고 있는 애였지. 자, 난 긴장감 같은 거 별로 좋아하지 않아. 덤보에게 무슨 일이 일어난 거야, 링거?"

"나도 몰라." 내가 대답한다. "그렇지만 누가 데려갔을 것 같지는 않다는 거야. 데려가고 자시고 할 사람이 남아 있지도 않잖아. 너의 고양이 노파라면 그렇게 했을 수도 있지."

나는 거리를 따라 걷기 시작한다. 그가 잠시 나를 바라보고 있다가 뒤에서 소리 지른다.

"젠장, 넌 어디 가는데."

"안전 가옥, 좀비. 68번 고속도로 남쪽에 있다고 하지 않았어?"

"믿을 수가 없군!" 그가 분노해서 저주의 말을 폭포처럼 쏟아내기 시작한다. 나는 계속 걸어간다. 그때 그가 소리 지른다. "대체 우리와 떨어져 있던 동안 네게 무슨 일이 일어난 거야? 모두가 중요하다고 말했던 그 링거는 어디 간 거냐고?"

"걔 정말 못됐어." 콘스턴스가 그에게 소곤거린다. 그러나 내 귀에는 명확히 들린다. "내가 그랬잖아."

나는 계속 걸어간다.

5분 후, 나는 메인스트리트 보도 한쪽 끝에서 맞은편으로 길게 쳐놓은 방어벽 밑에 웅크리고 쓰러져 있는 덤보를 발견한다. 처음 총을 맞은 곳에서 거의 열 블록쯤 되는 거리를 부상 입은 몸으로 걸어왔다는 건 대단한 일이었다. 나는 그애 옆에 무릎을 꿇고 앉아 목에 손가락을 가져다 대고 눌러본다. 좀비가 우리 모습을 보고 달려왔을 때, 그는 숨이 차서 거의 쓰러지기 직전이다. 콘스턴스도 마찬가지지만 그녀의 숨찬 모습은 연기라는 게 다를 뿐이다.

"얘가 대체 여길 어떻게 온 거야?"

좀비가 큰 소리로 의아해한다. 그리고 매섭게 주변을 둘러본다.

"방법은 하나뿐이지." 내가 대답한다. "기어온 거야."

★

34

좀비는 무슨 이유로 엄청난 고통에도 등에 총알이 박힌 채로 열 블록이나 몸을 질질 끌고 움직여 온 거냐고 덤보에게 물어보지 않는다. 답을 알기에 묻지 않는 것이다. 덤보는 위험을 피해 달아나거나 도움을 청하기 위해 움직인 게 아니었다. 덤보는 자기 하사를 찾고 있던 것뿐이다.

이것은 좀비가 감당할 수 있는 한계를 넘어선다. 그는 방어벽에 등을 기대고 풀썩 주저앉아 얼굴을 하늘로 치켜든 채 숨을 헐떡인다. 잃어버리고, 찾고, 죽고, 살아나는 사이클이 끊임없이 반복된다. 달아날 수도 없고, 유예할 방법도 없다. 좀비는 눈을 감고 호흡이 원래 상태로 돌아오길, 심장이 안정되길 기다린다. 사이클이 다시 시작하기 전 아주 잠깐의 휴식이다. 다음 상실, 다음 죽음이 찾아오기 전.

늘 이런 식이었어, 나는 그에게 말하고 싶었다. 우리는 견딜 수 없는 걸 견디고 있다. 참을 수 없는 걸 참아내고 있다. 우리 자신이 끝나지 않는 한은 끊임없이 이 상황을 완료해나가야 한다.

나는 덤보 옆에 웅크리고 앉아 그의 셔츠를 들어 올린다. 반창고가 흠뻑 젖었다. 반창고 아래 붕대도 완전히 피로 젖어 있다. 이전에는 피를 흘리지 않았을지 모르지만, 지금은 출혈이 심하다. 나는 그의 잿빛 뺨을 손으로 눌러본다. 피부가 차갑다. 하지만 나는 피부보다 더 깊숙이 들어간다. 그의 안으로 들어간다. 내 곁에서 콘스턴스가 바라본다. 그녀는 내가 무엇을 하는지 안다.

"너무 늦은 거야?" 그녀가 소곤거린다.

덤보가 자기 안에서 나를 느낀다. 그의 눈꺼풀이 떨리고, 입술이 벌어지고, 호흡이 열린 입을 통해 흘러나온다. 꺼져가는 의식의 어스름 속에, 질문 하나, 아픈 갈망 하나가 있다. 하사가 가는 곳은 어디든 따라갈래.

"좀비." 내가 웅얼거린다. "덤보에게 무슨 말이라도 해봐."

덤보를 살리려면 엄청난 혈액이 필요하다. 그런 피를 어디서 구하겠는가. 하지만 덤보는 그걸 얻고자 끔찍한 고통 속에 열 블록을 기어온 게 아니었다. 그걸 위해 지금까지 목숨을 부지한 게 아니었다.

"해냈다고 말해줘, 좀비. 마침내 널 찾아냈다고 알려줘."

무한의 지평선 어두워지는 가장자리를 따라 빛 하나가 깜빡거린다. 그 불빛 속에서 심장은 그것이 구하고자 하는 것을 찾는다. 그 불빛 속에서 덤보는 자기가 너무도 사랑했던 좀비가 가는 곳으로 따라간다. 그 불빛 속에서, 벤 패리시라는 한 소년이 그의 어린 여동생을 찾는다. 그 불빛 속에서, 마리카는 티컵이라는 어린 소녀를 살려낸다. 그 불빛 속에서, 약속은 지켜지고, 꿈은 이루어지고, 시간은 만회된다.

그리고 좀비의 목소리가 덤보로 하여금 빠르게 그 빛 쪽으로 다가가게 한다.

"네가 해냈어, 일병. 네가 날 찾아냈어."

쿵 하고 내려오는 어둠 같은 건 없다. 어둠 속으로 향하는 영원한 추락도 없다. 내가 덤보의 영혼이 지평선을 넘는 것을 느꼈을 때, 모든 게 빛이었다.

잃어버리고, 다시 찾고, 그리고 모든 게 빛이었다.

3부

★

셋째 날

★

35

좀비

나는 덤보가 쓰러진 곳에서 썩어가도록 그냥 내버려두지는 않을 것이다. 쥐와 까마귀와 검정파리 떼가 들끓는 곳에 그를 남겨두고 가지는 않을 것이다. 그를 태우지도 않을 테다. 독수리와 야생동물이 그의 뼈를 물고 가서 여기저기 흩뜨려놓게끔 하지도 않을 것이다.

나는 꽝꽝 얼어붙은 단단한 땅을 파서 그의 무덤을 만들 것이다. 그의 구급상자도 함께 묻어줄 테지만, 라이플은 넣지 않을 것이다. 덤보는 살인자가 아니었다. 그는 치유자였다. 그는 내 목숨을 두 번이나 구했다. 아니, 세 번이다. 그날 밤 데이턴에서 그가 링거에게 내 몸 어디를 쏘라고 정해주지 않았던가. 그것도 셈해서 넣어야 한다.

방어벽 전체에 빛바랜 깃발이 수십 개쯤 꽂혀 있다. 나는 덤보의 무덤을 그것으로 표시해둘 것이다. 그 천들은 하얗게 빛이 바래겠지. 목재 장부 촉도 떨어져 나와 천천히 썩어가겠지. 혹은, 에반이 모함을 날려버리기로 한 계획에 실패하게 되면, 지상으로 떨어져 내리는 폭탄 탓에 아무것도 남지 않게 될 것이다. 깃발도, 무덤도, 덤보도.

그런 다음 지구는 다시 안정화되어 내 친구의 무덤 위에도 잔디가 자랄 것이다. 밝은 초록의 담요가 그를 덮어줄 것이다.

"좀비, 시간이 없어."

링거가 말한다.

"이거 할 시간은 있어."

그녀도 더는 논쟁하려 들지 않는다. 나한테 따지고 싶은 게 열두 가지쯤 될 테지만, 그래도 링거는 참는다.

내가 일을 다 마쳤을 때, 시간은 정오가 지나 있다. 젠장, 빌어먹을 만큼 아름다운 한낮이 되어 있다. 우리는 갓 파헤친 흙을 덮어 만든 무덤 옆에 주저앉고, 나는 마지막 남은 파워바를 나눠 먹기 위해 꺼낸다. 링거는 몇 입 깨작거리더니 남은 것을 재킷 주머니에 넣는다.

"토끼 주려고?" 내가 묻는다.

그녀가 대답은 않고 끙 소리를 낸다. 콘스턴스라는 이름의 여자는 자기 몫을 게걸스럽게 먹어치운다. 토끼 얘기가 나왔으니 말인데, 그녀의 눈은 마치 토끼의 눈처럼 사방으로 쉴 새 없이 움직이고, 코는 마치 위험을 감지하기라도 하듯이 공기를 킁킁거린다. 덤보의 라이플이 그녀 옆 바닥에 놓여 있다. 처음에 그녀는 자기는 총을 좋아하지 않는다면서 덤보의 라이플을 거절했다. 정말? 그렇다면 어떻게 이렇게 오래 살아남았지?

또 이상한 점 하나. 신부 옷을 입은 소리 없는 자도 총에 관해서 매우 비슷한 말을 했었다. 콘스턴스가 내 총으로 그의 머리를 날려버리기 직전에.

"뭐라도 좋으니까 조의를 표하고 싶은 사람 없어?"

내가 묻는다.

"난 덤보에 관해서는 거의 아는 게 없었어."

링거가 대답한다.

"난 걔가 누군지도 몰라." 콘스턴스가 말한다. 그러고는 자기가 너무 심했다고 생각했는지 덧붙인다. "너무 가엽다."

"덤보는 피츠버그 출신이었어. 패커스팀을 좋아했지. 비디오 게임도. 전문 게이머였어." 나는 깊이 숨을 들이마신다. 젠장. 별로 그래 보이지 않았었다. 아니, 게임 같은 것과는 전혀 관련도 없어 보였다. "콜 오브 듀티. 보더라인 MLG."

링거가 내 말을 받는다.

"역설적이네."

"굉장히 다정다감한 애였을 것 같아."

콘스턴스가 즐겁게 끼어든다.

"난 심지어 얘 진짜 이름도 몰라." 내가 고개를 저으며 말하고는 링거 쪽을 바라보고 덧붙인다. "이제 너와 나뿐이야."

"무슨 뜻이야?"

"53분대. 우리가 마지막 남은 인원이야." 내가 손가락을 튕긴다. "맙소사, 내가 너겟을 잊었네. 셋이다, 그럼. 그 당시만 해도 누가 생각이나 했겠어? 우리 셋만 남으리라고 누가 상상이나 했겠냐고. 음, 너한테 돈 가진 걸 다 걸었어야 했는데. 물론 이제는 돈이 더는 아무 의미도 없지만 말이야. 내 판단도 마찬가지고, 너겟, 맙소사, 그 꼬마 녀석이야말로 불멸이야. 그런데 난? 아니지. 결코 그럴 리 없어. 나는 벌써 여러 번 죽었어야 해. 몇 번인지 이젠 숫자 세기도 지친다."

"넌 목적이 있어서 여기 온 거야." 콘스턴스가 내 쪽으로 몸을 기울이고 내 가슴을 손가락질한다. "그분의 계획 속에는 널 위해 마련해 놓은 특별한 자리가 있어."

"누구의 계획? 보쉬?"

"하나님!" 그녀가 링거를 바라보더니 그다음에 날 바라본다. "우리 모두를 위한 자리."

나는 발치에 쌓인 흙더미를 바라본다.

"그럼 그애의 자리는 어디였는데? 대체 신은 무슨 목적으로 덤보를 여기 데려다 놓았던 건데? 나 대신 총알받이나 하라고? 그래서 내가 그 빌어먹을 신의 목적인가 뭔가를 수행할 수 있게?"

"네 말이 맞아, 좀비." 링거가 말한다. "아무 의미도 없어. 그냥 운에 따를 뿐이야."

"맞아. 운. 덤보는 운이 나빴던 거지. 난 운이 좋고. 그래서 우연히 콘스턴스가 숨어 있는 그 구덩이 속에 빠지게 됐고, 그다음에는 네가 우리 둘이 숨어 있던 그곳으로 우연히 찾아들어 온 거지."

"그래, 맞아."

멍한 표정.

"말이 나온 김에 우연에 관해 한번 얘기해보자. 너 그게 어떤 건지 알아, 링거?"

"어떤 건데, 좀비?"

링거의 목소리는 너무 공허하고 어조의 변화도 없고, 감정도 담겨 있지 않다.

"영화에 자주 등장하는 도저히 빠져나갈 길이 없어 보이는 그런 순간. 내가 무슨 말을 하는지 너도 알 거야. 왜, 고개를 절레절레 흔들면서 암담한 기분이 되게 하는 그런 순간. 그럴 때 착한 놈이 어디선가 갑자기 짠하고 나타나잖아. 나쁜 놈들은 갑자기 멍청한 짓들을 해대기 시작하고. 그러면서 주인공 좋으라고 다 망치는 거지. 완전히 엉망진창이 되는 거야. 그런데 진짜 세상은 그런 식으로 작동하지 않아."

"그건 영화잖아, 좀비." 링거가 말한다.

링거는 정지한 듯이 앉아 있다. 이 대화가 어디로 향해 갈지 알고 있기 때문이다. 나는 링거보다 영리한 사람은 만나본 적이 없다. 더 무서운 사람도. 이 소녀의 무언가가 날 소름 끼치도록 겁먹게 한다. 늘 그랬다. 캠프에서 처음 봤던 그날 이래로 계속. 내가 연병장에서 주먹 밑에 피 웅덩이가 생길 때까지 주먹 쥐고 팔굽혀펴기를 하는 동안 나를 지켜보고 있던 그때부터. 도마 위에 올려놓은 생선의 배를 가르듯이 사람을 쳐다보는 그 시선. 그리고 차가움. 걸어 들어가는 냉장고 속의 차가움이나. 끝나지 않을 것 같은 빌어먹을 겨울의 차가움이 아니다. 드라이아이스의 차가움. 살갗을 태우는 차가움.

"아, 영화!" 콘스턴스가 부드럽게 외친다. "나 영화 정말 좋아했는데!"

참을 만큼 참았다. 이 정도면 충분하다. 나는 콘스턴스의 머리에 총구를 겨눈다.

"라이플에 손만 댔다가는 죽여버릴 줄 알아. 꿈틀거리기만 해도 죽은 목숨인 줄 알아."

★

36

여자의 입이 쩍 벌어진다. 그녀의 손이 자기 가슴 위로 날아간다. 무슨 말인가 하려 하지만, 나는 한 손을 들어 올린다.

"말도 하지 마, 입만 열어도 넌 죽게 될 거야." 그리고 콘스턴스를 계속 주시하며 링거에게 말한다. "이제 다 털어놔. 이 여자 누구야?"

"내가 말했잖아, 좀비……."

"넌 여러 가지에 재주가 뛰어나지만, 거짓말엔 젬병이야. 뭔가 완전히 꼬여 있어. 그게 뭔지 말해, 안 그러면 이 여자 죽여버릴 거야."

"나 정말 솔직하게 말한 거야. 콘스턴스는 믿어도 돼."

"내가 마지막으로 믿었던 사람이 바로 내 얼굴에 그 고양이 스튜를 뿌렸던 노인네야."

"그럼 믿지 마. 대신 날 믿어."

나는 그녀를 바라본다. 무표정한 얼굴, 죽은 눈, 살갗을 태우는 차가움.

"좀비, 나 너한테는 절대로 거짓말 안 해." 링거가 말한다. "콘스턴스가 아니었으면, 나는 겨울 동안 살아남지도 못했어."

"그래, 그럼 어떻게 살아남았는지 말해. 어떻게 소리 없는 자의 영역이 너무나도 분명한 은신처에서 겨우내 얼어 죽지도 않고, 굶어 죽지도 않고, 칼을 맞아 죽지도 않았는지. 설명해봐."

"난 뭘 해야 할지 알고 있었으니까."

"허, 그래? 그게 대체 무슨 빌어먹을 뜻인데?"

"맹세할게, 좀비, 콘스턴스는 괜찮아. 우리 편이야."

총이 흔들린다. 그건 내 손이 흔들린다는 뜻이다. 나는 다른 손을 올려 손목을 지탱한다.

콘스턴스가 링거에게 시선을 던진다.

"마리카."

"좋아, 이건 또 다른 문제야!" 내가 소리 지른다. "넌 네 실명을 저 여자에게 말하는 짓 같은 건 절대로 하지 않을 거야. 백만 년이 지난다 해도 그 사실은 변하지 않아. 젠장, 넌 심지어 내게도 말하지 않았어."

링거가 나와 콘스턴스 사이의 공간으로 미끄러지듯이 끼어든다. 이제 그녀의 눈은 죽어 있지 않고, 얼굴도 가면을 뒤집어쓴 듯 보이지 않는다. 전에 데이턴에 있을 때도 저 표정을 본 적이 있다. 그때 링거는 '벤, 우리가 다섯 번째 파동이야'라고 말하며 그 말을 믿도록 날 설득하기 위해 필사적이었다.

"저 여자가 우리 중의 하나라는 걸 너는 어떻게 알아, 링거?" 내가 묻는다. 아니, 거의 애원한다. "어떻게 아느냐고?"

"내가 아직 살아 있으니까." 그녀가 대답한다. 그리고 한 손을 내 쪽으로 내민다.

내게, 그녀에게, 그리고 안전 가옥에 남겨두고 온 사람들에게 가장 안전한 방법은 링거의 말을 무시하고 저 낯선 여자를 죽여버리는 것이다. 내겐 선택의 여지가 없다. 그건 내게 아무런 책임이 없다는 말이다. 적을 처리해버려야 한다는 규칙을 따른다고 해서 내 탓을 할 수는 없다는 얘기다.

"옆으로 비켜, 링거."

그녀가 고개를 젓는다. 검은 앞머리가 이쪽저쪽으로 흔들린다.

"그럴 일은 없어, 하사."

그녀의 깜빡임 없는 눈, 굳게 다문 입술, 내 쪽으로 내밀고 있는 몸, 떨리는 내 손에서 흔들리는 무기를 건네받기를 기다리는 손. 나는 그녀를 구하기 위해 모든 걸 걸었다. 그런데 링거는 날 구하기 위해 모든 걸 희생할 생각은 없는 것 같다. 젠장.

외부인은 이 세상에 단 한 종류의 소리 없는 자만 풀어놓은 것이 아니다. 한 종류 이상의 감염자들이 돌아다니고 있다. 나는 내 안에서도 놈을 느낀다. 그가 나를 두 조각으로 찢어버리고 말 것이다. 게다가 그들은 놈을 이곳으로 데려오기 위해 몇백 광년 같은 시간이 필요하지도 않았다. 놈은 늘 거기, 내 안에 있었다. 내면의 소리 없는 자로.

"대체 너한테 무슨 일이 생긴 거야, 링거?"

그녀가 고개를 끄덕인다. 내가 뭘 묻고 있는지 정확히 알고 있기 때문이다. 늘 그랬다.

"우리에겐 아직 선택의 여지가 남아 있어." 그녀가 대답한다. "그들은 우리가 선택의 여지 같은 건 없다고 믿기를 바라지만, 그건 거짓말이야, 좀비. 그들이 하는 가장 큰 거짓말이지."

링거 뒤에서 콘스턴스가 칭얼대듯이 말한다.

"난 인간이야."

그래, 그게 바로 마지막 말이 될 것이다. 마지막 남은 인간의 마지막 말. 나는 인간이다.

"이제 난 그게 무슨 의미인지조차도 모르겠어." 내가 링거에게, 나 자신에게, 그리고 아무도 아닌 이들에게 말한다.

그렇지만 난 결국 링거가 내민 손 위에 총을 떨어뜨린다.

★

37

샘

현관문이 활짝 열리더니 캐시가 라이플을 손에 든 채로 테라스에서 안으로 뛰어들어온다.

"샘! 서둘러, 얼른 가서 에반 좀 깨워. 누가……."

그는 다음 말을 기다리지도 않는다. 복도를 달려 에반의 방으로 간다. 좀비가 돌아오는 것이다. 샘은 그 사실을 확신했다.

에반은 자고 있지 않았다. 그는 침대에 앉아 천장을 빤히 바라보는 중이었다.

"뭐야, 샘?"

"좀비가 오고 있어."

에반이 고개를 저었다. 그게 말이 돼? 그러더니 침대에서 내려와 라이플을 집어 들고 샘을 따라 복도로 나가서 거실로 갔다.

캐시가 말하고 있었다.

"무슨 말이야, 덤보가 가다니?

방 안에 좀비와 링거와 낯선 사람 하나가 캐시와 함께 있었다. 덤보는 보이지 않았다. 티컵도 없었다.

"죽었어."

링거가 대답했다.

"티컵은, 걔도?" 샘이 묻자, 링거가 고개를 끄덕였다. 티컵도 죽었다.

샘의 뒤에서 에반 워커가 물었다.

"이 사람은 누구야?"

그는 낯선 사람에 관해 묻는 중이었다. 약간 나이가 있어 보이는 인상 좋은 금발 머리 여자였다. 죽기 전 샘의 엄마 나이쯤 되어 보였다.

"나와 함께 왔어." 링거가 말했다. "믿어도 돼."

여자가 샘을 바라봤다. 미소 짓고 있었다.

"난 콘스턴스야. 네가 샘이겠구나. 일병, 너겟. 만나서 반가워."

그녀가 손을 내밀었다. 샘은 아빠가 해주었던 말을 떠올렸다. 악수는 늘 단단히 해야 한다고 했다. 손에 힘을 단단히 주고 하는 거야, 샘, 우리 아들, 그렇지만 너무 세게 쥐어서는 안 돼.

그렇지만 미소 짓는 여자는 매우 세게 힘을 주었다. 그녀가 샘을 확 잡아당겨 가슴에 끌어안고 그의 목에 한쪽 팔을 감았다. 그리고 그때 샘은 총구가 한쪽 관자놀이를 눌러오는 것을 느꼈다.

★

38

"자, 쉽고 간단하게 해결하자고." 좀비와 캐시의 뒤엉킨 비명 너머로 여자가 소리 질렀다. "쉽고 간단하게."

좀비는 링거를, 링거는 에반 워커를, 그리고 캐시는 링거를 바라봤다. 그리고 그때 캐시가 말했다.

"이 나쁜 년."

"무기, 저쪽으로 던져." 여자가 말했다. 목소리에서는 여전히 상냥한 미소가 묻어났다. "벽난로 옆에 쌓아둬. 어서."

모두 한 명씩 차례로 무기를 던졌다.

"애는 다치게 하지 마."

캐시가 말했다.

"아무도 다치는 일 없을 거야, 아가." 여자가 여전히 상냥한 목소리로 말했다. "또 하나는 어디 있어?"

"또 하나라니?"

캐시가 물었다.

"인간. 한 명 더 있잖아. 어디 있어?"

"네가 무슨 말을 하는 건지 모르……."

"캐시." 에반 워커가 말했다. 하지만 그의 시선은 샘의 머리를 넘어 여자의 얼굴을 바라보고 있었다. "가서 메건 데려와."

샘은 누나가 입 모양으로 에반 워커에게 말하는 것을 보았다. 뭐라도 해봐.

에반 워커가 거절의 의미로 고개를 저었다.

"걔는 방에서 나오지 않을 거야."

"내게 네 꼬마 동생의 머리를 날려버릴 예정이라고 말하면 아마 그애도 마음이 바뀌지 않을까."

마른 피가 떡이진 좀비의 얼굴이 창백하게 변한 탓에 그는 진짜 좀비처럼 보였다.

"그런 일은 절대 벌어지지 않을 거야." 좀비가 말했다. "그러니 이제 어쩔 건데?"

"그럼 그녀가 너겟을 쏘고 메건이 밖으로 나올 때까지 나머지 사람들도 다 쏘겠지." 링거가 말했다. "좀비, 이 상황에 관해서는 제발 날 좀 믿어줘."

"아, 물론이지." 캐시가 말했다. "정말 좋은 생각이네. 자, 우리 모두 링거를 믿자고."

"그녀는 누구를 해치려고 여기 온 게 아니야." 링거가 말했다. "하지만 그럴 수밖에 없는 상황이라면 그러겠지. 당신이 말해봐, 콘스턴스."

"나군." 에반 워커가 말했다. "날 잡으러 온 거야, 그렇지?"

"여자애 먼저." 콘스턴스가 말했다. "그다음에 얘기를 나누자고."

"그건 좋아. 수다 떨기는 내가 제일 좋아하는 소일거리 중 하나니까. 그렇지만 우선 내 동생은 놓아주고 대신 날 인질로 잡으면 어때?"

캐시가 양손을 들어 올리며 말했다. 얼굴에는 가짜 웃음을 지어 보였다. 그다지 잘 지어낸 미소는 아니었다. 캐시가 거짓 웃음을 지어 보일 때면 전혀 친절해 보이지 않기 때문에 누구라도 가짜라는 걸 쉽게 알아볼 수 있다. 지금 캐시의 얼굴은 마치 먹은 걸 다 토해내기라도 할 것 같았다.

강철몽둥이 같은 여자의 팔이 샘의 기관을 강하게 압박해서 아이는 숨을 쉬기가 힘들었다. 그리고 그의 등허리 부분에서도 뭔가가 강하게 눌리고 있었다. 아무도 모르는 샘의 특별한 비밀, 좀비도, 심지어 캐시도, 그리고 이 여자도 모르는 비밀이었다.

샘은 손을 가만히 뒤로 빼서 자신과 콘스턴스 사이의 공간으로 미끄러뜨려 넣었다.

그는 군인이었다. ABCD야 다 까먹었을지 모르지만, 전투에 관해 교육받은 내용은 다 기억하고 있었다. 너의 분대가 신보다 우선이다. 그게 그들이 샘에게 가르친 내용이었다. 샘은 엄마의 얼굴을 아주 희미하게만 기억할 수 있었지만, 그들의 얼굴만은 또렷이 기억했다. 덤보,

티컵, 파운드케이크, 움파, 플린트스톤의 얼굴. 그의 분대원들. 그의 형제자매들. 그는 다녔던 학교의 이름도, 살았던 거리의 이름도, 그리고 거리의 모습도 기억할 수 없었다. 이미 영원히 사라져 버린 그런 것들이나 다른 수백 수천 가지 것들은 이제 그에게 전혀 중요하지 않았다. 이제는 오직 한 가지만이 중요했다. 분대원이 외치는 사격 범위와 장애물의 위치. 자비란 없다!

"이제부터 15초 주겠어." 여자가 아이를 붙잡고 말했다. "내가 숫자 세게 안 하는 게 좋을 거야. 너무 신파스럽잖아."

그때 총이 그의 손에 들어왔고, 샘은 주저하지 않았다. 그는 무엇을 해야 할지 알았다. 그는 군인이 아니던가.

방아쇠를 당겼을 때, 그의 손에서 총이 강하게 반동했다. 그는 거의 총을 떨어뜨릴 뻔했다. 탄환이 여자의 복부를 뚫고 허리 쪽으로 빠져나가서 먼지투성이 소파 쿠션에 묻혀버렸다. 좁은 공간 속에서 울리는 총성은 엄청나게 컸고 캐시가 비명을 질렀다. 끔찍한 그 찰나의 순간에, 아이의 누나는 여자의 총이 발사된 게 분명하다고 생각했음이 틀림없었다.

그 충격도 콘스턴스라는 여자를 쓰러뜨리지는 못했다. 샘의 목을 붙들고 있는 팔을 풀어놓지도 않았다. 그러나 탄환을 맞은 충격에 손아귀의 힘은 약간 풀렸다. 샘은 아주 작은 호흡 소리와 놀라서 내뱉는 혀 소리를 들었다. 그가 눈을 채 깜빡이기도 전에, 링거가 한쪽 팔을 뒤로 빼 주먹을 꽉 움켜쥐고 커피 탁자 위를 훌쩍 뛰어 넘어왔다. 그녀의 주먹이 그의 볼을 가볍게 스치고 지나 콘스턴스의 머리 측면에 안착했고, 곧 그가 보지 못한 손 하나가 그의 목을 감고 있던 팔을 획 풀어놓아 그는 비틀거리며 자유의 몸이 됐다. 그의 누나가 그를 향해 팔을 뻗었지만, 샘은 양손으로 총을 움켜잡은 채 한 바퀴 돌았다. 링거가 여자의 몸을 완전히 바닥에서 끌어올려 마치 도끼를 들어 장작을 패듯이 공중으로 번쩍 들어 올렸다가 커피 탁자 위에 내동댕이쳤다. 탁자가 박살났다. 나무와 유리와 직소 퍼즐 조각들이 사방으로 튀었다.

콘스턴스가 일어섰다. 링거가 손날로 콘스턴스의 코를 가격했다. 퍽! 코뼈가 부러지는 소리가 들렸다. 여자의 입에서 피가 뿜어져 나왔다.

손가락이 그의 셔츠를 움켜잡았다. 캐시의 손이었다. 그는 손을 뿌리쳤다. 캐시는 분대원이 아니었다. 그녀는 군인이 된다는 게 어떤 의미인지 몰랐다. 그는 알았다. 그는 그게 무슨 의미인지 정확히 알았다.

자비란 없다.

그는 부서진 탁자 조각들을 밟고 나아가서 총구로 여자의 얼굴 한가운데를 겨냥했다. 그녀의 피 묻은 입에 조소하는 듯한 영혼 없는 미소가 떠올랐다. 피 묻은 입술과 피 묻은 이빨이 보였다. 그러자 샘은 다시 엄마의 방 안으로 돌아가 있었다. 전염병으로 죽어가던 엄마, 캐시가 붉은 죽음이라 부르던 그것. 샘은 엄마의 침대 옆에 서 있었고, 엄마는 피 묻은 이빨로 그에게 웃어 보였다. 얼굴은 피눈물로 얼룩져 있었다. 그는 너무도 선명하게 보았다. 그가 잊었던 그 얼굴을 지금 보는 여자의 얼굴 속에서 보았다.

방아쇠를 당기기 직전에, 샘 설리번은 엄마의 얼굴을, 외계인들이 엄마에게 주었던 얼굴을 기억해냈다. 그리고 총신을 찢고 나간 탄환이 그의 분노를 안고, 그의 슬픔을 담고, 그가 잃은 모든 것을 간직

한 채 표적에 가서 박혔다. 그것이 마치 탯줄로 연결한 듯이 그들을 연결해주었다. 여자의 얼굴이 산산이 조각났을 때, 그들은 하나가 되었다. 희생자와 가해자, 가해자와 먹잇감.

ABCDEFGHIJKLMNOPQRSTUVWXYZ

★

39

링거

흩뿌려진 피가 잠시 내 눈을 멀게 했지만, 허브가 너겟과 총의 정확한 위치 정보를 가지고 있다. 두 번째 탄환이 발사됐을 때, 이미 그의 손은 비고, 내 손은 그렇지 않다.

그리고 다음 순간, 내 총구가 에반 워커의 얼굴로 향한다.

워커가 핵심 인물이다. 우리의 생존을 지탱하는 지렛목이다. 그를 살려두기에는 우리가 감당해야 할 위험부담이 너무 크다. 방아쇠를 당기려면 내 목숨을 걸어야 할지도 모른다. 그 정도는 나도 안다. 캐시, 심지어는 좀비도 그를 죽인 나를 죽이려 할 테지만, 내겐 선택의 여지가 없다. 우리에겐 시간이 없다.

지금은 어느 누구도 그 소리를 듣지 못하겠지만, 내 귀에는 들린다. 엄청난 양의 미사일과 보쉬의 최정예 사수들을 싣고 북쪽에서 헬기가 돌진해오는 소리. 콘스턴스의 신호가 끊겼다는 것은 오직 한 가지만을 의미할 테니까.

"링거." 좀비가 쉰 목소리로 외친다. "너 정말 왜 이래?"

내 오른쪽에서 작은 형체가 돌진해온다. 너겟. 나는 아이의 흉골을 부러뜨리지 않으려 애쓰면서 주먹을 날리지만, 그 충격만으로도 아이는 두 발을 떼고 날아가 캐시의 가슴에 떨어진다. 그들은 사지를 뻗고 바닥에 널브러진다.

나는 목표에만 집중한다.

"벤, 그러지 마." 좀비는 아직 움직이지도 않았지만, 에반이 침착하게 말한다. "얘가 뭘 원하는지 들어보기나 하자."

"내가 뭘 원하는지 알잖아." 나는 손가락으로 방아쇠를 단단히 움켜쥔다.

에반 워커가 죽어야 한다는 사실에는 의문의 여지가 없다. 너무 명백한 사실이라, 만약 사연이 뭔지 알게 된다면 심지어 너겟도 내 결정에 동의할 것이다. 캐시도 마찬가지다. 아니, 어쩌면 캐시는 아닐지도 모르지. 사랑은 눈을 뜨게 한다기보다는 눈을 멀게 하는 역할을 하니까. 레이저가 가르쳐준 사실이다.

"벤!" 워커가 소리 지른다. "안 돼."

좀비는 무기를 집으러 달려가지 않는다. 나를 향해 달려들지도 않는다. 그저 나와 에반 워커 사이로 자기 몸을 천천히 의도적으로 밀어 넣고 있을 뿐이다.

"미안해, 링거." 좀비가 말한다. 놀랍게도 그는 그 살인 미소를 이용하기로 마음먹은 모양이다. "그건 절대로 용납할 수 없어."

그가 더 좋은 목표를 제공하기라도 하듯이 양팔을 들어 올린다.

"좀비, 넌 아무것도 모르면서……."

"음, 그건 사실이야. 난 쥐뿔도 몰라."

만약 지금 그가 다른 누구였다면.

캐시, 혹은 너겟이었다면.

대가가 뭐야, 마리카? 무슨 값을 치르는 거야?

"좀비, 시간이 없어."

"뭘 할 시간?"

그때 좀비도 그 소리를 들었다. 모두 들었다. 평범한 인간의 청각으로도 들을 수 있는 범위에 그것이 들어왔다. 헬기 소리.

"맙소사." 캐시가 신음했다. "너 대체 무슨 짓을 한 거야? 젠장, 무슨 짓을 한 거냐고?"

나는 그녀를 무시한다. 지금 문제는 좀비다.

"그들은 우릴 원하는 게 아니야." 내가 그에게 말한다. "그들은 에반을 원해. 그들에게 에반을 내줘야 해, 좀비."

좀비가 손가락 마디 하나만큼만 머리를 숙여주면 좋을 텐데. 그게 내가 원하는 전부인데. 손가락 마디 하나. 나머지는 열두 번째 시스템이 알아서 할 것이다.

미안해 좀비, 시간이 없어.

허브가 고정된다. 나는 총을 발사한다. 탄환이 좀비의 허벅지를 뚫고 들어간다.

두 번째 탄환을 발사할 수 있게끔, 에반 워커의 머리에 총알을 박아 넣을 수 있게끔, 그가 허리를 숙여 시야를 확보하게 해주어야 한다. 하지만 좀비는 숙이지 않는다.

대신 에반의 가슴으로 쓰러지자, 에반이 팔로 감싸 꽉 끌어안더니, 그를 인간 방패로 이용한다. 밖에서 들려오는 희미한 회전날개 소리 아래로, 그보다도 더 희미하게 들리는 낙하산을 펼치는 슈-욱 소리. 또 한 번의 슈-욱. 그리고 또 하나. 슈-욱, 슈-욱, 슈-욱, 슈-

욱, 슈-욱. 총 다섯 명이다.

그때 갑자기 내가 엉뚱한 사람에게 사정을 해대고 있었다는 걸 깨닫는다.

"그를 내려놔." 내가 에반 워커에게 말한다. "캐시에게 무슨 일이 일어날지 조금이라도 신경이 쓰인다면, 그를 내려놔."

하지만 그는 내려놓지 않는다. 이제 난 시간이 없다. 이렇게 질질 끌다가는, 이 교착상태가 우리 모두의 목숨을 앗아갈 것이다.

다섯 번째 파동이 오고 있다.

★

40

에반 워커

오직 한 가지 설명밖에 없다.

그녀가 방을 가로질러 뛰어오른다. 손이 움직이는 속도와 시각과 청각의 정확성. 가능성은 한 가지뿐이다.

링거는 강화되었다. 인간이 그 능력을 얻은 것이다.

이유가 뭐지?

그녀가 전속력으로 앞쪽 창문을 향해 돌진해갔다. 단 세 걸음 만에 방 전체를 가로질렀다. 그리고 공중에서 몸을 비틀어 어깨로 유리창을 깨고 가루가 된 유리와 목재 구멍 속으로 사라졌다.

캐시가 즉시 그의 쪽으로, 혹은 여전히 그가 안고 있는 벤 쪽으로 달려왔다.

"메건." 에반이 말했다. "그애 데려와서 지하실로 내려가."

캐시가 고개를 끄덕였다. 그의 의도를 이해한 것이다. 그녀가 꼬마 동생의 손목을 잡아 복도 쪽으로 잡아끌었다.

"싫어! 좀비와 함께 있을 거야!"

"맙소사, 샘, 이러지 마……."

그들이 복도를 날 듯이 뛰어갔다. 헬기 소리가 점점 가까워지고 있었다. 엔진 소리가 해변에서 부서지는 파도 소리처럼 부서진 창문을 통해 흘러들어왔다. 그래도 먼저 할 일이 있다. 그는 벤을 어깨에 들쳐 메고 박살 난 커피 탁자 잔해 한가운데 누워 있는 여자의 시체를 넘어 그를 소파 쪽으로 옮겨갔다. 벤을 소파에 눕히고 다리에 묶을 만한 것을 찾아 주변을 둘러봤다. 죽은 여자의 후드 티. 에반은 그 옆에 무릎을 꿇고 앉아 후드 티를 찢어 벌렸다. 그리고 위쪽 옷깃에서 밑단까지 길게 찢은 후 다시 뒤를 돌아봤다. 벤이 창백한 얼굴로 그를 바라보고 있었다. 숨이 턱 밑까지 차오른 것이 금방이라도 쇼크가 올 것 같았다.

탄환은 슬개골 바로 위쪽에 박혔다. 조금만 낮게 박혔으면, 그는 다시 걷지도 못했을 것이다. 벤이 운이 좋았던 것이 아니다. 링거가 신중하게 총을 쏜 것이다.

벤이 입을 열어 말했다.

"내 실수야. 여기로 데리고 오지 말았어야 했어."

"네가 어떻게 알았겠어." 에반이 그를 안심시켰다.

벤이 거칠게 고개를 저었다.

"변명의 여지가 없어."

그가 손바닥으로 쿠션을 세게 내리치자 먼지가 공기 중으로 피어

올랐다. 그가 기침을 했다.

에반은 천장으로 시선을 올리고는 가만히 귀를 기울였다. 시간이 얼마나 남은 걸까? 말하기 힘들었다. 2분? 더 적을까? 그가 다시 벤을 내려다봤다. 그러자 벤이 말했다.

"지하실."

에반이 고개를 끄덕였다.

"그래, 지하실."

그가 벤을 소파에서 끌어당겨서 다시 어깨에 들쳐 멨다. 캐시는 어디 있는 거지? 그가 층계를 빠르게 걸어 내려갔다. 등에 닿아 있는 벤의 뺨이 위아래로 튕기는 게 느껴졌다. 그가 벤을 멀리 구석으로 데리고 가서 콘크리트 바닥에 내려놓았다.

"뭘 기다리는 거야, 에반." 벤이 무기 은닉처 쪽으로 고개를 홱 돌리며 말했다. "어서 저 헬기를 해치워버려야지. 안 그러면 놈들이 이 지하실까지 내려오고 아니고는 아예 문제 축에 끼지도 않을 테니까."

에반이 벽에 붙어 있는 고리에서 미사일 발사기를 들어 올렸다. 지금 헬기는 사정권 안에 들어와 있는 게 틀림없었다. 그가 한 번에 두 단씩, 빠르게 층계를 뛰어 올라갔다. 손에 들고 있는 발사기는 강철 대들보만큼이나 무거웠다. 그의 아픈 발목이 고통스럽다고 노래를 불렀다. 그래도 그는 끝까지 올라갔다.

복도는 텅 비어 있었다. 공기가 그의 피부 위에서 북을 치듯이 울려댔다. 블랙호크가 집 위에서 회전하고 있었다. 캐시와 애들을 위에 그대로 두고, 총격전을 감수해? 아니면, 애들을 내려보내고, 미사일을 감수해?

그는 발사기를 바닥에 내려놨다.

★

41

캐시는 옷장 문을 두드리며 메건의 이름을 외쳐 부르고 있었다. 에반이 방으로 뛰어들어가자 캐시가 획 돌아봤다.

"애가 안에 들어가서 안 나와. 이 못된 계집애!"

그가 캐시를 한쪽으로 밀어내고 어깨로 문을 들이받기 시작했다. 문이 경첩에서 삐걱거렸지만, 부서지지는 않았다.

"캐시, 샘, 지하실로 가, 어서." 그가 소리 질렀다.

그들은 서둘러 방에서 나갔다. 그는 성한 발을 들어 문 한가운데를 걷어찼다. 나무가 갈라지는 소리가 났다. 다시. 쩍. 다시. 쩍! 세 발짝 뒤로 물러나서 그는 어깨를 낮추고 갈라진 틈을 향해 돌진했다. 문 한가운데가 갈라지면서 벌어졌고, 그는 비틀거리며 그 틈새를 통해 어둠 속으로 들어갔다. 두려움으로 잔뜩 커진 두 개의 눈이 구석에서 그를 바라보고 있었다. 그가 손을 내밀었다.

"여기에 폭탄이 떨어질 거야, 메건."

아이가 고개를 저었다. 여길 떠나지 않을 작정이었다. 결코. 그가 손을 뻗자, 아이가 주먹을 말아 쥐고는 그의 얼굴을 때렸다. 그러고는 그의 눈을 할퀴었다. 마치 죽도록 맞고 있는 아이처럼 비명도 질러댔다.

그가 아이의 팔목을 잡고 끌어냈다. 메건이 그의 가슴으로 날아왔지만, 이내 발로 그의 사타구니를 세게 걷어찼다. 한쪽 팔은 옷장 뒤쪽으로 뻗어 무언가를 찾고 있었다. 옷 무더기 위에 곰 인형이 놓여 있었다.

"캡틴!"

그가 곰 인형을 잡았다.

"자, 내가 가졌어."

첫 번째 헬파이어 미사일은 그로부터 정확히 2분 22초 후에 집 위로 떨어졌다.

★

42

미사일 공격의 충격이 그들을 공중으로 날려버렸을 때, 에반은 메건을 안고 지하실 층계를 반쯤 내려가던 중이었다. 그는 아래로 떨어지는 동안 몸을 채찍처럼 돌렸다. 아이가 아니라 자신의 몸이 충격을 감당하도록 하기 위해서였다.

콘크리트 바닥으로 떨어지는 순간 그는 숨을 헉하고 들이마셨다. 메건이 그의 품에서 굴러나가 죽은 듯이 누워 있었다.

그리고 두 번째 미사일이 날아왔다.

위로부터 화염이 포효하듯이 밀려왔다. 그는 그것이 오는 것을 봤다. 밝은 주황색과 붉은색의 공성 망치. 그가 아이 위로 몸을 날렸다. 불길이 그들을 스치고 지나갔다. 그는 자신의 머리칼이 그을리는 냄새를 맡았고, 셔츠를 통해 들어오는 용광로처럼 뜨거운 바람을 느꼈다.

그는 고개를 들었다. 지하실 저편으로 캐시와 샘이 벤 옆에 웅크리고 있었다. 그도 메건을 뒤에 끌고 그들 쪽으로 기어갔다. 캐시의 눈이 그의 눈과 만났다. 메건이……?

그가 고개를 저었다. 아니.

"발사기는 어디 있어?" 벤이 물었다.

에반이 천장을 가리켰다. 위층에. 아니, 위층이 있었을 때는 거기 있었지.

떨어져 나온 거미줄과 먼지가 그들 주위를 휘감아 돌았다. 천장은 잠시 요동 없이 멈춰 있었다. 하지만 천장이 다음 공격도 견뎌줄 수 있을지는 의심스러웠다. 벤 패리시도 같은 생각을 하는 게 틀림없었다.

"아주 대단해." 벤이 캐시 쪽을 돌아봤다. "자, 모두 돌아가면서 빠르게 기도라도 하자고. 우린 방금 아주 근사하게 엿 먹은 거거든."

"괜찮을 거야."

에반이 그를 안심시켰다. 그가 캐시의 볼을 어루만졌다.

"이건 끝이 아니야. 아직은 아니야." 그가 일어섰다. "그들이 여기에 온 이유는 단 하나야." 그가 조용히 말했다. 그의 목소리는 위에서 타는 불길 때문에 거의 알아듣기 힘들 정도였다. "그들은 자기들이 실패했다고 생각했기 때문에 공격을 감행한 거야. 내가 죽었다고 생각했겠지. 그렇지만 내가 그들이 틀렸다는 걸 보여줄 거야."

얼떨떨한 표정으로 벤이 고개를 저었다. 그는 이해를 못 하고 있었다. 하지만 캐시는 이해했다. 그녀의 얼굴이 분노로 어두워졌다.

"에반 워커, 어떻게 나한테 또 이럴 수가 있어."

"이번이 마지막이야, 하루살이. 약속할게."

43

그는 연기와 화염 속으로 연결되는 층계 맨 아래서 잠시 멈춰 섰다. 뒤에서 캐시가 그의 이름을 부르고 그를 저주하면서 비명을 질러대고 있었다.

그럼에도 그는 올라갔다.

링거가 말했었다. 그들은 우리를 원하는 게 아니야. 그들은 그를 원해.

층계를 반쯤 올라갔을 때, 그는 벤 패리시를 죽여버렸어야 하지 않았을까 잠시 생각했다. 이제 그는 캐시의 책임이었다. 그녀에게 짐이 될 터였다. 견디기 힘든 짐이 될지도 몰랐다.

그는 머리에서 그 생각을 밀어냈다. 이제는 너무 늦었다. 돌아가기는 너무 늦었다. 달아나기도, 숨기도 너무 늦었다. 그날, 차 밑에 숨어 있던 캐시처럼, 폭발하는 죽음의 캠프 아래 있던 벤처럼, 그도 도저히 마주할 수 없으리라 생각했던 순간을 마주한 적이 있었다. 전에도 그는 캐시를 구하기 위해 자신의 모든 것을 걸었지만, 그때의 위험은 정확히 측정되고 계산된 것이었고, 그가 견뎌낼 수 있는 아주 작은 기회는 늘 남아 있었다.

그러나 이번에는 아니었다. 이번엔 그도 맹수의 계곡 속으로 곧장 걸어 들어가는 중이었다.

그는 층계 맨 꼭대기에서 단 한 번 돌아봤지만, 그녀를 볼 수도, 그녀의 목소리를 들을 수도 없었다. 캐시는 짙은 먼지와 연기와 천천히 회전하는 섬세한 거미줄 속으로 사라졌다.

헬기가 비행하는 동안 강렬한 회오리바람이 건물의 잔해를 휩쓸어갔고, 회전날개가 일으키는 바람이 연기를 불어버리고, 밀려드는 붉은 바다처럼 불길을 납작하게 눌러놓았다. 고개를 들자, 아래를 내려다보며 헬기를 움직여오는 조종사가 보였다.

그가 손을 들어 올리고 천천히 앞으로 움직여 갔다. 불길이 그를 휘감아 돌았다. 연기가 그를 에워쌌다. 그는 불길의 소용돌이를 통과해 깨끗하고 맑은 공기 속으로 걸어갔다.

에반 워커는 길 한가운데서 양손을 들어 올리고 헬기가 내려오기를 기다리며 서 있었다.

★ 44

19분대

그들의 위치에서 북으로 300미터쯤 떨어진 곳에서, 다섯 명으로 구성된 19분대 공습팀이 헬기가 두 발의 미사일을 발사해 집에 작별을 고하고 그 콘크리트 기초가 불과 연기의 절정을 향해 치닫는 모습을 지켜보고 있다.

밀크의 이어폰으로 조종사의 목소리가 들린다.

"현 위치를 고수하라, 19분대. 반복한다. 위치를 고수하라."

밀크가 주먹을 들어 올려 분대원에게 신호한다. 위치를 고수한다.

헬리콥터가 크게 반원을 돌아 목표물 뒤로 날아간다. 밀크 옆에 웅크리고 앉은 픽시가 크게 한숨을 쉬며 부산스럽게 접안렌즈를 조정한다. 그의 작은 머리에 착용하기에는 크기가 너무 커서 편하게 끼고 있을 수가 없기 때문이다. 스위즈가 그에게 입 다물라고 소곤거리자, 픽스가 엿 먹으라고 되받아친다. 밀크가 둘 다 조용히 하라고 명령한다.

세상이 돌이킬 수 없을 지경으로 엉망진창이 되기 전에는 보디숍이었던 어떤 낡은 벽돌 건물 옆의 빛바랜 하볼린 간판 아래 팀원들이 옹송그리며 모여 앉아 있다. 중고 타이어 더미와 쌓여 있는 타이어림, 내다버린 엔진 부품과 연장 등이 마치 바람에 날린 낙엽처럼 사방에 흩어져 있다. 유리창은 부서지고 실내에는 흰곰팡이가 잔뜩 낀, 무의미한 과거의 유산이라 할 만한 승용차와 트럭, SUV, 소형 밴 등은 먼지가 수북이 쌓인 채로 버려져 있다. 19분대를 이어갈 세대(만약 그런 세대가 있다면)는 이 녹슨 차체의 트렁크와 그릴에 붙어 있는 이상한 상징물들이 무엇인지 전혀 알아보지도 못할 것이다. 앞으로 백 년만 지나면 아무도 그들 머리 위 간판에 적힌 내용을 읽지도 못할 테고, 심지어는 글자라는 게 소리를 기호화해놓은 것이라는 사실도 이해하지 못할 것이다.

마치 더는 그게 전혀 중요하지 않은 것처럼. 아무도 신경 쓰지 않는 것처럼. 차라리 기억하지 못하는 게 더 나을지도 모른다. 모르는 게 더 나을지도 모른다. 가져보지도 못한 것을 애도할 수야 없을 테니까. 헬리콥터가 잔해 위를 맴돌고, 회전날개가 내려보내는 바람이 연기를 평평하게 다지고, 불길을 양옆으로 갈라놓는다. 그들은 눈을 가늘게 뜨고 접안렌즈를 통해 그 모습을 바라본다. 밀크와 픽스는 남쪽으로 헬리콥터를, 스위즈와 스니크스는 서쪽을, 거미는 북쪽을 찬찬히 살피며 외계인에 감염된 적의 몸이 뿜어내는 녹색 불빛을 찾고 있다. 그들은 블랙호크가 철수하길 기다리고 있다가, 고속도로를 따라 남쪽으로 내려가면서 도주 중인 적을 소탕해버릴 예정이다. 물론 소탕할 적이 남아 있다면 말이다. 헬기가 접근하는 소리를 듣고 테드들이 미리 집을 떠나지 않았다면, 안에 남아 있던 자들은 모두 불길에 구워지고 말았을 것이다.

픽스가 그것을 가장 먼저 봤다. 작은 형광 녹색 불빛이 여름날 어스름 저녁 반딧불이처럼 불길 속에서 까닥거렸다. 그가 밀크의 다리를 찌르고 손가락질을 했다. 밀크가 씩 미소 지으며 고개를 끄덕였다. 그럼 그렇지. 바로 이 순간을 위해 그들은 훈련을 받았다. 얼마나 자주 받았는지까지는 기억할 수 없지만, 지금 이 순간이 그들이 진짜 전투 상황에 부닥친 첫 순간이다. 살아 있고, 숨 쉬는, 실제 감염자라니.

버스가 그들을, 지금의 19분대 소년 소녀를 버스로 실어와 한데 모은 지 6개월하고도 두 주와 사흘이 지났다. 픽스가 라이언이었던 이래로, 그가 딱지와 염증과 이에 뒤덮인 채 잔뜩 팽창한 복부와 이쑤시개처럼 비쩍 마른 사지에 벌레처럼 툭 튀어나온 눈으로 배수로 속에 잔뜩 웅크려 숨어 있다가, 너무 굶주려 몸속에 수분이라고는 남아 있지 않은 탓에 눈물도 흘리지 않고 흐느끼며 버스에 태워졌던 순간 이래로 199일이 났다. 시간으로 치면 4천776시간. 분으로는 28만6천560분이 되었다. 그때 밀크의 이름은 카일이었고, 캐나다 국경에서 3킬로미터쯤 떨어져 있던 한 캠프에서 구조되었다. 그는 덩치가 커다랗고 뚱하고 화가 잔뜩 나 있었으며, 받은 만큼 누군가에게 돌려주고 싶어 좀이 쑤셨고, 다루기 힘들고, 꺾기도 힘든 아이였지만, 그럼에도 그들은 그를 꺾어놨다.

그들이 모두를 꺾었다.

제러미는 스위즈로, 루이스는 거미로, 에밀리는 스니커스로 이름이 바뀌었다. 겁을 잔뜩 집어먹은 한 무더기의 이름이 한 무리의 패기 없는 신병이 되었다.

그들이 꺾을 수 없었던 아이들, 원더랜드가 부적격자로 판단했던 아이들, 그리고 마음이나 몸이 근본적으로 무너져버린 아이들은 소각로 속으로 사라져 버리거나, 몸속에 새로이 폭탄을 심어 넣기 위해 비밀 공간으로 보내졌다. 그건 쉬웠다. 부조리할 만큼 쉬웠다. 희망과 믿음과 신뢰의 그릇을 비워버리면, 그 안에는 무엇이라도 채워 넣을 수 있다. 그들이 19분대 아이들에게 2 더하기 2가 5라고 말했더라도 아이들은 그 말을 믿었을 것이다. 아니, 그냥 믿기만 한 게 아니라, 그렇지 않다고 우기는 사람은 누구라도 죽여버렸을 것이다.

녹색 불빛을 까딱거리는 키 큰 형체가 연기와 화염 속에서 나타난다. 그가 텅 빈 손바닥을 펼쳐 보인 채 두 팔은 위로 치켜들고 검게 그을린 잔해를 가로질러 길 쪽으로 나오자 헬기가 코끝을 아래쪽으로 향하고 하강하기 시작한다.

이건 뭐야? 왜 죽여버리지 않는 거지?

픽스, 이 멍청한 자식, 저건 완전히 죽여달라고 애원하는 표적이잖아. 젠장, 어서 없애버려.

헬리콥터가 착륙하고, 이제 밀크는 허쉬와 리스가 헬기에서 뛰어내리는 것을 본다. 그들의 목소리는 들리지 않지만, 밀크는 엔진의 불협화음 너머로 그들이 테드에게 뭐라고 소리 지르는지 알 수 있다. 무릎 꿇고 앉아, 앉아, 앉아! 머리 위로 손 올리고! 키 큰 형체가 무릎을 꿇고 주저앉는다. 그의 손이 얼굴 주위에서 춤을 추는 녹색 불빛을 삼켜버린다. 그들이 죄수를 헬기 옆으로 끌고 가 안으로 태운다.

조종사의 목소리가 밀크의 귓속에서 끽끽거린다.

"타겟을 기지로 이송한다. 건투를 비네, 병사들."

블랙호크가 그들 바로 위에서 포효하며 북으로 향한다. 하볼린 간판이 헬기 아래 진동한다. 거미가 지평선 쪽으로 점점 작아지는 헬기를 바라본다. 주변이 빠르게 조용해지고, 오직 바람과 불길, 그리고 세상 그 자체의 무거운 호흡만이 남는다. 이번 임무는 빨리 끝날 거야, 그는 혼잣말을 한다. 그리고 자기 어깨를 손으로 눌러본다. 전날 밤 생긴 상처라 아직 딱지가 앉지 않아 부드럽다. VQP.

밀크의 제안이었다. 그는 레이저의 시체를 눈앞에서 직접 봤다. 그 세 글자가 무슨 의미인지 알아낸 것도 밀크였다. 빈키드 퀴 파티투르, 견디는 자가 승리한다. 그들은 각자의 팔에 같은 글자를 새겨 넣었다. VQP. 쓰러진 자를 기리기 위해서였다.

밀크가 신호를 주고 그들이 따라 움직인다. 밀크를 중심으로 픽스가 바로 뒤, 스위즈와 스니크스는 양옆, 거미가 맨 뒤를 맡는다. 저쪽 길 건너편 창문을 맡아, 스니크스. 스위즈는 차들을 맡고.

그들은 이 훈련을 수천 번도 더 했다. 집집이, 방방이, 지하실에서 지붕까지. 그렇게 한 블록을 쓸어버린 후, 다음 블록으로 움직이는 것이다. 서두를 필요 없다. 뒤를 조심하라. 전우의 뒤를 살펴라. 총을 맞으면 어쩌냐고? 맞으면 맞는 거지. 간단하지 않은가. 쉽다. 너무 쉬워서 어린애도 할 수 있다. 그래서 그들이 애들을 데려다가 이 일을 시키는 거 아니겠는가.

스쿨버스가 눈앞에서 멈춰선 지 6개월하고도 2주와 사흘이 지났다. 그때 버스에서 들려오던 목소리는 이렇게 말했다. 겁낼 필요 없어. 이제 너는 안전해, 완전히 안전해. 거미는 바람과 불길이 타들어가는 소리와 자신의 숨소리 외에 뭔가 다른 소리를 듣는다. 마치 급하게 버스 브레이크를 밟을 때처럼 고음으로 끼-익거리는 소리다. 거미는 죽기 전에 마지막으로 그 소리를 듣는다. 지름 53센티미터의 강철 타이어 림이 그의 뒤통수를 가격해서 척수를 꺾어버리기 직전에 낸 소리. 그는 바닥에 채 머리가 닿기도 전에 사망한다.

캠프에 들어간 지 184일째 되는 스니크스가 그다음이다. 그녀와 스위즈는 거미가 쓰러졌을 때, 곧장 포복 자세를 취한다. 그게 그들이 훈련받은 내용이고, 그들의 근육이 기억하는 내용이며, 그들의 적도 그 사실을 알고 있다. 그녀는 이미 예상하고 있었다.

배를 깔고 누운 채 스위즈는 오른쪽을 바라본다. 스니크스가 목이 졸려 캑캑거리는 듯한 소리를 낸다. 라이플은 오른쪽 도로 위에 던져놓은 채, 양손으로는 목에 꽂힌 60센티미터가 넘는 스크루드라이버를 움켜잡고 있다. 경동맥은 이미 끊어진 상태다. 그러니 1분 내로 사망할 것이다.

그가 숨어 있던 숲 속으로 버스의 전조등 불빛이 칼날처럼 뚫고 들어오는 모습을 처음 보았던 이래로 4천416시간이 지났다. 스위즈는 네 발로 기어 빠르게 길가 쪽으로 나아가면서, 찰나의 순간에 낡은 차고 뒤쪽으로 사라져 버리는 녹색 불빛 하나를 접안렌즈를 통해 바라본다. 감염자를 나타내는 그 옅은 녹색 불빛. 이제 넌 죽었어, 이 개자식. 스위즈는 밀크와 픽스에게 무슨 일이 생겼는지 모른다. 하지만 그것을 알아보겠다고 돌아보지 않는다. 본능과 아드레날린과 도저히 측정할 수도 사그라지지도 않을 분노의 지시만을 따를 작정이다. 그는 두 발로 일어서서 차고를 향해 출발한다. 그가 건물 남동쪽 모퉁이에 도달했을 때쯤, 그녀는 이미 지붕에 올라가 그를 기다리며 뛰어내릴 준비를 한다.

적어도 빠르게 끝나기는 할 것이다.

밀크와 픽스는 뒤집힌 채 양쪽 보도에 걸쳐 있는 타호 차량 뒤쪽에 숨어서 그의 라이플이 발사되는 소리를 듣는다. 세 발의 총성이 짧고 날카롭게 울린다. 탕, 탕, 탕!

그러고 나서 고요해진다.

조용히, 역겨운 듯한 울음소리와 함께 픽스가 접안렌즈를 벗어던지며 말한다. 다 집어치워, 저놈은 가만히 기다리고 있지 않을 거야. 밀크는 주변을 정찰하는 동안에는 접안렌즈를 착용해야 한다고 조용히 명령한다. 픽스는 그의 말을 무시한다. 이런 백주대낮에 어쨌든 그는 잘 볼 수 있었다. 게다가 놈이 인간이든 감염자이든 이제 그게 무슨 상관이란 말인가?

바람과 불길과 그들 자신의 호흡뿐이었다. 한 자리에 머물지 마라. 막다른 길에는 들어서지 마라. 흩어지지 마라. 옆으로 누워서 타호 SUV의 편안한 강철에 어깨를 밀착시킨 채, 픽스는 밀크의 얼굴을 올려다본다. 밀크가 분대장이다. 밀크는 그가 쓰러지도록 내버려 두지 않을 것이다. VQP. 젠장, 그래. VQP.

여자가 쏜 탄환이 길을 가로질러 날아와서 운전석 창문을 박살 내고 내부를 통과해 조수석 창문으로 날아가면서 픽스의 재킷을 찢고 그의 척추에 도달할 때까지 깊숙이 들어간다. 탄환은 그곳에서 멈춘다.

처음 구조되어 지금에 이르기까지 26만4천963분이 지나갔다. 밀크는 픽스의 쓰러진 몸뚱이를 끌고 앞범퍼 쪽으로 급히 움직여간다. 픽스의 상체가 그의 손안에서 경련을 일으킨다. 하반신은 마비되었다. 죽었다, 이미. 그 빌어먹을 글씨를 자신들 팔에 직접 새기면서 그들은 대체 무슨 생각을 하고 있었던 걸까? 픽스의 눈에서 빛이 흘러나가는 동안 그의 작은 손가락들이 밀크의 얼굴을 마구 할퀴어댄다.

나를 보호해줘, 보호해줘, 날, 저 개자식이 날 건드리지 못하게 해줘, 하사.

그래, 알았어, 그래, 알았어, 픽스. VQP. V Q 빌어먹을 P.

그녀가 차량의 후드를 돌아왔을 때도 그는 여전히 픽스에게 소곤거리고 있다. 그는 고개를 들지 않는다. 아니, 아예 그녀가 다가오는 소리도 듣지 못한다.

1천589만 7천792초가 째깍거리며 지나갔고, 밀크도 나머지 19 분대원을 따라 쓰러진다.

★

45

링거

나는 이 소년들이 쓰러진 곳에서 그냥 썩어가게 내버려두지는 않을 것이다.

쥐와 까마귀와 검정파리 떼와 말똥가리와 들개 무리에게 그들을 남겨두고 떠나지도 않을 것이다.

독수리와 야생동물이 그들의 뼈를 물고 가서 여기저기 흩뜨려놓게끔 하지도 않을 것이다.

나는 그들을 태워버리지도 않을 작정이다.

맨손으로 차가운 흙을 파헤쳐서 그들이 쉴 무덤을 만들어줄 것이다. 태양이 지평선으로 넘어간다. 바람이 거세게 불어와 머리칼로 내 얼굴을 쓸어내리고, 땅이 내 손가락 사이에서 부서진다. 쟁기 같은 내 손이 시체를 묻기 위해 단단한 흙을 깨뜨린다.

나는 좀비가 날 바라보고 있다는 걸 안다. 폭파된 집의 잔해, 그 검은색 가장자리에서 그의 모습이 보인다. 그는 라이플을 들고 숯덩이가 다 된 각목 골격에 기대서서 나를 지켜본다. 석양이 우리 주위로 내려앉았지만, 그는 파놓은 구덩이 속으로 내가 시체를 한 구 한 구 옮겨다 넣는 모습을 여전히 바라보고 서 있다.

그가 절뚝이며 다가온다. 나를 총으로 쏴버릴 작정이다. 그러고 나서 내 몸을 구덩이 안으로 차 넣고 내 희생자들과 같이 묻어버릴 것이다. 내게 설명할 기회도 주지 않을 것이다. 아니, 묻고 싶은 질문이 없을 것이다. 내 입에서 나오는 모든 말이 거짓일 테니까.

그가 멈춘다. 나는 무덤 옆에 무릎을 꿇고 앉아 있고, 시체들의 얼굴은 비스듬히 위를 향한 채 나를 바라본다. 가장 나이가 많아 보이는 아이가 분대장이었으리라고 추측해본다. 아무리 나이가 많아도 스물을 넘지는 않았을 터다.

좀비의 라이플 노리쇠가 뒤로 당겨지며 내는 소리가 강화되어 들리자 허브가 방어 자세를 명령한다. 나는 무시한다.

"내가 티컵을 쐈어." 내가 죽은 병사의 얼굴을 바라보며 말한다. "적이라고 생각했고, 그래서 쐈어. 티컵에게 한 번의 기회라도 주려면 그들이 우릴 데려가게 해야 했어. 내겐 선택의 여지가 없었어, 좀비. 그게 티컵을 살릴 수 있는 유일한 길이었어."

"그래서 지금 티컵은 어디 있는데?"

그의 목소리는 겨울 나뭇가지에 매달려 바스락거리는 죽은 잎사

귀만큼이나 건조하다.

"죽었어."

말이 공중에 떠 있다. 바람도 그걸 휩쓸어가지 못한다.

"그들이 네게 무슨 짓을 한 거야, 링거?"

나는 고개를 든다. 그를 보는 게 아니다. 하늘을 본다. 샛별이 어스름 속에 나를 훔쳐본다.

"에반에게 한 것과 똑같은 짓. 콘스턴스에게 한 것과 똑같은 짓, 그리고 신부와 고양이 노파에게 한 것과도 똑같은 짓."

하늘에서 별들이 깜빡이지도 않고 나를 내려다본다. 나는 깜빡인다. 그러자 눈물이 별빛을 받아 은색으로 떨어져 내린다. 보쉬의 선물은 내가 우주의 가장 먼 가장자리까지도 볼 수 있게 허락해주었지만, 난 사방에 빙 둘러서서 나를 가두고 있는 벽은 볼 수가 없었다.

진실은 이렇다. 열두 번째 시스템은 모든 것을 강화시킨다. 거기에는 황아에서 돌아온 이래로 계속 내 몸을 허물어뜨리고 있는 그 존재도 포함된다. 나는 진실을 마주하길 거부해왔다. 알고 있으면서도, 받아들이길 거부했다. 태어날 때부터 앞을 볼 수 없던 한 남자가 팔을 뻗어 코끼리의 귀를 만진다. 코끼리는 종이와 같아. 또 한 명의 앞을 볼 수 없는 남자가 코끼리의 코를 만진다. 코끼리는 뱀처럼 생겼어. 세 번째 남자가 코끼리의 다리를 만진다. 코끼리는 나무처럼 생겼어.

나는 무덤 쪽으로 고개를 숙이고 그 진실을 큰 소리로 말한다.

"나 임신했어."

★

46

캐시

벤은 죽었다.

그는 곧 돌아오겠다는 말을 남기고 우리를 떠났다. 하지만 곧 돌아오지 않았다. 아예 돌아오지 않았다.

나는 샘과 메건과 함께 지하실 깊은 구석에 모여 앉아 있다. 난 라이플을 가지고 있고, 메건은 곰돌이를 가졌고, 샘은 못된 버르장머리를 가졌다. 그레이스의 무기고는 2미터쯤 떨어져 있다. 샘의 힘으로는 거의 들기도 힘들 만큼 무거운, 반짝이는 총기들이 무척이나 많다. 누군가를 총으로 쏘는 행위에서 샘이 가장 큰 흥미를 느낀 부분은 사람을 죽인다는 게 얼마나 어이없을 만큼 쉬운가 하는 점이다. 심지어 신발을 신는 것도 그보다는 어렵다.

나는 뒤쪽의 작업대 위에 쌓여 있는 무거운 모직 담요를 가져와서 세 아이 모두에게 덮어준다. 샘과 메기와 곰돌이.

"난 안 추워."

곰돌이가 아니라, 샘이 소리 지른다.

"추워서 덮으라는 게 아니야."

나는 투덜대면서도 설명해주려 하지만, 내 말은 의미 없는 주절거림으로 점점 작아진다. 에반에게는 무슨 일이 생긴 걸까? 벤에게는 무슨 일이 생긴 거야? 링거에게는 무슨 일이 생겼을까? 이 질문 중 어느 하나라도 답을 얻으려면 나는 지금 여기서 일어나 지하실을 가로질러 걸어가서 저 층계를 올라가야 하고, 어쩌면 누군가를 쏘거나 내가 총에 맞을지도 모를 위험에 처해야 하는데, 그 모든 게 지금 내게는 없는 무언가를 필요로 한다.

"이번이 마지막이야, 하루살이. 약속할게."

아, 그 멍청하고 역겨운, 애완동물에나 어울릴 법한 별명. 나도 그를 똑같이 한심하고 넌더리 나는 이름으로 불러줘야만 해. 상어 소년이 좋겠어. 조스나.

목재 계단이 삐걱거린다. 나는 움직이지 않는다. 카시오페이아의 마지막 저항이다. 내게는 꽉 찬 탄창 하나와 가슴 가득한 증오가 있다. 그 외에는 별로 필요한 것도 없다.

내 옆에서 샘이 쉬쉬거린다.

"누나, 좀비야."

확실히 그다. 심하게 쿵쾅거리면서 균형도 안 맞는 걸음걸이가 마치 진짜 좀비 같다. 지하실 바닥에 도착하자 그가 심하게 숨을 헐떡인다. 입술을 벌리고 벽에 기대선 그의 얼굴에 핏기라고는 없다.

"어때?" 내가 방 건너편으로 말한다. "그를 찾았어?"

좀비가 고개를 흔든다. 그리고 층계 위쪽을 흘낏거린다. 그리고 다시 나를 바라본다.

"헬기."

그가 말한다.

"헬기가 어떻다는 건데? 에반이 폭파시켰어?" 멍청한 질문이다.

그랬다면 내 귀에도 그 소리가 들렸을 테니까.

"그걸 타고 갔어."

벤은 앉아야 한다. 그가 입은 부상은 엄청나게 고통스러울 게 분명하다. 진작 그 생각을 해야 했는데. 벤은 왜 앉지 않는 걸까? 왜 층계 근처에 머물러 있는 걸까?

"무슨 뜻이야, 그가 거기 탔다니?"

"말 그대로야. 그가 거기 탔어. 놈들이 그를 데려간 거야, 캐시."

그리고 그가 다시 층계 위쪽을 바라본다. 그래서 나는 왜 그렇게 층계 쪽을 바라보느냐고 묻는다.

"공습팀이 있었어……."

"공습팀?"

"그래, 공습팀이 있었어." 그가 손등으로 입을 문질러 닦는다. "지금은 없어."

그의 목소리가 떨려 나온다. 하지만 나는 그게 고통이나 추위 때문이라고는 생각지 않는다. 벤 패리시는 무언가에 엄청나게 겁을 집어먹은 듯하다.

"링거?" 그래, 캐시, 또 누가 있겠어? "링거구나."

그가 고개를 끄덕인다. 그러고는 다시 위쪽을 흘낏 바라본다. 그 순간 나는 벌떡 일어선다. 샘도 일어선다. 내가 그대로 앉아 있으라고 말하지만, 샘은 싫다고 대답한다. 벤이 한 손을 들어 올린다.

"링거도 해명할 내용이 있어, 캐시."

"그래, 물론 그러시겠지."

"링거가 얘기하는 걸 들어야 해."

"싫다면? 걔가 그 슈퍼 닌자 파워 같은 거로 내 목이라도 부러뜨린대? 벤, 너 대체 왜 이러는 거야? 링거가 그들을 우리에게 데려온 거라고."

"이번에는 너도 내 말을 믿어야만 해."

"아니, 네가 날 믿어야 해. 링거가 떠나기 전에도 내가 말했었잖아. 그앤 뭔가 좀 이상한 데가 있다고. 이제 그애가 돌아왔고, 정말 뭔가 이상하잖아. 뭐가 더 필요한데, 벤? 그애가 우리 편이 아니라는 사실을 네가 받아들이게끔 하려면 그애가 대체 네게 무슨 짓을 해야만 하는 건데?"

"캐시……." 벤은 침착함을 유지하려 무던히도 애쓰고 있다. "그 총 좀 내려놓을래……."

"그런 일은 절대 없을 거야."

나도 인내심을 보이려 애쓰며 대답한다.

"네가 링거를 해치도록 내가 가만히 있지 않을 거야, 캐시."

그러자 샘이 끼어든다.

"좀비가 분대장이야. 그러니까 대장이 시키는 대로 해야 해."

층계가 다시 삐걱거린다. 링거가 층계 중간쯤에서 멈춰 선다. 그녀는 나를 바라보지 않는다. 벤을 바라본다. 끔찍한 찰나의 순간에, 나는 두 사람 다 총으로 쏴버리고, 샘과 메건을 잡아끌고 더는 달려갈 땅이 없을 때까지 달려가는 것에 관해 생각한다. 주위를 둘러보고, 누굴 믿어야 할지, 어떤 걸 믿고, 어떤 걸 불신해야 할지 결정하다 보면 모든 게 다 견딜 수 없는 선택사항으로 보이는 지점에 이르게 된다. 자살을 감행하는 사람들처럼, 이 모든 일이 다 귀찮고 지긋지긋해지는 것이다.

"괜찮아." 벤이 그녀에게 말하는지, 내게 말하는지, 혹은 우리 둘 다에게 말하는지 알 수가 없다. "괜찮을 거야."

"재도 층계에 총 내려놓으라고 해." 내가 말한다.

링거가 즉시 총을 떨어뜨린다. 그런데도 왜 마음이 놓이지 않는 거지? 그러고 나서 링거가 남은 층계를 내려와 앉는다.

★

47

외부인들이 나타나고 나서부터 어? 소리가 절로 나오는 빌어먹을 순간들이 있었지만, 이 순간이 그중에서도 가장 황당하게 어? 소리가 튀어나오는 순간이다.

처음 이야기를 다 들었을 때, 나는 내가 뭔가를 놓친 게 틀림없다고 생각했고, 그래서 링거에게 다시 한 번 설명해달라고 요구한다. 이번에는 더 천천히, 좀 더 자세하게, 그리고 증거도 많이 대면서.

"그들은 여기 없어." 그녀가 말한다. "그들이 저 위에 있는지 그것도 확신 못 하겠어."

지하실 천장과 보이지 않는 그 너머 하늘 쪽으로 고갯짓하면서 링거가 말한다.

"어떻게 그들이 거기 없을 수 있어?" 벤이 묻는다.

또 시작이다. 그는 마치 링거 궁정에 있는 주눅이 잔뜩 든 신하처럼 그녀에게 고분고분 굴고 있다. 나는 인격을 판단하는 벤의 능력에 의심이 들기 시작한다. 전쟁이 시작된 이래로, 그는 두 번이나 총에 맞았고, 두 번 다 그가 자신의 편이라고 주장했던 사람이 쏜 탄환이었다.

"모함은 완전히 자동화되어 있을 수도 있어." 링거가 설명한다. "어떤 지각 능력이 있는 생명체가 그걸 만든 건 분명하지만, 만든 존재들 자체는 여기서 몇억 광년쯤 떨어져 있거나, 어디에도 없을 수 있다는 거지."

"어디에도 없을 수 있다고?"

벤이 그 말을 반복한다.

"죽거나, 멸종하거나."

"물론이지, 왜 아니겠어."

나는 M16의 잠금장치를 손으로 만지작거린다. 벤은 여전히 링거의 말을 철석같이 믿는 듯하다. 그녀가 티컵에 관해서나 기지에 있을 때 자기가 무슨 일을 당했는지에 관해서 거짓말을 해대고 있음이 분명함에도 말이다. 게다가 링거는 우리 집 문 앞까지 저격수를 이끌고 온 사람이 아닌가. 게다가 벤은 링거에게 총을, 그것도 두 번씩이나 맞지 않았는가. 나는 그녀의 여성적인 매력에 정신을 못 차릴 정도로 푹 빠진 사람이 아니다. 그래서 냉정한 시선으로 바라볼 수 있다. 그리고 솔직히 말해, 링거의 매력이라는 게 그다지 대단한 것도 아니라서, 그에 관해 얘기하고 있다는 사실 자체가 좀 어이없기는 하다.

"그러니까 네 말은, 2천 년쯤 전에 그들의 탐침이 우리를 발견해냈다. 그 후로 계속 지켜보면서 기다렸다. 그러다 어느 시점이 되었을 때, 우리 인간이 지구라는 행성에, 혹은 우리 자신에게도 별로 유용한 존재가 아니라는 걸 알아차리게 됐고, 그래서 우주선을 만들어 거기에 폭탄과 드론과 바이러스성 전염병을 잔뜩 싣고, 태어나면서부터 세뇌당한 인간 노예들의 도움으로 99.9퍼센트의 인간을 쓸어버리기 위해 지구로 왔다……. 왜냐하면, 그게 우리 인간의 약이라서. 그게 우리한테는 아주 딱이라서……."

"캐시." 벤이 말한다. "진정해."

"그게 하나의 시나리오야." 링거가 침착하게 말한다. "사실 가장 그럴듯한 시나리오지."

나는 고개를 저으면서 커다란 담요를 덮고 구석에 함께 앉아 있는 샘과 메건 쪽을 바라본다. 놀랍게도 두 아이는 곰돌이를 턱 밑에 괴어놓은 채 머리를 맞대고 잠들어 있다. 그 모습이 가슴 아플 정도로 뭔가를, 아니, 모든 걸 상징하는 듯한 느낌을 주지만 않는다면, 정말 형언할 수 없을 만큼 귀여운 장면이 아닐 수 없다.

"네가 말하는 그 소리 없는 자 이론처럼 말이지." 내가 발끈해서 말한다. "태아에게 다운로드된 컴퓨터 프로그램이 그애가 청소년기에 도달하면 부팅된다. 그것도 시나리오잖아."

"아니, 그건 사실이야. 보쉬가 확인해줬어."

"그렇군. 70억 인구의 학살을 지휘한 그 미치광이가 확인을 해줬구나. 그래, 물론이야, 그가 말했다면, 틀림없이 사실이겠지 뭐."

"그렇지 않다면 그가 뭐하자고 에반 워커를 그토록 절실히 원했겠어?"

"아, 그거야 난 모르지. 어쩌면 에반이 그의 전체 문명을 배신했고, 지구상에서 그들을 멈출 수 있는 유일한 사람이어서 그럴지도 모르지 않겠어?"

링거가 마치 자기 칫솔 속에서 자라나는 뭔가 역겨운 것을 바라보듯이 나를 쳐다본다.

"만약 그게 전부라면, 네 남자친구는 지금 죽을 위기에 처해 있을지도 몰라."

"아니, 이미 죽었을 수도 있어. 네가 쥐뿔도 모르면서 마치 뭐든 다 아는 것처럼 떠들어대는 걸 보고 있으면 난 역겨워 죽을 것만 같아. 이론, 시나리오, 가능성, 확률, 뭐가 됐든 간에. 그리고 혹시라도 네가 잘 모를까 봐, 알아두라고 얘기하는데, 그는 내 남자친구가 아니야. 그건 그 잘난 '나는 링거다, 고로 나는 모든 걸 다 알고 있다' 이론에 근거해서 내리는 추정 같은 것도 아니야."

나는 얼굴이 달아오른다. 마침내 에반의 대지에 도착해서 조각 같은 그의 해안에 내 깃발을 당당히 꽂아 넣었던 바로 그날 밤 일을 머릿속에서 떠올리고 있었기 때문이다. 그때 벤이 무슨 말인가 하지만, 나는 그 말을 전혀 듣지 못한다. 내 생각에게 한참 잔소리를 늘어놓고 있었기 때문이다. 어떻게 내가 깃발을 꽂은 사람이라는 거야? 그건 오히려 에반 아니었어?

"에반은 인간이야." 링거가 주장한다. "그의 목적은 명백해. 명백하지 않은 건, 대체 에반이 반역을 저지르도록 이끌어간 게 무엇인가 하는 거야. 그 때문에 보쉬가 에반의 프로그래밍을 해체해보려 하는 거라고. 에반은 자기 '동족'만 배반한 게 아니야. 그는 자기 자신도 배반했어."

"음." 벤이 한숨을 쉰다. "복잡하군." 그가 좀 더 편안한 자세를 유지하려 애쓰면서 벽 쪽으로 몸의 무게중심을 옮겨놓았다. '다리에 총알이 박힌 채로는 아무리 애를 써봐야 허사일 걸, 내 말 믿어. 나도 해봤으니까.' "그럼 소리 없는 자들을 데리고 갈 포드 같은 건 내려오지 않을 거라는 말이네." 벤이 천천히 말한다. "포드가 안 온다는 건, 우주선으로 올라갈 방법도 없다는 거고. 우주선으로 갈 수 없다는 건, 그걸 폭파해버릴 방법도 없다는 거잖아. 아예 모든 계획이 수포가 되는군. 그럼 도시를 폭파하는 것도 없던 얘기가 되는 건가? 아니면, 그의 프로그래밍이 그에게 해준 말도 다 거짓말이었던 건가?"

링거는 한참 동안 아무 대답도 하지 않는다. 나는 그녀가 무슨 생각을 하는지 전혀 감도 잡을 수가 없다. 그러다가 갑자기 이 모든 게 다 속임수일지도 모르겠다는 생각이 든다. 보쉬의 속임수. 링거가 워커 호텔을 떠난 이후, 그녀에게 무슨 일인가 일어났다. 누군가 그녀의 몸속에 생체공학용 칩을 심어놓아서 그녀가 반은 인간, 반은 기계쯤 되는 대량 살상 무기로 변하게 했다. 링거가 적의 편으로 돌아서지 않았다고 우리가 어떻게 확신할 수 있지? 갈색 종이 수건처럼 보이던 어떤 남자 하나는 자기 종족에게 등을 돌렸잖아. 그녀가 전부터 내내 적이었는지 우리가 어떻게 알겠어?

내 엄지손가락이 라이플 안전장치를 다시 만지작거린다.

"내 생각엔 도시에 폭탄을 투하하는 건 예정대로 진행될 것 같아."

그녀가 마침내 말한다.

"왜?" 내가 묻는다. "꼭 그래야 할 이유가 뭔데?"

"이유야 많지. 우선 한 가지만 대자면, 다섯 번째 파동을 시작하기 전에 놀이터를 평평하게 다져주는 역할을 하겠지. 사실 소리 없는 자들로서는 시내 중심가 전투가 모든 면에서 유리한데, 그렇다고 그들 입장만 생각하면 다섯 번째 파동에게는 너무 불리해질 수 있으니까. 하지만 무엇보다 중요한 이유는 도시가 우리의 추억을 담고 있다는 거야."

뭐어어어어? 그제야 나는 이해를 했고, 그 사실이 내 마음을 아프게 한다. 우리 아빠와 그 빌어먹을 수레와 그 망할 책들. 우리가 6천 년을 이어 설계하고 세워 올린 도서관, 박물관, 대학들. 도시는 인류의 공공 기반시설의 모든 합 이상의 것이다. 그것은 벽돌과 석회, 콘크리트와 강철을 초월한다. 인간은 거기에 지식을 쏟아부었다. 그 모든 것을 폭파하는 건 시계를 마지막으로 초기화시켜 신석기 시대로 회귀하는 것을 의미할 터다.

"지속 가능한 수준으로 인구를 감소시키는 것만으로는 충분치 않았던 거지." 링거가 조용히 말한다. "우리가 건설해온 걸 싹 쓸어버리는 것만으로도 충분치 않았던 거야. 얼마든지 인류는 다시 번성할 테고, 얼마든지 다시 건물을 지어 올릴 테니까. 지구를 지키려면, 인간이라는 종을 보존하려면, 그들은 우리 자체를 바꾸어놓아야만 해." 그녀가 자신의 가슴에 손을 올려놓는다. "여기. 외부인들이 우리에게서 신뢰의 감정을 앗아갈 수 있다면, 그들은 우리의 협력도 가져가 버릴 수 있고, 그렇게 되면 문명은 불가능해지지."

★ 48

"좋아." 벤이 말한다. 자, 이제 핵심을 짚을 시간이다. "포드는 안 내려오지만, 폭파는 예정대로 진행될 거라는 거네. 그 말은 우리가 여기, 그러니까 어배너 가까이에 있으면 안 된다는 말이잖아. 난 그래도 상관없어. 어배너라면 지긋지긋하니까. 그런데 어디로 가냐고? 남쪽? 난 남쪽에 한 표. 여기서 가능한 한 멀리 떨어진 인간의 흔적이 없는 그런 곳으로 깨끗한 물의 원천을 찾아가는 거야."

"그다음엔?" 링거가 묻는다. "그다음에는 뭘 할 건데?"

"그래, 그다음엔?"

"그다음엔?"

"그래. 멀리 떨어진 인적 끊긴 곳으로 가서, 그다음에는 뭘 할 거냐고?"

벤이 한 손을 들어 올린다. 그러더니 곧 다시 떨어뜨린다. 미소로 그의 입꼬리가 올라간다. 순간 그의 표정이 마치 아이처럼 귀여워서 나는 눈물이 터질 것 같은 기분이다.

"우리 다섯이 있잖아. 우리가 밴드를 결성하는 거야."

나는 큰 소리로 웃음을 터뜨린다. 가끔 벤은 내가 발을 담그고 있는, 산에서 흘러내리는 시원한 계곡물처럼 군다.

"어쨌든." 링거가 2초 정도 그를 멍하니 바라보고 있자, 벤이 다시 말한다. "거기 말고 우리가 갈 데가 어디 있어?"

그가 링거를 바라본다. 그리고 나를 바라본다.

"아, 맙소사, 캐시." 그가 머리를 뒷벽에 콩콩 찧으며 앓는 소리를 한다. "그 얘기는 꺼내지도 마."

"그는 나를 구하러 왔어." 내가 말한다. 벤은 내가 그 생각을 하고 있음을 안다. 그러니 나도 입 밖으로 소리 내어 말해버리는 게 나을지도 모른다. 그리고 내가 그 생각을 하고 있다는 사실에 둘 다 약간 놀란다. "그는 심지어 네 목숨도 구했어. 그것도 두 번이나. 내 목숨은 세 번이나 구했고."

"벤이 옳아." 링거가 끼어든다. "그건 자살행위야, 캐시."

나는 눈을 부라린다. 이 빌어먹을 얘기는 전에도 들은 적이 있다. 에반 워커에게서. 내가 꼬마 동생을 찾아 죽음의 캠프 안으로 들어갈 계획을 짜고 있다는 사실을 알아차렸을 때, 그가 했던 말이다. 왜 나는 늘 이성의 바다 한가운데 떠 있는 광기의 섬에 홀로 있어야만 하는 걸까? 내겐 꼭 해야만 하는 일이 왜 다른 모두에게는 절대 해서는 안 되는 일이 되는 걸까? 내가 하고야 말겠다고 하면, 왜 모두들 안 하는 게 좋겠다고 반박할까?

"여기 머무는 것도 자살행위이긴 마찬가지야." 내가 주장한다. "어딘가로 도망친다 해도 위험요소는 줄어들지 않아. 지금 우리가 뭘 하든 그건 다 자살행위나 마찬가지라고. 지금 우린 선택해야만 할 순간에 처해 있어, 링거. 의미 있는 죽음을 택하느냐, 개죽음을 당하느냐의 갈림길에 서 있다고. 게다가……." 내가 덧붙인다. "그도 우리를 위해서 그렇게 했을 거야."

"아니." 벤이 조용히 말한다. "그는 널 위해 그렇게 했겠지."

"그들이 에반을 데려간 기지는 여기서 150킬로미터 이상 떨어져 있어." 링거가 말한다. "어찌어찌해서 거기 도착한다고 해도, 제때 도착하지는 못해. 보쉬는 이미 원하는 걸 다 얻고, 에반을 해치워버린 후가 될 거야."

"그건 너도 모르는 일이야."

"난 알아."

"아니, 안다고 말하지만, 너도 잘 몰라. 네가 안다고 말하는 모든 걸, 네가 실제로 다 알지는 못하잖아. 그런데도 우린 그냥 네 말을 믿을 수밖에 없어. 왜 그런지 알아? 네가 하도 똑똑한 척 잘난 체를 해대니까."

그러자 벤이 이해를 못 했다는 듯이 말한다.

"어?"

"우리가 뭘 하든." 링거가 마치 내가 방금 한 말은 반박할 거리도 없는 하찮은 얘기라는 듯이 벤을 바라보며 차분히 말한다. "여기 머무는 건 선택사항이 아니야. 아까 그 헬기가 싣고 갔던 화물을 배달하고 나면, 바로 이리로 다시 돌아올 거야."

"화물?"

벤이 묻는다.

"에반을 말하는 거야."

내가 번역한다.

"왜 헬기가 다시……?" 그러다가 벤은 이유를 깨닫는다. 링거의 희생자들이 길가에 묻혀 있지 않은가. 남겨두고 간 공습팀을 데려가기 위해 헬기가 돌아올 예정인 거다. "아." 그가 손등으로 입술을 문지른다. "젠장."

그리고 나는 생각한다. 그래, 헬기가 있잖아! 그러자 링거가 내가 무슨 생각을 하고 있는지 안다는 듯이 날 바라본다. 물론 그녀가 제대로 짚기는 했지만, 그렇다고 그게 링거가 늘 옳다는 걸 증명하지는 않는다.

"그건 안 돼, 캐시."

"뭐가 안 돼?"

이렇게 묻자마자 나는 갑자기 내가 수줍어하고 있다는 사실을 깨닫는다.

"넌 했잖아. 아니, 적어도 넌 했다고 네 입으로 말했잖아."

"뭘 해?

벤이 묻는다.

"그건 달라."

링거가 말한다.

"어떻게 다른데?"

"조종사가 타고 있다는 점에서 달라. 보쉬에게서 내가 '도주'했던 건 엄밀히 말해 도주가 아니었어. 그건 열두 번째 시스템을 시험해 보는 거였어."

"음, 그럼 우리도 이게 시험이라고 생각하면 되겠네. 만약 그렇게 해서라도 도움이 된다면"

"뭐가 시험이라고 생각한다는 건데?" 벤의 목소리가 당황스러움으로 한 옥타브쯤 올라간다. "대체 둘이 무슨 얘기를 하는 거야?"

링거가 한숨을 쉰다.

"캐시가 블랙호크를 납치하자고 하는 거야."

벤의 입이 쩍 벌어진다. 대체 뭐가 문제인지는 모르겠지만, 왠지 링거만 주위에 나타나면, 벤의 총기가 마치 체에 밭친 스파게티 국수에서 물이 빠져나가 버리듯이 다 사라져 버리는 것 같다는 생각이 든다.

"쟤는 어떡하고?" 링거가 샘 쪽으로 고개를 끄덕인다. "쟤도 같이 데려갈 거야?"

"그게 네가 상관할 일이야?"

"네가 헬기에 올라가서 돈키호테 놀이 하는 동안 내가 애나 보고 있는 상황이 벌어지는 건 원치 않거든."

"미안하지만, 애매한 문학적 언급은 나한테 별 감명을 못 주거든. 그리고, 그래, 나도 돈키호테가 뭔지 정도는 알고 있어."

"알았어, 잠깐만 기다리라고." 벤이 말한다. "돈키호테가 《대부(The Godfather)》에 나왔던 사람 맞지?" 멀쩡한 얼굴이다. 그래서 나는 그가 농담을 하는 건지 확신할 수가 없다. 언젠가 우리는 벤이 로즈 장학생이 될 뻔했다는 얘기를 진지하게 나눈 적이 있었다. 그건 거짓이 아니다. "가서 보쉬가 거절 못 할 제안이라도 한다는 거야?"

"벤이 애들하고 있으면 돼." 내가 링거에게 말한다. 전부터 계속 생각하고 있었다는 듯이, 에반을 구해오는 계획이 마치 몇 달 전부터 진행 중이기라도 했다는 듯이. "우리만 가, 너와 나 둘이만."

그녀가 고개를 젓는다.

"내가 왜 그래야 하는데?"

"그렇게 안 할 이유는 또 뭔데?"

그녀의 얼굴이 경직되더니 곧 명확지 않은 어떤 이유에서 갑자기 벤을 바라본다. 그래서 나도 벤을 바라보고, 벤은 마치 바닥이라는 걸 전에 한 번도 본 적이 없는 사람처럼 바닥만 뚫어지게 바라본다. 발밑의 단단한 표면이 뭐가 그리 대단하다는 걸까?

"그럼 이렇게 하자." 나는 포기하지 않을 것이다. 내가 왜 포기해야 하는가? 포기하는 순간 나는 실패한다. "나는 잊고, 에반도 잊어. 그저 너 자신을 위해서 하는 거야."

"나 자신?"

링거는 진심으로 당황한 듯하다. 하! 처음으로 그녀가 내가 무슨 생각을 하고 있는지 다 안다는 척을 하지 않는다.

"그는 너와 볼일을 다 끝냈어. 이제 더는 널 볼일이 없잖아. 그러니 그와 끝장을 내고 싶으면 네가 그를 찾아가야 하는 거야."

링거가 마치 누군가 뺨이라도 때린 듯이 뒤로 움츠러든다. 그녀는 내가 무슨 말을 하는지 전혀 알아듣지 못한 척하고 싶은 것이다. 하지만 절대 그럴 리 없다.

처음 링거가 그 이야기를 들려줄 때, 나는 그녀의 얼굴에서 그것을 봤다. 그녀의 목소리에서 그것을 들었다. 찡그림과 긴 침묵 속에도 그게 있었다. 링거가 그의 이름을 말할 때, 그의 이름을 소리 내어 말하기 힘들어할 때, 그때도 그게 있었다. 그가 바로 그녀가 포기하지 않았던 이유이고, 집착하는 이유이며, 존재 이유이기도 하다.

죽음도 불사할 가치가 있는 이유다.

"보쉬는 네가 완전히 방향을 꺾었다고 생각해. 그러니 넌 다시 돌아가야 하는 거야. 그는 네가 달아날 거로 생각하니까, 지금이야말로 네가 그쪽으로 갈 때라고. 넌 그가 해놓은 걸 아닌 것으로 무효화시킬 수는 없겠지만, 그를 무효화시킬 수는 있잖아."

"그런다고 해결될 건 아무것도 없어."

링거가 작은 소리로 말한다.

"그럴지도 모르지. 하지만 그는 죽게 될 거야. 그것만 해도 어디야."

나는 링거에게 한 손을 내민다. 확실한 이유는 나도 모르겠다. 사실 난 이 거래에 협상을 제안할 자격이 없다. 최종 물품 인도를 약속할 수 없기 때문이다. 내 머릿속에 들어앉은 그 작고 이성적이고 차분하고 나이 먹은 현명한 목소리가 재잘거린다. 링거가 옳아. 그건 자살 행위야, 캐시. 에반은 갔어. 이번에는 절대로 기적 같은 건 없을 거야. 그를 놓아줘.

내가 머물 곳은 샘이 있는 곳이다. 그 사실에는 변함이 없다. 샘이 내 존재 이유다. 뼛속 깊이까지 완전히 미쳐버린 게 분명한 과대망상증에 걸린 어떤 오하이오 목장 소년은 아니다. 맙소사, 만약 링거의 말이 맞다면, 에반의 사랑은 어쩌면 광기의 일환일지도 모르겠다. 그는 자기가 나와 사랑에 빠졌다고 생각하는데, 그게 혹시 자기 자신이 외계인이라고 생각하는 것과 같은 맥락 아닐까?

그렇지만 차이가 뭐지? 내 말은, 날 사랑한다고 생각하는 것과, 실제로 사랑하는 건 뭐가 다른 걸까? 다른 점이 있기는 할까?

한때는 나도 내 두뇌를 증오했었다.

"죽은 사람들." 링거가 마치 '거긴 아무것도 없어, 다 죽었어, 텅 비었어'라는 말을 회상하는 듯한 목소리로 말한다. "난 여기 단 한 명의 무고한 사람을 죽이러 왔어. 그런데 다섯을 죽였어. 만약 기지로 돌아간다면, 나는 셀 수도 없을 만큼 많은 사람을 죽이게 될 거야. 수를 세는 게 더는 아무 의미가 없어질 때까지 사람을 죽이게 될 거야." 그녀는 나를 바라보지 않는다. 벤을 바라본다. "그리고 그건 쉬울 거야." 그녀가 내 쪽으로 시선을 돌린다. "넌 이해 못 해. 나는 그의 창조물이야."

나는 링거가 울었으면 좋겠다. 소리치고 비명을 지르고 주먹을 휘저으며 되는대로 아무거나 막 쳐대면서, 더는 목소리가 나오지 않을 때까지 울부짖었으면 좋겠다. 속을 다 펴내 버려서 텅 비어버린 사람처럼 공허하게 웅얼거리는 링거의 모습만 아니라면, 그 어떤 모습이라도 지켜볼 수 있을 것 같다. 그녀가 한 말은 그녀의 말하는 방식과는 전혀 어울리지 않았다. 그게 두려움을 불러일으킨다.

"그리고 결국에는 우리 둘 다 실패할 거야." 그녀가 내게 말한다. "에반은 죽을 테고, 보쉬는 살 테지."

그럼에도 링거는 내 손을 잡는다.

그게 더 두렵다.

★

49

그쯤 되자 벤은 인내심의 한계치에 도달한다. 정신적, 육체적으로 둘 다. 서 있는 것도 너무 힘들고, 링거와 내가 나누던 대화의 너무도 이상하고 지극히 빠른 반전도 도저히 이해할 수 없기 때문이다. '링거는 배신자야!'라고 할 때는 언제고, 이젠 '링거는 내 파트너야!'라니. 그가 층계 쪽으로 절뚝이며 걸어가더니, 몸을 낮춰 총상 입은 다리를 앞으로 뻗고 앉는다. 그리고 턱 밑을 문지르며 천장만 뚫어지게 바라본다.

"링거, 너 아무래도 저 위로 다시 올라가는 게 좋을 것 같다. 놓친 애가 있을지도 모르잖아."

그녀가 고개를 젓는다. 그러자 검은색 비단 커튼 같은 머리채가 좌우로 흔들린다.

"아무도 놓치지 않았어."

"그럼, 누군가 또 나타날지도 모르잖아."

"예를 들어서?"

그의 고개가 천천히 링거 쪽으로 돌아간다.

"나쁜 놈들."

링거가 나를 바라본다. 그러더니 고개를 끄덕이고는 벤을 돌아가서 층계를 반쯤 올라가다가 라이플을 집어 올리기 위해 허리를 숙인다. 그때 벤에게 소곤거리는 소리가 내게도 들려온다.

"하지 마." 그리고 시야에서 사라진다.

하지 마?

"너희 둘 대체 뭐야?"

내가 묻는다.

"뭐가 뭐야?"

"흘낏흘낏 시선도 주고받고, 좀 전에 '하지 마'라고 했잖아."

"아무것도 아니야, 캐시."

"아무것도 아니면, 흘낏흘낏 시선을 주고받고, '하지 마'라고 말도 안 했을 거야."

그가 어깨를 으쓱하고는 층계 위쪽으로 뻥 뚫어져서 맨 하늘이 올려다보이는, 원래는 집이 있던 자리를 흘낏 바라본다.

"너무 많이 알려고 하지 마." 그가 말한다. 그리고 마치 뭔가 멍청한 말을 해서 쑥스럽다는 듯이 미소 짓는다. "네가 누군가를 얼마나 잘 알고 있는지와는 상관없이, 결코 알아낼 수 없는 그들의 일부가 있는 법이야. 넌 알 수 없어. 절대로 알 수 없지. 잠가놓은 방처럼. 나도 몰라."

그가 고개를 저으며 미소 짓는다. 그러나 미소는 얼굴에 떠오르는 순간 사라져 버린다.

"특히 링거의 방은 루브르 박물관에 있는 그 많은 방하고 비슷해." 그가 다시 한 번 지적한다.

벤이 몸을 일으켜 세우더니 라이플을 목발 삼아 내 쪽으로 절뚝이며 걸어온다. 가까이 다가온 그의 얼굴은 피로와 고통의 완벽한 본보기다. 그렇다. 벤 패리시가 링거가 선물한 부상에서 완치되고 나니, 그녀가 돌아와 또 하나의 부상을 안겨주었다. 부상이 끊기면 안 될 이유라도 있는 모양이다.

"너 제정신이야?"

그가 묻는다.

"넌 어떻게 생각해?"

"확실히 제정신이 아니야."

"뭘 보고 그렇게 생각하는데?"

나는 벤이 내 질문을 이해하지 못하리라는 사실에 내기라도 할 수 있을 것 같다.

"내가 아는 캐시 설리번은 절대로 자기 동생을 떠나지 않을 테니까."

"아마도 난 네가 아는 캐시 설리번이 아닌가 봐."

"그래서 애를 그냥 내버려두고 간다……."

"너와 함께 두고."

"네가 아직 눈치채지 못한 것 같은데, 누굴 보호하는 일에 있어서는 내가 실력이 아주 형편없거든."

"이건 너 때문이 아니야, 벤 패리시."

그가 벽에 등을 기대고 미끄러져 내 옆에 앉는다. 몇 차례 깊이 숨을 들이쉰다. 그리고 불쑥 말한다.

"정신 좀 차리자, 알겠니? 링거는 보쉬를 만나지도 못할 테고, 넌 에반을 구하지도 못할 거야. 그 얘기는 이미 끝난 거야. 그러니 다음 문제로 넘어가자고."

"다음 문제?"

"저애들." 그가 담요 아래서 웅크리고 잠들어 있는 샘과 메건 쪽으로 고갯짓한다. "항상 저애들이 문제였어. 첫날부터 그랬어. 심지어 적들도 늘 그 사실을 알고 있어. 진짜 슬프고 무시무시한 부분은 뭔지 알아? 그럼에도 우리는 그 사실을 정말 쉽게 잊어먹는다는 거야."

"난 잊지 않았어." 내가 말한다. "넌 내가 왜 가려 한다고 생각해? 이건 에반 워커 때문이 아니야. 너나 나 때문도 아니야. 링거의 말이 맞다면, 에반이 우리의 마지막 희망이야." 내가 천사처럼 잠들어 있는 내 꼬마 동생의 얼굴을 바라본다. "저애의 마지막 희망이야."

"그럼 내가 링거와 갈게. 넌 여기 있어."

나는 고개를 젓는다.

"넌 만신창이잖아. 난 아니야."

"젠장. 이 정도 부상은 얼마든지……."

"다리 부상을 말하는 게 아니야."

벤이 움찔한다. 그의 턱이 경직된다.

"이건 공평하지 않아, 캐시."

"난 공평성 같은 거 걱정 안 해. 이건 공평성에 관한 게 아니야. 이건 확률에 관한 거야. 그리고 위험과도 관련 있고. 이건 내 동생이 살아서 다음 크리스마스를 볼 수 있을지에 관한 거야. 그래, 나 대신 그걸 해줄 만한 누군가가 있다면 정말 좋을 테지만, 지금은 내가 그 누군가야, 패리시. 내 책임이라고. 왜냐면 난 아직도 거기 있거든, 벤. 고속도로상에 서 있는 그 자동차 밑에. 난 거기서 기어 나와 똑바로 일어선 적이 한 번도 없어. 난 아직도 그 밑에 누워서 부기맨이 날 잡아가길 기다리고 있어. 그리고 만약 내가 지금 도망친다면, 세상 어디를 가든, 그는 날 찾아내고 말 거야. 샘도 찾아낼 거야." 내가 담요에서 곰 인형을 꺼내 품에 껴안는다. "난 에반 워커가 외계인이든 인간이든, 또는 외계인-인간이든 무시무시한 순무든 상관 안 해. 난 네 마음속의 응어리 같은 건 상관 안 해, 링거의 응어리도 상관 안 해. 특히 내 응어리는 더더욱 신경 쓰지 않아. 세상은 70억의 10억 배쯤 되는 이 특별한 원자들이 존재하기 훨씬 오래전부터 존재해왔고, 그 원자들이 사방으로 흩어져버린 뒤에도 계속 존재할 거야."

벤이 손을 뻗어 내 젖은 뺨을 어루만진다. 나는 그의 손을 치워버린다.

"건드리지 마."

이 벤이었던 벤, 벤일지도 모르는 벤아.

"이봐, 캐시. 난 네 상관도 아니고, 네 아빠도 아니야. 네가 동굴로 가겠다는 내 고집을 꺾어놓지 못했던 것처럼 나도 널 막아설 수는 없어."

나는 곰돌이의 너덜너덜한 낡은 머리에 내 얼굴을 묻는다. 곰돌이한테는 연기와 땀과 더러움과 내 꼬마 동생의 냄새가 난다.

"샘은 널 사랑해, 벤. 내 생각엔 나보다 널 더 사랑하는 것 같아. 그렇지만 그건 마치……."

"아니야, 그렇지 않아, 캐시."

"끼어. 들지. 마. 그건, 마치, 날 닮은 것 같아. 너도 무슨 말인지 알 거야. 그리고 이제 내가 뭔가 하고 싶은 말이 있어."

"좋아."

"너한테 털어놓고 싶은 말이 있어."

"나 듣고 있어."

시선을 돌린다. 아무것도 보지 않는다. 깊이 심호흡을 한다. 말하지 마, 캐시. 이제 와서 무슨 소용이야? 아무 소용도 없다. 그래, 아무 소용없다는 사실, 우린 바로 그 사실을 이해해야 할지도 모른다.

"나 초등학교 3학년 때부터 너한테 완전히 반해 있었어." 내가 기어들어가는 소리로 말한다. "공책마다 네 이름을 적었어. 그 테두리에 하트도 그려 넣었어. 거기에 꽃장식도 했지. 대부분은 데이지 꽃. 너에 관해 몽상도 하고, 꿈도 꾸고, 또 꾸고. 아무도 그 사실을 몰랐어. 내 절친만 알고 있었는데, 걔도 죽었어. 다른 사람들처럼."

시선을 돌린다. 아무것도 보지 않는다.

"그런데 넌 늘 네 자리에만, 난 내 자리에만 있었어. 사실 그게 중요하다는 건 아니야. 넌 중국에 있었을 수도 있으니까. 네가 샘의 캠프에 난데없이 나타났을 때, 난 그게 뭔가를 의미하는 거로 생각했었어. 왜냐하면 넌 죽었어야 하는데 살아 있었고, 나도 죽었어야 하는데 살아 있었을 뿐 아니라, 우리 둘 다 죽었어야 하는데 살아 있는 샘을 구하러 거기 간 거였으니까. 단지…… 단지 너무 많은 우연, 그래, 우연이 너무 많이 겹쳤다는 거지. 안 그래? 하지만 그게 전부였어. 우연. 신의 원대한 계획 같은 건 없었어. 우리의 별들에게 운명 지어진 건 아무것도 없는 거지. 인연도 아니었던 거야. 우린 우연히 만들어진 우주 속에 우연히 존재하는 한 행성에서 우연히 만난 사람들일 뿐이야. 그래도 그건 상관없어. 이 70억의 10억 배쯤 되는 원자들은 그런 일에 익숙하니까."

나는 더러운 봉제 인형의 머리에 대고 내 입술을 꾹 누른다. 인간이라는 존재가 지구를 정복하고 시와 수학과 연소기관을 발명해내고, 시간과 공간의 상대성을 발견하고, 달에 있는 돌멩이를 집어 오고, 맥도날드에 가서 딸기 바나나 스무디를 사 먹을 수 있게 우리를 실어가도록 크고 작은 기계들을 만들어냈다는 것은 정말 멋진 일이 아닌가. 우리가 원자를 쪼개고 지구에 인터넷과 스마트폰과, 그래 셀카봉 같은 것도 선사했다니 근사하지 않은가.

하지만 그중에서 가장 대단한 일은, 내가 생각하기에 인간이 이룬 최고의 업적이자 언제까지고 영원히 기억되길 바라는 단 한 가지는, 우리가 아이들을 달래려는 용도 외에는 딱히 그럴듯한 이유도 없이, 자연 속의 가장 무시무시한 맹수들을 만화적 상상력을 동원해서 해부학적으로 전혀 올바르지도 않은 형태로 구현해내고는 그 안에 솜뭉치를 꾹꾹 욱여넣어 인형이라는 걸 만들어냈다는 사실이다.

★

50

떠나려면 준비 과정이 필요하다. 세부사항을 작업해야 한다. 우선, 나는 군복이 필요하다. 링거와 내가 시체들을 파내는 동안 벤이 아이들과 함께 있다. 체구가 가장 작은 병사의 군복이 내게 맞을 것처럼 보이지만. 상의 뒤쪽에 탄환 자국이 보인다. 아무래도 설명하기 힘들 것 같다. 링거가 다음 시체를 끌어낸다. 그의 옷은 더럽기는 해도 탄환 구멍이 나 있지는 않고, 피도 거의 묻지 않았다. 링거는 자기가 지름 50센티미터짜리 강철 타이어 림으로 그의 머리를 부숴버렸다고 설명한다. 이애는 아무것도 느끼지 못했어, 그녀가 날 안심시킨다. 그게 날아오는 것도 못 봤어. 그러니까 괜찮아. 구역질이 올라온다. 그러니까 괜찮아. 나는 벌거벗은 하늘 아래 길가에 서서 바로 옷을 갈아입는다. 허. 벌거벗은 하늘. 그리고 내 위에 카시오페이아가 있다. 의자에 사슬로 묶인 채, 자신과 이름이 같은 한 소녀와 죽은 소년 하나가 옷을 벗는 모습을 지켜본다. 나는 링거가 소년을 바라보고 있음을 알아차린다. 그녀의 얼굴은 평소보다 더 창백하다. 나는 링거의 시선을 따라 죽은 소년의 팔을 바라본다. 달빛 속에 더러워 보이는 피딱지가 말라 있는 것이 보인다. 저게 뭐야? 글씬가?

"그게 뭐야?"

바짓단을 접어 올리며 내가 묻는다. 내 바지보다 적어도 10센티미터는 긴 것 같다.

"라틴어야." 그녀가 대답한다. "'견디는 자가 승리한다.'"

"이 말을 왜 팔에다가 새겨놓은 거야?"

그녀가 고개를 젓는다. 손으로는 자신의 어깨를 만지작거린다.

내가 눈치채지 못했다고 생각하는 것 같다.

"너도 새겼구나, 그렇지?"

"아니."

그녀가 소년의 전투용 단검을 손에 쥐고 그 옆에 무릎을 꿇고 앉는다. 그리고 소년의 목 뒤쪽의 작은 흉터를 따라 칼날을 긋더니 그 속에서 조심스럽게 추적 장치를 끄집어낸다.

"자, 이거 네 입에 물고 있어."

"젠장, 웩."

그녀가 추적 장치를 손바닥 위에 올려놓더니 그 위에 침을 뱉는다. 그리고 쌀알만 한 그 장치를 침 속에서 이리저리 굴려 피를 닦아낸다.

"이러면 좀 나아?"

"어떤 면에서 그게 더 나을 거로 생각하는데?"

그녀가 내 손을 잡더니 그 끈적거리는 장치를 내 손바닥 위에 올려놓는다.

"그럼 네가 닦아."

나는 링거가 다른 소년의 목을 칼로 긋고 칼끝으로 추적 장치를 파내서 그것을 입안에 집어넣는 동안 부츠 끈을 묶는다. 너무 아무렇지도 않게 그 일을 해내는 링거의 모습에서 뭔가 굉장히 잔인한 느낌이 묻어난다. 그녀의 말이 내 머릿속에서 맴돈다. 나는 그의 창조물이야.

★

51

준비물. 세부사항.

나도 장비가 필요할 테지만, 오직 군복 주머니와 파우치에만 넣을 수 있다. 라이플용 여분의 탄창과 권총, 단검, 소형 손전등, 수류탄 2점, 물병 2개, 그리고 벤이 극구 가져가야 한다고 우기는 파워바 3개. 벤은 파워바에 이상할 만큼 미신적인 믿음을 두고 있는데, 사실 말도 안 되는 얘기다. 그건 내가 곰 인형에 신비한 능력이 있다고 믿는 것과는 엄연히 다른 것이다.

"네가 틀리면 어떡해?" 내가 링거에게 묻는다. "공습팀을 찾으러 아무도 안 오면?"

그녀가 어깨를 으쓱한다.

"그럼, 우리만 헛발질하는 거지 뭐."

날은 무척이나 밝고 화사하다. 햇살도 눈부시다. 나는 벤과 링거가 밖에서 공격 준비를 하는 동안 샘과 메건을 깨워서 밥을 먹인다. 벤과 링거 사이에는 무슨 문제가 있는 것 같다. 내게 뭔가를 숨기고 있는 게 분명하다. 이럴 때는 에반처럼 마음을 읽는 능력이 있었으면 좋겠다는 생각이 간절해진다. 그럼 나는 벤 패리시의 머릿속으로 뛰어들어서 진실이 무엇인지 들여다볼 것이다. 나는 소리 없는 자들도 우리만큼이나 평범한 인간이라고 주장했던 링거의 이론은 내가 이미 깨뜨렸다고 생각했다. 만약 에반이 인간이라면 어떻게 그의 영혼이 내 안으로 들어와 내 영혼을 만났겠는가? 그녀의 대답을 이해하려면 로봇 공학과 생체 공학, 전자기 물리학 분야의 고급 학위가 있어야만 한다. 그의 뇌에 부착해놓은 CPU가 나의 생리적 생체 자기 제어를 해석해서 정보 루프를 만들어내고, 그것이 그의 정보와 내 정보를 섞어놓는다…… 어쩌고저쩌고……. 정말이지 과학이 대단하긴 하지만, 대체 그건 왜 세상에 널려 있는, 기쁨을 주는 신비한 현상들을 모조리 빨아 마셔버리는 경향이 있는 걸까? 어쩌면 사랑은 호르몬의 복잡한 상호작용이나 조건 행동, 긍정적인 강화 같은 것이 아니라, 그저 그것에 관해서 시나 노래를 쓰려 애쓰는 행위에 지나지 않을지도 모른다.

준비물. 세부사항.

나는 샘과 메기에게 우리의 계획을 간략하게 설명한다. 샘은 찬성한다. 비록 기지에 침투하는 일이 그가 가장 하고 싶은 일이기는 해도, 사랑하는 좀비 분대장과 조금이나마 귀한 시간을 보낼 수 있게 됐다는 사실만으로도 충분히 만족스럽기 때문이다. 메건은 한마디도 하지 않았고, 나는 그애가 할 말이 있어도 망설이고만 있는 건 아닐까 걱정이 된다. 그럼에도 그애를 탓할 수는 없다. 마지막으로 메기가 어른들을 믿었을 때, 그들은 아이의 목구멍 속에 폭탄을 심어두지 않았는가.

나는 잘 돌봐주라고 이르며 샘에게 곰돌이를 건네준다. 실은 곰돌이에게 샘을 맡기는 셈이기도 하다. 그가 메건에게 곰돌이를 건넨다. 맙소사. 이젠 곰 인형을 가지고 놀기에는 너무 큰 거다. 아이들은 너무 빨리 자란다.

담요 챙겨, 내가 아이들에게 말한다. 링거를 제외하고는 모두가 담요를 한 장씩 가지고 있다. 이제 마지막으로 지하실 층계를 한 번 더 걸어 올라가는 일 외에 더는 할 일이 없다. 나는 샘의 손을 잡고,

샘은 메건의 손을 잡고, 메건은 곰돌이의 손을 잡고, 모두 함께 지상으로 올라간다. 별들이 흔들리며 신음한다. 무너져 내릴지도 모른다.
하지만 우리는 아니다.

★

52

좀비

나는 링거가 마지막으로 두 구의 시체를 양쪽 겨드랑이 밑에 하나씩 끼고 낡은 차고 안으로 운반해가는 모습을 지켜본다. 나는 어떻게 그게 가능한지 이해한다. 그럼에도 바라보고 있자니 좀 으스스하긴 하다. 나는 텅 빈 무덤가에서 그녀가 나오길 기다리고 서 있다. 그러나 그런 일은 일어나지 않는다. 아, 젠장. 이제 어쩌지?
차고 안에 들어서니 휘발유와 윤활유 냄새가 과거의 집으로 나를 이끌어간다. 좀비가 존재하기 전, 벤 패리시라는 아이가 살았는데, 토요일 오후 그애는 아빠의 차를 수리하고 있었다. 엄밀히 말하자면 아빠가 아들의 17살 생일선물로 사준, 세상에 마지막 남은 선홍색 쉐보레 코르벳 69년식이었다. 사실 아빠는 그 차를 살 만한 여력이 안 되는 사람이었기에, 외아들에게 줄 선물인 척 둘러댔을 뿐이었다. 하지만 아들과 아버지 둘 다 진실을 알고 있었다. 벤의 생일이 그 차를 살 수 있는 유일한 변명거리였고, 또 그 차가 아들과 시간을 보낼 훌륭한 구실이기도 했다. 이제 얼마 안 있으면 벤은 졸업을 하고, 대학에 진학할 테고, 그러다 보면 또 얼마 안 있어 손주들이 태어날 테고, 또 은퇴가 뒤따르고 그러다 보면 어느새 무덤으로 향하게 되지 않겠는가. 그런데 예기치도 않게 무덤이 전면으로 툭 튀어나왔다. 물론 그 차보다 먼저는 아니었다. 적어도 몇 주간 토요일 오후마다 부자는 그 차를 수리하며 함께 시간을 보냈다.

링거는 자기 희생자들을 차고 한가운데 옆옆이 눕혀놓고는 양손을 가슴 위에 올려 겹쳐놓았다. 잠시 나는 공포에 사로잡힌다. 매번 내가 '이것'을 예상하면, 늘 거기에는 '저것'이 놓여 있다. 나는 성한 다리 쪽으로 무게중심을 옮기고 라이플을 어깨에서 풀어 손에 쥔다.

차고 안쪽 깊숙한 어둠 속에서 낮게 흐느끼는 소리에 섞여 코를 훌쩍이는 소리가 들려온다. 나는 죽 늘어놓은 연장통과 쌓아놓은 기름통을 지나 절뚝이며 걸어간다. 그 뒤에 콘크리트 블록 벽에 기대앉아 무릎을 가슴 앞으로 꽉 껴안고 앉아 있는 링거가 보인다.

나는 똑바로 서 있을 수가 없다. 통증이 너무 심하다. 그래서 링거 옆에 앉는다. 그녀가 뺨을 훔쳐 닦는다. 나는 링거의 우는 모습을 처음 본다. 난 그녀의 웃는 모습을 한 번도 본 적이 없고, 앞으로도 보나 마나 볼 수 없을 테지만, 지금 난 그녀의 우는 모습을 보고 있다. 이건 말도 안 된다.

"너한테는 선택의 여지가 없었잖아." 내가 말한다. 묻어놓은 시체를 파내는 일이 그녀에게도 무척이나 힘든 일이었음이 분명하다. "그리고, 어쨌든, 저들은 별 차이도 못 느낄 거야, 안 그래?"

그녀가 고개를 젓는다.

"아, 좀비."

"너무 늦은 건 아니야, 링거. 취소할 수도 있어. 너 없이 캐시 혼자는 할 수 없으니까."

“네가 에반 워커 앞으로 끼어들지만 않았으면, 캐시는 아무 할 일도 없었을 거야.”

“네가 날 믿고 그 진실이라는 걸 털어놓았더라면, 나도 그럴 일은 없었을지도 모르지.”

“그 진실.”

그녀가 벤의 말을 따라 한다.

“내 말에서 중요한 부분은 ‘날 믿고’라는 부분이야.”

“난 널 믿어, 좀비.”

“그걸 보여주는 방식이 좀 특이하잖아.”

그녀가 고개를 젓는다. 바보 같은 좀비, 이번에도 틀렸어.

“지금 본 걸 아무에게도 말하지 않을 거란 사실을 믿는다는 거야.”

그녀가 다리를 쭉 뻗더니 가슴에 안고 있던 플라스틱 통을 허벅지 위에 털썩 내려놓는다. 안에 들어 있는 밝은 녹색 액체가 철썩인다. 부동액 통이다.

“뚜껑 하나면 충분할 거야.” 그녀가 말한다. 하지만 너무 작은 소리로 말하는 것을 보니 내게 하는 말 같지는 않다. “열두 번째 시스템, 그게 날 보호해주겠지. 나를 보호해…….”

내가 그녀의 무릎에서 통을 확 잡아챈다.

“젠장, 링거. 너 이거 이미 마신 거 아니지, 아니지?”

“이리 내놔, 좀비.”

나는 숨을 내쉰다. 싫다는 대답 대신이다.

“넌 네게 무슨 일이 일어났는지는 말해줬지만, 그 일이 어떻게 일어났는지는 말해주지 않았어.”

“음, 너도 알 거야.” 그녀가 허공으로 손을 내젓는다. “보통 일어나는 식이지, 뭐."

좋아, 난 이런 대답 들어도 싸.

"그애 이름은 레이저였어." 링거가 인상을 찌푸린다. "아니, 알렉스였어."

"티컵을 총으로 쏜 병사군."

"날 위해서. 그래서 난 도망칠 수 있었어."

"널 함정에 빠지도록 보쉬를 도와줬던 애잖아."

"맞아."

"그런 다음 보쉬가 일부러 너희 둘만 두고 간 거지."

그녀가 특허받은 링거표 무표정으로 그를 바라본다.

"그게 무슨 뜻이야?"

"보쉬가 그날 밤 그애를 두고 가버렸잖아. 그는 이미 레이저가 너를 좋아한다는⋯⋯ 그러니까 너희 둘만 남겨두고 가버리면 당연히 그런 일이 일어날 거라는 걸⋯⋯."

"말도 안 되는 소리 하지 마, 좀비. 만약 보쉬가 그런 생각을 단 1초라도 했다면, 그는 절대로 알렉스에게 날 맡겨두고 가지 않았을 거야."

"왜 그런데?"

"왜냐면 사랑이 세상에서 가장 위험한 무기니까. 우라늄보다도 더 불안정한 무기라고."

나는 침을 꿀꺽 삼킨다. 목이 바짝 마른다.

"사랑."

"그래, 사랑. 이제 그거 돌려줄래?"

"싫어."

"너한테 억지로 빼어올 수도 있어."

그녀가 주먹 하나 두께보다도 얇은 허공을 가로질러 나를 빤히 바라본다. 그녀의 눈은 주변의 어둠보다 아주 약간만 밝을 뿐이다.

"알아, 그럴 수 있다는 거."

나는 긴장한다. 그녀가 새끼손가락만 하나 획 휘둘러도 나를 기절시킬 수 있을 것 같은 기분이 든다.

"내가 그를 사랑했는지 알고 싶은 거구나. 나한테 그걸 물어보고 싶은 거야."

"내가 알 바 아니야."

"난 아무도 사랑하지 않아, 좀비."

"뭐, 그래도 상관없어. 넌 아직 어리잖아."

"그만해. 날 웃게 하려고 애쓰지 마. 잔인한 거야."

가슴속을 칼날이 후벼 파는 듯한 느낌이다. 그 고통이 탄환으로 입은 부상을 마치 모기에게 물린 통증쯤으로 만들어버린다. 무슨 이유에서든 간에, 이 여자애 주위에만 있으면, 고통이 따라오는데, 단지 육체적인 고통만은 아니다. 사실 두 가지 통증에 관해 너무도 잘 알고 있기에 하는 말인데, 이렇게 가슴이 찢어질 듯이 아픈 것보다는 차라리 총을 열두 번쯤 더 맞는 게 나을 것 같다.

"너는 괴짜야." 그녀가 말한다. 그리고 내 손에서 통을 앗아간다. "항상 그렇게 생각해왔어."

그러고는 통 뚜껑을 돌려 열더니 뚜껑에 용액을 채우고 입술로 가져가다가 멈춘다. 네온 녹색 빛 용액이 반짝거린다. 그들의 색깔이다.

"이게 그들이 저지른 짓이야, 좀비. 이게 그들이 만든 세상이야. 이런 세상에서 새로운 생명이 태어나게 한다는 건, 그걸 앗아가는 것보다 더 잔인한 짓이야. 난 지금 친절하게 구는 거야. 현명하게 구는 거라고."

링거가 통 뚜껑을 입술로 가져간다. 손이 떨린다. 밝은 녹색 액체가 뚜껑 가장자리에서 찰랑거리다가 그녀의 손가락을 타고 흐른다. 그리고 그녀 눈 속의 어둠이 내 중심에서 넘쳐흐른다.

내가 그녀의 손목에 내 손가락을 감는다. 링거는 손을 빼내지 않는다. 강화된 힘을 써서 내 머리를 내 어깨에서 떼어내 버리는 짓도 하지 않는다. 내가 억지로 손을 당겨 아래로 내렸을 때도 반항하지 않는다.

"난 길을 잃은 것 같아, 좀비."

"내가 널 찾아줄게."

"움직일 수도 없어."

"내가 안아서 데려갈게."

그녀가 옆으로 쓰러져 내 품에 안긴다. 나는 그녀의 몸에 팔을 두른다. 손으로 그녀의 얼굴을 감싸 쥔다. 손가락으로 머리칼을 쓰다듬는다.

어둠이 빠져나간다. 어둠은 담아둘 수가 없다.

★

53

우리가 다시 구덩이로 돌아가고 있을 때, 캐시와 아이들이 파괴된 안전 가옥의 지하실에서 담요를 잔뜩 챙겨 들고 나타난다.

"좀비." 너겟이 소리 지른다.

아이가 달려오는 동안 팔에 안고 있는 담요 더미가 아래위로 춤을 춘다. 그가 링거의 얼굴이 가까이 보이는 위치에서 멈춰 선다. 곧장 뭔가 잘못됐다는 것을 깨닫는다. 아이들보다 사람의 표정을 더 잘 읽어내는 건 개들밖에 없다.

"무슨 일이야, 병사?"

내가 묻는다.

"누나가 나한테 총을 안 줘."

"내가 얘기해볼게."

아이가 인상을 찌푸린다. 의심하는 눈치다. 나는 느슨하게 쥔 주먹으로 아이의 팔을 쿡 찌르며 덧붙인다.

"일단 링거부터 묻어주자. 무기 얘기는 그다음에 하고."

캐시가 메건의 손목을 꽉 움켜쥔 채 반쯤은 끌고 반쯤은 끌려서 내 쪽으로 다가온다. 부디 캐시가 아이의 손을 단단히 잡고 있길 바란다. 만약 손을 놓아주면 그 길로 달아날 것 같은 기분이 들기 때문이다. 링거가 차고 쪽으로 고개를 홱 돌리더니, 가만히 듣고 있다가 말한다.

"헬기 도착하기까지 10분 남았어."

"네가 어떻게 알아?"

캐시가 묻는다.

"소리가 들려."

캐시가 내 쪽으로 눈썹을 추켜세운 채 시선을 쏘아 보낸다. 봤지? 헬기 소리를 들을 수 있다잖아. 다른 사람의 귀에는 바람이 황량한 벌판을 휩쓸고 지나가는 소리밖에 들리지 않는데 말이다.

"호스는 뭐에 쓰려고?"

캐시가 내게 묻는다.

"안 그러면 내가 기절하거나 숨 막혀 죽을걸."

링거가 대답한다.

"난 네가…… 그러니까, 그게 뭐라고 하더라? 강화, 그래 맞다, 난 네가 강화됐다고 생각했는데?"

"맞아. 그래도 여전히 산소는 필요해."

"상어처럼." 캐시가 말한다.

링거가 고개를 끄덕인다.

"그래, 맞아."

캐시가 아이들을 차고로 데리고 들어간다. 링거는 구덩이로 뛰어내려 흙바닥에 등을 대고 눕는다. 나는 링거가 내려놓은 라이플을 집어 들어 아래로 내려준다. 그녀가 고개를 젓는다.

"그냥 있던 자리에 놔둬."

"정말?"

링거가 고개를 끄덕인다. 그녀의 얼굴 위로 별빛이 환하게 부서진다. 나는 심호흡을 한다.

"왜?"

그녀가 묻는다.

"아무것도 아냐."

나는 시선을 돌린다.

"좀비."

나는 목청을 가다듬는다.

"중요한 거 아니야. 그냥…… 그냥 잠깐…… 무슨 생각이 나서 그랬어……."

"좀비."

"좋아. 네가 너무 아름다워서. 그게 다야. 내 말은…… 네가 굳이 알려고 하니까……."

"넌 꼭 이상한 타이밍에 감상적이 되더라. 호스 줘."

나는 호스 끄트머리를 내려준다. 그녀가 호스 끝을 입에 물고 입을 다물더니 내 쪽으로 양손 엄지손가락을 들어 보인다.

이제는 내 귀에도 아주 약하게 헬리콥터 소리가 들리고 소리는 점점 커진다. 나는 왼손으로는 호스를 잡고 오른손으로 삽을 집어 들어 구덩이 속 링거의 몸 위에 흙을 덮는다. 그녀는 아무 말도 할 필요가 없다. 난 그녀의 눈을 읽을 수 있다. 서둘러, 좀비.

흙더미가 링거의 몸을 치는 역겨운 소리. 나는 바라보지 않기로 마음먹는다. 그녀를 묻는 동안 나는 하늘을 바라본다. 한 손으로는 손마디가 새하얗게 변할 정도로 호스 끝을 세게 움켜쥐고 있다. 이 작전이 잘못될지도 모를 경우의 수가 거의 끝도 없이 마음속에 펼쳐진다. 헬기에 분대 하나가 전부 다 타고 오면 어떡하지? 블랙호크 한 대가 아니라, 두 대가 함께 오면? 아니, 석 대, 또는 넉 대가 오면? 이러면 어쩌지, 저러면 어쩌지, 또 이러면, 저러면…… 아, 뭐래.

나는 제때 차고로 돌아가지 못할 것이다. 이제 링거는 완벽하게 묻었지만, 나는 한쪽 다리에 부상을 입은 채로 헬기가 사정권 안에 도착하기 전에 100미터를 가로질러 걸어가야 한다. 그런데 지금 내 눈에는 별이 총총히 박힌 하늘을 배경으로, 눈부신 하얀 하늘에 박힌 검은 점처럼 헬기의 윤곽이 보인다. 지금까지 살면서 다리에 총알이 박힌 채로 도망을 쳐본 적은 한 번도 없었다. 사실 그럴 필요도 없었다. 하지만 모든 것에는 다 처음이라는 게 있는 법이다.

나는 멀리 가지 못한다. 아마 40~50미터쯤 간 것 같다. 나는 앞으로 힘껏 몸을 내던지고 얼굴부터 바닥으로 고꾸라진다. 왜 캐시가 링거를 파묻는 일을 하지 않은 거지? 내가 애들과 쪼그리고 앉아 있는 게 훨씬 더 말이 되는 일이었잖아. 게다가 캐시는 얼마든지 그 일을 하려고 했을 텐데.

나는 몸을 일으켜 세운다. 하지만 겨우 5초 정도 똑바로 서 있다가, 다시 고꾸라진다. 너무 늦었다. 지금쯤이면 이미 난 그들의 적외선 감지기 범위 안에 들어갔을 것이다.

부츠 한 쌍이 내 쪽으로 쿵쿵거리며 다가온다. 양손이 날 일으켜 세운다. 캐시가 내 팔을 자기 목 뒤로 두르게 하고 날 앞으로 끌어간다. 나도 아픈 다리를 휘두르고, 성한 다리로 폴짝이고, 다시 아픈 다리를 휘두른다. 그렇지만 캐시가 내 몸무게를 거의 다 지탱한다. 캐시와 같은 마음만 있다면 열두 번째 시스템 같은 걸 누가 필요로 한단 말인가?

우리는 차고 안쪽에서 쓰러지고, 캐시가 내 몸 위에 담요를 덮어준다. 아이들은 이미 이불을 덮고 있다. 나는 "아직은 안 돼!"라고 소리 지른다. 아이들의 체온이 담요 아래로 모이게 되면 우리의 목적이 무산돼 버릴 터다.

"내가 신호할 때까지 기다려." 내가 아이들에게 말한다. 그리고 캐시에게도 말한다. "내 말 무슨 뜻인지 알 거야." 놀랍게도 그녀가 내게 미소 지으며 고개를 끄덕인다. "알아."

★

54

캐시

"지금이야!" 벤이 소리 지르지만, 아마도 너무 늦은 듯하다. 헬리콥터가 우리 위에서 포효한다. 우리는 담요 밑으로 들어가고, 나는 숫자를 세기 시작한다.

때가 됐다는 걸 내가 어떻게 알 수 있어? 내가 링거에게 물었다.

2분 후.

왜 2분이야?

2분 내로 끝낼 수 없으면, 성공할 수 없다는 의미니까.

나는 그게 무슨 말이냐고 묻지는 않았다. 그런데 지금은 그 2분이라는 시간이 그저 링거가 아무렇게나 둘러댄 말이 아닐까 의심되기 시작한다.

어쨌든 나는 수를 센다.

……58초, 59초, 60초…….

낡은 담요에서 곰팡이와 쥐 오줌 냄새가 난다. 눈으로는 아무것도 볼 수 없다. 들리는 소리라고는, 들리는 전부라고는, 헬리콥터 소리뿐이다. 그것도 겨우 두 발짝쯤 떨어져 있는 듯이 엄청나게 크게 들린다. 이미 착륙한 걸까? 거의 무덤처럼 보이는 의심스러운 의문의 흙무더기를 확인해보기 위해 이미 구조대가 배치된 걸까? 수많은 질문이 천천히 밀려드는 안개처럼 마음의 풍경을 가로지른다. 하지만 숫자를 세면서 동시에 생각까지 하기란 보통 어려운 일이 아니다. 그래서 불면증에 숫자 세기를 조언해주는지도 모르겠다.

……92초, 93초, 94초…….

갈수록 숨쉬기가 힘들다. 이건 어쩌면 내가 천천히 질식사하고 있다는 걸 나타내는 게 아닐까?

75초쯤 되었을 때, 헬기 엔진의 회전 속도가 현저히 떨어진다. 멈춘 것은 아니고 강도와 소리가 줄어들었을 뿐이다. 95가 되었을 때, 엔진이 다시 빨라진다. 링거가 임의로 대답한 2분이 될 때까지 나는 정말 여기 가만히 있어도 되는 걸까, 아니면 귓속에서 현명한 작은 목소리가 질러대는 '나가, 나가, 나가, 지금이야!'라는 말을 들어야 하는 건 아닐까.

97초에 나는 일어선다.

몸을 감싸고 있던 양모 고치 같은 이불을 홱 벗어던지고 나니 빌어먹을 세상은 눈이 멀어버릴 지경으로 환하다.

차고 문을 나서자마자 바로 오른쪽으로 꺾어지니 들판, 나무, 별, 도로, 그리고 바닥에서 2미터쯤 떠 있는 헬기가 보인다.

헬기가 날아오른다.

젠장.

링거가 묻혀 있던 구덩이 옆에, 그 파헤쳐진 구덩이 옆에, 소용돌이치는 그림자가 보이고, 그것과 비교하면 너무도 느리게 움직여서 거의 움직이지 않는 것처럼 보이는 또 하나의 그림자가 있다. 링거가 수색팀이 탄 헬기에 사다리를 건다. 사요나라, 수색팀!

나는 블랙호크를 향해 전력 질주한다. 하지만 군복 주머니에 들어 있는 물품들 때문에 마치 벽돌이 몸을 내리누르는 듯한 느낌이다. 라이플은 계속 등에 쿵쿵 부딪히는데, 거리는 너무 멀고, 헬기는 너무 빨리 날아오른다. 힘내, 캐시, 속도를 내, 너 이러다 헬기를 놓치겠어. 만에 하나라도 그렇게 되면 우린 제2안으로 넘어가야 하는데, 문제는 우리에게 두 번째 계획 같은 건 없다는 거다. 게다가 2분이라 그랬잖아, 대체 어떻게 된 거야, 링거? 기껏 이런 작전을 짜놓고 전술의 천재라도 된 것처럼 우쭐해 대다니, 우린 완전히 망한 거야. 그때 헬기의 코가 아래로 살짝 기울어지고 그 순간 나와 헬기 사이의 공간이 줄어든다. 너 얼마나 높이 뛸 수 있어, 캐시?

나는 뛰어오른다. 시간이 멈춘다. 헬리콥터는 길게 늘인 내 몸 위에서 마치 모빌처럼 그대로 멈춰 있다. 나는 심지어 발가락까지도 길게 펴고 있다. 헬기의 회전날개가 블랙호크를 뜨게 하거나 나를 지상으로 내리누르는 동안 더는 아무 소리도 들리지 않고, 날개의 바람도 느껴지지 않는다.

옛날에 작은 소녀가 살았다. 이제 그 소녀는 가고 없지만, 그 가녀린 팔과 비쩍 마른 다리와 탱글탱글 곱슬거리는 빨간 머리와 유난히 쪽 곧은 콧날이 특징이었던 그 소녀에게는 특별한 재주가 하나 있었는데, 아이의 아빠는 그 재주에 관해 알고 있었다.

그 소녀는 날 수 있었다.

힘껏 뻗은 내 손가락이 열린 화물칸 문짝 가장자리에 가서 닿는다. 헬기가 수직으로 상승해서 내 두 발이 바닥에서 빠르게 멀어지는 동안, 나는 뭔가 차가운 금속성의 물질을 움켜잡고 거기에 힘껏 매달린다. 지상에서 15미터, 30미터. 나는 승강구에 두 발을 올려놓기 위해 몸을 앞뒤로 흔든다. 60미터, 75미터, 오른손이 미끄러진다. 이제 나는 왼손만으로 버티고 있고, 헬기의 소음이 귀청을 찢어놓아서 내가 지르는 비명도 들리지 않을 지경이다. 아래를 내려다보니,

차고가 보이고 차고 맞은편으로 길 건넛집이 보인다. 길 아래쪽으로는 한때 그레이스의 집이 서 있던 자리에 시커먼 얼룩이 보인다. 별빛에 씻기어 은회색으로 반짝이는 들판과 숲과 지평선에서 지평선까지 뻗어나간 길도 보인다.

이러다 떨어지겠어.

적어도 빠르게 떨어지겠지. 차량 앞유리에 부딪히는 나방처럼, 철썩. 왼손이 미끄러진다. 엄지, 검지, 약손가락이 허공을 두드린다. 이제 나는 두 손가락으로 헬기에 매달려 있다. 그러다가 그 손가락마저 미끄러진다.

★

55

어쨌든 나는 블랙호크의 엔진 소리 너머로도 내가 지르는 비명을 내 귀로 직접 들을 수 있다는 사실을 배웠다.

또한, 죽기 직전에 내 생명이 내 눈앞에서 섬광처럼 번쩍인다는 말은 사실이 아니었다. 죽음의 순간에 눈앞에서 유일하게 번쩍이는 것은 바로 곰돌이의 눈, 깜빡이지도 않고 깊이도 알 수 없으며 영혼 없이도 영혼으로 충만한 그 플라스틱 눈뿐이다.

나는 지상에서 몇백 미터나 떨어져 있다. 하지만 겨우 30센티미터도 떨어지지 않아서 갑작스럽게 멈춘다. 어찌나 세게 끌어당겨졌는지, 어깨가 탈구돼버릴 것만 같다. 추락을 멈추기 위해 내가 뭔가를 움켜잡고 있는 게 아니다. 누군가가 나를 잡았고, 지금 그 누군가가 나를 헬기 위로 끌어 올리는 중이다.

나는 얼굴을 아래로 향한 채 헬기 화물칸 바닥에 확 던져진다. 와, 살았다! 이게 처음 든 생각이다. 그리고 곧장 정신이 번쩍 들었다. 난 죽게 될 거야! 날 구한 사람이 누구든 간에 그가 날 홱 잡아 일으켰기 때문이다. 내게는 기본적으로 세 가지 선택사항이 있다. 아니, 총이라는 그릇된 선택까지 포함한다면, 네 가지가 되겠다. 금속 고치나 다름없는 헬기 안에서 총을 쏜다는 것은 정말 안 좋은 생각이기 때문이다.

일단 내겐 두 주먹이 있고, 새로 입은 군복의 백만 개쯤 되는 주머니 중 하나에 들어 있는 후추 스프레이도 있다. 그리고 무엇보다도 가장 단단하고 무시무시한, 캐시 설리번의 가공할 위력의 무기라 할 수 있는 머리도 있다.

나는 홱 돌아서서 이마로 마주 선 얼굴의 한가운데를 들이받는다, 우지끈! 코가 부러지는 소리가 들리고, 그다음에 피가 흐른다. 보통 피가 흐르면 다 그렇듯이 거의 간헐천을 연상케 한다. 하지만 내 공격은 그 외에 다른 효과는 없다. 그녀는 털끝 하나도 움직이지 않는다. 눈도 깜빡이지 않는다. 그녀는 그러니까…… 보쉬가 그녀에게 저질렀다는, 그 극도로 징그럽고 무시무시한 그걸 설명하기 위해 그녀가 무슨 단어를 사용했더라…… 맞다, 그녀는…… 강화되었다.

"진정해, 캐시 설리번."

링거가 거의 골프공 크기만 한 핏덩이를 뱉어내기 위해 고개를 돌리며 말한다.

★

56

링거

나는 캐시를 밀어 자리에 앉히고 그녀의 귀에 대고 소리 지른다.

"뛰어내릴 준비 해!"

그녀는 아무 말도 하지 않고 전혀 상황파악도 못 한 채 그저 멍하니 내 얼굴만 바라본다. 내 혈관 속을 돌아다니는 미세 드론들이 동맥을 지져놓았고, 허브가 통증 수용기의 기능을 멈춰버렸다. 내 모습이 보기에는 끔찍할 테지만, 내 기분은 그 어느 때보다 최고다.

나는 그녀를 넘어가서 조종간으로 간다. 그리고 부조종사 자리에 털썩 주저앉는다. 조종사가 즉시 나를 알아본다.

밥 중위다. 그렇다, 내가 레이저와 티컵을 데리고 '탈출'을 시도했을 당시 손가락을 부러뜨렸던 그 밥 중위다.

"이런 젠장." 그가 소리 지른다. "너!"

"무덤에서 살아 돌아왔지!" 내가 소리 지른다. 솔직히 말 그대로 무덤에서 나오지 않았는가. 내가 손가락으로 발 쪽을 가리킨다. "착륙시켜!"

"웃기지 마!"

나는 아무 생각 없이 반응한다. 허브가 대신 결정을 내리기 때문인데, 그게 열두 번째 시스템의 무시무시한 점이다. 나는 어디까지가 허브이고 어디서부터가 나인지 더는 알지 못한다. 완전히 인간도 아니고, 완전히 외계인도 아니며, 둘 다 아니기도 하고, 둘 다에 해당하기도 하는, 내 안에서 풀려난 무엇이자, 자유로운 어떤 것이다.

나중에 나는 그것이 얼마나 뛰어난지 새삼 깨닫는다. 조종사의 가장 소중한 재산은 시력이 아니던가.

나는 그의 헬멧을 홱 벗기고 엄지손가락으로 그의 한쪽 눈을 찌른다. 그가 다리를 찬다. 그의 손이 위로 올라와 내 손목을 움켜잡는다. 헬기의 코가 아래로 기울어진다. 나는 그의 손을 잡아채서 다시 조종 스틱 위에 올려놓고, 그동안 그의 내면으로 나 자신을 쏟아붓는다. 두려움과 침착함이 느껴진다. 공포와 평화도 있다. 고통과 위안도 보인다.

나는 그가 우리 모두를 상대로 자살특공대 놀이를 하지는 않으리라는 사실을 안다. 그의 어느 부분도 내게서 숨을 수 없기 때문이다. 그의 안에는 자기 자신에게조차 부인하고 싶어 하는 여러 욕망이 존재하지만, 죽음을 향한 욕망은 없다.

의심의 여지 없이, 그의 마음은 살기 위해서는 내가 필요하다는 사실을 알고 있다.

★

57

여러 달 전에 좀비가 했던 얘기가 옳았다. 세상이 종말을 향해 가는 와중에 찾을 만한 안식처로는 오하이오의 웨스트 리버티 동굴을 앞지를 만한 것은 아무것도 없다.

신부의 탈을 쓴 소리 없는 자가 동굴 전부를 자기 것으로 차지하고 있던 것도 그리 놀랄 일은 아니다.

통마다 담아놓은 깨끗한 식수. 방 하나가 꽉 차도록 쌓아놓은 건조식품과 통조림. 의료품, 침구, 연료 캔, 등유와 휘발유. 옷, 연장, 그리고 작은 군대 하나쯤은 충분히 능가하고도 남을 무기와 폭발물. 냄새만 무시할 수 있다면, 숨기에도 완벽하고 심지어 아늑하기까지 하다.

오하이오 동굴은 피 냄새로 가득했다.

가장 큰 방이 가장 끔찍했다. 지하 깊숙한 곳에 있고, 환기도 되지 않아 습했다. 냄새, 피 냄새가 빠져나갈 구멍이 없었다. 손전등을 비추어보니 돌바닥은 아직도 자줏빛으로 반짝거린다.

학살은 여기, 큰 방에서 일어났다. 그 가짜 신부가 총을 사용했다면, 탄피를 다 주워서 치워버린 게 분명하다. 아니면 희생자들을 한 명 한 명 칼로 베어버렸을 것이다. 우리는 벽에 붙여 침낭을 놓아둔 자리를 발견한다. 책이 몇 권 쌓여 있고, 그중에는 너덜너덜한 성경도 한 권 있다. 등유 램프 하나가 있고, 세면용품과 몇 개의 묵주가 들어 있는 가방도 하나 있다.

"하고 많은 장소 중에, 굳이 이 자리에 침낭을 깔고 있었군." 좀비가 숨을 내쉰다. 그가 공기를 여과시킬 요량으로 천을 입에 대고 누른다. "미친 쓰레기 같은 놈."

"미친 건 아니야, 좀비." 내가 그에게 말한다. "아픈 거지. 태어나기도 전에 바이러스에 감염된 거야. 그렇게 생각하는 게 제일 속이 편해."

좀비가 천천히 고개를 끄덕인다.

"네 말이 맞아. 그렇게 생각하는 게 가장 속 편해."

우리는 조종사 밥의 눈을 치료하고 붕대를 감아준 후, 항생제와 상당량의 모르핀을 주사한 다음 캐시와 두 아이가 있는 다른 방에 그도 함께 눕혀두었다. 오늘 밤에는 그도 더는 비행을 할 수 없는 상태다. 우리를 동굴까지 태우고 온 것도 인내력이 한계를 넘어서는 일이었다. 나는 그가 계속 침착하게 집중력을 발휘할 수 있도록, 그의 옆자리에 앉아 모래주머니이자 닻과도 같은 역할을 해야 했다.

좀비와 나는 동굴 위쪽으로 올라간다. 좁은 통로를 더듬어나가는 동안 좀비는 내 어깨에 한 손을 올리고 아픈 다리를 어색하게 휘두르면서 걸음마다 고통에 움찔거린다. 나는 떠나기 전에 그의 부상에 관한 내용을 머릿속에 새긴다. 총알을 제거하기는 해야 하는데, 그 절차가 부상을 치료하는 데 도움이 되기보다는 부상을 악화시킬까 걱정이 된다. 항생제를 쓰더라도 감염될 확률이 높고, 주요 동맥을 건드리기라도 하면 재난이 될 테니까.

"이리로 내려오는 길은 두 가지밖에 없어." 그가 말한다. "그게 우리에게는 다행인 거지. 한쪽을 막아버리면, 나머지 한쪽만 망을 보면 될 테니까."

"그래."

"우리가 어배너에서 충분히 멀어진 거 맞지?"

"뭘 하기에 충분히 멀다는 거야?"

"폭발에 기화돼 날아가지 않을 만큼."

그가 미소 짓자 램프 불빛을 받은 치아가 평소와 달리 유난히 반짝거린다.

"나도 모르겠어."

내가 고개를 저으며 대답한다.

"정말 무서운 게 뭔지 알아, 링거? 넌 우리 모두가 아는 것보다도 훨씬 많은 걸 알고 있는 것 같은데, 중요한 질문이 등장할 때면, 예를 들어, 우리가 이틀 후에 기화돼서 날아가 버릴지 아닐지에 관한 문제라도 등장하면, 넌 절대로 대답하지 않는다는 거야."

길은 가파르다. 그는 쉬어가야 한다. 내 어깨를 잡은 그의 손이라는 도관을 통해 나는 그가 느끼는 고통을 고스란히 느끼고 있다. 물론 그도 그 사실을 알고 있는지는 잘 모르겠다. 만약 알고 있다면, 그게 그에게 위안이 될지 두려움이 될지, 그것도 잘 모르겠다. 아마도 둘 다겠지.

"잠깐만, 좀비." 나는 숨 가쁜 척을 한다. "좀 쉬었다 가자."

내가 먼저 노두 부분에 등을 기대고 앉는다. 처음에 좀비는 강한 척하려고 그대로 서 있는다. 하지만 몇 분 지나자 그것도 힘들어진다. 그가 끙끙거리면서 바닥으로 몸을 낮춘다. 우리가 처음 만난 이래로, 그의 곁에서 거의 떠나지 않고 머문 동료는 대부분 내가 안겨준 통증이다.

"많이 아파?"

그가 묻는다.

"뭐가?"

그가 내 코를 가리킨다.

"캐시가 아주 제대로 한 방 맞혔다고 그러던데."

"맞아."

"그런데 붓지도 않았어. 멍도 안 들었고."

"보쉬에게 감사해야지."

나는 시선을 돌린다.

"네가 우리 모두를 대신해서 그에게 인사를 전해야 할 것 같네."

나는 고개를 끄덕인다. 그러다가 고개를 젓는다. 그리고 다시 끄덕인다.

좀비는 자신이 너무 위험한 대화 영역으로 뛰어들었다는 사실을 안다. 그래서 좀 더 안전한 영역으로 재빨리 움직여 간다.

"그럼 안 아프겠네? 아무 통증도 없어?"

나는 그의 눈을 똑바로 바라본다.

"없어, 좀비. 전혀 아프지 않아."

나는 발뒤꿈치에 무게중심을 두고 웅크려 앉은 후, 램프를 바닥에 내려놓는다. 한 발짝도 되지 않는 우리 사이의 공간이 마치 몇백 미터는 되는 듯이 느껴진다.

"너도 들어오는 동안 그거 봤어?" 내가 묻는다. "누군가 외부에 샤워장을 만들어놨더라. 떠나기 전에 샤워하고 가야겠어." 내 얼굴에는 피가 엉겨붙어 있고, 머리는 흙투성이고, 온몸에도 진흙이 뭉개져 있다. 좀비가 날 구덩이에 묻어버린 후 영원과도 같은 시간이 지나갔다. 내가 무덤을 박차고 튀어 나갔을 때, 놀라움과 두려움으로 멍해지던 그들의 얼굴이 지금도 눈에 선하다. 우리를 사살하라는 명령을 받고 뒤에 남겨졌던 분대원들을 데려가려고 다시 돌아왔던 두 명의 병사였다. 내 얼굴을 머리로 들이받고 나서 캐시도 비슷한 표정을 지어 보였다. 나는 사람들에게 경이와 악몽의 대상이 되어가고 있다.

그래서 샤워를 하고 싶다. 다시 인간 같은 기분을 느끼고 싶다.

"물이 차도 상관없어?"

좀비가 묻는다.

"난 어차피 느끼지도 못할 거야."

그가 이해한다는 듯이 고개를 끄덕인다.

"내가 함께 가야만 해. 샤워장 안에 같이 들어간다는 건 아니고. 하, 하. 내 말은 내가 너와 함께 기지로 간다고. 캐시가 아니라. 미안해, 링거." 그가 우리 머리 위로 자라나온 동굴의 날카로운 이빨을 유심히 바라보는 척한다. 뭔가를 우적우적 씹어 먹던 도중에 얼어붙어버린 용의 입처럼 보인다. "그는 어땠어? 내 말은, 그 친구. 누군지 알잖아."

안다.

"강하고. 재미있고. 영리하고. 얘기하는 걸 좋아했어. 농구도 좋아했고."

"너는?"

좀비가 묻는다.

"난 농구에 아무 관심도 없어."

"난 그걸 묻는 게 아니라는 거 알잖아."

"상관없어." 내가 대답한다. "그는 죽었으니까."

"여전히 생각하잖아."

"그건 그에게 물어야 하는 질문이잖아."

"그럴 수가 없잖아. 죽었으니까. 그래서 너한테 묻는 거야."

"나한테 뭘 원해, 좀비? 정말로, 나한테 원하는 게 뭐야? 그는 내게 친절했고……."

"그는 네게 거짓말을 했어."

"결정적인 순간에는 아니었어. 중요한 일에는 그렇지 않았어."

"그는 보쉬를 위해 널 배신했어."

"그는 날 위해 자기 목숨을 희생했어."

"그가 티컵을 죽였어."

"됐어, 좀비. 그만해." 내가 일어선다. "너한테 얘기하지 말았어야 했어."

"그런데 왜 했어?"

왜냐하면 넌 허튼소리 자유 구역이니까. 하지만 그에게 이렇게 말해줄 수는 없다. 왜냐하면 내가 그 황무지를 벗어난 건 바로 널 구하기 위해서였으니까. 아니, 아니, 이것도 아니다. 그리고 내가 여전히 믿는 사람은 오직 너 하나뿐이니까. 이것도 아니다.

대신 나는 이렇게 말한다.

"내가 심적으로 약해져 있을 때 네가 곁에 있었을 뿐이야."

"그렇군." 그리고 벤 패리시가 미소 짓는다. 바라보기만 해도 가슴 저미는 그런 미소. "앞으로도 자기 생각만 하는 괴짜가 필요하면, 언제든지 날 찾아오라고." 그가 두 번쯤 호흡할 때까지 기다리더니 덧붙인다. "아, 제발, 링거. 이러지 마. 좀 웃어봐. 지금 한 농담은 상당히 다양한 수준의 사람들에게 효과를 나타내는 거란 말이야. 너 이러는 거 정말 웃기지도 않아."

"네 말이 맞아." 내가 대답한다. "안 웃겨."

★

58

나는 외부 샤워장 옆에서 옷을 벗는다. 머리 위에 있는 통은 텅 비어 있었다. 그래서 나는 방문객 환영센터 옆에 있는 수조를 가져와서 통을 채워야 했다. 수조는 족히 50킬로그램은 나가는 게 분명했지만, 나는 마치 꼬마 너겟보다도 가볍다는 듯이 통을 어깨에 짊어지고 걸어왔다.

물이 차다는 건 알고 있지만, 좀비에게 말했듯이, 보쉬가 준 능력이 나를 보호해준다. 나는 축축함 외에는 아무것도 느끼지 않는다. 물이 피와 더러움을 씻어낸다.

나는 손으로 배를 문지른다. 그는 나를 위해 자기 목숨을 희생했다. 장례용 장작더미 불길이 환하게 타오르던 문간에서 자기 팔에 글자를 새겨 넣던 소년.

나는 내 어깨를 만져본다. 피부는 매끄럽고 부드럽다. 열두 번째 시스템이 내가 피부를 상하게 하자마자 바로 회복시켰기 때문이다. 나는 내 위로 흘러내리는 물처럼, 행위에 영향받지 않고, 끊임없이 재사용된다. 나는 물이다. 나는 생명이다. 형태는 수없이 변하지만, 그 실체는 늘 한결같다. 나를 쓰러뜨려라, 그래도 나는 다시 일어설 것이다.

빈키드 퀴 파티투르.

나는 눈을 감고 그의 눈을 본다. 날카롭고 반짝거리며 깨질 듯이 파란, 그 눈이 너의 뼈보다 더 깊숙이 찌르고 들어간다. 네가 나를 창조했고, 이제 네 창조물이 널 대신해 이 세상에 나오려 해. 바싹 마른 대지를 적시는 비처럼, 나는 돌아온다.

그리고 물이 피와 더러움을 씻어낸다.

★

59

캐시

여기에 아주 흥미로운 얘깃거리가 있다. 외부인들이 창조해놓은 세상에 관한 아주 매력적인 진실이 있다.

내 꼬마 동생은 알파벳을 다 까먹었지만, 폭탄 만드는 법은 안다.

1년 전에는 크레용과 색칠공부 책과 마분지와 풀을 가지고 놀던 아이였다. 그런데 지금은 퓨즈와 뇌관과 전선과 화약을 만진다.

뭔가를 폭발시켜버릴 수 있는데, 누가 책을 읽고 싶어 하겠는가?

내 옆에서 메건이 다른 모든 것을 바라보는 똑같은 시선으로 샘을 바라본다. 조용히. 메건은 곰돌이를 가슴 앞에 꼭 끌어안고 있다. 곰돌이도 새뮤얼 J. 설리번, 일명 샘의 진화를 목격한 또 다른 증인이다.

샘은 링거와 작업 중이다. 두 사람은 나란히 무릎을 꿇고 앉아 2인 1조 조립공정을 형성하고 있다. 나는 그들이 캠프에 있을 때 함께 급조폭발물 제조 수업을 들었으리라 짐작한다. 링거의 젖은 머리가 램프 불빛을 받아 검은 뱀의 껍질처럼 반짝거린다. 상아색 피부도 빛을 발한다. 2시간 전, 나는 이마로 그녀의 코를 들이받아 부러뜨렸다. 하지만 링거의 코는 부어오르기는커녕 내가 뭔가 상해를 입혔다는 흔적조차도 보여주지 않는다. 죽는 날까지 휘어진 채로 남아 있게 될 내 코와는 아주 딴판이다. 세상은 공평하지 않다.

"헬기에는 어떻게 올라간 거야?"

내가 그녀에게 묻는다. 계속 그 사실이 마음에 걸렸기 때문이다.

"네가 했던 방법으로." 그녀가 대답한다. "뛰어서 매달렸어."

"계획에는 내가 뛰어오르기로 돼 있었잖아."

"그래서 했잖아. 그리고 손가락 하나로 매달려 있었잖아." 그녀가 말한다. "그 꼴을 봤을 때, 난 다른 생각은 할 수도 없었다고."

다시 말하자면, 내가 아무런 가치도 없고 주근깨투성이에 콧등도 휘어진 네 엉덩이를 구해준 거라고. 그런데 지금 뭐라고 투덜대는 거야?

굳이 정정하자면, 내 엉덩이에는 코가 없다. 나는 다른 사람이 속으로 무슨 생각을 하는지 넘겨짚는 나쁜 버릇이 있다. 이젠 정말 그러지 말아야 하는데.

링거가 비단결 같은 머리채를 귀 뒤로 꽂아 넣는다. 그녀의 그런 행동은 너무도 편안하고 설명하기도 어려울 만큼 우아해서 거의 소름이 끼칠 지경이다. 대체 너한테 무슨 일이 생긴 거야, 링거?

물론, 나는 그녀에게 무슨 일이 일어났는지 안다. 에반이 능력이라 말하던 그것. 모든 인간의 잠재력을 100배쯤 증폭시킨 능력. 언젠가 에반은 내게 나란 아이는 해야만 할 일을 할 수 있는 마음이 있다고 말했었다. 하지만 그는 자신의 말이 문자 그대로의 의미와 은유적인 의미 두 가지를 다 포함한다는 말은 해주지 않았다. 그가 해주지 않은 말은 그 밖에도 수없이 많다. 그런 나쁜 인간은 구조해줄 가치도 없는데.

내가 대체 무슨 생각을 하는 거지? 링거의 섬세한 손가락이 폭탄 제조 과정의 복잡한 발레를 추는 것을 지켜보면서 나는 그녀에 관한 가장 무시무시한 점은 보쉬가 그녀의 몸에 저지른 짓이 아님을 깨닫는다. 그것은 바로 강화된 그녀의 몸이 그녀의 마음에 저지른 짓이다. 육체적인 한계를 파괴해버리면, 도덕적인 한계에는 어떤 일이 일어날까? 강화되기 이전의 링거는 잘 훈련된 완전무장한 군인 다섯을 맨손으로 제압할 수 없었으리라고 나는 확신한다. 또한 강화되기 이전의 링거는 다른 인간의 눈 속에 엄지손가락을 쑤셔 넣을 수 없었으리라는 사실도 나는 확신한다. 그렇게 하려면 완전히 다른 종으로의 진화과정을 겪어야 한다.

조종사 밥 얘기가 나왔으니 말이지만.

"너희들은 미쳤어."

성한 한쪽 눈으로 나와 마찬가지로 폭탄제조 과정을 계속 지켜보던 그가 말한다.

"아니, 밥." 링거가 하던 일에서 시선을 돌리지 않은 채 대꾸한다. "세상이 미친 거야. 우린 어쩌다 보니 그걸 차지하게 된 거지."

"오래가지 않을걸! 기지에서 반경 150킬로미터 내에는 도달하지도 못할 거라고." 그의 당황한 목소리가 화학물질과 오래된 피 냄새가 진동하는 작은 방 안을 가득 메운다. "그들은 네가 어디 있는지 알아. 헬기에는 GPS가 장착돼 있거든. 그러니 가진 무기를 다 동원해서 널 추적해올 거야."

링거가 그를 바라본다. 앞머리가 가볍게 흔들린다. 검은 눈동자가 번뜩인다.

"나도 그럴 거라고 믿어."

"얼마나 오래 걸려?" 내가 그녀에게 묻는다.

해 뜨기 전에 기지에 도착하는 데 우리의 모든 것이 달려 있다.

"2분 정도면 다 준비될 거야."

"그래!" 밥이 소리 지른다. "실컷 준비하라고! 미리 기도도 해두는 게 좋을 거야. 헬기는 추락할 예정이니까, 도로시!"

"링거는 도로시가 아니야!" 샘이 그에게 소리 지른다. "네가 도로

시야!"

"입 다물어!"

밥도 지지 않고 소리 지른다.

"이봐, 밥." 내가 그를 부른다. "내 동생은 건들지 마."

밥은 구석에 웅크리고 앉아 땀에 흠뻑 젖은 채 떨고 있다. 모르핀을 엄청나게 투여했음에도 별 효과가 없는 모양이다. 그는 스물다섯은 안 넘어 보인다. 외계인 침공 이전의 관점으로는 젊고, 새로운 관점으로는 중년쯤 되겠다.

"내가 옥수수밭으로 헬기를 몰고 가서 콱 처박아버린다고 하면 누가 말릴 건데, 어? 그땐 어쩔 거냐고? 나머지 눈알마저 찔러버릴 건가?" 그러더니 그가 웃음을 터뜨린다.

링거는 그를 무시한다. 그러자 그게 밥의 불길에 기름을 붓는 셈이 돼버린다.

"물론 그게 중요한 건 아니지. 너희에게 가망이 전혀 없다는 것도 아니야. 우리가 지상에 착륙하자마자 그들이 너흴 다 난도질해버릴 테니까. 너희 얼굴을 빌어먹을 핼러윈 호박처럼 파내버릴 거라고. 그러니 그 잘난 폭탄도 만들고 어설픈 계획도 짜보라고. 이러나저러나 어차피 죽은 고깃덩이가 될 테니까.

"네 말이 맞아, 밥." 내가 말한다. "과정이야 어찌 됐든 결과는 비슷할 거야."

나는 비꼬는 게 아니다. 그렇다, 이번만은 아니다. 한 마디 한 마디가 다 진심이다. 그가 옥수수밭에 우리를 추락시키지 않는다고 가정해도, 지금쯤 이리로 향해오고 있을 군대에 의해 격추되지 않으리라 가정해도, 기지 안에서 우릴 기다리고 있을 수천의 군인 손에 생포되거나 사살되지 않으리라 가정해도, 어떤 기적에 의해 에반이 아직 살아 있고, 그보다 더 큰 기적에 의해 내가 그를 발견하게 되리라 가정해도, 그리고 링거가 보쉬를 살해한다고 가정해도, 멸종시킬 수 없는 바퀴벌레가 인류와 가장 비슷한 종이라고 할지라도, 우리는 여전히 빠져나갈 출구가 없다. 우린 지금 망각으로 향하는 편도 승차권을 사려 한다.

그리고 그 승차권은 절대 싸지도 않아. 샘이 마지막으로 폭탄을 손질하는 모습을 바라보는 동안 나는 그렇게 생각한다.

아, 샘. 크레용과 색칠공부 책. 마분지와 풀. 곰돌이와 구겨진 파자마, 그네 세트와 이야기책, 그 외에도 많은 것을 넌 커가면서 뒤에 남겨두고 떠났을 테지만, 그래도 이렇게 빨리는 아니야, 이런 식은 아닌 거야. 아, 샘, 넌 아이의 얼굴을 하고 있지만, 눈은 노인의 눈이구나.

내가 너무 늦었던 거야. 널 마지막에서 구해내기 위해 난 모든 것을 희생했지만, 그 마지막이 이미 널 집어삼켜 버렸던 거지.

나는 자리에서 일어선다. 샘을 제외하고 모두가 나를 바라본다. 샘은 살짝 틀린 음정으로 가볍게 콧노래를 부른다. 폭발물 제조에 어울리는 주제음악이다. 근래 들어 가장 행복한 샘의 모습이다.

"나 샘과 얘기 좀 나눌게."

내가 링거에게 말한다.

"그래, 괜찮아." 그녀가 말한다. "나 혼자 할 수 있어."

"너한테 허락받자는 게 아니야."

나는 샘의 손목을 잡고 방에서 좁은 복도로 끌고 나가 다른 사람들이 우리 대화를 들을 수 없으리라는 확신이 들 때까지 지상으로 향하는 통로를 따라 올라간다. 물론 확신컨대, 링거는 멕시코에서 나비가 날갯짓하는 소리도 들을 수 있을 것이다.

"왜 그러는데?" 동생이 묻는다.

인상을 잔뜩 찌푸리며, 아니, 찌푸리고 있을지도 모른다는 얘기다. 손전등을 가져오지 않아서 아이의 얼굴도 간신히 볼 수 있을 정도라 확실치는 않다.

아주 좋은 질문이야, 꼬마. 누나가 또 잔소리 좀 하려고. 조급한 마음에 즉흥 연설이 될 거야. 사실 몇 주 정도는 꼼꼼하게 준비했어야 하는데.

"다 널 위해서라는 거 알잖아."

내가 말한다.

"뭐가 날 위해서야?"

"널 두고 떠나는 거."

샘이 어깨를 으쓱한다. 어깨를 으쓱하다니!

"돌아올 거잖아, 아니야?"

그렇다. 지키지도 못할 약속으로의 초대. 나는 동생의 손을 잡고 말한다.

"무지개를 따라다녔던 그해 여름 기억나니?" 동생이 노골적으로 당황한 표정을 지으며 나를 올려다본다. "그래, 어쩌면 기억 못 할지도 모르지. 내 생각에 넌 아직 기저귀 차고 있었을 때니까. 햇살이 물을 치면…… 너도 알 거야, 무지개가 생기잖아. 그때 내가 너한테 그걸 쫓아가라고 시켰거든. 무지개를 잡으라고 하면서……." 당장에라도 눈물이 터져 나올 것만 같다. "그걸 생각하면 좀 잔인하다는 생각이 들어."

"그럼 왜 생각하는데?"

"난 그냥…… 난 그냥 네가 그런 것들을 잊지 않았으면 해, 샘."

"그런 게 뭔데?"

"세상이 처음부터 이런 식은 아니었다는 걸 넌 기억해야만 해."

폭탄을 만들고, 동굴에 숨고, 알고 지내던 모든 사람이 죽어가는 모습을 지켜보는 그런 식은 아니었다는 걸.

"나도 기억해." 동생이 주장한다. "이제는 엄마 얼굴도 기억해."

"정말?"

동생이 힘차게 고개를 끄덕인다.

"그 여자를 총으로 쏘던 순간 다 기억이 났어."

내 표정이 내 감정을 그대로 드러낸 게 확실하다. 아마 충격과 두려움과 바닥을 알 수 없는 슬픔이 뒤섞인 그런 표정이었을 터다. 샘이 뒤로 돌아서더니 무기고 쪽으로 달려가서는 잠시 후 곰돌이를 팔에 안고 나타났기 때문이다.

아, 저 빌어먹을 곰돌이.

"아니야, 샘."

내가 소곤거린다.

"지난번에는 곰돌이가 누나에게 행운을 가져다줬잖아."

"곰돌이는…… 곰돌이는 이제 메건 거잖아."

"아니야, 내 거야. 항상 내 거였어." 샘이 내 쪽으로 인형을 내민다.

나는 부드럽게 그의 가슴 쪽으로 인형을 밀어준다.

"그럼 네가 가지고 있어. 네가 인형을 가지고 놀기에는 너무 컸다는 거 나도 알아. 이젠 너도 군인이든 특공대든 뭐든 되었다는 것도 알아. 그렇지만 언젠가는 곰돌이를 정말로 필요로 하는 작은 꼬마가 생길지도 몰라. 왜냐하면…… 음, 그냥 그럴지도 몰라."

나는 동생의 발아래 무릎을 꿇는다.

"그러니 네가 계속 가지고 있어, 알았지? 네가 돌봐주고 보호해줘, 그리고 아무도 해치지 못하게 막아줘야 해. 곰돌이는 원대한 계획에 아주 중요한 부분이거든. 마치 중력과도 같아. 곰돌이가 없으면, 우주는 다 분해돼버릴 거야."

동생이 누나의 얼굴을 아주 오랫동안 조용히 바라본다. 잘 보고 기억해줘, 샘. 멍들고 긁히고 상처 입고 휘어진 모든 걸 다 찬찬히 바라봐줘. 그래야 잊어먹지 않지. 무슨 일이 있어도 내 얼굴은 기억해야 해. 무슨. 일이. 있어도.

"그런 말 하지 마, 누나." 동생이 말한다.

그리고 그 즉시, 아니, 아주 잠시, 그 작은 소년이 돌아온다. 그리고 난 지금 아이의 얼굴 속에서 그 시절 아이의 얼굴을 본다. 호기심에 흥분한 채 깔깔거리고 웃으며 무지개를 좇는 아이의 얼굴.

★

60

링거

나는 헬기에서 뛰어내린다. 내가 어깨너머로 배낭을 집어던지는 모습을 지켜보던 좀비가 말한다.

"다 된 거야?"

"됐어."

"몇 개나 더 남았어?"

그가 가방 쪽으로 고갯짓하며 묻는다.

"다섯 개."

그가 인상을 찌푸린다.

"그 정도면 충분할 것 같아?"

"그래야만 해. 그러니, 충분해."

"그럼 갈 시간이네."

그가 말한다.

"갈 시간이야."

우리의 시선이 마주친다. 그는 내가 무슨 생각을 하는지 안다.

"그건 절대 약속 못 해."

그가 말한다.

"날 추적해오면 안 돼, 좀비."

"그건 약속 못 한다니까."

"여기 머물러 있어서도 안 돼. 우주선이 폭탄을 투하하면, 남쪽으로 가. 내가 준 추적기를 이용해. 그걸 물고 있어도 적외선 카메라를 피해갈 순 없고, 소리 없는 자에게서 숨을 수도 없겠지만……."

"링거."

"내 말 아직 안 끝났어."

"나도 어떻게 해야 할지 알아."

"덤보를 기억해. 나를 추적해오면 어떤 대가를 치르게 될지 기억해. 보내줄 건 보내줘야만 하는 거야, 좀비. 보낼 건……."

그가 양손으로 내 얼굴을 감싸 쥐더니 입술에 강하게 키스한다.

"한 번만 웃어봐." 그가 속삭인다. "한 번만 웃어주면, 보내줄게."

그의 손은 내 얼굴을 잡고 있고 내 손은 그의 엉덩이에 올라가 있다. 그의 이마가 내 이마를 누르고 있고, 별들은 우리 위에서 돌아가고, 지구는 우리 아래서 돌아가며, 시간은 흘러가고, 또 흘러간다.

"그래 봐야 가짜 웃음이야."

내가 그에게 말한다.

"이 시점에서 뭘 더 바라겠어, 난 신경 안 써.

나는 그를 밀어낸다.

"난 신경 써."

★

61

폭탄이 다 실렸다. 밥을 실을 차례다.

"내가 죽을 준비가 안 된 것 같아?"

헬기 조종석으로 이끌려가는 동안 그가 내게 묻는다.

"안됐다는 거 알아."

내가 그에게 안전띠를 매준다. 개방된 해치를 통해 좀비와 함께 서 있는 캐시의 모습이 보인다. 평정심을 유지하려 무던히도 애쓰는 모습이다. 캐시 설리번은 감상적이고 치기 어리며, 믿을 수 없을 만큼 자기중심적이지만, 그래도 우리가 다시는 돌아올 수 없는 문지방을 넘으려 한다는 사실을 알고 있다.

"의도된 것도 아니고." 그녀가 좀비에게 속삭인다. 내가 자기 목소리를 듣지 않기를 바라고 있고, 나도 솔직히 말해 정말로 듣고 싶지 않다. 보쉬가 준 능력은 저주이기도 하다. "운명도 아니고."

"인연도 아니지." 좀비가 말한다.

의도된 것도 아니고, 운명도 아니고, 인연도 아니다. 무슨 교리문

답 같기도 하고, 신념을 확인하는 것 같기도 하고, 또는 신념에 반하는 걸 나열하는 것 같기도 하다.

그녀가 까치발을 들고 그의 볼에 키스한다.

"이제 내가 무슨 말을 할지 너도 알겠지."

좀비가 미소 짓는다.

"샘은 괜찮을 거야, 캐시." 그가 캐시의 손을 잡고 꽉 움켜쥔다. "내 목숨을 걸고 맹세할게."

캐시의 반응은 즉각적이고 날카롭다.

"네 목숨을 거는 건 안 돼, 패리시. 네 죽음을 걸어."

그녀는 좀비의 어깨너머로 내 존재를 눈치채고 그에게서 손을 빼낸다.

내가 고개를 끄덕인다. 떠날 시간이다. 나는 우리의 애꾸눈 조종사 쪽으로 돌아선다.

"시동 걸어, 밥."

★

62

지상이 차츰 물러난다. 좀비가 점점 작아져서 잿빛 지구를 배경으로 검은 점이 된다. 도로가 지형이라는 시계 위를 돌아가는 분침처럼 오른쪽으로 회전하면서 되돌릴 수 없는 시간을 떠나보낸다. 북쪽으로 돌아서 고도를 높여 올라가자 쏟아질 듯 무수한 별들이 폭발하고, 은하수의 타오르는 중심을 배경으로 문명의 마지막 발자국을 지워야 하는 임무를 띠고, 배 속에 폭탄을 가득 실은 채 형광 녹색으로 빛을 발하는 우주 모함이 보인다. 이 세상에는 얼마나 많은 도시가 있을까? 5천 개? 1만 개? 나는 모르지만, 그들은 안다. 이제 세 시간 이내에, 궁극의 고요 속에서, 화물칸 문이 스르륵 미끄러지듯이 열리고 빵 한 덩어리보다도 크지 않은 탄두를 장착한 수천수만의 유도 미사일이 발사될 것이다. 각각의 미사일은 단일 궤도를 돌아 지구의 정해진 위치로 가게 될 테고, 그러면 열 번의 세기를 거쳐, 우리가 건설한 모든 것이 단 하루 만에 사라지게 되겠지.

잔해들이 가라앉을 것이다. 내리는 비가 그을려 메마른 대지를 적실 것이다. 강은 자연 속의 줄기로 되돌아갈 터다. 숲과 초원과 습지와 목초지도 베이고 뜯기고 채워지고 다져지고 수많은 아스팔트와 콘크리트 아래 묻혔던 모든 것을 되찾게 될 것이다. 동물의 숫자는 폭발적으로 증가하겠지. 늑대가 북쪽에서 돌아오고, 3천만 년을 강하게 버텨온 들소 무리가 다시 대지를 검게 물들일 것이다. 그러면 지상은 인간이 전혀 존재한 적도 없다는 듯이 다시 천국이 될 테고, 내 안에 잠들어 있던 고대의 어떤 것, 내 유전자 깊숙이 파묻혀 있던 그것은 기쁨에 겨워 어쩔 줄 모를 것이다.

구원자? 보쉬가 내게 묻는다. 내가 구원자라는 건가?

통로 맞은편에서 캐시가 나를 바라본다. 몸에 맞지 않는 커다란 군복을 입어서인지 무척이나 작아 보인다. 마치 어린아이가 어른 옷을 입고 있는 것 같다. 우리가 결국에는 이런 상황에서 마주 앉아 있다니, 이 얼마나 낯선 장면인가. 캐시는 처음 본 순간부터 나를 싫어했다. 나로 말할 것 같으면, 캐시에 관해서는 거의 생각하고 자시고 할 거리도 없다고 생각했다. 나는 캐시 같은 여자애들을 수도 없이 봐왔다. 수줍어하지만 거만하고, 소심하지만 충동적이고, 순진하지만 심각하고, 예민하지만 참을성 없는 아이들. 그래서인지 캐시는 명확한 사실보다 자기 느낌을 더 중요하게 생각한다. 특히 자기 임무가 아무런 가치도 없으리라는 사실 따위는 안중에도 없다.

물론 내 임무도 절망적이다. 우린 둘 다 죽은 목숨이다. 하지만 둘 다 어쩔 수 없다.

내 헤드셋이 치-익거린다. 밥이다.

"동료가 나타났어."

"몇 대나 돼?"

"음, 여섯."

"내가 갈게."

내가 안전띠를 끄르자, 캐시가 놀란다. 나는 조종간으로 움직여가며 그녀의 어깨를 다독인다. 괜찮아. 이미 예상하고 있던 일이야.

앞쪽으로 가자 밥이 화면에서 다가오는 헬리콥터를 가리킨다.

"명령하시죠, 대장?" 조롱기가 잔뜩 담긴 말이다. "교전해, 피해? 아니면, 착륙시켜?"

"계속 가. 재들이 우리 쪽으로 신호……."

"잠깐, 재들이 신호를 보내고 있어." 그가 가만히 듣는다. 이제 내 눈에도 그들 모습이 보인다. 바로 코앞에서 공격대형으로 날고 있다. "좋아." 그가 나를 돌아보며 말한다. "뭐라고 신호하는 건지 너무 명백하군."

"우리에게 착륙하라고 명령하는 거야."

"이젠 내가 대답할 차례네. '엿 먹으셔.' 맞지?"

나는 고개를 젓는다.

"아무 응답도 하지 마. 그냥 계속 가."

"그럼 쟤들이 우릴 격추할 거라고, 알잖아?"

"그냥 사정권 안에 들어가면 알려줘."

"아, 그래서 그게 계획이라는 거군. 우리가 저들을 격추시킨다. 헬기 여섯 대를."

"미안하지만, 밥, 내 말은 우리가 사정권 안에 들어가면 알려달라는 거야. 지금 우리 속도가 어떻게 돼?"

"140노트. 왜?"

"배가시켜."

"그렇게는 안 돼. 최고 속도가 190이야."

"그럼 최고 속도로 올려. 방향은 유지하고." 너희 목구멍 앞까지 곧장 날아가 주마. 자, 간다.

우리는 전속력으로 날아간다. 헬기의 동체 위로 떨림이 잔물결처럼 지나간다. 엔진이 포효한다. 바람이 기내에서 비명을 지른다. 2분쯤 지나고 나자 강화되지 않은 밥의 눈으로도 선두 헬기가 우리를 향해 곧장 날아오는 것을 볼 수 있다.

"착륙하라고 다시 명령하는데." 밥이 소리 지른다. "사정권까지 30초!"

"무슨 일이야?"

캐시의 머리가 우리 사이로 들어온다. 앞에서 다가오는 것이 무엇인지 알아보고는 그녀의 입이 쩍 벌어진다.

"20초!"

밥이 소리 지른다.

"20초가 뭔데?" 그녀가 소리 지른다.

저들은 멈출 것이다. 난 그걸 확신한다. 멈추거나, 우리가 지나가도록 대형을 흩뜨리거나. 절대로 우릴 격추하지는 않을 것이다. 위험하기 때문이다. 위험이 열쇠야. 보쉬가 내게 말했다. 지금쯤 그도 죽은 공습팀과 징발된 헬기에 관해 알고 있을 터다. 콘스턴스는 그런 짓을 할 리 없고, 에반 워커는 생포됐다. 그럼 남는 건 단 하나뿐이다. 그의 창조물.

"10초!"

나는 눈을 감는다. 그 누구보다 충성스러운 내 동료, 허브가 내 감각을 전부 닫아버리고 소리도 빛도 없는 공간 속으로 나를 던져 넣는다.

내가 간다, 이 개자식아. 넌 인간성이 없는 인간을 창조해내고 싶어 했지. 이제 넌 원하던 걸 보게 될 거야.

4부

★

마지막 날

★

63

에반 워커

그는 작고 텅 비고 매우 추운 방 안으로 던져 넣어졌다. 그들이 그의 머리에 씌워놓았던 두건을 벗겼고, 그는 혹독하리만치 밝은 방 안의 불빛에 눈이 멀 것만 같았다. 본능적으로 그는 두 눈을 가렸다.

그들이 옷을 벗으라고 명령했다. 그는 팬티만 남기고 모두 벗었다. 아니, 팬티도 벗어. 그는 사각팬티를 벗어 두 소년이 위장복을 입고 서 있는 문 쪽으로 걷어찼다. 두 소년 중에 어린 쪽이 키득거리고 웃었다.

그들이 방을 나갔다. 문이 덜컹거리며 닫혔다. 추위와 고요와 혹독한 불빛이 너무도 강렬했다. 그는 고개를 숙였고, 타일 바닥 한가운데 커다란 배수구가 나 있는 것을 보았다. 그는 고개를 들었고, 마치 그게 신호라도 된다는 듯이 머리 위에서 물줄기가 터져 나왔다.

그는 비틀거리며 벽까지 뒷걸음질 쳤고, 손으로 머리를 감싸 쥐었다. 추위가 피부부터 근육까지 근육에서 뼈까지 뼈에서 골수까지 꿰뚫고 들어갔고, 결국 그는 무릎을 꺾고 바닥에 주저앉아 무릎을 세우고 고개를 그 위에 얹어놓은 채 두 팔로 양다리를 감싸 안았다. 어디서 나오는지 알 수 없는 목소리 하나가 좁은 방 안에 울려 퍼졌다.

"일어서." 그는 무시했다.

즉시 얼음처럼 차갑던 물이 펄펄 끓는 뜨거운 물로 바뀌었고, 에반은 충격과 고통에 입을 쩍 벌린 채로 벌떡 일어났다. 눈을 찔러오는 불빛이 피어오르는 수증기를 뚫고 나와서는 무색의 타일을 배경으로 셀 수도 없이 많은 무지개로 갈라지면서 이리저리 흔들리고 돌아갔다. 그러다가 갑자기 멈췄다. 그는 헐떡이며 벽에 기대섰다. 다시 목소리가 울려왔다.

"벽에 기대지 마. 두 발을 모으고 똑바로 서서 양팔을 옆구리에 붙여."

그는 벽에서 떨어졌다. 지금까지 단 한 번도, 심지어 농장에서 경험했던 가장 혹독한 겨울날 바람이 대지를 휩쓸어가고 얼음의 무게에 나뭇가지가 부러질 때조차도 이렇게까지 추워본 적은 없었다. 이런 추위는 그의 몸을 턱 사이에 물고 있는 맹수처럼 그 자체로 살아있는 존재였고, 그 턱은 천천히 그를 뭉개고 있었다. 그의 본능이 어서 움직이라고 말했다. 육체적인 분투가 그의 혈압을 증가시키고, 심장박동을 올리고, 사지에 온기를 전달해줄 것이다.

"움직이지 마."

그는 집중할 수가 없었다. 물보라 탓에 생겨난 셀 수 없는 무지개처럼 생각이 빙글빙글 돌았다. 눈을 감고 있으면 도움이 될지도 몰랐다.

"눈도 감지 마."

추위. 그는 자신의 맨몸이 딱딱하게 얼어버리고 머리칼 속에 얼음 결정이 형성되는 모습을 상상했다. 그는 저체온증으로 쇼크사할지도 모른다. 심장도 멈출 것이다. 그의 손이 주먹으로 말려서 손톱이 손바닥을 파고들었다. 고통이 정신을 집중하게 도와줄 것이다. 고통은 늘 그랬으니까.

"손바닥을 펴라. 눈은 뜨고. 움직이지 않는다."

그는 순순히 따랐다. 그들이 시키는 대로 모든 걸 다 한다면, 모든 명령에 복종하고 모든 요구에 순응한다면, 그들은 그가 방어하지도 않을 무기를 사용할 아무런 명목도 찾지 못할 것 아닌가.

그는 어떤 고통이라도 감수하고, 어떤 곤경도 참아내고, 어떤 괴롭힘도 견뎌낼 것이다. 그것이 그녀의 삶을 단 한순간이라도 늘려놓을 수만 있다면.

그녀를 위해서라면 그는 전체 문명이라도 희생시킬 각오가 되어 있다. 그 자신의 삶은 무한히 작고 의미 없으며 아무 가치도 없다. 그는 눈 속에 반쯤 묻힌 그녀를 발견했던 그날부터 그녀를 구한다는 것이 어떤 의미인지 내내 알고 있었다. 그녀를 사랑한다는 것이 어떤 의미인지. 감방문이 쿵 소리를 내며 닫혔고, 사형선고가 내려졌다.

그러나 그들은 단지 그를 죽일 목적으로 이 추위와 산산이 부서지는 불빛 속으로 그를 데려온 것은 아니었다.

죽음은 그 후에 올 터였다.

그들이 그의 몸을 부서뜨리고 그의 의지를 뭉개버리고 그의 마음을 마지막 신경 접합부까지 조각조각 절개해버린 후가 될 것이다.

에반 워커의 취소 절차가 개시되었다.

★
64

몇 시간이 지났다. 그의 몸은 점점 더 마비돼갔다. 그는 자신의 무감각한 피부 속에서 둥둥 떠다녔다. 눈앞에 있는 새하얀 벽이 무한대로 뻗어 나갔다. 그는 무한대의 무(無) 속에서 둥둥 떠다녔고, 그의 생각은 조각조각 나누어졌다. 자극에 굶주린 그의 마음은 되는 대로 어린 시절의 추억을 끄집어냈다. 인간 가족과 함께 보낸 크리스마스, 교회의 신도 석 맨 앞줄에 형들과 함께 앉아 좀이 쑤셔 온몸을 꿈틀거리던 추억. 그리고 다른 삶에서 겪은, 그보다 훨씬 오래전 장면들도 있었다. 지는 별이 만들어내던 숨이 멎을 듯 아름다운 저녁노을, 은빛 우주선을 타고 히말라야 높이의 세 배쯤 되는 산맥 위를 날아가 언덕 꼭대기에 올라서서 보았던 생기라곤 찾아볼 수 없는 계곡, 그들의 죽어가는 태양이 내뿜는 자외선의 독성에 파괴되어가던 농작물.

그가 눈을 감으면, 다시 목소리가 눈을 뜨라고 소리 질렀다. 그가 휘청거리면, 목소리가 가만히 서 있으라고 소리 질렀다.

그러나 그가 무너지는 건 단지 시간문제일 뿐이었다.

그는 쓰러진 기억이 나지 않았다. 목소리가 일어나라고 소리 지른 기억도 나지 않았다. 그는 분명히 똑바로 서 있었는데, 다음 순간 정신을 차려보니 하얀 방의 뒤쪽 구석에 몸을 공처럼 둥글게 만 채 쓰러져 있었다. 시간이 얼마나 지났는지 알 수 없었다. 아니, 시간이 지나기는 했는지 그것도 알 수 없었다. 하얀 방 안에는 시간이 존재하지 않았다.

그는 눈을 떴다. 한 남자가 문간에 서 있었다. 키가 크고 체격이 좋고 놀랄 만큼 파란 깊은 눈동자가 인상적인 대령 제복을 입은 남자였다. 에반은 그를 알았다. 한 번도 마주친 적은 없었지만 알고 있었다. 그의 얼굴을 알고, 그 얼굴 뒤에 있는 얼굴도 알았다. 그의 원래 이름과 인간의 이름도 알았다. 한 번도 마주친 적이 없었지만, 에반은 1만 년 동안 그를 알고 있었다.

"내가 널 왜 이리로 데리고 왔는지 알고 있나?" 남자가 물었다.

에반이 입을 열었다. 입술이 갈라져 피가 흐르기 시작했다. 그의 혀가 둔하게 움직였다. 하지만 아무 느낌도 없었다.

"배반."

"배반? 아, 아니, 그 반대야. 만약 너를 단 한마디로 설명하라면, 헌신이 바로 그 단어지."

그가 한쪽으로 물러서자 하얀 작업복 셔츠를 입은 여자가 바퀴 달린 들것을 밀고 방 안으로 들어왔다. 두 명의 병사가 그 뒤를 따랐다. 병사들이 그를 바닥에서 안아 올려 들것 위에 내려놓았다. 그의 위로 스프레이 노즐에 물 한 방울이 매달려 있었다. 그는 위에서 떨고 있는 물방울에서 시선을 돌릴 수가 없었다. 팔에 수갑이 채워져 있었지만, 그는 느끼지 못했다. 체온계가 그의 이마 위를 지나갔지만, 그것도 느끼지 못했다.

밝은 빛이 그의 눈 속으로 비쳐들었다. 여자가 그의 벗은 몸을 꼼꼼하게 살펴보고, 가슴을 누르고 목과 골반을 마사지했다. 여자의 손은 기분 좋게 따뜻했다.

"내 이름이 뭔가?"

대령이 물었다.

"보쉬."

"아니, 에반. 내 이름이 뭐지?"

그는 침을 삼켰다. 너무 목이 말랐다.

"발음할 수 없어."

"시도해봐."

그는 고개를 저었다. 불가능했다. 그들의 언어는 매우 다른 해부학적 구조의 결과로 진화했기 때문이다. 보쉬는 차라리 침팬지에게 셰익스피어를 낭독해보라고 요구하는 게 나을지도 모른다.

손이 따뜻한 흰 셔츠의 여자가 그의 팔에 주삿바늘을 꽂아 넣었다. 몸이 이완되었다. 이제 더는 춥지도 목마르지도 않았고, 머릿속도 깨끗해졌다.

"고향이 어딘가?"

보쉬가 물었다.

"오하이오."

"그전엔?"

"발음할 수 없어."

"이름은 신경 쓰지 말고. 어딘지만 말해."

"리라 성좌(거문고자리)에 속한, 난쟁이별에서 두 번째 행성. 2014년에 인간들이 발견해서 케플러 438b라고 이름 지었지."

보쉬가 미소 지었다.

"물론이야. 케플러 438b. 그리고 그 많은 행성 중에 어디든 선택할 수 있었는데도, 왜 지구를 택했지? 넌 왜 지구로 왔지?"

에반이 고개를 돌려 그를 바라봤다.

"당신도 이미 그 답을 알고 있잖아. 당신은 모든 답을 알고 있어."

대령이 미소 지었다. 하지만 눈은 전혀 웃지 않고 냉정하게 남아 있었다. 그가 여자를 돌아봤다.

"옷을 입혀. 이제 앨리스가 토끼 구멍으로 여행을 떠날 시간이야."

★

65

그들이 푸른색 점프슈트와 엉성해 보이는 하얀 신발을 그에게 가져다주었다. 에반은 자신을 감시하는 군인들에게 말했다.

"다 거짓말이야. 그가 너희들에게 하는 말은 다 거짓말이야. 그도 나와 같아. 인간이 서로를 죽이게끔 너희를 이용하고 있을 뿐이라고."

소년들은 아무 말도 하지 않았다. 그들은 초조한 듯이 들고 있는 총의 방아쇠를 만지작거렸다.

"너희가 수행하게 될 전쟁은 진짜가 아니야. 너희는 무고한 사람들을 죽이게 될 거야. 마지막 한 명이 쓰러질 때까지 너희와 같은 생존자를 죽이게 될 거라고. 그다음에는 우리가 너흴 죽이는 거지. 너희들은 같은 종족을 학살하는 데 참여하고 있어."

"그래, 잘났어, 넌 완전 재수 없는 감염된 쓰레기일 뿐이야." 두 소년 중에 어린 쪽이 불쑥 쏘아붙였다. "그리고 사령관이 너한테 볼일 다 보고 나면, 널 우리에게 넘겨줄 거라고."

에반이 한숨을 쉬었다. 저들이 거짓을 뚫고 나가게 할 방법이 없었다. 진실을 받아들이는 순간 저들은 무너져 버릴 게 분명하기 때문이었다.

이젠 악덕이 미덕이고, 미덕은 악덕이다.

그들은 방 밖으로 나가 긴 복도를 따라가다가 계단으로 3개 층을 내려가 가장 낮은 층에 도달했다. 또다시 긴 복도를 걸어가다가 지하실 전체 폭의 3분의 1쯤 되는 곳에서 오른쪽으로 꺾어져 아무 표시가 없는 문을 통과해 들어갔다. 회색 콘크리트 블록 벽 위로 형광 전구의 살균된 빛이 내리비쳤다. 이곳에는 밤이 절대로 찾아오지 않을 것이다. 영원히 형광등이 켜져 있을 것이다.

그들은 회색 터널 끝에 있는 마지막 문에 도착했다. 그가 지나쳐 온 수도 없이 많은 문이 모두 흰색이었지만, 이 문은 녹색이었다. 그들이 다가가자 문이 활짝 열렸다.

방 안에는 손과 발을 결박할 수 있는 끈이 달린, 등받이 각도 조절이 가능한 안락의자 하나가 놓여 있었다. 여러 대의 모니터와 키보드 하나가 보였다. 멍한 얼굴의 기술자 하나가 차렷 자세로 그를 기다리고 있었다.

그리고 보쉬도 있었다.

"넌 이게 뭔지 알 거야." 그가 말했다.

에반은 고개를 끄덕였다.

"원더랜드."

"그리고 내가 여기서 뭘 발견하게 될지도?"

"당신이 이미 알고 있는 것 외에는 별거 없을걸."

"내가 알아야만 할 걸 다 알고 있다면, 널 이리로 데려오기 위해 그 고생을 무릅쓰지 않았을 거야."

기술자가 그를 의자에 묶었다. 에반은 눈을 감았다. 그는 자신의 기억을 업로드하는 과정이 육체적으로 아무 고통을 초래하지 않는다는 사실을 알았다. 또한 정신적으로는 대단히 파괴적이라는 사실도 알았다. 인간의 뇌는 참을 수 없는 경험을 걸러내고 정리해버림으로써 자신을 보호하는 경이로운 능력이 있다. 원더랜드는 데이터의 해석을 거치지 않고 삶의 기록을 추출해내서 뇌의 개입 없이 날것 그대로의 경험을 내놓았다. 맥락상으로 아무 관련이 없고, 원인과 결과도 없으며, 합리화, 부정, 편리한 간극 등을 형성하는 뇌의 능력이 끼어들 여지도 없기에 전혀 여과되지 않은 삶의 경험이다.

우리는 우리의 삶을 기억한다. 원더랜드는 우리가 그것을 되살리도록 강제한다. 시간은 2분이 걸린다. 2분이라는 매우 긴 시간.

이어진 고요와 빛의 재난에서 보쉬의 목소리가 들려왔다.

"네게는 결함이 있어. 너도 그걸 알아. 뭔가 잘못됐는데, 중요한 건 그 이유가 무엇인지 우리가 이해해야 한다는 거지.

다리에 통증이 느껴졌다. 팔목도 너무 세게 묶여 있어서 끈에 쓸려 쓰라렸다.

"당신은 절대 이해 못 할 거야."

"네 말이 맞을지도 모르지. 하지만 내 인간적 측면에서는 시도하고 노력하는 게 당연한 일이니까."

모니터에 긴 숫자들이 흘러다니는 동안, 그의 삶이, 그가 보고 듣고 느끼고 말하고 맛보고 생각했던 것들이, 그리고 우주에서 가장 복잡한 정보의 꾸러미라 할 수 있는 인간의 감정, 그의 감정들이 일련의 큐비트 단위로 조직화되었다.

"진단이 내려지려면 시간이 좀 걸릴 거야." 보쉬가 말했다. "나와 함께 가지. 보여줄 게 있어."

의자에서 내려오며 에반은 거의 쓰러질 뻔했다. 보쉬가 그를 부축해서 일어설 수 있도록 가볍게 당겨주었다.

"대체 무슨 일이 있었던 거지?" 그가 에반에게 물었다. "왜 이렇게 약해진 거야?"

"저들에게 물어봐."

그가 모니터 쪽으로 고갯짓했다.

"열두 번째 시스템이 붕괴된 건가? 언제 그렇게 된 거지?"

그는 약속했었다. 그레이스보다 먼저 그녀를 찾아내겠다고. 그래서 고속도로를 달려갔다. 그의 내부 시스템이 붕괴될 때까지 달려갔다. 그 약속 외에, 그리고 그녀 외에 중요한 건 아무것도 없었으니까.

에반이 보쉬의 새처럼 선명한 푸른색 눈을 바라보며 말했다.

"내게 뭘 보여줄 건데?"

보쉬가 미소 지었다.

"가서 보자고."

★

66

층계를 내려선 후 왼쪽으로 돌면 원더랜드의 녹색 문으로 향하는 1.5킬로미터는 됨직한 긴 복도가 이어졌다. 오른쪽으로 돌면 텅 빈 벽으로 향하는 막다른 길이었다.

보쉬가 벽에 대고 엄지손가락을 눌렀다. 기어가 맞물려 돌아가는 소리가 들리더니 이음부가 나타나고 벽 한가운데가 갈라지더니 이음부 양쪽 벽이 뒤로 물러나며 좁은 복도가 나타났다. 복도는 창백한 형광등 불빛을 지나 차츰 완전한 어둠 속으로 들어갔다.

보이지 않는 스피커에서 녹음된 목소리가 튀어나왔다.

"경고한다! 너희들은 특별 수칙 11조에 따라 인가받은 자만이 출입할 수 있는 제한구역 내에 들어와 있다. 이 지역에 침입한 비인가자들은 모두 즉각적인 징계처분을 받게 된다. 경고한다! 너희들은 특별 수칙 11조에 따라 인가받은 자만이 출입할 수 있는……."

목소리가 어둠 속으로 그들을 따라갔다. 경고한다! 좁은 복도 끝에서 흐릿한 녹색 불빛이 비쳐 나왔다. 그들은 거기, 손잡이가 달리지 않은 문 앞에 멈춰 섰다. 보쉬가 엄지손가락으로 문 한가운데를 누르자 문이 조용히 활짝 열렸다. 그가 에반 쪽으로 돌아섰다.

"우린 이곳을 51구역이라고 부르지." 보쉬가 전혀 비꼬는 기색 없이 안내했다.

그들이 문지방을 넘어서자 전등이 딸깍거리며 켜졌다. 가장 먼저 에반의 시선을 끈 것은 달걀 모양의 포드였다. 크기만 제외하고는 그가 헤이븐 캠프에서 탈출할 때 탔던 것과 똑같았다. 이번 포드는 두 배쯤 크기가 컸다. 방 안의 공간을 절반쯤 차지하고 있었다. 그 위에는 밖으로 연결된 콘크리트 보강 수직 발사 통로가 보였다.

"내게 이걸 보여주고 싶었던 건가?"

그는 이해할 수가 없었다. 그는 다섯 번째 파동이 시작하면 보쉬가 우주선으로 타고 갈 포드를 기지에 보관하고 있으리라는 사실을 알았다. 이제 몇 시간 후면, 지구에서 인간의 몸에 들어가 사는 나머지 종족을 데려가기 위해 우주 모함에서 똑같이 생긴 포드들이 지상으로 내려올 터였다. 그런데 보쉬는 왜 이걸 그에게 보여주는 걸까?

"이건 좀 독특하거든." 보쉬가 말했다. "이것과 똑같은 건 세상에 딱 열두 대가 더 있지. 우리에게도 한 대씩 배정돼 있어."

"왜 이러는 거지?" 에반은 인내력의 한계를 느꼈다. "왜 내가 너의 인간 희생자 중 하나라도 되는 것처럼 수수께끼와 거짓말을 늘어놓고 있는 거야? 열두 대 이상이 있어. 수천수만 대나 있다고."

"아니, 열두 대뿐이야." 그가 오른쪽을 가리키며 말했다. "이쪽으로 와봐. 너도 이게 무척 흥미롭다고 느낄 거야.

천장에서 눈높이 위치에 매달려 있는 1.2미터 길이의 담배 모양으로 생긴 그 물체의 표면에서는 회녹색 빛 광채가 뿜어져 나왔다. 세 번째 파동 직후에는 이런 모양의 드론이 하늘을 뒤덮고 있었다. 보쉬의 눈이야, 그가 캐시에게 말했었다. 그가 너희를 볼 수 있는 방법이지.

"전쟁의 중요한 구성물이지." 보쉬가 말했다. "중요하지만, 필수적인 건 아니야. 드론을 다 잃고 나서는 널 사냥하는 방법에 있어서 약간의 즉흥적인 전환이 필요했지. 넌 분명히 내가 왜 평범한 인간을 강화시킬 필요가 있었는지 궁금해하고 있었을 거야, 안 그래?"

그는 링거를 암시하고 있었다. 하지만 에반은 연관성을 볼 수 없었다.

"왜 그랬지?"

"드론의 목적은 생존자의 위치를 확정하는 게 아니었어. 너희들을 추적하는 거였지. 너뿐 아니라, 며칠 후에 다섯 번째 파동이 시작되면 너처럼 할당된 구역을 버리고 가버릴 자들을 추적하기 위한 거였어. 너도 포드를 통한 구조 같은 건 없을 테고, 당연히 모함으로 도망가는 것도 불가능하리라는 사실을 깨달았을 테지."

에반은 고개를 저었다. 처음으로 그는 보쉬가 미쳐버렸을지도 모른다는 생각이 들었다. 인간의 의식과 몸 하나를 공유하는 것이 견뎌내기 어려울 만큼 압도적인 부담이자 중압감이라는 게 증명될지도 모른다는 사실, 그것이 바로 지구를 정화하기로 계획했을 때, 그들이 느꼈던 가장 큰 두려움이었다.

"이제 넌 내가 완전히 제정신이 아니라고 의심하고 있을 거야." 보쉬가 옅은 미소를 지으며 말했다. "내가 지금껏 1만 년이라는 생애 동안 네가 알고 지내던 그런 존재처럼 느껴지지 않을 테니까. 사실 우린 지금까지 한 번도 만난 적이 없었어. 오늘 이전에는. 나는 네가 어떻게 생겼는지조차 모르고 있었지."

보쉬가 조심스럽게 그의 팔꿈치를 잡더니 방 뒤쪽으로 끌고 갔다.

에반은 점점 더 불안해졌다. 이 상황이 뭔가 심하게 불안감을 조성했다. 그는 왜 보쉬가 그를 이곳으로 데리고 왔는지 알지도 못했고, 왜 그가 자신을 간단히 죽여버리지 않는지도 궁금했다. 빌려 쓰는 인간의 몸이 죽는다고 해서 문제 될 게 뭐란 말인가? 그의 의식은 여전히 우주선에 존재하고 있지 않은가. 왜 이런 이상하기 그지없는, 보여주고 설명하기 놀이를 하는 거지?

구석자리에 목재 진열대가 하나 놓여 있고, 그 위에 커다란 맹금 한 마리가 고개를 앞쪽으로 기울인 채 앉아 있었는데, 눈을 감은 것을 보니 잠든 게 분명해 보였다. 에반은 심장이 뛰기 시작했다. 수년의 세월이 무너져버리고, 그는 다시 아이가 되어 침대에 누워 있었다. 꿈을 꾸는 것도 아니고 깨어 있는 것도 아닌 애매한 상태로, 그는 창틀에 앉아 그를 바라보는 올빼미를 바라봤다. 새의 밝고 동그란 눈이 어둠 속에서 빛을 발했고, 그의 몸은 마치 호박 구슬 속에 갇혀버린 듯 움직일 수도 없고, 시선을 돌릴 수도 없었다.

그의 뒤에서 보쉬가 중얼거렸다.

"부보 버지니아누스(Bubo virginianus). 수리부엉이. 아름답지 않은가? 무시무시한 맹수에 고독한 야행성 동물. 그의 먹잇감은 때가 너무 늦을 때까지 그가 다가오는 걸 거의 알지 못한다네. 그가 바로 너의 악마지. 어떤 면에서는 너의 영적 동물이라고도 할 수 있어. 넌 그의 인간 등가물로 고안되었거든."

날개가 흔들렸다. 두툼한 가슴이 오르락내리락했다. 맹금의 고개가 들리더니 눈이 떠졌고, 그들의 시선이 마주쳤다.

"물론, 이건 실제가 아니야." 보쉬가 계속 말을 이었다. "전달 장치지. 기계일 뿐이야. 이 기계 하나가 네가 아직 엄마 자궁 속에 있을 때, 아직 개발 중인 네 뇌 속에 전송해 넣을 프로그램을 싣고 네 엄마를 찾아갔던 거지. 그리고 그 프로그램이 부팅되고 난 후에 또 하나가 널 찾아갔어. 가서 널 각성시켰지. 각성시킨다고 표현하는 게 맞지? 어쨌든 네가 열두 번째 시스템을 지니고 있다는 사실을 알게끔 한 거야."

에반은 시선을 돌릴 수 없었다. 올빼미의 눈이 그의 시야를 가득 메운 채 그를 완전히 사로잡고 있었다.

"네 안에는 외계인 독립체 같은 건 없어." 보쉬가 말했다. "우리 중 누구의 안에도 없고, 모함에는 아무도 타고 있지 않아. 우주선은 완전히 자동화되어 있어. 여기 있는 네 옛날 친구와 마찬가지로 너도 그들을 만든 제작자의 손에 만들어졌어. 그들이 오랜 세월 신중한 연구와 숙고 과정을 거쳐 널 만들어서는 인간의 수를 지속 가능한 수준까지 줄여놓기 위해 이 행성으로 보냈던 거야. 그리고, 물론, 인류의 본성 자체를 바꿔버림으로써 우린 그 지속 가능한 상태를 무기한으로 유지할 수 있게 해놓아야 하는 거지."

에반은 다시 목소리를 찾아 말했다.

"난 당신 말 믿지 않아."

새의 눈. 그는 그 눈길을 외면할 수 없었다.

"무결점의 자생적인 루프, 즉 오류가 전혀 없는 시스템 안에서는 신뢰와 협력이 절대로 뿌리내릴 수 없게 될 테지. 진보는 불가능할 테고, 모든 이방인은 잠재적인 적이 될 거야. '외부인'은 마지막 탄환이 사라질 때까지 끊임없이 사냥되어야 할 대상이 되는 거지. 너는 절대로 파멸의 대리인이 될 운명 같은 걸 타고난 게 아니야. 넌 지구 구원의 일환이야. 아니, 네 프로그래밍 내부의 무언가가 고장 나기 전까지는 그랬지. 그래서 내가 널 이리로 데려온 거야. 고문하거나 죽이려는 게 아니야. 널 구원해주기 위해 데려온 거야."

그가 에반의 어깨 위에 위로하는 의미로 한 손을 올려놓았고, 그의 손길이 올빼미의 시선에 사로잡혀 있던 에반을 풀어주었다. 에반은 보쉬 쪽으로 돌아섰다. 그를 죽여버릴 작정이었다. 맨손으로 목을 졸라 그의 숨통을 끊어놓을 것이다.

그의 주먹이 허공을 가로질렀다. 그 순간 에반은 거의 바닥으로 쓰러질 뻔했다.

보쉬는 이미 사라지고 없었다.

★

67

똑바로 서 있기는 했지만, 에반은 엄청난 높이에서 추락한 듯한 감각을 전신으로 느꼈다. 방이 빙글빙글 돌았다. 벽이 흐려지고 초점도 맞지 않았다. 방 맞은편 문간에 한 형체가 서서 그가 균형을 유지할 수 있도록 시각적인 닻이 되어주었다. 그가 주저하며 한 걸음 앞으로 나섰다가 멈췄다.

"뭘 기억하지?" 보쉬가 문지방에서 물었다. "내가 네 옆에 서 있었나? 내가 한 손을 네 어깨 위에 올려놓았나? 우리가 존재한다는 궁극적인 증거가 되어줄 기억으로는 무엇이 있을까? 만약 내가 이 방으로 들어온 이후 네가 기억하는 모든 것이 다 거짓이라면, 그 기억은 네 뒤에 있는 '올빼미'가 네 뇌 속으로 전송한 가짜 기억이라고 한다면, 어쩌겠나?"

"난 그게 거짓이라는 걸 알아." 에반이 대답했다. "난 내가 누군지도 알아."

그는 떨고 있었다. 하얀 방에서 얼음물 스프레이 아래 서 있던 때보다도 더 추었다.

"물론이지, 네가 '들었던' 것은 진실이야. 가짜는 바로 기억이지." 보쉬가 한숨을 쉬었다. "넌 고집이 세군, 안 그래?"

"내가 왜 널 믿어야 하지?" 에반이 소리 질렀다. "네가 대체 뭔데 내가 널 믿어야 하는 거냐고?"

"왜냐하면 난 선택받은 자 중 하나니까. 나는 인간의 역사 속에서 가장 위대한 임무인 '우리 종족의 해방'을 수행하도록 권한을 부여받았어. 너와 마찬가지로 나도 어릴 때부터 무엇이 닥쳐올지 알고 있었지. 하지만 너와는 달리 나는 진실도 알고 있었어."

보쉬의 눈이 포드 쪽으로 옮겨갔다. 심각하던 어조에도 아쉬움이 담겼다.

"그동안 내가 얼마나 외로웠는지 표현하는 건 거의 불가능해. 우리 중 몇 안 되는 숫자만이 진실을 알고 있었거든. 눈먼 세상 속에서 오직 우리만이 볼 수 있는 눈이 있었어. 우리에겐 선택의 여지가 없었어. 너도 이것만은 이해해야만 해. 선택의 여지란 없었어. 나는 책임자가 아니야. 나도 그들과 마찬가지로, 그리고 너만큼이나 희생자야!" 그의 목소리가 분노로 높아졌다. "이게 바로 그 대가야! 이게 바로 그 값을 치르는 거라고! 난 그 대가를 치렀어. 그들이 내게 요구한 모든 걸 해냈어. 나는 내가 한 약속을 다 지켰고, 그렇기에 내 임무는 끝난 거야."

그가 손을 뻗었다.

"나와 함께 가지. 내가 네게 마지막 선물을 줄 수 있게 해줘. 나와 함께 가자, 에반 워커. 네 짐을 내려놓는 거야."

★

68

그는 보쉬를 따라갔다. 그것 말고 그가 할 수 있는 게 뭐가 있다는 말인가? 그들은 녹색 문까지 연결되는 긴 복도를 다시 걸어갔다. 방으로 들어가자 기술자가 일어나서 말했다.

"세 번이나 프로그램을 돌려 테스트를 반복해봤습니다, 사령관님. 그런데 프로그램상에는 아무런 변칙이나 이상이 발견되지 않습니다. 다시 한 번 돌려볼까요?"

"그래." 보쉬가 대답했다. "지금은 말고." 그가 에반을 돌아봤다. "앉지."

보쉬가 기술자에게 고개를 끄덕이자 그가 에반을 다시 안락의자에 결박했다. 유압식 기계가 윙 소리를 내자 그의 몸이 뒤로 눕혀졌고, 에반의 얼굴은 아무 특징도 없는 하얀 천장을 향했다. 그는 문이 열리는 소리를 들었다. 하얀 방에서 그를 검진했던 여자가 반짝이는 스테인리스스틸 카트를 앞으로 밀며 방으로 들어섰다. 그 위에는 호박색 액체로 채워진 13개의 일회용 주사기가 일렬로 깔끔하게 놓여 있었다.

"자네도 이게 뭔지 알겠지." 보쉬가 말했다.

에반은 고개를 끄덕였다. 열두 번째 시스템. 능력. 그런데 왜 다시 능력을 가져야 하지?

"왜냐하면 내가 낙관주의자거든. 너처럼 거의 구제 불능의 낭만주의자지." 보쉬가 마치 에반의 마음을 읽어내기라도 한 듯이 대답했다. "난 삶이 있는 곳엔 희망도 있다고 믿네." 그가 미소 지었다. "하지만 네게 다시 능력을 주려는 이유는 다섯 명의 젊은이가 죽었기 때문이야. 그건 그애가 아직 살아 있다는 의미지. 그리고 정말 살아 있다면, 그애가 선택할 수 있는 옵션은 단 한 가지뿐이야."

"링거?"

보쉬가 고개를 끄덕였다.

"그애는 내가 만들었어. 그리고 그애가 내가 한 짓에 대한 답을 요구하기 위해 지금 이리로 오고 있지."

그가 에반의 얼굴 위로 몸을 기울였다. 눈은 보는 각도에 따라 색이 변하는 무지갯빛으로 불타고 있었다. 그 눈 속의 푸른 불꽃이 에반을 뼛속까지 태워버리는 듯했다.

"네가 내 대답이 될 거야."

보쉬가 기술자 쪽으로 돌아서자 그의 강렬한 시선에 기술자가 움찔했다.

"그애가 맞을지도 몰라. 사랑은 특별하고, 설명도 불가하고, 통제

할 수 없고, 형언할 수 없이 오묘하고, 예측이나 조절도 불가할지 모르지. 게다가 그 바이러스가 우릴 바퀴벌레만큼이나 하찮은 존재로 보이게 만드는 고차원의 존재가 고안해낸 프로그램까지도 붕괴시켜버리지 않았나." 그리고 그가 에반을 돌아봤다. "그래서 나는 내 임무를 다할 생각이네. 마을을 구하기 위해 마을을 잿더미로 만들어 버릴 거야."

그가 뒤로 물러났다.

"그를 다시 다운로드해. 그런 다음 지워버려."

"지워버려요?"

"인간을 지워. 나머지는 그대로 두고." 사령관의 목소리가 작은 방 안을 가득 메웠다. "기억 못 하는 건 사랑할 수 없으니까."

★

69

가을의 숲 속에 텐트 하나가 있었고, 그 텐트 안에 한 손엔 라이플을 들고 다른 손엔 곰 인형을 안고 잠이 드는 한 소녀가 있었다. 그리고 소녀가 잠자는 동안, 사냥꾼 하나가 그녀를 밤새워 지켜주었다. 그는 소녀가 깨어나면 어딘가로 숨어버리는 보이지 않는 동반자였다. 그는 소녀의 삶을 끝내기 위해 왔고, 소녀는 그를 구해주기 위해 거기 있었다.

세상은 소멸해가는 데, 왜 인간은 굳이 살아남으려 하는 걸까? 이 질문에 답하기 위한 자기 자신과의 끝없는 논쟁, 답할 수 없는 질문에 이해할 만한 답을 주려 하는 허영기. 그가 대답을 원하면 원할수록, 그 답은 그의 손길에서 점점 더 멀리 달아날 뿐이었다.

그는 끝내기 위해 왔지만, 끝낼 수 없는 자였다. 그는 살해 의지가 없는 사냥꾼의 심장을 가지고 있었다.

나는 인류다. 소녀는 일기장 속에 적어 넣었다. 그리고 그 말 속의 무언가가 그를 두 조각으로 갈라놓았다.

소녀는 하루살이였다. 이 세상에 단 하루만 살고 떠나버릴 운명이었다. 그녀는 무한의 검은 바다에서 밝게 타오르는 마지막 별이었다.

인간을 지워라.

눈을 멀게 하는 밝은 빛의 분출 속에, 카시오페이아가 폭발하고, 세상은 암흑이 되었다.

에반 워커는 취소되었다.

★

70

캐시

이제 시간은 채 10분도 안 남았고, 나는 '보쉬를 죽이고 에반 거시기를 구조한다'라는 이 미션 임파서블 자체가 정말 터무니없는 작전이었다는 생각이 슬슬 들기 시작한다.

애꾸눈 조종사 밥이 소리 지른다.

"10초!"

링거는 눈을 감는다. 그리고 끔찍하고 소름 끼치는 찰나의 순간에, 나는 우리가 덫에 걸렸다고 확신한다. 이건 모두 링거의 계획이 틀림없다. 벤과 아이들을 무방비 상태로 남겨놓고, 우리 둘은 1,500 미터 상공에서 자살특공대처럼 세상을 하직하는 거다. 그래 봐야 아무도 신경 안 쓸 테니까. 원더랜드 안에는 링거의 복제품이 살고 있다. 그러니 그녀는 우리가 모두 죽고 나면 다른 몸에 자신을 다운로드해서 살면 그만 아닌가.

이제 네가 나설 차례야, 캐시. 칼을 꺼내 들고 저 배신자의 심장을 찔러버리라고……. 심장을 찾지 못한다면, 그건 저년에게 심장이 없기 때문이야.

"저들이 대열을 흩뜨리고 있어!" 밥이 소리 지른다.

링거가 눈을 활짝 뜬다. 내 기회도 사라져 버린다.

"항로 유지해, 밥." 그녀가 침착하게 말한다.

헬리콥터들이 넓게 흩어져서 우리를 향해 돌진해온다. 이러면 모두에게 공평한 기회가 돌아가겠지. 어느 헬기도 우리를 엄청난 수의 조각으로 공중 분해시켜버릴 기회에서 왕따를 당하거나 기회를 박탈당한 것 같은 느낌을 받지는 않아도 되겠다는 말이다.

밥은 대장 헬기 쪽으로 미사일을 조준해 조금이나마 위험부담을 줄이며 계속 항로를 유지해 날아간다. 그의 엄지손가락이 계속 버튼 위에 머물러 있다. 밥에 관한 한 내가 정말 놀란 사실은 그가 정말로 빠르게 편을 바꾸었다는 점이다. 오늘 아침에 눈을 떴을 때, 그것도 두 눈을 다 떴을 때, 그는 자신이 어느 편에 속해 있는지 꽤 확신하고 있었을 것이다. 그런데 한쪽 눈을 강타당한 후(아! 정말 미안해, 밥)에는 전우애로 맺어진 자신의 형제자매에게 미사일을 퍼부어 멸망시켜버릴 만반의 준비를 하고 있지 않은가.

사는 게 다 그런 거다. 우리는 우리 안의 선함을 사랑할 수 있고 악함을 증오할 수 있다. 하지만 악함 역시 우리 안에 있다. 그것 없이 인간은 인간이 아닐 것이다.

이 순간 내가 밥에게 해주고 싶은 게 있다면, 그를 꼭 안아주는 것이다.

"저들이 우릴 들이받을 거야." 밥이 비명을 지른다. "급강하해야겠어, 급강하해야 해!"

"안 돼." 링거가 말한다. "날 믿어, 밥."

밥이 신경질적으로 웃는다. 우린 우리를 향해 최고 속도로 돌진하는 선두 헬기를 향해 역시 전속력으로 돌진한다.

"그래, 물론이지! 내가 왜 널 안 믿겠어?"

손가락 관절이 새하얗게 변하도록 스틱을 있는 힘껏 움켜쥐고 버튼 위에 엄지손가락을 가져다 놓은 채로, 몇 초 후면, 링거가 그에게 무슨 말을 하든 상관없이 그는 미사일을 발사할 것이다. 궁극적으로, 밥은 아무의 편도 아니다. 그저 밥 자신의 편이다.

"방향 틀어." 링거가 우리의 얼굴을 향해 날아오는 검은 주먹을 보며 낮게 소곤거린다. "틀어, 지금이야."

너무 늦었다. 밥이 버튼을 누르고, 블랙호크는 마치 거대한 발길에 걷어차이기라도 한 듯이 요동치고, 헬파이어 미사일이 그 위에서 폭발한다. 조종간이 마치 정오의 태양처럼 밝아진다. 누군가 비명을 지른다(어쩌면 그건 나였을지도 모르겠다는 생각이 든다). 불길의 소용돌이가 찰나의 순간 우리를 집어삼키고, 헬기의 잔해가 튀면서 우리의 동체를 두드려댄다. 그러고 나서 우리는 그 화염을 쏜살같이 통과해 반대편으로 나간다.

"젠장, 맙소사!" 밥이 고함지른다.

처음에 링거는 아무 말도 하지 않는다. 그녀는 밥의 스코프와 그 위에 남아 있는 다섯 개의 하얀 점을 바라본다. 4개의 점이 갈라진다. 2개는 오른쪽으로, 2개는 왼쪽으로, 그리고 나머지 세 번째는 그대로 스크린 가장자리로 돌진해 나가버린다. 아, 안 돼. 저건 어디로 가는 거지?

"신호를 보내." 링거가 밥에게 말한다. "저들에게 우리가 항복한다고 해."

"우리가?"

밥과 내가 동시에 말한다.

"그리고 항로는 바꾸지 마. 그래도 저들이 우릴 방해하거나 공격하지는 않을 거야."

"네가 어떻게 알아?"

밥이 묻는다.

"만약 그럴 계획이었다면, 지금쯤 이미 그렇게 하고도 남았을 테니까."

"그럼 나머지 하나는?" 내가 질문한다. "사라졌잖아. 우릴 따라오고 있지 않다고."

링거가 나를 바라본다.

"그게 어디로 갔다고 생각해?" 그러더니 링거가 다시 시선을 돌린다. "괜찮을 거야, 캐시. 좀비도 어떻게 해야 할지 알 테니까."

내가 말했듯이, 이건 정말 안 좋은 생각이었다.

71

나는 내 자리에 다시 털썩 주저앉아서 폐 속으로 공기를 집어넣으려 애쓴다. 마치 폐 속으로 공기를 호흡해 넣는 법을 잊어버린 듯한 기분이다. 입안이 바짝 마른다. 나는 물을 좀 마신다. 그러나 입만 축일 정도로 소량만 들이켠다. 작전 중 화장실에 가고 싶을까 봐 걱정되기 때문이다. 기지 구조에 관해서는 링거가 자세히 설명해주었다. 원더랜드가 설치된 방의 위치도 알려주었다. 그러나 난 화장실이 어딘지는 물어보지 않았다.

링거의 목소리가 짜증스럽게 귓가에서 땍땍거린다.

"좀 쉬어, 캐시. 앞으로 두 시간은 더 날아가야 해."

게다가 일출도 얼마 안 남았다. 아무래도 시간이 너무 촉박한 것 같다. 내가 비밀 작전의 전문가는 아니지만, 그래도 어두울 때 작전을 수행하는 게 조금은 쉬웠을 것이다. 그리고 에반이 옳다면, 오늘이 바로 그린 데이, 즉 지옥의 불덩이가 하늘에서 비처럼 내리기로 되어 있는 날이다.

나는 주머니를 뒤져서 벤 패리시가 강조한 마법의 파워바 하나를 꺼낸다. 파워바의 대안은 눈물을 터뜨리는 것이다. 하지만 샘을 다시 볼 때까지는 울지 않겠다고 결심했다. 샘만이 내가 눈물을 흘릴 가치가 있는 유일한 대상이다.

그리고 아까 그건 대체 무슨 뜻이야, 좀비도 어떻게 해야 할지 알 테니까, 라니?

어쨌든 그건 좋은 일이잖아, 캐시 설리번, 좀비라도 알고 있어야 하잖아. 넌 쥐뿔도 모르는 게 분명하니까. 네가 뭘 어떻게 해야 할지 알았더라면, 이 빌어먹을 헬기에 타고 있지는 않을 거 아냐. 지금쯤 네 꼬마 동생과 함께 있겠지. 생각이라는 걸 하라고. 넌 네가 여기 있는 진짜 이유를 알고 있어. 너 자신에게는 샘을 위해 온 거라고 주장할 수 있겠지만, 다른 사람까지 속일 수는 없어.

아, 맙소사, 난 정말 끔찍한 애다. 애꾸눈 밥보다도 더 형편없는 애가 분명하다. 남자 때문에 내 핏줄을 버리고 오다니. 그게 얼마나 끔찍한 짓인가 하면, 지금껏 내가 저질러온 온갖 형편없는 잘못들이 다 옳은 일처럼 보일 정도다. 벤은 에반이 거짓말을 하거나 미치거나 둘 중 하나가 아니면, 둘 다일 거라고 말했다. 대체 어느 누가 여자애 하나 때문에 자기네 문명 전체를 파괴한다는 말인가? 글쎄, 잘 모르겠어, 벤. 어쩌면 에반도 있지도 않은 빚을 갚겠다고 자기의 유일한 혈육을 희생시키는 어느 여자애와 똑같은 부류일지도 모르지.

내 말은 그동안 내가 에반에게 날 구해달라고 부탁해서 그가 날 구하러 온 것은 아니라는 말이다. 그가 내 다리에 총을 쏜 것도 내가 부탁해서 한 일이 아니듯이. 나는 그에게 아무것도 요구하지 않았다. 그가 그냥 주었을 뿐이다. 베푸는 게 제정신인 상태가 훨씬 지난 그런 정도까지. 그게 사랑이라는 건가? 그래서 그게 내가 생각하기에는 전혀 말이 안 되는 것처럼 느껴지는 걸까? 내가 사랑을 느껴본 적이 한 번도 없어서? 그는 물론이고, 벤 패리시에게도 다른 누구에게도 사랑이라는 걸 느껴본 적이 없어서?

안 돼, 안 돼, 안 돼, 제발, 생각하지 마, 그만. 버몬트의 숲길과 페리클레스 강아지는 그만 떠올리라고. 나는 생각을 너무 많이 하는 습관을 고치겠다고 약속했다. 생각을 많이 하는 게 오랫동안 내 문제였다. 나는 모든 걸 너무 많이 생각한다. 외부인들이 왜 지구에 왔는지부터, 에반의 정체는 뭐고, 인간이 말 그대로 다 죽어버린 이 순간까지 내가 살아 있다는 이 이상한 상황에 이르기까지. 그리고 내 앞에 서 있는 저 여자애의 머릿결은 비단보다도 더 곱고, 내가 이제껏 본 중에 가장 아름다운데, 왜 내 머릿결은 그렇지 않은지, 왜 저 애의 피부는 도자기처럼 티 한 점 없이 곱디고운데, 내 피부는 그렇지 않은지까지. 거기다 저 코는 또 뭔가. 맙소사, 이 얼마나 멍청하냐고. 이게 무슨 시간 낭비야. 그건 그냥 유전자 문제일 뿐이고, 거기다가 외계인의 기술력이 좀 더 더해졌을 뿐인데, 그게 무슨 대수라고.

나는 파워바를 다 먹고 포장지를 손에서 구겨버린다. 바닥에 종이를 그냥 버리자니 왠지 그러면 안 될 것 같은 기분이다.

나는 격벽에 등을 기대고 앉아 눈을 감는다. 기도하기에 완벽한 타이밍 아닌가. 아, 물론 내가 기도를 하고 싶다면. 그렇지만 지금 내 마음은 마치 디즈니랜드에서 길게 줄지어 서 있는 사람들처럼 생각할 거리로 넘쳐나기 때문에 신에게 할 말을 단 한 마디도 떠올릴 수가 없다.

게다가 정말 신이라는 그 수수께끼 같은 자와 대화를 나누고 싶은지도 잘 모르겠다. 어쩌면 그는 팔짱을 끼고 인간 세상에서 등을 돌린 채 앉아 있을지도 모른다. 아마도 이게 노아가 방주에 올라서서 느꼈던 기분일지도 모르겠다는 생각이 든다. 좋아요, 저를 살려주신 건 고맙습니다, 하나님, 그렇지만 저들은요? 그러자 하나님이 말한다. 이런, 질문이 너무 많구나, 노아. 자, 보라고, 내가 무지개를 만들어줬잖아!

그나마 유일하게 떠오르는 건 샘이 자기 전에 하는 기도문이다. 그래서 약간은 절박한 심정이 되어 그 내용대로 기도해본다.

이제 저는 자리에 누워 잠을…….

아니, 잠을 잘 건 아니지.

아침 햇살을 받으며 잠을 깨면…….

음, 보나 마나 그런 일도 없을 것 같네.

사랑으로 나아갈 길을 가르쳐주세요.

그래! 좋아, 그건 좋아! 기도드립니다, 신이시여. 이거 하나만 들어주세요, 제발 게으름 피우지 말고 할 일을 하시라고요.

제게 가르쳐주세요.

★

72

좀비

나는 동굴 입구에서 밤하늘을 올려다보며 계속 보초를 선다. 물론 지평선 위에 떠 있는 작은 녹색 점 하나는 웬만하면 바라보지 않으려 한다. 그때 별 하나가 밤하늘을 떠나 우리 쪽으로 내려온다. 빠르게. 매우 빠르게. 너겟이 내 소매를 잡아끌며 말한다.

"저기 봐, 좀비! 별똥별이야!"

나는 기대어 있던 흔들리는 난간에서 몸을 떼어낸다.

"저거 별똥별 아니야, 꼬마."

"그럼 폭탄이야?" 아이의 눈이 두려움으로 커진다.

갑자기 속이 울렁거리더니 어쩌면 그럴 수도 있겠다는 생각이 든다. 뭔가 이유가 있어서 일정을 앞당겼고, 그래서 이제 도시 말소 작전이 시작된 것일지 모른다.

"자, 아래로 내려간다, 어서."

나는 반복해 말할 필요도 없다. 내가 첫 번째 방에 도착했을 때, 아이는 벌써 내게서 몇 발짝이나 앞서 있다. 나는 메건을 바닥에서 안아 든다. 아이가 곰 인형을 떨어뜨린다. 너겟이 그것을 집어 든다. 나는 성한 쪽 허벅지 위에 아이의 몸을 올리고 균형을 잡으며 동굴 깊숙한 곳으로 걸어 들어간다. 하지만 걸음을 내디딜 때마다 머리가 떨어져 나갈 듯한 고통이 전신으로 거칠게 퍼져나간다. 눈앞에 선반처럼 튀어나온 바위가 하나 보인다. 높이는 1미터쯤 되고, 한가운데에는 고대의 강물이 파놓은 깊이 1.2미터쯤 되는 웅덩이가 있다. 그 위에 메건을 내려놓자, 아이는 그림자 속에 완전히 파묻힐 때까지 뒤로 기어 들어간다. 젠장. 잊어먹을 뻔했네. 나는 메건에게 다시 돌아오라고 손짓한다.

그리고 주머니에서 죽은 병사의 추적 장치 중 하나를 꺼낸다. 링거의 생각이지만, 죽이는 생각이기는 하다.

"이거 입에 물고 있어." 내가 메건에게 말한다.

아이가 벼락이라도 맞은 듯 놀란다. 눈빛은 마치 내 머리를 날려버릴 작정이냐고 묻는 듯하다. 내가 민감한 주제를 건드린 것이다.

"보라고, 너겟도 할 거야." 내가 추적 장치를 너겟의 빈 손바닥에 꾹 눌러 내려놓는다. "바로 여기, 일병." 내가 입을 벌리고 손가락으로 볼과 잇몸 사이를 짚으며 말한다. 그러고는 다시 메건을 바라본다. "봤지?" 하지만 메건은 다시 그림자 속으로 물러나 버린다. 젠장. 나는 너겟에게 추적기 하나를 더 쥐여준다. "네가 책임지고 메건의 입에 이거 물게 해, 알았지? 네 말은 듣잖아."

"어, 아니야, 좀비." 너겟이 매우 진지한 표정으로 말한다. "메건은 다른 사람 말은 절대로 안 들어." 그리고 곰 인형을 던지면서 메건에게 조용히 말한다. "메건! 곰돌이 받아. 얘가 널 안전하게 지켜줄 거야. 중력처럼." 오직 아이들만이 이해할 수 있는 논리를 메건에게 던져 준 후, 너겟이 바지를 추켜올리고는 두 주먹을 불끈 쥐고 턱을 앞으로 내밀며 말한다. "놈들이 오고 있어, 그렇지?"

그러고 나서 우리는 둘 다 귀를 기울인다. 마치 그게 아이의 질문에 대한 답이라도 된다는 듯이. 헬기 엔진 소리가 우리의 빠른 호흡 소리와 함께 점점 더 크게 들려온다. 입구 쪽에서 밝은 서치라이트 불빛이 어둠을 뚫고 들어온다.

"가, 너겟. 메건이랑 저기 올라가 있어."

"그렇지만 나도 함께 싸울래, 좀비."

물론 그러시겠지. 하지만 최악의 상황이 아니면 그럴 수 없다. 너겟의 어깨너머로, 무기 저장고에서 불빛이 깜빡거리는 게 보인다. 두 배로 젠장이다.

"일단 네가 할 일이 있어. 아래 내려가서 불을 끄고 와. 그런 다음 여기서 다시 만나자. 운이 좋으면 놈들은 착륙도 안 하고 지나갈 거야."

"운이 좋으면?"

너겟은 놈들이 착륙하길 바라고 있다는 기분이 든다.

"잊지 마, 너겟, 우린 다 같은 편이야."

아이가 인상을 찌푸린다.

"놈들이 우릴 죽이려고 하는데, 어떻게 놈들과 우리가 같은 편이야, 좀비?"

"저들은 우리가 같은 편이라는 걸 몰라서 그러는 거야. 가, 어서

가서 저 빌어먹을 불 좀 꺼버려, 어서 가!"

너겟이 날쌔게 통로를 따라 움직인다. 헬리콥터 불빛이 흐려지지만, 엔진 소리는 그대로다. 주변을 수색하고 있는 게 분명하다. 우리가 적외선 탐지기로는 감지가 안 될 만큼 아래로 깊이 내려와 있는 듯하지만, 그것도 확실히는 알 수 없다.

불이 꺼지고, 동굴 전체가 어둠 속으로 곤두박질친다. 코앞에 있는 것도 볼 수가 없다. 몇 초 후, 작은 체구의 누군가가 내 몸에 부딪힌다. 나는 그게 네겟이라고 거의 확신한다. 거의……. 그래서 작게 속삭인다.

"너겟?"

"괜찮아, 좀비." 아이가 진지하게 대답한다. "나 총 가져왔어."

★

73

내가 뭔가 잊은 게 있다. 그게 뭘까?

"자, 좀비, 이거 잊어먹었잖아." 그가 내 가슴 앞으로 방독면을 밀어준다. 너 복 받을 거야, 너겟. 그리고 지금은 죽고 없지만, 그레이스와 신부로 변장하고 있던 소리 없는 자들도. 그들이 세상의 종말에 대비해서 필요한 물건들을 잔뜩 쌓아놓지 않았는가.

너겟은 숙련병이다. 이미 방독면 끈을 다 조였다.

"메건 것도 가져왔어?" 멍청하긴. 당연히 그애 것도 가져왔다. "좋아, 친구, 넌 위로 올라가."

"좀비, 들어봐……."

"이건 직통 명령이야, 일병."

"아니, 좀비! 들어보라고."

나는 듣는다. 내 숨소리가 방독면 속에서 식식거리며 푸푸거리는 소리밖에 들리지 않는다.

"놈들은 떠났어."

너겟이 말한다.

"쉬잇."

팅 팅 팅. 금속이 돌에 부딪히는 소리.

빌어먹을, 링거, 어떻게 추측하는 것마다 매번 정확하게 맞을 수 있는지 정말 짜증이 다 날 지경이다.

놈들이 동굴 안으로 최루탄을 던졌다.

★ 74

네가 놈들을 다 철수시키지 못한다고 가정하면, 과연 놈들이 어떤 식으로 공격해 올까?

뒤쪽 입구에 장애물을 설치하는 동안 내가 링거에게 묻는다.

너 학교 다닐 때 수업에 전혀 집중 안 했구나.

어떻게 뭐든 다 내 잘못이 되는 거야? 링거의 얼굴에 미소가 떠오르게 하려는 시도는 내 취미에서 어느덧 강박에 가까운 집착이 되어버렸다.

먼저 최루탄을 던져 넣을 거야.

넌 그렇게 생각해? 나 같으면 C-4 폭탄 몇 개로 출구를 봉쇄해버리겠어. 그런 다음 벙커버스터 두 개로 아주 끝장을 내버리는 거지.

그건 두 번째 선택일 거야.

우리 뒤쪽 주 출입구가 있는 곳에서, 최루탄이 네 번의 폭발음과 함께 터진다. 나는 너겟의 허리를 안아서 메건이 있는 바위 위쪽으로 올려준다.

"메건에게 마스크 씌워, 얼른!"

내가 소리 지른다. 그리고 절뚝이며 통로를 따라 올라가는 동안 생각한다. 하느님 감사합니다, 저 녀석은 잊지 않고 기억하고 있었어! 충분히 진급할 자격이 돼.

한 가지는 확실해, 링거가 말했다. 놈들은 포위 작전을 하지 않을 거야. 만약 근접 전투를 시도한다면, 보나 마나 앞쪽 주입구를 노리겠지. 그런데 거긴 너희들이 약간 유리해. 통로가 미끄럼틀만큼이나 좁잖아. 다시 말해, 놈들이 일렬종대로 곧장 너희 앞에 나타나리라는 거지.

눈이 멀 듯이 눈물이 쏟아져 내린다. 쳇, 쏟아져 내린다는 표현이 너그러울 정도다. 몸속으로 엄청난 양의 진통제를 쏟아 부은 덕에, 적어도 다리는 많이 아프지 않다. 아드레날린도 도움이 된다. 라이플의 노리쇠 잠금을 확인한다. 방독면 끈도 확인한다. 동굴 안은 완전한 암흑이다. 절대 어둠 속. 절대 불확실성 속에 있다.

만약 저들이 펜치 같은 걸 이용해서 뒤쪽 입구에 쳐놓은 장애물을 해체하고 들이닥친다면, 우린 끝장이다. 엄청난 화력을 동원해 앞쪽 출입구로 돌진해온다고 해도, 우린 끝장이다. 만약 내가 중요한 순간에 얼어버리거나 망쳐버린다면, 그때도 우린 끝장이다.

데이턴에서처럼 얼어버린다면. 어배너에서처럼 망쳐버린다면. 나는 같은 지점으로 계속해서 돌아간다. 어린 여동생을 잃어버렸던 그

지점, 맞서 싸워야 했지만, 도망쳐버리고 말았던 그 지점. 동생의 목에서 끊어져 나온 목걸이, 이젠 잃어버리고 없는 그것이 여전히 나를 묶어놓고 있다. 움파. 덤보. 파운드케이크. 심지어 티컵, 그래, 그 애까지. 내가 맡은 역할만 제대로 했어도 티컵은 아직 살아 있을 것이다.

이제 그 목걸이 체인이 마치 올가미처럼 너겟과 메건 주위를 감아 돌더니 단단히 조여지고, 같은 지점으로 돌아가던 원이 다시 한 번 완성된다.

이번에는 아니야, 패리시, 이 좀비 개자식 같으니라고. 이번에는 그 체인을 끊어. 올가미를 끊어버리라고. 저애들은 구해야 해. 하늘이 무너지는 한이 있어도.

놈들이 미끄럼틀로 미끄러져 내려오는 순간 나는 놈들을 죽일 것이다. 전부 다 죽여버릴 거다. 그들이 우리와 전혀 다를 바 없는 애들이라 해도 상관없다. 우리처럼 빌어먹을 덫에 걸려서 나처럼 선택의 여지도 없이 게임 속의 역할 하나를 맡게 된 거라고 해도 신경 안 쓴다. 한 놈씩 한 놈씩 다 죽여버릴 거다.

절대 어둠. 절대 확신.

폭발이 내 몸을 공중으로 던져버린다. 나는 뒤로 날아간다. 머리가 바위에 부딪힌다. 우주가 핑글핑글 돌아간다. 출구가 무너지는 동안 날아간 돌덩이들이 서로 부딪치며 내는 소음으로 공기가 끓어오른다.

바위에 부딪히는 순간 방독면이 옆으로 틀어지면서, 나는 유해가스를 한 숨 크게 들이마신다. 칼날이 폐를 뚫고 들어오고, 화염이 입안을 가득 채운다. 나는 컥컥 기침을 해대면서 옆으로 구른다.

바닥에 떨어진 충격으로 라이플을 잃어버렸다. 주변을 더듬어보지만, 찾을 수가 없다. 신경 쓰지 말자. 그건 중요하지도 않다. 뭐가 중요한지 알잖아. 나는 두 발로 일어서서 방독면을 다시 제대로 쓰고 혀끝으로 가루가 된 바위의 맛을 느끼면서, 한 손으로는 어둠 속을 더듬고, 다른 한 손으로는 권총을 꽉 움켜잡은 채 절뚝이며 왔던 길로 되돌아간다. 다음에는 무엇이 기다리는지 알고 있기 때문이다. 이미 짐작하고 있었고, 링거도 말하지 않았는가. 그건 두 번째 선택일 거야. 나는 방독면 안에서 고함을 지른다.

"움직이지 마, 너겟! 움직이지 마!"

그러나 나 말고는 아무도 내 목소리를 들을 수 있을 것 같지 않다.

두 번째 폭발이 뒤쪽 출입구를 강타한다. 바닥이 물결치듯 흔들리지만, 나는 용케 쓰러지지 않고 두 발로 지탱해 서 있다. 종유석이 부러져 바닥에 부딪혀 박살 나는 와중에 거대한 종유석 하나가 내 머리와 거의 한 뼘도 안 되는 간격을 두고 빗겨 떨어진다. 너겟이 나를 부르는 소리가 희미하게 들린다. 나는 소리에 귀를 기울이며 뒤돌아가서 바위틈에 낀 너겟을 끄집어낸다.

"놈들이 우리를 안에 가둬버렸어." 내가 헐떡인다. 목구멍이 타들어가는 듯한 느낌이다. 불길을 삼키며 걸어온 탓이다. "메건은 어디 있어?"

"그앤 괜찮아." 너겟이 부들부들 떠는 게 느껴진다. "곰돌이를 가지고 있잖아."

내가 메건을 부른다. 방독면 안에서 울리는 작은 목소리가 들린다. 너겟은 내 재킷을 양손으로 꽉 움켜잡고 있다. 손을 놓으면 어둠이 날 채가기라도 할까 봐 겁이 나는 것 같다.

"여기 그대로 남아 있는 게 아니었어." 너겟이 흐느낀다.

애 늙은이처럼 맞는 소리만 골라서 한다. 하지만 우린 도망갈 곳도 숨을 곳도 없다. 우린 밥의 헬기가 적들을 유인해갈 수 있을 거라는 데 운을 걸었지만, 우리가 졌다. 폭격기는 25만 년이나 된 이 동굴을 폭 3킬로미터에 깊이 30미터쯤 되는 수영장으로 바꾸어버리고도 남을 만큼 엄청난 양의 무기를 가득 싣고 왔을 것이다.

이제 우리에게는 몇 분의 시간밖에 없다.

나는 너겟의 어깨를 잡는다. 그리고 꽉 움켜쥐며 말한다.

"두 가지가 필요해, 일병. 불빛하고 폭탄."

"그렇지만 링거가 폭탄은 다 가지고 갔잖아!"

"그러니까 하나 더 만들어야지. 아주 빨리."

너겟이 앞장섰고, 나는 아이의 어깨 위에 양손을 그대로 얹은 채 무기고 쪽으로 발을 질질 끌며 걸어간다. 내가 너겟을 지탱하고, 너겟이 나를 지탱한다. 목걸이 체인이 우리를 묶어주고, 우릴 자유롭게 한다.

★ 75

내가 뭔가 잊은 게 있다. 그게 뭘까?

너겟이 자신의 임무 위로 낮게 허리를 구부린다. 방 안은 연기와 먼지로 질식할 지경이다. 우린 마치 이 빌어먹게 끔찍한 외계인 침략과 조금도 다를 바 없는 짙은 안갯속에서, 함께 직소 퍼즐을 맞추고 있는 것 같다. 퍼즐의 친숙한 모습은 100만 개의 조각으로 산산이 부서지고 전부 뒤죽박죽으로 섞여버려서 서로 하나도 들어맞지 않는 듯 보인다. 적은 우리 안에 있다. 적은 없다. 그들은 이 아래 있고, 저 위에도 있고, 아무 데도 없다. 그들은 지구를 원하고, 우리가 지구를 갖기를 원한다. 그들은 우리를 쓸어버리기 위해 왔고, 우리를 구하기 위해 왔다. 산산조각 난 진실은 영원히 내가 이해할 수 없도록 끊임없이 뒤로 물러난다. 확실한 단 한 가지는 불확실하다는 사실이고, 보쉬는 내가 마지막까지 부여잡고 있을 만한 가치가 있는 단 한 가지 진실을 내게 상기시킨다. 넌 죽게 될 거야. 넌 죽게 될 테고, 너나 나, 또는 다른 어느 누구도 그걸 멈추기 위해 할 수 있는 일이란 없어. 그들이 오기 전에는 그게 사실이었고, 지금도 여전히 사실이다. 단 한 가지 확실한 것은 자기 자신의 죽음 외에는 모든 것이 불확실하다는 사실이다. 그래, 젠장, 우리가 죽게 되리라는 건 확실하니까.

아이의 손가락이 떨린다. 방독면 속에서 호흡은 거칠고 빠르다. 조금만 실수해도 아이는 우리 모두를 한 방에 날려버릴 수 있다. 이제 내 목숨은 이 유치원생의 손에 달려 있다.

폭파용 뇌관을 고정시킨다. 퓨즈를 연결한다. 캐시는 아이가 ABCD를 다 까먹었다고 짜증을 낼지도 모르지만, 적어도 요 쪼그만 녀석은 폭탄 제조하는 법을 안다.

"성공이야?"

내가 묻는다.

"성공이야!"

아이가 의기양양하게 장치를 들어 올린다. 나는 그것을 아이 손에서 받아 든다. 아, 젠장, 제발 성공이길 바란다.

내가 뭔가 잊은 게 있다. 뭔가 중요한 것. 그게 뭘까?

★

76

이제 다음번 불가능한 딜레마로 옮겨가자. 앞쪽 출구로 던질까, 뒤쪽 출구로 던질까?

폭탄은 하나, 기회도 한 번이다. 나는 너겟에게 메건을 지키고 있으라고 일러두고 뒤쪽 출구를 먼저 살피러 간다. 아까 눈여겨 봐두었던 표식을 제대로 기억하는 게 맞다면, 수북이 쌓인 돌무더기 벽은 적어도 2미터 두께는 될 듯하다. 이번에는 다시 반대 방향으로 동굴을 관통해 걸어서 앞쪽 출입구로 간다. 젠장, 나는 너무 느리게 움직인다. 그러니 시간도 너무 오래 걸린다. 마침내 입구에 도착하니 정확히 예상하던바 그대로다. 또 하나의 돌벽이 서 있다. 두께가 얼마나 될지 누가 어떻게 알겠는가. 그러니 어느 쪽이 출구로 더 적합할지도 알아낼 방법이 없다.

아, 빌어먹을.

나는 PVC 파이프 폭탄을 들어 올려 팔이 미치는 가장 높은 곳에 있는 틈새로 깊이 찔러 넣는다. 퓨즈가 너무 짧아 보인다. 안전한 거리까지 뛰어가기엔 시간이 부족할지도 모르겠다.

불확실성에 대한 확신.

나는 퓨즈에 불을 붙이고 나서 마치 개학 첫날 학교 가기 싫어 골이 잔뜩 난 아이처럼 부상 입은 다리를 뒤로 질질 끌며 왔던 길을 되짚어간다. 폭발음은 거의 음 소거가 돼버린 듯한 느낌이다. 이곳에 우리를 가둬놓은 두 번의 폭발을 애처롭게 흉내 내는 가여운 메아리처럼 들린다.

10분 후, 나는 한 손에는 너겟을, 다른 손에는 메건을 붙잡고 있다. 너겟이 메건을 설득하려 애써봤지만 쉽지 않았다. 소녀는 그 작고 편안한 벽감 안에서 안전함을 느끼고 있었기에 아무리 명령해봐야 소용이 없었다. 메건을 책임지고 있는 사람은 메건이다.

돌무더기 위에 생긴 구멍은 그다지 크지 않고, 안정적으로 보이지도 않지만, 신선한 공기가 새어들고 있고, 가느다란 빛줄기도 흘러든다.

"여기 그냥 있는 게 나을지도 몰라, 좀비." 너겟이 말한다.

녀석도 나와 같은 생각을 하고 있을지 모른다. 양쪽 출구를 봉쇄하고, 각 위치에 저격수를 배치한다. 그러면 그때부터 전투는 기다리는 게임이 된다. 이제는 벙커버스터(지하시설 파괴용 폭발물-옮긴이) 같은 건 아무도 만들지 않는다. 진짜 전쟁에 필요한 무기를 뭐한다고 어린 꼬마 둘과 절름발이 병사 하나를 위해 낭비한다는 말인가? 그들은 나올 거다. 반드시 나와야만 한다. 안에 머무르기에는 위험부담이 너무 크다.

"우리에겐 선택의 여지가 없어, 너겟." 누가 먼저 밖으로 나가는가도 선택의 여지가 없다. 나는 너겟의 소매를 움켜잡고 메건에게서 떼어낸다. 메건이 내가 하는 말을 듣게 하고 싶지 않기 때문이다. "넌 내가 신호할 때까지 기다려, 알았지?" 그가 고개를 끄덕인다. "내가 돌아오지 않으면 어떻게 해야 하지?"

너겟이 고개를 젓는다. 불빛도 너무 약하고 방독면 렌즈에도 뿌옇게 먼지가 덮여 있어서 아이의 눈을 제대로 볼 수 없지만, 너겟의 목소리는 금방이라도 울음을 터뜨릴 듯이 떨려 나온다.

"그렇지만 꼭 돌아와야 해."

"심장이 뛰기만 한다면야 당연히 돌아오지, 그걸 말이라고 해. 그렇지만 만약의 경우 돌아오지 못하면……."

아이가 턱을 치켜든다. 다음으로는 가슴을 활짝 편다.

"내가 놈들 머리를 다 총으로 쏴버릴 거야!"

나는 구멍을 향해 몸을 끌어 올린다. 등이 꼭대기에 쿵 하고 부딪히고, 구멍 폭이 어깨를 눌러온다. 너무 꽉 끼는 것 같다. 몸이 반쯤 빠져나갔을 때, 나는 방독면을 벗기로 마음먹는다. 천천히 목 졸려 죽는 듯한 느낌을 더는 참아낼 수가 없다. 신선하고 차가운 공기가 얼굴을 씻어낸다. 아, 세상에, 느낌 정말 죽인다.

바깥으로 나가는 구멍은 고양이 노파의 저녁 식사 거리 중 한 마리가 겨우 빠져나갈 정도의 크기밖에 되지 않는다. 나는 맨주먹으로 구멍 가장자리에 느슨하게 매달린 돌멩이를 친다. 밤하늘 한 조각과 잔디밭이 약간 보이고, 그 사이를 1차선 진입로가 미끄러져 간다. 바람 소리 외에는 아무 소리도 들리지 않는다. 가자.

나는 바깥으로 기어나간다. 어깨에 둘러멨던 라이플 쪽으로 손을 뻗어보지만, 어깨에는 아무것도 매달려 있지 않다. 입구 쪽으로 다시 돌아오기 전에 총을 집어 드는 걸 깜박한 것이다. 그게 바로 내가 잊었던 거야. 그래 그거야, 내 라이플. 맞지?

구멍 옆에 웅크리고 앉아 권총을 다리 사이로 움켜잡은 채 가만히 앞을 주시하며 귀를 기울인다. 서두르지 말자. 확실히 하자. 구멍을 빠져나온 것은 굉장하고 멋진 일이지만, 이제 어디로 가야 하지? 날이 밝기까지 시간이 얼마 남지 않았고, 새벽이 오면 모함은 예정된 임무를 시작할 것이다. 우주선이 저 멀리 지평선 위에서 신호등의 '진행' 신호처럼 녹색으로 불을 밝힌 채 균형을 잡고 떠 있는 모습이 보인다.

나는 일어선다. 힘들게 다리를 움직여 뻣뻣하게 세워놓고 그 위에 몸무게를 싣자 고통스럽기가 이루 말로 할 수 없을 정도다.

자, 나 여기 있어, 얘들아. 어디 제대로 실력 발휘 한번 해보지그래.

길과 잔디와 하늘 외에는 아무것도 안 보인다. 바람 소리 말고는 아무 소리도 안 들린다.

나는 너겟의 주의를 끌기 위해 구멍 속으로 휘파람을 분다. 짧게 두 번, 길게 한 번. 100년처럼 길게 느껴지는 시간이 지나고, 아이의 머리가 밖으로 나오고, 그다음에 어깨가 보인다. 나는 녀석의 나머지 몸을 바깥으로 끌어낸다. 너겟이 방독면을 벗고 신선한 공기를 들이마신 후, 바지 허리춤에서 권총을 홱 잡아 뺀다. 그러고는 무릎을 살짝 구부리고 총구를 앞으로 향한 채 좌우로 빠르게 몸을 돌려 주변을 살핀다. 수많은 어린애가 장난감 권총과 물총을 들고 하던 몸짓과 똑같다.

나는 메건을 불러내기 위해 다시 휘파람을 분다. 대답이 없기에 나는 다시 휘파람을 분다.

"메건, 가자, 얼른!"

옆에 서 있는 너겟이 깊이 한숨을 쉰다.

"걔 지금 골이 잔뜩 나 있어."

어찌나 자기 누나와 똑같이 말하는지 나는 실제로 웃음을 터뜨리고 만다. 너겟이 한쪽으로 고개를 갸우뚱 기울이며 호기심 어린 표정으로 나를 바라본다.

"저기, 좀비? 대장 이마 측면에 빨간 점이 있어."

★

11

어배너에서 덤보는 두 번 생각하지 않았다. 지금 나도 그렇다.

나는 너겟의 가슴으로 뛰어들어 아이를 바닥으로 쓰러뜨린다. 총알이 우리 뒤쪽의 돌무더기에 가서 박힌다. 몇 초 후, 나는 저격수의 라이플 총성을 듣는다. 탄환은 오른쪽에서 왔다. 주도로 변의 잡목림이 있는 방향이다.

너겟이 일어서려 버둥댄다. 나는 그의 발목을 잡고 뒤로 홱 끌어당긴다.

"낮게 엎드려서 기어." 내가 귀에 대고 소곤거린다. "캠프에서 배운 대로, 잊었어?"

그가 180도로 회전해서 구멍 쪽으로 기어간다. 식량과 무기가 있는 동굴의 거짓된 안도감 쪽으로. 나는 그를 탓하지 않는다. 나도 본능적으로는 그렇게 하고 싶다. 하지만 돌아간다고 해봐야, 어쩔 수 없이 직면해야 하는 순간을 뒤로 미루는 것에 불과하다. 우리가 연기를 마시고 질식해 죽도록 하거나 저격해 죽이는 것. 둘 다 실패하면, 저들의 다음 행동은 동굴을 폭파해버리는 것밖에 없기 때문이다.

"날 따라와, 너겟." 나는 방문객 환영센터로 허둥대며 나아간다. 그 지붕이야말로 저격수에게는 완벽하게 유리한 지점이지만, 우리에게 최고의 옵션은 저격수에게서 가능한 한 멀리 떨어지는 것이다.

"메건……." 너겟이 헐떡인다. "메건은 어떡해?"

메건은 어떡하냐고?

"밖으로 안 나오려고 하잖아." 내가 소곤거린다. 제발 밖으로 나오지 마라, 꼬마야. "메건은 기다릴 거야."

"뭘 기다려?"

역사가 반복되기를. 원이 다시 한 바퀴 돌아오기를.

나는 그나마 상대적으로 안전한 장소 한 곳을 머리에 떠올리고 있다. 물론 만족스러운 곳은 아니고, 너겟도 전혀 마음에 들어하지 않으리라는 사실은 잘 안다. 하지만 이 꼬마 녀석은 절대 호락호락하지 않다. 견뎌낼 것이다.

"저 건물을 지나쳐서 20미터 정도 곧장 가." 낮은 포복으로 기어가는 동안 내가 아이에게 말한다. "그럼 커다란 구덩이가 있어. 시체로 가득 찬."

"시체?"

나는 붉은 점이 내 어깨 사이나 너겟의 뒤통수에서 넘실대는 상상을 한다. 지금 나는 아이를 예의 주시하고 있다. 만약 붉은 점이 보이면, 그 순간 바로 내 몸을 그 위에 덮칠 것이다. 구덩이에 가까워지는 동안 바닥이 살짝 경사져 올라간다. 그리고 그때부터 우린 그 냄새를 맡을 수 있다. 그 악취가 너겟을 구역질하게 한다. 나는 아이에게 팔짱을 끼고 구덩이 가장자리로 끌어간다. 아이는 보고 싶지 않음에도, 어쨌든 본다.

"그냥 죽은 사람들이야." 내가 간신히 말한다. "어서, 내가 내려보내 줄게."

너겟이 내 손을 뿌리치려 한다.

"저기 들어가면 난 밖으로 나오지 못할 거야."

"여기가 안전해, 너겟. 완전히 안전해." 단어 선별이 부적절하다. "우리가 어디 있는지 알았다면, 놈들은 이미 총을 쏘고도 남았을 거야."

아이가 고개를 끄덕인다. 말이 된다고 느끼는 것 같다.

"그렇지만 메건은……."

"내가 가서 데려올게."

그가 미친 거 아니냐는 표정으로 나를 바라본다. 나는 아이의 팔목을 잡고 다리 먼저 구덩이에 들어가도록 아래로 내려준다.

"혹시라도 무슨 소리가 들리면, 바로 죽은 척해."

내가 당부한다.

"토할 것 같아."

"숨은 입으로만 쉬어."

아이가 입술을 벌린다. 그의 입속에서 작은 추적 장치가 반짝거린다. 나는 잘했다는 신호로 엄지손가락을 둘 다 들어 올려 보인다. 아이가 오른손을 매우 천천히 들어 올리더니 이마에 붙여 경례한다.

★

78

죽음의 구덩이에서 엉금엉금 기어 멀어지는 동안, 나는 앞으로 무슨 일이 벌어질지 예측할 수 있다. 난 내가 죽으리라는 사실을 안다.

내 시간은 빚진 것이고, 죽음을 영원히 속일 수는 없다. 머지않아 이자까지 쳐서 그 빚을 갚아야 할 터다. 제발 너겟과 메건에게는 내가 여동생을 버린 값이 얼마인지 알려지지 않기를 바랄 뿐이다. 그래서 나는 신에게 애원한다. 그 빚의 대가로 덤보와 파운드케이크와 티컵을 데려갔으니 그걸로 충분하지 않은가요. 제발 그거면 됐다고 해주십시오. 저를 데려가고 저들을 살려주세요.

내 앞의 바닥이 폭발한다. 흙먼지와 돌멩이가 얼굴로 날아든다. 그래, 젠장, 이젠 기어가는 것도 아무 소용없네. 나는 몸을 일으켜 세우지만, 부상 입은 다리가 홱 접히면서 다시 바닥에 주저앉는다. 다음 총격은 내 소매를 찢고 들어와 이두박근을 뚫고 반대편으로 나가는 대신 그대로 박혀버린다. 나는 거의 느끼지도 못한다. 본능적으로 몸을 둥글게 말고 마지막 탄환을 기다린다. 무슨 일이 벌어지고 있는지 나는 잘 안다. 이들은 다섯 번째 파동의 병사들이다. 그들의 심장은 증오로 가득 차 있고, 그들의 마음은 잔혹함에 맞춰져 있다. 그들은 나와 놀고 있는 것이다. 그래, 내가 끝장을 내주지, 이 감염된 개자식들아. 내가 재미있게 해주겠어!

그러자 여동생의 얼굴이 눈앞에 떠오르고, 그다음에는 덤보, 파운드케이크, 티컵의 얼굴이 차례로 나타나고, 점점 더 많은 얼굴이, 눈에 익기도 하고 낯설기도 한 수많은 얼굴이 나타난다. 너겟도 있고, 메건도 캐시도 링거도 있다. 캠프에서 함께 훈련받던 병사들과 격납고 처리장 끝에서 끝까지 누워 있던 수천, 수만은 됨직한 사람들, 산 사람도 있지만, 대부분은 시체가 분명한 얼굴도 보인다. 지금 내 뒤에 있는 구덩이 속에 더는 살아 있지 않은 수백 구의 시체 사이에 살아 있는 얼굴 하나도 보인다. 그 아이에게도 보쉬의 규칙이 적용된다.

경례를 붙이는 손. 벌리고 있는 입과 그 안에서 반짝이는 작은 알갱이.

젠장, 패리시, 추적 장치. 그게 바로 네가 잊은 거였어.

나는 주머니 속에 손을 집어넣어 추적 장치를 꺼내 입에 문다. 길 건너 잡목림 속에, 방문객 환영센터 지붕 꼭대기에, 그 외에도 정확히 어딘지는 모르지만, 곳곳의 장소에 숨어 있던 모든 저격수가 내 머리를 감싸고 있던 그 녹색의 지옥 불이 꺼지는 순간 일제히 사격을 멈춘다.

★

79

모든 게 아프다. 눈만 깜빡여도 아프다. 그렇지만 나는 일어난다. 그게 바로 좀비가 하는 일 아니던가.

우리는 일어난다.

처음에는 저격수가 알아차리지 못했을지 모른다. 어쩌면 녹색 목표물을 찾아 다른 곳으로 주의를 돌렸을지도 모른다. 이유야 뭐가 됐든 간에, 내가 일어섰을 때, 아무도 나를 쏘아 쓰러뜨리지 않는다. 이번에는 나도 빌어먹을 좀비처럼 절뚝이지도 않고, 부상 입은 다리를 끌지도 않고, 흙바닥을 엉금엉금 기어가지도 않는다. 이번에는 메건의 이름을 부르면서 전속력으로 달려간다. 그리고 어둠 속에서 손가락을 마구 할퀴어대다가 마침내 아이의 팔목을 움켜잡는다.

그런 다음 아이를 밖으로 끌어낸다. 소녀는 내 목에 두 팔을 감고, 내 귓속으로 숨결을 내뿜는다.

이제 원이 완성됐다는 걸 나는 안다. 빚이 완불됐다는 걸 안다. 하나님 아버지, 제발 이 애부터 살리게 해주세요. 이 애가 죽을 만큼 고통받지 않게 해주세요.

나는 그게 오는 걸 보지 못한다. 메건은 본다. 곰 인형이 바닥으로 떨어진다. 아이의 입이 침묵의 비명 속에서 벌어진다.

뭔가 내 두개골 아랫부분을 강타한다. 세상이 하얗게 변하고 그다음에는 아무것도 없다. 정말 아무것도 없다.

★

80

캐시

몇 킬로미터 떨어진 곳에서도 그것을 볼 수 있다. 공군 기지는 끝이 없는 바다의 어둠 속에서 불타는 섬이고, 검은 황야의 한가운데서 활활 타오르는 문명의 하얗고 뜨거운 잉걸불이다. 물론 문명이라는 말은 공군 기지의 실체를 생각하면 너무 좋은 말이기는 하다. 우리가 꿈꾸고, 꿈꾼 것을 실현시켜 만들어낸 모든 것 이후에, 우리에게 남겨진 모든 것이 바로 이 기지이다. 이것은 한낱 먼지로 돌아가는 죽음의 길(아내의 죽음 이후 맥베스가 하는 대사—옮긴이)로 인간을 이끌어가는 불 켜진 어릿광대일 뿐이다.

나는 맥베스를 좋아해본 적이 없지만, 어쨌든 그렇다는 것이다.

헬리콥터가 왼쪽으로 방향을 틀어 우리를 동쪽에서부터 기지 쪽으로 데리고 간다. 우리는 강을 지나간다. 검은 물이 하늘에서 불타는 별빛을 반사한다. 그다음에는 절대 오지도 않고, 심지어는 지구에 존재하지도 않고, 어쩌면 저 위에 떠서 우리가 마지막 접근을 위해 방향을 틀자 시야에서 휙 돌아가는 우주 모함 속에도 존재하지 않을지 모를 적을 막기 위해 빙 둘러 참호를 파고 가시철망을 두르고 지뢰로 부비트랩을 설치해놓은, 캠프를 에워싸고 있는 나무 한 그루 없이 헐벗은 완충지대를 지난다. 나는 모함을 바라본다. 그것도 나를 바라본다.

넌 정체가 뭐야? 정체가 뭐야? 외부인. 우리 아빠는 널 그렇게 불렀지만, 우리도 네게는 외부인일까? 우리가 아닌 누군가, 따라서 우리라고 불릴 자격이 없는 존재. 생명체라 불릴 자격도 없겠지.

넌 누구니? 목자가 양 떼를 추려 도살한다. 주부가 벌레 살충 스프레이를 산다. 무릎에 묻은 양의 피, 뒤집힌 채 발작적으로 움찔거리는 바퀴벌레. 둘 중 어느 쪽에도 칼이나 독극물의 암시가 없다. 목자와 주부는 사소한 것에 연연해하지 않을 것이다. 거기에는 부도덕한 면이란 없다. 그것은 범죄가 없는 살인이고, 죄가 없는 살생이다.

그게 바로 그들이 하는 짓이다. 그들이 우리에게 가르쳐준 교훈이다. 우리는 (몇 명 남지도 않은) 지금의 우리가 누구인지, 그리고 (인구가 너무도 많았던) 과거의 우리가 누구였는지에 관해 생각해본다. 바퀴벌레는 도망갈 수 있고, 양도 달아날 수 있다. 그건 중요한 게 아니다. 우리가 다시는 용기를 낼 수 없으리라는 것, 그게 중요한 거다. 그들도 그 사실을 볼 수 있다. 나는 하늘에 떠 있는 물체 하나를 바라본다. 그건 우리의 하늘이 사라져 버릴 때까지 그곳에 떠 있을 것이다.

우리가 착륙지대로 곧장 날아가자 따라오던 헬기들이 하나둘씩 떨어져 나간다. 그들은 우리가 착륙한 이후의 상황을 주시하며 공중에 그대로 떠 있을 것이다. 우리 아래로는 뭔가 부산한 활동이 일어나고 있다. 트럭과 무장한 험비 트럭이 활주로를 향해 달려가고, 병사들이 무너진 흙더미에서 기어 나오는 개미 떼처럼 새까맣게 몰려나온다. 사이렌이 울리고 서치라이트가 하늘을 찌르고, 대공포가 이리저리 움직이며 자리를 잡는다. 재밌겠는데.

링거가 밥의 어깨를 두드린다.

"잘했어, 밥."

"엿 먹어!"

아, 밥, 네가 그리울 거야. 정말 그리울 거야.

링거가 샘이 만든 폭탄이 든 가방을 움켜쥐고, 나와 함께 화물칸으로 다시 올라가 통로 맞은편 자리에 털썩 주저앉는다. 그녀의 검은 눈동자가 빛난다. 그녀는 방 안의 탄환이고, 구멍 속의 폭탄이다. 그녀를 탓할 수는 없다. 오래전에 에반이 지적하지 않았는가. 이 빌어먹을 상황이 조금이라도 의미가 있으려면, 내 죽음에 의미가 부여되도록 어떻게든 오래 살아남아야 한다고. 반드시 중요한 차이를 만들어낼 필요는 없다. 그녀의 죽음도 내 죽음도 별로 중요하지 않을 테니까.

갑자기 나는 소변이 마렵다.

"VQP, 캐시!" 그녀가 소리 지른다.

우리는 이미 헤드셋을 벗었다.

나는 고개를 끄덕인다. 그리고 양손 엄지손가락을 들어 보인다. VQP, 당연하지.

하강이 시작된다. 서치라이트 불빛으로 화물칸이 환하게 밝아진다. 먼지 입자가 그녀의 머리 위에서 빛을 발하며 빙글빙글 돈다. 성녀 링거, 칠흑 같은 머리채를 휘날리는 죽음의 천사. 밥이 헬기를 착륙시킨 푸른색 원형 바깥으로 무장한 차량 방어벽이 둥글게 세워져 있고, 차 안에는 군인들이 타고 있고, 저격수가 배치된 감시탑이 그 뒤를 둘러싸고, 하늘에는 넉 대의 공격용 헬기가 정찰 중이다.

우린 완전히 망했다.

★

81

링거가 의자에 등을 기대고 눈을 감는다. 마치 큰 시험을 앞두고 마지막으로 잠깐 눈을 붙이려는 사람처럼 보인다. 한 손에는 가방을, 다른 손에는 기폭장치를 쥐고 있다. 내게는 라이플과 권총과 아주 커다란 칼 한 자루와 수류탄 2개와 반쯤 찬(아니, 반이나 찬—긍정적으로 생각하자) 물병 하나와 두 개의 고열량 에너지 바와 꽉 찬 방광이 있다. 밥이 헬기의 속도를 줄였고, 이제는 귀청이 울릴 듯한 사이렌 소리가 정말 가까이서 들려온다. 링거가 눈을 활짝 뜨고, 내 얼굴을 완전히 외워버리기라도 할 것처럼 빤히 바라본다. 그래서 난 휘어진 콧날을 너무 의식하지 않기로 한다.

그때 링거가 간신히 알아들을 정도로 부드럽게 말한다.

"이따가 검문소에서 만나, 캐시."

애꾸눈 밥이 안전띠를 벗어버린다. 그가 몸을 홱 돌려 링거의 얼굴에 대고 소리 지른다.

"그가 널 산 채로 데려오길 원했어, 이 멍청한 계집애야! 네가 어떻게 지금까지 살아 있을 거라 생각해?"

그러더니 조종간에서 뛰어내린다. 발이 바닥에 닫기도 전에, 거의 만화 속에서처럼 빠르게, 그의 다리가 회전하듯이 앞으로 움직인다. 손을 머리 위로 흔들면서 사이렌 소리보다도 더 크게 고함을 질러댄다.

"물러나! 뒤로 물러나! 얘들이 폭탄을 가지고 있어! 폭탄을 터뜨릴 거야!"

링거는 오른쪽에서, 나는 왼쪽에서, 내가 입은 것과 똑같은 모양의 전투복이 계단식 정원처럼 늘어서 있는 곳으로 향해 간다. 라이플이 전부 내 머리를 겨냥하고 있다. 앞줄은 무릎을 꿇고 뒷줄은 일어서 있다. 그때 링거가 기폭장치를 누르고, 헬리콥터가 엄청난 쾅 소리와 함께 공중으로 1.5미터쯤 날아간다. 그 충격이 우리를 군인들 앞으로 곧장 날려버린다. 폭발의 열기가 그들의 얼굴을 그슬리고, 내 목 뒤의 머리칼을 태워버린다. 나는 병사들 속으로 굴러가고, 그들은 링거가 예측했듯이 본능적으로 아스팔트 포장 위에 납작 엎드려 두 팔로 머리를 감싸 안는다.

달아나고 싶겠지만, 그대로 있어야 해, 링거가 동굴에서 내게 말했다. 일단 헬기가 폭발하면, 다들 네가 어디 있는지 찾을 수가 없을 테니까, 넌 날 기다리고 있으면 돼.

그래서 나는 그들 사이에 있다. 주위에 있는 100명은 됨직한 다른 병사들과 똑같이 바닥에 배를 깔고 엎드려 두 팔로 머리를 감싸 쥐고 한쪽 볼을 얼어붙은 콘크리트 바닥에 꽉 누른 채로. 그들과 똑같은 군복을 입고, 그들과 똑같은 모습으로, 그들과 똑같이 행동하면서. 보쉬가 시작한 게임이 그에게 등을 돌렸다.

사람들이 고래고래 명령을 해대지만, 사이렌 소리 때문에 아무도 그 말을 알아들을 수가 없다. 나는 누군가 내 어깨를 두드릴 때까지 기다린다. 하지만 링거가 50미터쯤 떨어진 격납고 어딘가에서 사제 폭탄을 터뜨릴 때까지도 나는 엉금엉금 기어가는 자세를 유지한다. 어쨌든 링거가 터뜨린 폭탄이 기지를 완전히 아수라장으로 바꾸어 놓는다. 병사들이 몸을 숨길 만한 가장 가까운 장소를 찾아 사방으로 달아나는 동안 질서 비슷한 것도 찾아보기 힘들다. 나는 관제탑과 그 뒤에 하얀색 건물이 모여 있는 곳을 향해 달리기 시작한다.

손 하나가 내 어깨를 움켜잡더니 나를 홱 돌려세운다. 내 얼굴이 낯선 10대 사내아이의 얼굴과 마주 보고 서 있다. 안타깝지만 나는 그를 죽여버릴 작정이다.

"넌 대체 누구야?" 그가 내 얼굴에 대고 고함을 지른다.

그의 몸이 기꺼이 달려드는 탄환에 뻣뻣해진다. 내가 쏜 탄환이 아니다. 내 권총집에는 권총이 들어 있지도 않다. 탄환은 링거가 쏜 것이다. 보쉬가 만들어낸 그 비인간적인 인간이 축구장 절반 거리만큼 멀리 떨어진 곳에서 그를 쏘아 맞혔다. 소년은 땅에 쓰러지기도 전에 죽는다. 나는 다시 달린다.

관제탑 아래 도착했을 때, 나는 딱 한 번 뒤 돌아본다. 서치라이트가 사방으로 교차하며 움직이고, 헬리콥터는 불타오르고, 분대원들은 닥치는 대로 뛰어다니고, 험비 트럭은 사방에서 바퀴를 긁어대며 달려간다. 링거가 약속했던 혼돈이고, 우리가 그 혼돈을 만들어냈다.

나는 라이플을 손에 쥐고, 하얀 건물 단지를 향해, 단지 한가운데 지휘본부가 위치한 곳을 찾아 전속력으로 달려간다. 그곳에서 나는 열쇠를 찾아낼 것이다. 내 어린 동생을 안전하게 보호해줄 방으로 들어가는 문을 걸어 잠가놓은 자물쇠를 딸 수 있도록 부디 그 열쇠를 찾아낼 수 있기를 소망한다.

내가 첫 번째 건물 문 앞에 우글우글 모여 있는 병사 무리 속으로 뛰어들었을 때, 링거가 두 번째 폭탄을 터뜨린다. 누군가 '젠장!'이라고 소리 지르고, 무리가 동요한다. 그리고 마치 서커스단 차량 속에서 우르르 몰려나오는 광대들처럼 안으로 거의 구르다시피 밀려들어 간다.

나는 한편으로는 내가 먼저 그를 발견하기를 바란다. 에반을 의미하는 게 아니다. 링거의 창조자를 말하는 거다. 나는 그를 만나면 어떻게 할지 상상하는 데 엄청나게 많은 시간을 허비했다. 어떻게 70억 인구를 대신해 피의 보복을 해줄지 말이다. 그리고 상상한 내용 대부분은 말로 옮겨놓기에는 너무 끔찍하다.

나는 본부 건물의 로비를 통과해 걸어간다. 거대한 깃발이 천장에 걸려 있다. 우리는 인간이다. 그리고 또 하나에는 '우리는 하나다'라고 적혀 있다. 하나는 결속을 말하고 또 하나는 용기를 부르짖는다. 가장 큰 깃발은 전체 벽을 가로지를 만큼 거대하고 거기에는 빈키드 퀴 파티투르(견디는 자가 승리한다)가 적혀 있다. 나는 그 밑을 통과해 달린다.

로비 맞은편 복도에서 빨간 경보 등이 회전한다. 목소리 하나가 천장에서 울려 나오는 것을 듣고 나는 깜짝 놀란다.

"일반 명령 4호를 발효한다. 반복한다. 일반 명령 4호를 발효한다. 훈련 상황이 아니다. 전 대원은 5분 내로 지정받은 보안구역으로 가서 보고하라. 반복한다. 이 상황은 훈련 상황이 아니다. 전 대원은 5분 내로 지정받은 보안구역으로 가서 보고하라……."

나는 문을 통과해 홀 끝으로 간다. 눈앞에 보이는 층계를 올라가 옆에 있는 문을 연다. 문이 잠겨 있다. 옆에는 키패드가 달려 있다. 나는 키패드 옆 벽에 등을 기대고 서서 기다린다. 1초, 2초, 3초…… 초를 세는 동안 밖에서 소음기를 단 듯한 퍽 소리와 함께 세 번째 폭탄이 터진다. 마치 다른 방에서 누군가 기침을 하는 소리 같다. 그런 다음에는 소형 무기가 발사되는 듯한 퍽퍽 퍽퍽퍽 소리가 연달아 들린다. 8초 만에 문이 활짝 열리고, 분대 하나가 밖으로 쿵쿵거리며 달려 나온다. 내 앞을 바로 지나쳐 가면서도 누구 하나 흘낏 시선 한 번 주지 않는다. 이건 너무 쉽지 않은가. 이런 식이면 할당된 행운을 너무 빨리 소진해버릴 것 같다.

나는 몸을 낮추고 문을 통과해 들어가서 또 다른 복도를 달려간다. 처음 달려왔던 복도와 당황스러울 만큼 똑같아 보이는 복도다. 빨간 등이 똑같이 회전하고 있고, 역시 고음의 사이렌이 웡웡거리며 울리고 있으며, 마약에 취한 아이폰의 시리 목소리 같은 짜증 나는 목소리도 똑같이 울려 나온다.

"일반 명령 4호가 발효 중이다. 전 대원은 3분 내로 지정받은 보안구역으로 가서 보고하라……."

깨어날 수 없는 꿈을 꾸고 있는 기분이다. 복도가 끝나는 지점에는 역시 똑같은 키패드가 달린 똑같은 모양의 문이 있다. 차이점이라면 문 바로 옆에 창문이 있다는 거다.

나는 M16을 들고 전속력으로 유리에 가서 부딪친다. 유리가 폭발하듯이 깨진다. 나는 한 걸음도 지체하지 않고 곧장 박살 난 유리문 안으로 몸을 날린다. 자, 이렇게 디파이언스가 내 이름이 되는 거야! 다시 맑고 깨끗한 캐나다의 공기 속으로 나선 후, 나는 건물 사이를 지나가는 좁은 길을 가로질러 간다. 그때 어둠 속에서 목소리 하나가 고함을 지른다.

"멈춰!"

나는 소리가 나는 쪽으로 무조건 총을 발사한다. 돌아볼 엄두조차 내지 못한다. 그때, 내 왼편으로 약간 떨어진 위치에 있는 새로 수리한 무기고 근처에서 네 번째 폭탄이 폭발한다. 내 머리 바로 위에서 헬기 한 대가 포효한다. 우리를 수색하느라 사방으로 서치라이트를 비추고 있다. 나는 빠르게 건물 옆으로 몸을 던져 강철 보강 콘크리트에 바짝 붙는다.

헬기가 멀어지는 것을 확인하고 나는 다시 움직인다. 건물을 빙 돌아가자 좁은 오솔길이 나온다. 길 한쪽은 담장으로 막혀 있고 맞은편에는 가시철망이 설치된 3미터 높이의 군사 철책선이 서 있다. 길을 따라 철책이 끝나는 지점까지 가면 자물쇠가 달린 문이 나와야 한다.

그러니까 자물쇠, 그건 내가 총을 쏴서 열면 되잖아. 동굴에서 내가 링거에게 말했다.

그건 영화에서나 가능한 일이야, 캐시.

그래, 네 말이 맞아. 영화 속 상황이 아니라서 얼마나 다행이야. 이게 영화였다면 위협적이고, 자만심 강하고, 짜증 나는 성격의 조연은 이미 죽어버렸을 테니까.

"훈련 상황이 아니다. 일반 명령 4호가 발효 중이다. 전 대원은 2분 내로 지정받은 보안구역으로 가서……."

좋아, 준비됐어, 알아들었다고. 일반 명령 4호가 발효 중이라는 거잖아. 대체 일반 명령 4호는 뭔데? 링거는 일반 명령에 관해서는 4호든 뭐든 간에, 아무 얘기도 해주지 않았다. 분명히 기지를 폐쇄하고 전 병력을 전투 상황에 배치하는 명령일 것이다. 나는 그렇다고 생각한다. 어쨌든 저들이 뭘 하든 간에 내가 해야 할 일이 바뀌는 건 아니다.

나는 수류탄 하나를 자물쇠 바로 밑 부분 철망의 다이아몬드 모양 속으로 끼워 넣고 핀을 뽑는다. 그리고 왔던 길로 서둘러 돌아간다. 파편에 맞아 죽지 않을 만큼 가능한 한 멀리 가지만, 수천 조각으로 날아가는 바늘 같은 파편에서 완전히 안전할 만큼 멀리는 가지 못한다. 마지막 순간에 고개를 돌리지 않았다면, 내 얼굴은 아마 갈기갈기 찢겼을 것이다. 가장 큰 조각 하나가 등 한가운데 정통으로 꽂히면서 벌에 쏘인 것보다 10배는 더 아프다. 왼쪽 손에도 뭔가가 박혔다. 손을 내려다보니 피에 젖은 장갑이 별빛을 받아 반짝인다.

수류탄이 자물쇠만 부순 것이 아니라, 문짝을 경첩째 날려버렸다. 문짝은 건물 마당 저편으로 날아가 어떤 영웅을 기리는 동상 옆에 떨어져 있다. 전쟁이 영웅을 배출해내던 그런 시대의 영웅. 왜 있지 않은가, 우리가 수많은 타당한 이유를 내세워 서로를 살육하던 그 살기 좋은 시절의 영웅.

나는 마당 맞은편의 건물을 향해 터벅거리며 걸어간다. 마주 보이는 벽을 따라 문 세 개가 같은 간격으로 서 있다. 링거에 따르면, 문 하나에서, 혹은 두 개에서, 아니면 전부 다에서 나를 환영하는 인파가 몰려나와야 정상이다. 그들은 날 실망하게 하지 않는다. 내가 가운데 문을 향해 두 번째 수류탄을 던지기 직전에 가운데 문이 활짝 열리더니 예상대로 누군가 소리 지른다.

"수류탄이다!"

그들이 문을 쾅 닫는다. 수류탄을 문 안쪽에 품은 채로.

폭발이 문짝을 내 머리 위로 날려버린다. 나는 바닥에 납작 엎드린다. 이 부분이 힘든 부분이야, 링거가 말했다. 피깨나 봐야 할 거야.

얼마나?

어느 정도면 감당할 수 있겠어?

넌 대체 뭐 하는 애야? 내 선배나 스승쯤 되는 거야? 내가 다섯 번째 파동 애들을 대체 얼마나 죽여야 하는 건데?

알고 보니, 적어도 셋은 되는 것 같다. 날아가 버린 문짝 너머에 널브러진 반자동 라이플의 개수를 세어보면 그렇다는 거지만, 그건 어디까지나 경험에서 나온 추측일 뿐이다. 병사들이 언제 폭발해서 날아가 버렸는지는 확실히 말하기 어렵다. 나는 난장판이 돼버린 문 안쪽으로 미끄러져 들어가서 피 묻은 발자국을 남기며 복도를 빠르게 달려간다.

붉은 경보 등. 사이렌. 목소리.

"일반 명령 4호가 발효 중이다. 전 대원은 1분 내로 지정받은 보안구역으로 가서……."

기지 어딘가에서 다음 폭탄이 폭발한다. 이것이 두 가지 사실을 알려주는데, 하나는 링거가 아직 잡히지 않았다는 것이고, 나머지 하나는 이제 폭탄이 단 하나 남았다는 것이다. 나는 지휘본부에서 멀리 떨어진 건물에 있고, 이 건물 아래가 바로 원더랜드 방이 자리한 벙커다. 또한 링거가 수도 없이 지적한 바에 따르면, 벙커는 막다른 길이다. 안에서 갇히거나 구석으로 몰리면, 우리의 인내에는 아무런 보상도 따르지 않으리라는 의미다.

*L*ittle *R*ed *R*idinghood *L*ost *H*er Way(빨간 두건을 쓴 소녀가 길을 잃었다). 이게 뭔가 하면 내가 끝에서 두 번째 건물 안을 헤매 돌아다니기 위해 착안해낸 영리한 연상기억법이다. 나는 첫 번째 골목에서 왼쪽((L))으로 돌고, 그다음은 오른쪽(R), 또 오른쪽(R), 그다음에 왼쪽(L)으로 꺾어진다. Her는 High를 대신 하는데, 그건 마지막 L, 즉 Lost 다음에 처음 마주치는 층계를 올라가라는 의미다. 물론 그냥 Her 대신에 High라는 단어를 사용할 수도 있었지만, 그러면 연상기억법을 사용하는 의미 자체가 훼손되지 않겠는가. Little Red Ridinghood's Lost High-way? 에이, 이거 왜 이러시나.

아무도 안 보인다. 텅 빈 복도에서 메아리치는, 일반 명령 4호를 부르짖는 으스스한 목소리 외에는 아무 소리도 들을 수 없다.

"모든 대원은 30초 이내에……."

이제 나는 이 일반 명령 4호라는 것에 점점 더 불길한 예감이 들기 시작했고, 그래서 링거를 저주하는 중이다. 왜냐하면 이 일반 명령 4호라는 게 분명히 뭔가 중요한 군사정보인 것 같으니까, 링거는 이 내용에 관해 분명히 알고 있었을 터다. 그런데도 무슨 이유에선지 내게는 이에 관해 전혀 언급하지 않기로 작정했다는 게 아닌가.

내가 층계를 달려 올라가는 동안, 마지막 초읽기가 시작된다.

"10초…… 9초…… 8초…… 7초…… 6초……."

층계참이다. 반 층만 더 올라가면 된다. 그러면 이 건물과 지휘본부 건물을 연결하는 통로가 눈앞에 보일 것이다.

"3초…… 2초…… 1초."

나는 문을 활짝 열어젖힌다.

칠흑 같은 어둠이 강타한다.

★

82

불빛이 없다. 사이렌 소리도 들리지 않는다. 목소리도 들리지 않는다. 그래서 안심이 되기는 하지만, 어쩐지 무시무시하다. 칠흑 같은 어둠과 완전한 정적. 처음으로 머릿속에 떠오른 생각은 링거가 전력을 차단한 게 분명하다는 거다. 다음에 든 생각은 그게 말도 안 된다는 거다. 우린 전력을 끊어놓는 것에 관해서는 얘기한 적이 없기 때문이다. 세 번째 든 생각? 헬기에 타고 있을 때 했던 생각과 같다. 링거는 첩자다. 보쉬가 전 세계를 지배하는 데 필요한, 극악무도한 계획들을 성취해낼 수 있도록 돕는 이중첩자다. 어쩌면 권력을 나눠 갖기로 협상했는지도 모른다. 좋아, 이것으로 협상이 체결된 거야. 네가 지배하게 될 지역은 미시시피 서부와…….

나는 펜라이트를 꺼내기 위해 주머니를 뒤진다. 하나 집어 들고 나온 기억이 나기 때문이다. 주머니에 집어넣기 전에 배터리 잔량을 확인했던 것도 확실히 기억한다. 두려움에 사로잡힌 채로…… 좋아, 두려움이 아니라, 그냥 급해서라고 하자. 그래, 너무 급해서 나는 파워바를 꺼내 들고는 있지도 않은 스위치를 엄지손가락으로 누른다. 젠장, 빌어먹을 파워바와 벤 패리시! 나는 파워바를 허공으로 던져버린다.

지금 난 방향감각을 잃은 것은 아니다. 내가 어디에 있는지도 잘 안다. 정면으로 가면 지휘본부로 연결되는 통로다. 움직이는 동안에도 손전등을 찾아볼 수는 있다. 그게 뭐 대수라고. 일단 본부 건물로 들어가면, 두 곳의 집중 보안 검문소를 통과하고, 그다음에는 뚫어야 할 전자키가 설치된 여러 개의 강철 문을 지난 후, 네 개 층을 올라간 다음 1.5킬로미터 길이의 복도를 걸어가야 한다. 복도는 녹색 문 앞에서 끝나 있을 테지만, 그 빌어먹을 펜라이트를 찾지 못하면 나는 그 문이 녹색이라는 것을 죽었다 깨어나도 모를 것이다.

나는 발을 질질 끌며 앞으로 나아간다. 한 손으로는 앞쪽의 허공을 더듬고 다른 한 손으로는 군복 여기저기를 두드리고 후벼 파고 더듬고 움켜잡는다. 주머니가 너무 많다. 빌어먹을 주머니가 너무 많다. 내 숨결은 평원을 가로지르는 토네이도 같다. 내 심장은 철길을 덜컹거리며 달려가는 화물열차처럼 쿵쿵거린다. 여기서 멈춰 서서 주머니를 다 뒤집어 봐야 하는 걸까? 결국 시간만 낭비하게 되는 건 아닐까? 나는 계속 움직인다. 내 안의 일부는 그깟 펜라이트 하나 잃어버린 것이 나를 완전히 절망시켜버릴 수도 있다는 사실에 경악하는 중이다.

냉정하게 생각해봐, 캐시. 이런 상황에서는 어둠이 오히려 동지야.

물론 적들이 적외선 탐지기를 가지고 있지 않다는 전제하에 하는 말이지만, 놈들은 당연히 가지고 있다. 전력을 차단함으로써 내 눈을 멀게 했다고, 자기들도 눈먼 채로 다닐 리는 없지 않은가.

나는 계속 움직인다. 서두르자. 두려워하지 말고.

이제 난 통로를 반쯤 지났다. 마침내 손전등을 찾아서 요리조리 빠져 달아나던 그 빌어먹을 것의 스위치를 켰기에 그 사실을 알 수 있다. 흐릿한 모양으로 빛나는 빛줄기가 곧장 앞쪽에 있는 젖빛 유리문에 가서 부딪친다. 나는 권총을 꺼낸다. 그 유리문 맞은편이 바로 첫 번째 검문소다. 나는 링거 덕분에, 혹은 링거가 제공해준 정보 덕분에 이 사실을 안다. 이곳은 또한 우리가 만나기로 약속한 장소다. 기본적으로는 이곳이 강화되지 않는 평범한 인간의 몸으로 내가 가 닿을 수 있는 최종 종착지이기 때문이다.

지휘본부는 기지 내에서 가장 보안이 강화된 건물로 정예부대가 지키고 있고, 최첨단 감시 기술로 보호되는 곳이다. 병사들의 주의를 돌리기 위해 마지막 폭탄을 터뜨리고 난 후, 링거는 자신이 최고로 잘하는 것을 하면서(다시 말해, 사람들을 죽이면서) 반대편 끝에서부터 지휘본부를 공격(링거는 침투한다는 표현을 썼는데, 나는 왠지 그 표현이 기분 나빴다)해와 여기서 날 만날 예정이다.

나를 만나기 전에 보쉬를 죽일 거야? 내가 물었다.

그를 먼저 찾아낸다면.

음, 마음대로 개인행동 하지 마. 우리가 원더랜드에 빠르게 가 닿을수록…….

그러자 링거는 '잔소리 집어치워'라고 말하는 듯한 표정으로 나를 바라봤다. 그래서 나는 '내 말 명심하는 게 좋을 거야'라는 표정으로 링거를 노려봤다.

이제는 할 일이 아무것도 없으니 기다리는 수밖에 없다. 나는 벽까지 옆걸음질 친다. 권총을 라이플로 바꿔 쥔다. 링거가 어디 있는지, 그리고 대체 왜 이렇게 오래 걸리는지에 관해서는 걱정하지 않으려고 애쓴다. 물론 그녀가 살아 있다는 전제하에. 그리고 화장실도 가고 싶다.

그러니까 네가 다섯 번째 폭탄을 터뜨리는 소리를 듣게 되면…….

네 번째. 다섯 번째는 대비책으로 가지고 있을 거야.

뭐에 대한 대비책?

놈의 입에 처넣고 불을 붙여버릴 거야.

링거는 아무런 감정이 실리지 않은 목소리로 말했다. 미움도 만족도 기대도 아무것도 실리지 않은 목소리. 물론 그녀는 대부분의 일을 아무 감정도 없이 하지만, 이 일은 우리가 약간의 열정을 품고 실행하길 기대하는 그런 일이지 않은가.

너 그 인간을 정말 증오하는구나.

증오는 답이 아니야.

난 질문한 게 아니야.

증오도, 분노도 아니야, 캐시.

좋아, 그럼. 답이 뭔데? 마치 그 질문을 하게끔 조종당한 기분으로 내가 물었다.

그녀가 고개를 돌려버렸다.

나는 젖빛 유리문 옆에서 기다린다. 시간이 천천히 기어간다. 사랑하는 하나님, 대량 살상 무기로 개조된 초인이 몇 명의 보안요원을 제압하고 고성능 보안장치를 뚫고 오는 데 시간이 얼마나 걸릴까요? 맹렬한 기세로 이 위치까지 달려왔지만, 아무것도 없다. 아마 잔뜩 겁에 질려 있지 않았다면, 나는 지루해서 죽어버렸을지도 모른다. 젠장, 대체 링거는 어디 있는 거야?

딸각. 나는 배터리를 아끼기 위해 손전등 스위치를 끈다. 내 절약 정신의 불운한 부산물은 어둠이 다시 몰려오는 것이다. 딸각. 켠다. 딸각. 끈다. 딸각. 딸각. 딸각. 딸각.

쉬쉬쉬쉬. 물기를 느끼기도 전에, 나는 소리부터 듣는다.

비가 내린다.

★

83

딸각. 나는 손전등으로 천장을 비춘다. 스프링클러가 전속력으로 돌아가는 중이다. 차가운 물이 위로 향한 내 얼굴 위로 흩뿌린다. 그래, 아주 좋아. 링거의 폭탄 중 하나가 스프링클러 장치를 건드린 모양이다. 얼마 되지도 않아 나는 흠뻑 젖는다. 부당하다는 건 알지만, 그래도 나는 링거를 탓한다. 나는 흠뻑 젖었고, 춥다. 아드레날린도 넘쳐흐르고 이제는 정말로 화장실이 급하다.

그런데 링거는 아직도 나타나지 않는다.

내가 얼마나 오래 너를 기다리고 있어야 하는 거야?

나도 얼마가 걸릴지는 확실히 몰라.

물론 그렇겠지. 하지만 어느 시점이 되면, 네가 오지 않으리라는 사실이 명확해지지 않을까?

그 시점이 되면 너도 기다리는 걸 포기하겠지, 캐시.

그래, 그렇겠지. 나는 기회가 있었을 때, 링거의 코를 한 방 먹이지 않았던 게 정말 후회된다. 잠깐. 기회가 있을 때, 링거의 코를 한 방 먹이기는 했다. 다행이네. 마음에 걸리던 게 하나 줄었다.

나는 젖은 채로 비참하게 몸을 웅크리고 영원히 여기 앉아 기다리고 있을 수만은 없다. 만약 이렇게 젖은 채로 비참해지는 게 내 운명이라면, 적어도 일어선 채로 운명을 맞이하겠다. 저 문을 열어볼 작정이다. 열리는지 살짝 밀어보기라도 해야겠다. 주변에는 아무도 없는 게 확실하다. 누가 있었다면 내 손전등 불빛을 보았거나 내 그림자를 확인하고 뒤에서 나를 공격해왔을 테니까.

가짜 빗방울이 이마 위로 흘러내리고, 머리칼 끝에 매달려 있고, 연인의 손가락처럼 내 턱을 쓰다듬는다. 내 부츠 아래서 물이 철벅거린다. 상처 입은 손이 쑤시기 시작했다. 그것도 심하게. 수천 개의 작은 바늘이 피부를 찌르는 것 같다. 그때 나는 두개골에 뭔가 타는 듯한 감각이 전해지는 것을 느낀다. 그 느낌이 전신으로 퍼져나간다. 목, 등, 가슴, 배, 얼굴. 전신에 불이 붙은 것 같다. 나는 문 앞에서 비틀거리며 멀어져서 아까 앉아 있던 구석 자리 벽 앞으로 간다. 뭔가 잘못됐다. 머릿속 깊은 곳에서 비명이 울려 나온다. 뭔가 잘못됐어.

나는 펜라이트를 켜고 내 손을 비춰본다. 열십자 모양으로 쓸린 상처가 크게 부어올라 있다. 파편을 빼낸 자국에서 피가 배어나더니 금방 짙은 자주색으로 변한다. 마치 피가 물속에 있는 무언가에 반응하는 것 같다.

물속에 뭔가 있다.

열기는 거의 참을 수 없을 정도다. 펄펄 끓는 물에 피부가 흠뻑 젖은 듯한 느낌이지만, 문제는 떨어지는 물방울은 전혀 뜨겁지 않다는 거다. 나는 다른 손에 불빛을 비춰본다. 밝은색의 동전 크기쯤 되는 빨간 물방울로 뒤덮여 있다. 나는 급하게(절대로 경악해서가 아니다) 재킷을 확 열어젖히고 셔츠를 위로 끌어 올린다. 불가사리가 보인다. 흐릿한 분홍 살결을 배경으로 불타는 자줏빛 태양 같은 불가사리 한 마리가 보인다.

내겐 세 가지 선택사항이 있다. 독극물 스프레이 밑에 멍청하게 서 있거나, 안에 뭐가 있을지 모를 잿빛 유리문을 멍청하게 부수고 안으로 들어가거나, 피부가 액화되어 뼈째 사라져 버리기 전에 현명하게 이 건물을 벗어나는 거다.

나는 세 번째 선택사항으로 간다.

내가 달리는 동안, 작은 손전등 불빛이 물보라를 뚫고 들어가 무지개를 절단한다. 나는 계단실로 치고 들어가 벽에 부딪히고 콘크리트 바닥으로 미끄러진 후 아래로 굴러떨어진다. 손전등이 내 손에서 날아가 꺼져버린다. 여길 벗어나야 해, 밖으로, 밖으로 나가야 해. 일단 나가면, 나는 옷을 전부 벗어버리고 돼지처럼 흙 위에서 벌거벗은 채로 뒹굴 것이다. 불붙인 성냥으로 눈을 지지는 것처럼 뜨겁다. 눈물이 뺨 위로 흘러내린다. 뜨거운 석탄이 입과 목을 태우고, 역병 같은 끓어오름 속에서 온몸 구석구석이 오그라든다.

지금 뭐라 그랬어, 캐시? 어떻게 끓어오른다고?

아, 이제야 알겠어. 이제야 무슨 일이 일어나는지 이해하겠어.

전력을 끊어라. 수문을 열어라. 역병을 풀어놓아라. 일반 명령 4호는 축소판 침략이다. 처음 세상을 강타했던 세 가지 파동의 음향 버전이다. 같은 선율, 하지만 다른 가사. 그 흔적 속에 갇히는 그 어떤 불법 침입자도 인류의 아바타가 되는 것이다.

그게 바로 나다. 내가 인류다.

밖으로, 밖으로, 밖으로! 나는 1층에 있다. 기억에 근거해보면 창문이라고는 전혀 없던 그 1층. 지금 내겐 손전등도 없고, 밖으로 인도해줄 불 켜진 비상구 표시도 없다. 이제 난 전혀 서두르는 게 아니다. 완전히 공포에 질려 있다.

나는 전에도 이 상황을 겪어봤다. 그러니 세 번째 파동 이후에는 뭐가 올지 알고 있다.

★

84

소리 없는 자

열 번의 천 년이 떠내려간다.

공간과 시간에 얽매이지 않은 1만 년, 그 시간이 감각과 순수한 생각, 형태 없는 물질, 동작 없는 움직임, 마비된 힘을 앗아갔다.

그런 다음 어둠이 갈라져 열리고 빛이 보였다.

공기가 그것의 폐를 가득 메운다. 피가 그것의 혈관을 타고 움직인다. 열 번의 천 년이 지나도록 무한한 마음속에 갇혀 살던 그것이 이제 유한함을 얻었다. 이제 자유다.

그것이 지상으로 나아가기 위해 층계를 올라간다.

붉은빛이 진동한다. 사이렌이 귀청을 찢는다. 인간의 목소리가 그것의 귀를 공격한다.

"일반 명령 4호를 발효한다. 전 대원은 1분 내로 지정받은 보안구역으로 가서 보고하라. 반복한다."

그것이 깊은 곳에서 지상으로 올라간다.

위쪽의 문이 쾅 소리를 내고 열리더니 포유류 해충 무리가 그것을 향해 돌진해온다. 10대 아이들이 무기를 운반한다. 계단실의 좁은 공간에 인간 냄새가 진동한다.

"너 뭐야, 귀먹었어?" 그들 중 하나가 소리 지른다. 목소리가 귀를 긁는 듯하다. 그들의 언어는 끔찍한 소리를 낸다. "명령 4호가 발효됐어, 병신아! 어서 벙커 안으로 엉덩이 밀어쳐 넣으라……."

그것이 10대 소년의 목을 꺾는다. 다른 아이들도 마찬가지로 효율적이고 빠르게 사살한다. 그들의 시체가 발아래 널브러진다. 부러진 목, 터져버린 심장, 깨진 두개골. 죽어가기 직전, 어쩌면 그들은 그것의 눈을 들여다봤을지도 모른다. 텅 비고 깜빡임도 없는 상어의 눈. 그 영혼 없는 포식자가 깊은 곳에서 올라온다.

"3…… 2…… 1."

계단실이 어둠 속으로 곤두박질친다. 평범한 인간은 아무것도 볼 수 없다. 그러나 그것을 담고 있는 인간 육체는 평범하지 않다.

강화되었다.

지휘본부의 1층 복도에서 스프링클러 시스템이 갑자기 돌아가기 시작한다. 소리 없는 자가 고개를 들고 그 미지근한 물을 마신다. 그것은 1만 년 동안 한 번도 물을 맛본 적이 없었기에, 그 느낌은 놀랍고도 신기하기 짝이 없다.

복도는 텅 비었다. 해충들은 모두 안전한 곳에 은신해 있다. 두 명의 침입자가 제압될 때까지 모두 그곳에 머물러 있을 것이다.

이 인간의 몸에 들어가 있는, 인간이 아닌 것에 의해 제압당할 때까지.

쏟아져 내리는 물 속에서, 젖은 점프슈트가 빠르게 그것의 건장한 체격에 들러붙는다. 그것은 자신이 뒤집어쓴 인간 몸의 역사라는 부담에서 벗어나 있다. 그것은 어린 시절의 추억도 없고, 그것의 껍데기가 자라난 농장에 관한 추억도 없으며, 그것을 사랑으로 길러주었으나, 그것이 가만히 서서 아무것도 하지 않는 동안 하나씩하나씩 죽어간 인간 가족들에 관해서도 전혀 기억하지 못한다.

그것은 숲 속에 있는 어느 텐트 속에서 한 손에는 라이플을 다른 한 손에는 곰 인형을 들고 숨어 있던 한 소녀를 발견했다. 그것은 순백의 바다를 가로질러 그녀의 부상 입은 몸을 안고 갔던 기억도, 죽음의 언저리에서 그녀를 구해낸 사실도 기억하지 못한다. 그녀는 물론이고 그녀의 남동생을 구한 적도 없다. 어떤 희생을 치르더라도 그녀를 보호하겠다고 맹세한 적도 없다.

그것의 안에는 인간성이란 조금도 남아 있지 않고, 인간 같은 면도 전혀 남아 있지 않다.

그것은 과거를 기억하지 못한다. 따라서 그것에게 과거란 존재하지 않는다. 인간성도 존재하지 않는다.

그것은 이름조차도 없다.

강화가 그것에게 물속에 화학 작용제가 살포되었음을 알려온다. 하지만 그것은 독극물의 영향을 전혀 느끼지 못할 것이다. 그것은 통증을 견디고 고통에 영향받지 않도록 고안되었다. 자기 자신은 물론이고 자기 희생자들의 고통까지도. 고대인들은 빈키드 퀴 파티투르(견디는 자가 승리한다)라고 했고, 그것은 승리자뿐 아니라 패배자에게도 적용되는 말이다. 승리하고자 한다면, 자기 자신의 고통뿐 아니라, 다른 사람의 고통도 견뎌내야만 한다. 무관심이야말로 궁극적인 진화의 달성이다. 그것이야말로 자연의 사다리 맨 꼭대기에 있는 발판이다. 한때 에반 워커라고 불렸던 인간의 몸을 작동하는 그 프로그램을 창조해낸 이들은 이 사실을 이해한다. 그들은 수천 년 동안 그 문제를 연구해왔다.

인간의 가장 근본적인 결함은 바로 인간성이다. 아무 쓸모 없고, 이해할 수도 없으며, 자기 파괴적이기까지 한, 사랑하고 공감하고 희생하고 신뢰하며 자신의 피부 경계 밖에 있는 것은 무엇이든 상상하려 드는 인간의 성향, 이런 것들이 인간이라는 종을 파멸로 몰아갔다. 그리고 더 끔찍한 사실은, 바로 이 하나의 유기체가 지구상의 모든 생명의 생존을 위협해왔다는 것이다.

소리 없는 자를 만들어낸 이들은 그 해결책을 찾기 위해 멀리까지 내다볼 필요도 없었다. 해답은 또 다른 종 안에 놓여 있었다. 그 종은 자신이 속한 영토를 정복하고 수백만 년 동안 절대 권력으로 그곳을 통치해왔다. 그 고결한 외양은 일단 논외로 하고, 상어가 바다를 지배하는 이유는 먹고 종족을 번식하고 그들의 영역을 지키는 것 외에는 그 어떤 것에도 철저하게 무관심한 덕분이다. 상어는 사랑하지 않는다. 공감하지도 않는다. 아무것도 믿지 않는다. 열망이나 욕망이 없기에 주변 환경과 완벽한 조화를 이루며 살아간다. 상어는 동정심도 없다. 슬픔이나 후회도 느끼지 않는다. 그 어떤 것에도 희망을 품지 않고 그 무엇도 꿈꾸지 않으며, 그 자신은 물론이고 자신을 넘어서는 그 어떤 것에도 환상을 품지 않는다.

한때 에반 워커라 불렸던 인간은 꿈이 있었다. 이제 더는 기억할 수 없는 그 꿈속에는 숲 속에 텐트 하나가 있었고, 그 텐트 안에는 자신을 인류라 부르는 한 소녀가 있었다. 그것은 그 소녀를 자기 자신보다 더 소중히 여겼었다.

하지만 이제 더는 아니다.

이번에 소녀를 발견한다면, 아니, 분명히 발견할 것이고, 그것은 소녀를 죽여버릴 것이다. 일말의 후회 없이, 동정심도 없이. 에반 워커가 사랑했던 그 소녀를 인간이 바퀴벌레를 밟아버릴 때의 감정으로 죽여버릴 것이다.

소리 없는 자가 깨어났다.

★

85

좀비

내가 처음 본 사람은 덤보다.

그래서 나는 내가 죽었다는 걸 안다.

하사가 가는 곳은 어디든 따라갈 거야.

글쎄, 덤보, 이번에는 네가 가 있는 곳으로 내가 따라온 것처럼 보이네.

나는 덤보가 구급상자에서 냉찜질 팩을 꺼내 포장을 찢고 화학물질을 섞는 것을 어른거리는 안개를 통해 바라본다. 걱정을 감추기 위해 그가 얼굴에 짓고 있는 친숙하게 진지한 표정, 마치 온 세상의 안위가 자기 어깨 위에 올라가 있기라도 하다는 듯 엄숙하다. 그 표정이 정말 그리웠다.

"냉찜질 팩?" 내가 그에게 묻는다. "그건 그렇고, 대체 여긴 무슨 종류의 천국이야?"

덤보가 '나 지금 일하고 있으니까 입 좀 다물어'라고 말하는 듯한 표정을 지어 보인다. 그런 다음 내 손에 팩을 건네주더니 그것을 뒤통수에 대고 꽉 누르고 있으라고 말한다. 뿌연 안갯속에서 그의 귀가 더 작아 보인다. 어쩌면 천국에서 받은 상일지도 모르겠다. 작아진 귀 말이다.

"널 두고 떠나면 안 되는 거였어, 덤보." 내가 고백한다. "미안해."

그의 모습이 안갯속으로 흐려진다. 다음은 누굴까, 나는 궁금하다. 티컵? 파운드케이크? 어쩌면 플린트스톤이나 탱크일지도 몰아. 함께 텐트를 사용하던 크리스는 제발 아니었으면 좋겠다. 그럼 부모님? 여동생? 동생을 다시 보게 된다는 생각만으로도 심장이 쥐어짜는 듯이 아프다. 하느님, 하늘에도 심장이라는 게 있나요? 하늘에 있는 음식은 어떨까 궁금하다.

시야 앞으로 헤엄쳐 오는 얼굴은 내가 아는 얼굴이 아니다. 모델처럼 완벽한 광대뼈와 아름답기는 하지만 온기라고는 전혀 느껴지지 않는, 눈이 인상적인 내 나이 또래의 흑인 소녀다. 두 눈이 광을 낸 대리석처럼 반짝거린다. 소매에 하사 계급장이 달린 전투복 차림이다.

젠장. 지금까지는 사후세계도 우울할 만큼 살아 있을 때나 다름이 없어 보인다.

"그 여자애 어디 갔어?" 소녀가 묻는다.

그애가 내 앞에 웅크리고 앉아 허벅지에 팔뚝을 내려놓는다. 몸매는 달리기 선수처럼 늘씬하다. 손가락은 길고 우아하고, 손톱은 깔끔하게 잘라 다듬었다.

"내가 약속 하나 할게." 그녀가 말한다. "네가 허튼소리 안 한다고 약속하면, 나도 네게 허튼소리 않을 거야. 그앤 어디 있어?"

나는 고개를 젓는다.

"네가 누굴 말하는 건지 모르겠어."

쿡쿡 쑤시는 머리에 냉찜질 팩을 대고 있으니 느낌이 정말 좋은데, 느낌이 좋은 건 딱 그거 하나뿐이다. 어쩌면 내가 죽은 게 아닐지도 모르겠다는 생각이 차츰 들기 시작한다.

여자애가 자기 전투복 상의 가슴 주머니에 손을 넣어 구겨진 종잇조각 하나를 꺼내 내 무릎에 던져준다. 맙소사, 링거가 온몸에 튜브를 연결한 채 병원 침대에 누워 있다. 비디오카메라 화면에서 저장한 스크린숏처럼 보인다. 분명히 보쉬가 그녀의 몸에 열두 번째 시스템을 주입하던 당시에 찍은 사진일 것이다.

나는 하사를 바라보며 말한다.

"난 이런 사람 평생 한 번도 본 적 없어."

그녀가 한숨을 쉬더니 사진을 집어 들어 다시 주머니에 넣는다. 그러고는 별빛 속에서 반짝이는 갈색 들판을 빤히 바라본다. 그녀의 어깨너머로 부서진 목제 난간과 농가의 빛바랜 흰색 벽과 곡식 저장고의 윤곽이 보인다. 그러고 보니 우린 앞쪽 테라스에 나와 있는 모양이다.

"그 여자애 어디로 간 거야?" 소녀가 다시 묻는다. "그리고 거기 도착하면 무슨 짓을 저지를 작정인 거야?"

"아까 그 사진으로 판단해보건대, 어디 가고 자시고 할 상태가 아닌 것 같던데."

우리 애들. 메건과 너겟에게는 대체 무슨 짓을 한 거야? 나는 질문을 하려다가 입을 꾹 다물고 안으로 삭인다. 그들이 메건을 데려갔다. 그건 의심의 여지가 없다. 러시모어 산이 내 머리 위로 무너져 내릴 때만 해도 메건은 나와 함께 있었다. 그렇지만 너겟은 아직 못 찾았을지도 모른다. 어쩌면 너겟은 아직 그 구덩이 속에 있을지도 모른다.

"네 이름은 벤저민 토머스 패리시야." 그녀가 내게 말한다. "일명, 좀비라고 하지. 이전 병사였다가, 현재는 53분대 하사로 지난가을에 도로시가 됐지. 그리고 헤이븐 캠프를 벗어나 실행하던 작전 이후로 계속 도주 중이었어. 네 이전 부대원은 다 죽었거나, 내가 좀 전에 사진으로 보여준 병사를 제외하고는 다 행방불명됐지. 마리카 기무라, 일명 링거, 그애가 우리 헬기를 징발해서 지금 이 지점에서 북쪽으로 날아가고 있어. 우린 그애가 어디로 가는지 알 것 같아. 그렇지만 이유가 뭔지, 그리고 거기 가서 뭘 할 작정인지도 알아야겠어."

그녀가 잠시 침묵한다. 아마도 내가 그 침묵을 채워주길 기다리고 있는 듯하다. 링거의 본명은 마리카 기무라다. 왜 나는 그녀의 성과 이름을 둘 다 생판 낯선 타인에게서 들어야 하는 거지?

침묵이 길어진다. 소녀가 자신은 언제까지라도 기다릴 용의가 있다는 낌새를 내보이지만, 우리 둘 다 그녀가 그렇게 오래 기다리지는 못하리라는 사실을 잘 안다.

"난 도로시가 아니야." 내가 마침내 말한다. "우리 둘 중 한 명은 도로시가 맞지만, 나는 아니야."

그녀가 고개를 절레절레 흔든다.

"이봐, 친구, 지금 네 방 침대에서 배 깔고 누워 있는 것처럼 굉장히 마음이 편한 모양인데." 그녀가 가느다란 손가락으로 내 턱을 잡더니 움켜쥔다. 세게. "난 이런 말장난이나 하고 있을 만큼 참을성이 많지 않거든. 그리고 너도 시간이 없어. 그애의 계획이 뭐야, 좀비 하사? 링거가 무슨 게임을 하려는 거냐고?"

젠장, 손아귀 힘이 굉장하다. 나는 말을 하기 위해 입을 여는 데도 애를 먹는다.

"체스."

그녀가 조금 더 내 턱을 잡고 있다가 역겹다는 듯이 콧방귀를 뀌며 손에 힘을 푼다. 그러고는 농가 앞문 쪽으로 손짓하자 두 명의 형체가 나타난다. 하나는 키가 크고 하나는 작다. 너겟만큼 작다.

하사가 자리에서 일어나 강인한 두 손으로 너겟의 어깨를 꽉 움켜잡고 자기 앞으로 끌어당긴다.

"말해." 그녀가 말한다.

너겟의 눈이 내 눈을 빤히 바라본다.

"뭐라도 털어놔." 그녀가 명령한다.

그리고 권총집에서 총을 꺼내 너겟의 머리 측면에 총구를 대고 누른다. 너겟은 움찔하지도 않는다. 칭얼거리지도 울지도 않는다. 몸도 흔들림이 없고, 두 눈도 전혀 동요하지 않는다. 그리고 그 눈이 이렇게 말한다. 안 돼, 좀비, 말하지 마.

"하고 싶은 대로 해. 그럼 네게 돌아가는 게 뭔지 보게 될 테니까." 내가 그녀에게 말한다.

"둘 다에게 할 거야." 그녀가 내게 약속한다. "처음엔 얘, 그다음엔 여자애."

그녀가 너겟의 뒤통수 쪽으로 총구를 움직인다. 처음에 나는 그게 무슨 의미인지 이해하지 못하지만, 곧 계속 이해하지 못했으면 좋았으리라고 소망한다. 그녀가 방아쇠를 당기면, 내가 너겟의 뇌를 얼굴 가득 뒤집어쓰게 되리라는 의미다.

"좋아." 내가 차분한 목소리로, 아니, 가능한 한 차분함을 유지하며 말한다. "그럼 마지막에는 날 쏘면 되겠네. 그럼 우리 모두 죽게 되고, 넌 네 지휘관에게 불편한 사실을 털어놔야 하겠지."

그런 다음 나는 그녀를 완전히 방심하게 할 무언가를 했다. 12살 때 이래로 계속 효과를 확실하게 봤던 의도적이고 특별한 재능을 사용한 것이다. 나는 미소 지었다. 패리시표 특허받은 미소를 환하게 지어 보였다.

"이 빌어먹을 전쟁이 벌어지기 전에는 넌 뭘 했었어?" 내가 그녀에게 묻는다. "단거리 경주 선수, 맞지? 아니면 장거리 선수였을지도 모르겠네. 나? 나는 풋볼했어. 포지션은 와이드 리시버. 속도가 빠르지는 않았는데, 손이 빨랐지." 내가 고개를 끄덕인다. "그래, 손이 빨랐어." 나는 그녀의 눈 속에 비친 너겟의 머리를 흘낏 바라본다. 그 눈 속에서 별빛이 은색 불길처럼 반사돼 반짝거리는 게 보인다. "우리에게 무슨 일이 일어난 걸까, 스프린터 하사? 그들이 대체 우리에게 무슨 짓을 한 거지? 1년 전만 하더라도, 네가 이 어린아이의 머리를 폭발시켜버리는 걸 상상이나 할 수 있었겠어? 난 널 잘 모르지만, 어떤 면에서는 그렇지 않을 수도 있어. 넌 날 도로시라고 부르지만, 난 그렇게 부를 수 있는 사람이 70억 인구 중에 채 10퍼센트도 남지 않았다고 생각해. 그런데 이제 우리는 그들의 목구멍 속에 폭탄을 쑤셔 넣고 그들의 머리에 총구를 들이대는 게 마치 옷을 입고 양치질을 하는 것처럼 지구상에서 가장 자연스러운 일이라도 되는 양하고 있잖아. 넌 다음 단계는 뭘까 궁금할 거야. 내 말은, 만약 그 지점에 도달하면, 넌 지금보다도 더 저열해질 수 있겠어?"

"이게 내가 필요로 하는 거지." 그녀가 치아를 다 드러내고 패리시의 특허받은 미소를 조롱하듯이 흉내 낸다. "넌 지금 전형적인 도로시의 행태를 보이는 중이야."

"마리카는 그 사진이 찍힌 곳으로 다시 돌아가는 중이야." 내가 미소를 거두고 그녀에게 말한다. 너겟의 눈이 놀라서 커다래진다. 좀비! 안 돼! "일단 거기 도착하면, 그녀와 너와 나와 이 지구에 있는 모든 사람을 이렇게 만들어버린 개자식을 찾아낼 거고, 찾자마자 죽여버릴 거야. 그런 다음에는 보나 마나 기지에 있는 세뇌된 병사들도 전부 죽여버리겠지. 그리고 네가 돌아가면, 물론 하늘에 떠 있는 저 거대한 녹색 괴물이 죽음이라는 녹색 벽돌 더미를 똥 싸듯이 뿌려대기 전에 네가 기지에 돌아갈 수만 있다면, 링거가 너도 죽여줄 거야." 나는 특허받은 미소를 다시 짓는다. 눈부시게. 환하게. 거부할 수 없도록. 음, 적어도 그게 전에 사람들이 내게 해주던 말이었다. "자, 이제 그 총구 내리지, 스프린터 하사. 그리고 여기서 얼른 꺼져버리라고."

86

그들이 나를 홱 잡아 일으켜 너겟과 메건이 있는 집 안으로 던져 넣는다. 집 안에는 풋볼 라인맨의 체격만큼이나 건장한 덩치를 자랑하기 위해 웃통을 벗어던진 채 서 있는 두 명의 불쾌한 녀석들도 함께 있다. 그들의 이두박근에는 VQP라는 똑같은 문신이 새겨져 있다. 우리는 거실에 머문다. 메건은 곰 인형을 안고 소파에, 너겟은 풀로 붙여놓기라도 한 듯이 내 옆에 바짝 붙어 있지만, 지금 당장은 내게 불만이 많은 모양이다.

"왜 털어놨어?" 그가 나를 비난한다.

나는 어깨를 으쓱한다.

"이미 탄환은 약실을 벗어났어, 너겟. 이제 놈들도 할 수 있는 일이 거의 없어."

아이가 고개를 젓는다. 내가 사용한 은유를 이해하지 못한 모양이다. 나는 몸을 기울여 아이의 귀에 대고 소곤거린다.

"적어도 내가 캐시에 관해서는 말하지 않았잖아, 안 그래?"

누나의 이름을 언급하자 가까스로 참았던 눈물이 터진 모양이다. 너겟의 아랫입술이 앞으로 쑥 나오더니 눈에는 눈물이 가득 차오른다.

"이런, 아니, 지금 이게 뭐 하는 거야? 어? 일병, 오늘 자넨 임무를 초월하는 보기 드문 비범한 용기를 보여주었네. 자네도 현지 진급이라는 게 뭔지 알지?"

너겟이 침울하게 고개를 젓는다.

"모릅니다."

"모른단 말이지, 방금 자네가 하나 챙겨 가졌어. 이제 자네는 너겟 상병이야."

내가 손날을 이마로 가져가 경례를 붙인다. 너겟이 가슴을 쑥 내밀고 턱을 들어 올린다. 두 눈에서는 캐시의 눈 속에서 볼 수 있던 불길이 타오른다. 아이가 재빨리 내 경례에 답한다.

테라스에서는 스프린터 하사가 자신의 부관과 열띤 논쟁을 벌이는 중이다. 주제는 그다지 의문에 싸여 있지도 않다. 열린 문을 통해 얼마든지 자세히 들을 수 있기 때문이다. 그들은 임무를 완수했다. 부관이 주장한다. 그러니 저 개자식들을 다 처리해버리고 기지로 돌아갈 시간이다. 생포해서 가둬뒀잖아. 하사가 맞받아친다. 내가 받은 명령에는 누군가를 사살하라는 내용은 전혀 포함되지 않았어. 그럼에도 그녀는 흔들린다. 목소리에서 그 사실을 확인할 수 있다. 부관이 하늘에서 궤도를 돌고 있는, 폭탄을 싸는 괴수에 관한 내용을 다시 들이민다. 그녀가 도로시에 관해 어떤 결정을 내리든 상관없이, 그들은 새벽이 되기 전에 기지로 돌아가서 지구 종말 광경을 맨 앞자리에 앉아 즐겨야 한다.

방충 문이 쿵 소리를 내며 활짝 열리더니 하사가 내 얼굴 앞으로 달려온다. 향수 냄새까지 맡을 수 있을 만큼 가까운 거리다. 어찌나 오랜만에 향수 냄새를 맡았는지, 놀랍게도 두통이 갑자기 씻은 듯이 사라진다.

"링거가 그 모든 걸 다 어떻게 한다는 거야?" 그녀가 소리 지른다. "혼자서 어떻게 그 일을……?"

"한 사람이면 충분해." 그녀의 소란스러운 질문에 반하는 조용한 목소리로 내가 대답한다. "단 한 사람, 그러면 세상은 바뀌는 거야. 아주 전례가 없는 일도 아니라고, 하사."

그녀가 수백 개는 됨직한 빛의 단검이 가득 들어차 있는, 짙고 아무 감정이 실리지 않은 눈으로 나를 빤히 바라본다.

"상병." 그녀가 내 얼굴에서 시선을 돌리지 않은 채, 부관을 소리쳐 부른다. "여길 떠난다. 포로들을 헬기에 태워. 토끼 굴로 짧은 여행을 시켜줘야겠어." 그러고는 내게 말한다. "너도 원더랜드를 기억할 거야."

내가 고개를 끄덕인다.

"물론이지."

★

87

검은 새가 날아오른다. 지구가 멀어진다. 하늘에서는 동굴이 보이지 않는다. 농가와 들판이 은빛으로 반짝이고, 차가운 돌풍 소리가 마치 세상이 비명을 지르는 소리처럼 들린다. 지난번에 헬기를 탔을 때, 나는 지금 내 옆에 앉아 있는 꼬마를 구하는 임무를 띠고 다른 기지로 돌아가는 중이었다. 그때는 동글동글하던 그 꼬마의 얼굴이 이제는 홀쭉하고 심각하게 변했고, 엄숙한 목적의식으로 가득 차 있다. 언젠가는 이 꼬마가 자신의 손자들에게 말할 것이다. 내가 여섯 살 때 상병으로 진급했던 얘기 너희들에게 해준 적이 있던가?

너겟의 손자들이라. 링거에 따르면, 그들도 너겟과 같은 전쟁을 하게 될 것이다. 또 그들의 손자와 그 손자의 손자들도 마찬가지일 터다. 적의 우주선이 우리의 머리 위에서 고요하게 떠다니는 동안에는 절대로 끝나지 않을 전쟁을. 우리의 후손이 할 수 있는 일이라고는 그것을 빤히 올려다보는 것뿐일 텐데, 어떻게 전쟁이 끝날 수 있겠는가?

화물칸의 좁은 통로 맞은편에서 스프린터 하사도 나를 빤히 바라보고 있다. 그들 계획의 완전히 무시무시하고, 무시무시하게 완전한 요소는 내가 테드가 아니라는 사실을 그녀가 알고 있어봐야 아무 소용이 없다는 점이다. 우리와 함께하지 않는 자는 그가 누구든 우리의 적이다. 그런 종류의 사고가 벌써 여러 번 역사에 종말의 위기를 가져다주었다. 이번에도 마찬가지다.

나는 그녀의 얼굴에서 시선을 돌려 헬기 밖에서 비명을 지르는 세상 쪽을 바라본다. 지상은 보이지 않는다. 단지 지평선처럼 보이는 가느다란 검은 선과 수백만의 별 무리와 지상과 천국의 경계 바로 위에 떠 있는 녹색 눈 모양의 구체만이 보일 뿐이다.

누군가 내 허벅지를 만진다. 내가 예상했던 사람은 아니다. 더럽고 여기저기 긁힌 손과 다 물어뜯은 손톱, 연필처럼 가느다란 팔, 초췌한 얼굴, 캐시가 아무리 애써서 빗어 넘기려 해도 마구잡이로 엉켜버리던 머리칼이 보인다. 나는 그 머리칼을 쓰다듬어 귀 뒤로 넘겨준다. 메건이 수줍게 나를 바라보지만, 머리를 빼내지는 않는다. 메건이 마지막으로 헬기를 탔을 때는 믿었던 사람들이 아이의 목에 폭탄을 장착했었다. 그리고 지금 메건은 그때 그 사람들에게로 돌아가는 중이다. 그런 일을 무슨 수로 감당하겠니? 어떻게 그런 일이 말이 되게끔 하겠어? 나는 그 말을 거의 입 밖으로 낼 뻔한다. 말이 내 입술을 밀치고 거의 새어나갈 뻔했다. 그런 일이 다시는 일어나게 하지 않을 게, 메건. 이번에는 반드시 지켜줄게.

스프린터 하사가 헤드셋에 대고 뭐라고 소리 지른다. 나는 겨우 10퍼센트 정도만 알아듣는다. 4호? 4호라고, 정말이야? 그리고 그 주스를 뿌린 거야? 거기에다 한 움큼의 욕설을 알아들었지만, 그건 알아들은 퍼센티지에 포함시킬 수 없지 않은가. 4호라는 말을 듣자마자, 화물칸에 타고 있는 다른 병사들이 긴장하는 게 역력해 보인다. 빌어먹을 4호가 뭘 의미하는지는 모르겠지만, 결코 좋은 것으로 들리지는 않는다.

전혀 그렇게 들리지 않는다.

★

88

링거

지휘본부 지붕에서도, 나는 200미터밖에 떨어진 곳에서 유리창이 박살 나는 소리를 듣는다. 사람 하나가 밖으로 굴러 나오더니 박살 난 창문 밑 흙바닥에서 고통에 찬 신음과 함께 온몸을 뒤틀며 발버둥 친다. 군복에는 온통 유리 조각이 박혀 있다. 그녀의 얼굴은 알아볼 수 없다. 하지만 이토록 먼 거리에서도 엉켜 있는 딸기 같은 곱슬머리는 알아볼 수 있다.

나는 지붕을 가로질러 달려가서 옆 건물 지붕까지 12미터를 건너뛴 후, 바닥까지 3층 높이를 뛰어내린다. 캐시가 자기 머리에서 한 자 정도 떨어진 잔디밭에 내 부츠가 떨어지는 모습을 보고 비명을 지른다. 그녀가 권총을 더듬어 찾는다. 나는 그녀의 손에서 권총을 걷어차 버리고 캐시를 일으켜 세운다. 군복이 흠뻑 젖어 있다. 눈은 부어올라 빨갛다. 얼굴에는 자줏빛 물집이 부풀어 올라 있다. 그녀가 미친 듯이 몸을 떤다. 금방이라도 쇼크로 쓰러질 것 같다. 나는 빠르게 움직여야 한다.

내가 그녀를 어깨에 들쳐 메고 건물 뒤쪽에 있는 작은 창고로 달려간다. 문이 자물쇠로 잠겨 있다. 난 발로 차서 즉시 자물쇠를 부수고 캐시를 안으로 데리고 들어간다. 허브가 후각 드론에게 전송받은 데이터를 처리한다. 물속에 뭔가 독극물 성분이 들어 있다.

나는 캐시의 재킷을 벗긴다. 셔츠와 속옷을 찢어버린다. 거의 잠에 빠져들 듯이 무의식 상태라 캐시는 저항도 하지 못한다. 부츠, 양말, 바지, 속옷. 피부에 열이 펄펄 끓고 만지면 축축하다. 나는 손으로 그녀의 가슴을 누른다. 심장이 내 손바닥을 쿵쿵 친다. 나는 아무것도 보지 못한 채 눈물만 흘리는 그녀의 눈 속을 들여다보며 그녀의 안으로 밀고 들어간다. 독성이 그녀를 죽이지는 않을 것이다. 부디 그러기를 바란다. 하지만 두려움은 그녀를 죽일 수 있다.

내가 심장 박동을 늦추기 위해 그녀의 두려움을 진정시킨다. 뇌의 원시적인 부분이 나를 밀쳐낸다. 투쟁 도주 반응(갑작스러운 자극에 대해 투쟁할지 도주할지 저울질하는 본능적 반응-옮긴이)이 내가 보유한 기술력보다 더 오래되고 강력하다. 그 투쟁이 몇 분간이나 계속된다.

우리의 심장은 전쟁 중이다.

그녀의 몸은 전장이다.

★

89

나는 캐시의 맨 어깨 위로 내 재킷을 벗어 덮어준다. 그녀가 재킷을 가슴 앞으로 단단히 움켜쥔다. 내가 아직 그녀를 잃지 않았다는 좋은 징조다.

"너. 젠장. 어디 있었어?"

"기지 전체가 아수라장으로 변해가는 모습을 보고 있었지." 내가 그녀에게 말한다. "놈들이 전력을 끊었……."

그녀가 가혹하게 웃더니, 고개를 돌리고 침을 뱉는다. 피가 섞여 나온다. 전염병일지도 모르겠다.

"그래? 난 몰랐네."

"아주 영리한 방법이야." 내가 말한다. "우릴 선택사항이 제한된 밖으로 몰아내려는 거지. 그런 다음 강화된 인간들을 보내 우릴 끝장내면 되니……."

그녀가 고개를 젓는다.

"우리에겐 선택사항이란 없어, 링거. 원더랜드. 원더랜드를 찾아야……." 캐시가 일어서려 한다. 하지만 무릎이 꺾이면서 다시 쓰러진다. "빌어먹을 내 옷은 어디 있어?"

"자, 내 거 입어. 내가 네 옷을 입을게."

무슨 이유에선지 그녀가 웃는다.

"코만도라('commando'는 특공대, 기습부대 등의 의미가 있지만, 'go commando'는 '속옷을 입지 않다'라는 의미가 있다－옮긴이). 정말 웃기는군."

나는 무슨 말인지 이해 못 한다.

캐시의 전투복을 끌어당겨 입자 다리 속으로 독소의 열기가 느껴진다. 수천 개의 미세 로봇이 독소를 중화시키기 위해 부지런히 움직여 다닌다. 나는 입고 있던 마른 셔츠를 그녀에게 주고 젖은 옷을 내가 입는다.

"너한테는 독소가 아무런 해를 안 미치는 거야?" 그녀가 묻는다.

"나는 아무 느낌도 없어."

그녀가 눈을 굴린다.

"그래, 그럴 줄 알았어."

"여기서부턴 내가 맡을게." 내가 그녀에게 말한다. "넌 그냥 있어."

"웃기지 마."

"캐시, 위험부담이 너무……."

"네가 말하는 그 잘난 위험부담 같은 거, 난 쥐뿔도 신경 안 써."

"임무의 위험부담을 말하는 게 아니야. 네 위험부담을 말하는 거라고."

"그것도 상관없어." 캐시가 일어선다. 이번에는 쓰러지지 않고 버틴다. "내 라이플은 어디 있어?"

나는 고개를 젓는다.

"못 봤어."

"좋아, 그럼. 내 권총은 어디 있어?"

나는 깊이 숨을 들이쉰다. 이래서는 아무 일도 안 된다. 이제 캐시는 자산이라기보다는 오히려 골칫거리고, 실은 전에도 그리 자산의 역할을 한 적이 없었다. 보나 마나 내 속도만 늦추게 될 것이다. 날 죽음으로 몰아갈지도 모른다. 그러니 어떻게든 캐시는 여기 남겨둬야 한다. 해야만 한다면 기절이라도 시켜야 한다. 우리 거래는 이제 끝났다. 워커는 죽었다. 분명 죽었을 것이다. 그의 안에 들어 있던 모든 걸 원더랜드 속으로 다운로드해 넣었다면, 보쉬가 그를 살려둘 이유가 없다. 그건 캐시가 아무것도 아닌 것을 위해 모든 걸 걸게 되리라는 의미다.

나 역시도 그렇다. 말로는 설명할 수 없는 무언가를 위해서. 이름 붙일 수는 없지만, 캐시의 눈 속에서 보았던 같은 것을 위해서. 보쉬와는 아무 상관도 없거나, 그가 내게 저지른 짓에 대해 복수하는 것과는 아무 상관도 없는 일을 위해. 복수보다는 그것이 더 중요하기 때문이다. 더 견고하기 때문이다. 하지만 거기까지가 내가 설명할 수 있는 최선이다.

그건 침범할 수 없는 어떤 것이다.

하지만 난 캐시에게는 그에 관해서는 전혀 언급하지 않는다. 대신 내 입이 벌어지더니 이렇게 말한다.

"넌 무기 필요 없어, 캐시. 내가 있잖아."

★

90

나는 잠시 그녀를 혼자 두고 나간다. 가기 전에 우선 캐시에게 창고에서 단 한 발짝도 나가지 않겠다는 약속을 하라고 다그친다. 하지만 캐시는 자기가 하는 약속 같은 건 관심도 없다. 대신 약속을 듣고 싶어 한다. 그래서 나는 그녀를 데리러 돌아오겠다고 약속한다.

다시 돌아와 보니 캐시는 전보다 훨씬 나아진 듯 보인다. 얼굴이 여전히 빨갛기는 해도 물집인지 뭔지, 벌집같이 생긴 것은 거의 사라지고 없다. 내게 의지하는 것을 달가워하지는 않지만, 어쨌든 캐시는 지휘본부로 가는 동안 내 목에 팔을 두르고 몸을 지탱해 걸어간다.

기지 전체가 기괴할 만큼 조용하다. 우리의 발소리가 천둥소리처럼 울린다. 우릴 지켜보고 있군, 내가 보쉬에게 조용히 말한다. 당신이 지켜보는 걸 알고 있어. 문 앞에 도착하자, 캐시는 날 밀어내고 혼자 선다.

"이 상황을 어떻게 헤쳐 나가려고?" 그녀가 묻는다. "우리 둘 다 독극물에 데어 죽을 거야."

"난 그렇게 생각 안 해. 내가 좀 전에 급수 본관을 잠가버렸거든."

내가 강철 문을 주먹으로 쳐서 뚫어 반대편의 빗장을 밀어내 버린다. 비상벨 소리는 울리지 않는다. 눈을 멀게 하는 불빛 같은 것도 없다. 탄환이 우릴 향해 날아오지도 않는다. 고요만이 숨 막힐 듯이 내려앉아 있다.

캐시가 내 귀에 대고 소곤거린다.

"이 자체가 파동이야, 링거. 전력. 물. 전염병. 그다음이 뭔지는 너도 알잖아. 뭐가 기다리고 있는지 알 거야."

나는 고개를 끄덕인다.

"알아."

지하 단지로 내려가는 층계에 시체들이 널려 있다. 일곱 명의 병사들이다. 피를 흘린 흔적도 없고, 심지어는 상처 하나도 없다. 누가 이런 짓을 저질렀든 간에 분명히 그는 강화된 자다. 두 명의 아이는 머리가 완전히 돌아가서 몸은 바닥에 엎드려 있는데 얼굴은 우리를 바라본다. 나는 그들의 권총 하나를 집어 들어 캐시에게 건네준다. 우리는 시체를 헤치고 계속 아래로 내려간다. 캐시는 한 손에는 권총을 쥐고, 다른 손으로는 내 소매를 잡고 있다. 그녀는 병사들의 모습을 볼 수도 없고, 무슨 일이 일어난 건지, 내 눈에 보이는 것이 무엇인지 묻지도 않는다. 아예 알고 싶지도 않을 테고, 아무래도 상관없다고 생각할 것이다.

중요한 건 단 하나뿐이야. 캐시가 말했었다. 그녀가 옳다. 나는 단지 우리 둘 중 하나라도 그게 무엇인지 설명할 수 있으리라는 걸 확신하지 못할 뿐이다.

층계 맨 아래쪽에는 어둠과 고요, 그리고 심지어 강화된 내 눈으로도 끝이 어딘지 알 수 없는 기나긴 복도뿐이다. 하지만 나는 내가 어디 있는지 기억한다. 전에도 여기, 끊임없이 빛을 발하는 형광등 아래 서 있어본 적이 있다. 여기가 레이저가 나를 발견해서, 구원하고, 희망을 주고, 그런 다음 배신한 곳이 아니던가.

나는 멈춘다. 그녀의 손이 내 소매를 세게 움켜잡는다.

"젠장, 아무것도 볼 수가 없어." 캐시가 소곤거린다. "녹색 문은 어디 있는 거야?"

"네가 지금 그 앞에 서 있어."

나는 그녀를 한쪽 옆에 세워두고, 도움닫기를 할 수 있을 만큼의 거리를 확보하기 위해 복도를 뒤돌아 걸어간다. 내가 아는 한은, 아무리 강화된 인간이라도 저 문의 잠금장치는 부수고 들어갈 수 없다. 하지만 선택의 여지가 없지 않은가. 문 앞까지 거리를 반쯤 달려왔을 때, 나는 최고 속도에 미쳐 있었기에 캐시가 내 앞으로 나서 손잡이를 잡으려고 했을 때, 제때 멈출 만한 공간을 확보할 수 없다.

문이 열린다. 나는 멈추기 직전에 2미터가량 밀려간다. 그리고 캐시가 내 얼굴에 떠오른 경악하는 표정을 볼 수 없다는 사실이 기쁠 뿐이다. 캐시가 웃는다.

"전력이 없으니 문을 잠글 필요가 없는 거잖아." 그녀가 지적한다. "원더랜드도 전기가 필요하지, 안 그래?"

물론 그녀가 맞다. 나는 그 명백한 사실을 미리 떠올리지 못했다는 사실이 한심할 뿐이다.

"알겠다." 캐시가 내 마음을 읽고 말한다. "넌 자신이 바보같이 느껴지는 기분에 익숙지가 않은 거야. 내 말 믿어. 너도 곧 익숙해질 거야." 그녀가 미소 짓는다. "어쩌면 원더랜드는 만약을 대비해서 자체 동력을 이용하고 있을지도 모르겠다."

우리는 방 안으로 들어간다. 캐시가 우리 뒤로 문을 닫는다. 그애가 손가락으로 전력이 끊어진 키패드를 잠시 쓰다듬다가 손을 내린다. 그 모든 일을 겪고도, 여전히 희망을 품고 있다.

"이제는 어떡해?"

내가 제어반 단추를 몇 개쯤 눌러봐도 아무런 결과를 얻지 못하자 캐시가 묻는다.

나도 몰라, 캐시. 그들이 전력을 끊어버렸다는 걸 알았을 때, 여기로 오자고 주장한 건 너였잖아.

"예비 전력은 없는 건가?" 그녀가 묻는다. "뜻하지 않게 전력이 손실되는 때를 대비해서 배터리라도 갖춰놓았을 것 같은데."

그러고 나서 캐시는 딱히 할 말이 있어서라기보다는 침묵을 메우려는 의도로 말한다.

"난 여기 있을 테니까, 네가 발전소를 찾아가든 뭘 하든 간에 해서 불이 들어오게 해봐."

"캐시. 나 지금 생각 중이야."

"생각 중이구나."

"그래."

"그게 네가 하는 거구나. 생각."

"그게 내가 제일 잘하는 거야."

"그런데 지금까지 난 네가 사람 죽이는 걸 제일 잘하는지 알고 있었어."

"그래, 내가 정말 잘하는 것 두 가지를 꼽으라고 한다면, 그때는……."

"농담하지 마."

캐시가 말한다.

"난 그런 거 안 해."

"봤지? 그게 핵심이야. 그게 바로 네 결정적인 결함이라고."

"말을 너무 많이 하는 네 성격도 마찬가지야."

"네가 맞아. 난 좀 더 죽이고, 말은 좀 줄여야 해."

나는 테이블 상판을 손으로 훑어본다. 아무것도 없다. 바닥에 주저앉아 카운터 아래로 기어가 본다. 얽혀 있는 선들, 연결 장치, 연장 코드. 나는 일어선다. 벽에는 스크린 모니터가 걸려 있다. 그러나 연결선이 없다. 장치에 무선으로 연결돼 있을지도 모르겠다. 키보드 외에는 원더랜드에 연결된 게 없지만, 뭔가가 있어야만 한다. 데이터는 어디에 저장하지? 중앙처리장치는 어디 있지? 물론 이건 외계인 기술력이다. 보쉬는 주머니 속에 중앙처리장치를 지니고 다닐 수도 있다. 아니면 그게 모래알 크기만 한 칩의 형태로 놈의 뇌 속에 삽입돼 있을 수도 있다.

가장 당황스러운 사실은 위험부담에 관한 것이다. 원더랜드는 가장 중요한 장비이고, 다섯 번째 파동을 실행하는 데 가장 중요한 요소이며, 통속에서 가장 심하게 썩어 있던 에반 워커를 포함해 모든 곯아버린 사과를 골라내는 열쇠 역할을 하는 기계 아닌가.

방은 건조하다. 방 안에는 스프링클러 설비도 되어 있지 않다. 그렇다면 전력은 어디서 들어오지? 이 단지 내의 다른 구역은 다 전기가 나가도 상관없겠지만, 이 방만은 반드시 전기가 들어와야 한다.

위험부담이 너무 크지 않은가.

"링거?" 내 모습을 볼 수 없다는 사실이 캐시를 불안하게 한다. 그녀의 손이 내 쪽으로 뻗어오는 것이 보인다. "지금 무슨 생각 하는 거야?"

"놈들이 원더랜드의 전력을 끊는 위험부담을 감수할 리 없어."

"그래서 내가 예비 배터리 같은 게 없느냐고 묻는 거……."

멍청해. 멍청해. 멍청해. 멍청해. 나는 캐시의 말이 옳기를 바란다. 제발 나도 멍청해지는 느낌에 익숙해지길 바란다. 나는 그녀를 돌아가서 벽에 달린 스위치를 올린다. 원더랜드가 생명을 되찾는다.

★

91

캐시는 앉아 있다. 하얀 의자가 끽끽거린다. 그녀의 몸이 뒤로 넘어가 하얀 천장을 마주 본다. 내가 캐시를 의자에 묶는다.

"난 이거 한 번도 해본 적 없어." 그녀가 고백한다. "헤이븐 캠프에서 거의 할 뻔했던 적은 있었지."

"무슨 일이 있었는데?"

"이런 끈으로 닥터 팸을 목 졸라 죽였거든."

"아주 잘했네." 내가 진심으로 말한다. "감동인데."

나는 키보드 쪽으로 걸어간다. 패스워드를 입력하라고 요구받으리라 확신하지만, 내가 틀렸다. 나는 아무 키나 누른다. 중앙 모니터에 시작 페이지가 뜬다.

"어떻게 돼가?"

그녀가 묻는다. 의자에 묶인 채로는 하얀 천장 외엔 아무것도 볼 수 없다.

데이터 저장소.

"찾았다."

내가 버튼을 누른다.

"이제 어떻게 되는 건데?" 캐시가 묻는다.

모든 건 코드다. 수천수만 개의 숫자 조합. 내 생각에는 그것이 원더랜드 프로그램이 잡아내는 기억을 보유한 각 개인을 대변한다. 어떤 숫자 배열이 에반의 것인지는 도저히 골라낼 방법이 없다. 우선 첫 번째 것부터 시도해보고, 그게 에반의 것이 아니라면, 목록에 있는 것을 하나씩 확인해가는 수밖에 없지만…….

"링거, 왜 아무 말도 안 해?"

"생각 중이야."

그녀가 크게 한숨을 쉰다. 캐시는 '네가 나한테 이거 잘 다룬다고 했잖아'라는 식의 말이 하고 싶은 것 같지만, 아무 말도 하지 않는다.

"어떤 게 에반의 것인지 너도 알 수 없는 거잖아."

마침내 캐시가 말한다.

"전에 다 했던 얘기잖아." 내가 그녀의 기억을 상기시킨다. "내가 어떤 게 그의 데이터인지 특정해낸다고 하더라도, 그의 기억이 우리를 그가 있는 곳으로 이끌어가리라고는 보장할 수 없어. 그의 기억을 다운로드한 후에, 보나 마나 보쉬가……."

캐시가 의자에서 들어 올릴 수 있는 최대한으로 고개를 들어 올린 후 내 말을 끊고 들어온다.

"그는 여기 어딘가에 있어. 그러니 나한테 다 집어넣어."

처음에 나는 내가 그녀의 말을 잘못 알아들은 게 분명하다고 생각했다.

"캐시, 전부 다 하면 수천 개는 될 거야."

"상관없어. 그를 찾을 때까지 몇 개가 됐든 그 빌어먹을 걸 다 샅샅이 뒤져볼 거야."

"그런 식으로는 해결이 안 될 거라는 거 내가 장담하지."

"아, 그러셔, 네가 대체 뭘 안다고 그러는데, 어? 네가 실제로 뭘 얼마나 많이 알고 있느냐고, 링거? 게다가 얼마나 많이 알고 있든 간에, 그건 보쉬가 네가 알고 있기를 바라기 때문에 집어 넣어준 지식이라는 생각은 안 해봤어? 다시 말해 진실은, 넌 쥐뿔도 아는 게 없다는 거야. 아무도 아무것도 몰라."

그녀의 머리가 뒤로 풀썩 떨어진다. 양손으로는 끈을 꽉 움켜쥐고 있다. 어쩌면 그 끈으로 내 목을 조르는 생각을 하고 있는지도 모르겠다.

"보쉬가 거기 있는 전부를 다운로드해서 가지고 있다고 네가 말했잖아." 캐시가 계속한다. "그래서 그가 널 어떻게 조종해야 하는지 알고 있는 거라고. 그는 그 모든 걸 자기 안에 저장해두고 있다고. 그래야 그걸 안전하게 지킬 수 있으니까. 완전히 안전하게."

나는 단지 그녀의 입을 다물게 하고 싶다는 이유만으로 실행 버튼을 누를 준비를 한다.

"넌 뭐가 두려운 거야?" 그녀가 묻는다.

나는 고개를 젓는다.

"넌 왜 두렵지 않은데?"

나는 실행 버튼을 눌러 수천수만 건의 여과되지 않은 기억을 캐시 설리번의 뇌 속으로 전송한다.

★

92

캐시의 몸이 속박에 저항해 경련하듯이 움찔거린다. 결박한 천이 찢어지기 시작한다. 이러다가 갈기갈기 찢길 듯하다. 그때 갑자기 발작 증세로 고통받는 사람처럼 캐시의 온몸이 뻣뻣하게 굳는다. 눈동자가 머리 뒤로 넘어간다. 턱을 앙다문다. 손톱이 꺾여 방 저편으로 날아간다.

모니터 위에는 숫자들이 너무도 빠르게 달음박질을 치고 있어서 강화된 시각으로도 도저히 따라잡을 수가 없다. 1만 명의 사람들 마음속에는 얼마나 많은 정보가 저장돼 있을까? 지금 캐시에게 일어나는 일은 태양계를 호두껍데기 속으로 밀어 넣으려 애쓰는 것과 마찬가지다. 결국 캐시를 죽이게 될 터다. 창조의 순간에 도달하는 특이점처럼 그녀의 마음도 산산이 조각나버릴 것이다.

보쉬가 인간의 경험을 내려받기 위해 원더랜드를 사용했으리라는 사실은 의심의 여지가 없다. 그가 내 경험 또한 내려받았음을 난 확신한다. 또한 그 인간들이 나름의 소용을 다 하고 났을 때는 그 경험 또한 다 소거되었으리라는 사실도 나는 의심하지 않는다. 어떤 인간도 모든 인간의 경험을 다 머리에 담고 있을 수는 없다. 최소한, 그것은 한 인간의 인격을 다 산산조각내버릴 것이다. 어떻게 한 인간이 자기 실체의 핵을 계속 안고 있는 채로 수많은 타인의 실체 또한 가질 수 있겠는가?

캐시가 신음한다. 가느다란 흐느낌도 들려온다. 가슴속 깊은 곳에서 흘러나오는 울음이다. 그녀는 약해. 그 정도는 알았어야지. 네가 캐시 대신 저기 앉았어야 한다고. 그들이 네게 감염시킨 기술력이면 이 정도는 충분히 감당할 수 있었을 거야. 열두 번째 시스템은 널 보호해줄 수 있었을 거라고. 왜 캐시가 하게 한 거야?

하지만 나는 그 질문에 대한 답 또한 알고 있다. 열두 번째 시스템은 오직 인간의 몸만을 강화할 뿐이다. 그것은 두려움에는 속수무책이다. 따라서 캐시가 넘칠 만큼 가지고 있는 단 한 가지, 그것만은 내게 줄 수 없다.

나는 용기가 무엇인지 내가 알고 있다고 생각했다. 심지어 그것에 관해 좀비에게 설교를 해댈 만큼 오만했다. 하지만 나는 지금 이 순간까지도 희석되지 않은 진짜 용기가 무엇인지 전혀 모르고 있었다. 지금 내가 캐시의 눈 속에서 보는 정체를 알 수 없는 저것, 저게 바로 그 일부다. 저게 바로 캐시의 용기가 뿌리내린 원천이다.

내 손가락이 정지 버튼 위에서 망설이며 멈춰 있다. 이걸 누르는 게 용기 있는 행위일까? 아니면 희망이라곤 전혀 없을 때 희망을 품고, 믿어야 할 이유가 전혀 없을 때 믿음을 가지며, 모든 신뢰가 깨졌을 때 신뢰를 택하고 싶은 내 인간적인 측면의 마지막 실패가 될까? 이 단추를 누르는 것이 보쉬가 나를 상대로 궁극적인 승리를 거두게 되리라는 의미일까? 보라고, 마리카, 심지어 너도 이젠 우리에게 속해 있잖아. 심지어 너도.

아직 채 5분이 지나지 않았다. 그럼에도 영원과도 같은 5분이다. 우주는 그보다도 짧은 시간에 탄생했다.

모니터가 텅 비었다. 캐시가 축 늘어진다. 나는 조심스럽게 그녀

곁으로 다가간다. 손을 대기가 두렵다. 내가 무엇을 느끼게 될지 두렵다. 나 자신의 마음이 두렵고, 온전한 내 정신이 두렵다. 한 인간의 의식 속으로 뛰어드는 것도 위험하기 그지없는 일이다. 그런데 수천의 마음속에 잠겨 있는 인간의 마음을 가늠할 용기가 없다.

"캐시?"

그녀의 눈꺼풀이 파르르 떨린다. 녹색 눈동자 속에 하얀 천장이 반사되어 비치는 것이 보인다. 그리고 또 무언가가 있다. 뭔가 충격적인 것. 두려움은 아니다. 슬픔도 아니다. 혼란도 고통도 공포도 아니다. 그녀가 원더랜드 속에서 발견한 것은 그런 것들이 아니다.

대신 캐시의 눈, 얼굴, 전신이 그 모든 것에 정반대되는 것을 발화한다. 정복할 수 없고, 파괴할 수 없는 불멸의 것. 그녀의 용기가 뿌리내린 원천. 모든 생명의 씨앗, 종종 눈에 보이지는 않아도, 절대로 사라지지 않는 것.

기쁨.

그녀가 길게 떨리는 숨을 내쉬고는 말한다.

"우리가 여기 있어."

★

93

그녀의 얼굴이 빛난다. 눈은 반짝인다. 미소가 입술에 번져간다.

"아마 내 말 못 믿을……." 그녀가 속삭인다. "넌 모르겠……."

나는 고개를 젓는다.

"그래, 난 몰라."

"정말 아름다워……. 정말 아름다워……. 정말이지 난……. 아, 세상에, 마리카, 난 정말이지……."

그녀가 흐느낀다. 내가 양손으로 캐시의 얼굴을 잡고 허브에게 제발 나를 내보내 달라고 애원한다. 나는 캐시가 있는 곳에 있고 싶지 않다. 내가 그걸 견뎌낼 수 있으리라고 생각지 않는다.

"샘이 여기 있어." 캐시가 흐느낀다. "샘이 여기 있어." 그러더니 마치 양팔로 샘을 안으려는 듯이 다 해진 끈으로 결박해놓은 팔을 잡아당긴다. "그리고 벤, 벤도 있어. 아, 세상에, 아, 어쩌면 좋아. 내가 그애에게 만신창이라고 했었어. 대체 왜 그랬을까? 벤은 강해…… 얼마나 강한지 몰라. 그들이 그를 죽일 수 없었던 것도 이상한 게 아니야……."

캐시의 눈이 아무 특징 없는 하얀 천장을 돌아다닌다. 그녀의 어깨가 떨린다.

"그애들도 모두 여기 있어. 덤보도 티컵도 파운드케이크도……."

나는 그녀에게서 물러난다. 다음에는 뭐가 올지 알고 있기 때문이다. 마치 폭주 열차가 돌진해오는 것을 바라보는 듯한 기분이다. 나는 도망치고 싶은 강한 욕망과 억지로 싸우고 있다.

"미안해, 마리카. 전부 다. 난 몰랐어. 내가 이해를 못 했어."

"우리 거기까지는 갈 필요 없어, 캐시."

내가 작게 중얼거린다. 제발, 거기까지는 가지 말자.

"그는 널 사랑했어. 레이저…… 알렉스. 그는 아무에게도 그 사실을 인정할 수 없었어. 자기 자신에게조차도 인정하지 못했어. 그는 자기가 널 위해 목숨을 바치게 되리라는 사실을 그 이전부터 알고 있었어."

"에반." 나는 잠긴 목소리로 말한다. "에반은 어떻게 됐어?"

그녀는 날 무시한다. 아니, 내 질문을 못 들은 것일 수도 있다. 캐시는 여기 있지만, 여기 있지 않다. 그녀는 캐시 설리번이면서 다른 모두이기도 하다.

캐시가 우리 모두의 합이 되었다.

"무지갯빛 손가락." 그녀가 헐떡이고, 나는 숨을 멈춘다. 지금 캐시는 내 손을 잡은 아빠의 모습을 보고 있다. 그녀는 그 느낌을 기억하고, 내가 느끼던 감정을 기억하고, 내 손을 잡은 아빠의 손을 기억한다.

"우린 시간이 없어." 내 기억에서 캐시를 끌어내며 내가 말한다. "캐시, 내 말 들어. 에반도 있었어?"

그녀가 고개를 끄덕인다. 그리고 다시 울기 시작한다.

"그가 했던 말은 다 진실이었어. 그리고 그들의 음악은 아름다웠어……. 난 그것도 보여, 마리카. 그들의 행성. 우주선. 그가 어떤 모습이었는지……, 아 맙소사, 정말 역겨워." 그녀가 눈앞에 보이는 이미지를 지워버리기 위해 고개를 젓는다. "마리카, 그는 진실을 말해준 거였어. 사실이야…… 사실이었어……."

"아니야, 캐시. 내 말 들어. 그 기억들은 사실이 아니야."

그녀가 비명을 지른다. 결박한 끈을 풀기 위해 발버둥 친다. 맙소사, 난 아직도 그녀를 풀어주지 않았다. 그렇지만 풀어주면 자기 눈을 후벼 파버릴지도 모른다.

그렇지만 이젠 선택의 여지가 없다. 위험을 감수하는 수밖에.

내가 그녀의 어깨를 부여잡고 의자에 억지로 다시 눕힌다. 휘몰아치는 감정의 불협화음이 내 마음속으로 들어와 폭발하고, 나는 잠시 정신을 잃을 것 같은 두려움을 느낀다. 어떻게 캐시는 이걸 견뎌냈지? 어떻게 한 사람의 마음이 1만 명의 무게를 견뎌낼 수 있는 거지? 도저히 이해할 수 없다. 이건 신에게 도전하는 것이나 마찬가지 아닌가.

캐시 설리번의 마음속 두려움이 너무도 깊어서 말로는 표현할 길이 없다. 원더랜드 속으로 다운로드된 사람들은 하나같이 소중한 사람을 잃었고, 다운로드 된 사람의 대부분은 아이들이었다. 그들의 고통이 이제 여기 있다. 그들의 혼란스런 마음과 슬픔이 있고, 분노와 무기력과 두려움이 있다. 감당하기엔 너무 크다. 더는 캐시의 내면에 머물러 있을 수가 없다. 나는 카운터에 부딪칠 때까지 비틀거리며 뒷걸음질 친다.

"그가 어디 있는지 알아." 캐시가 숨을 헐떡이며 말한다. "아니, 적어도 그가 있을 만한 곳을 알아. 만약 그들이 같은 장소로 그를 데려다 놨다면. 나 좀 풀어줘, 마리카."

나는 벽에 기대 세워놓은 라이플을 집어 든다.

"마리카."

나는 문으로 걸어간다.

"마리카."

"갔다 올게." 나는 간신히 대답한다.

그녀가 다시 내 이름을 외쳐 부르지만, 이제 내겐 선택의 여지가 없다. 그가 우리 소리를 좀 전까지 듣지 못했다면, 이제는 분명히 들었을 것이다.

내가 그의 소리를 들었기 때문이다.

누군가 1,500미터가 훨씬 넘을 듯이 긴 복도 저편 끝에서 층계를 내려오고 있다. 난 그게 누구인지는 확실히 모르지만, 그게 무엇인지는 확실히 안다.

그리고 그게 왜 다가오는지도 안다.

"넌 여기 있으면 안전할 거야." 나는 거짓말을 한다. 아이들에게 희망을 주기 위해 하는 거짓말과 비슷하다. "너한테는 아무 일도 일어나게 하지 않을 거야."

나는 문을 열고 빛 속에서 어둠 쪽으로 비틀거리며 나선다.

★ 94

강화된 내 속도로도, 나는 그보다 먼저 계단실 문 앞에 도달할 수 없을 것이다. 하지만 약간의 운만 따라준다면, M16의 사정거리 안에는 들어갈 수 있다.

나는 그가 보쉬라고 확신하다. 그가 아니면 누구겠는가? 그는 내가 여기 있는 걸 안다. 내가 왜 여기 있는지도 안다. 그의 창작물과 창조주, 나의 창조주와 창작물, 그게 우리를 묶고 있는 끈이다. 내가 그 끈을 끊어버릴 방법은 단 한 가지다. 자유로워질 수 있는 길은 단 하나뿐이다.

나는 인간 미사일처럼, 발사체처럼 복도를 달려간다. 그가 오는 소리가 들린다. 그도 틀림없이 내가 가는 소리를 듣고 있을 것이다.

M16의 사정거리는 550미터다. 1,500미터의 3분의 1. 허브가 내 속도와 층계까지의 거리를 계산한다. 불가능하다. 나는 수학은 무시하고 계속 달린다. 900미터, 800미터, 700미터. 내 대뇌피질에 삽입

된 중앙처리장치가 끊임없이 거리를 계산하고, 임무가 불가능함을 전달하고, 위험부담이 급속도로 증가하고 있다는 메시지를 전달하느라 광포해진다. 뒤로 돌아 달려. 숨을 곳을 찾아. 시간이 없어. 시간이 없어. 시간이 없어. 시간이없어시간이없어시간이없어시간이없어.

나는 메시지를 무시한다. 내가 열두 번째 시스템을 돕는 게 아니다. 열두 번째 시스템이 날 돕는 거다.

그것이 더는 돕지 않겠다고 결정하지 않는 한은.

허브가 내 근육을 강화하는 드론의 활동을 중단시킨다. 날 멈출 수 없다면, 적어도 느리게 가도록 할 참이다. 내 속도가 떨어진다. 허브에게 버려진 채 나는 평범한 인간처럼 달려간다. 사슬에 묶인 듯하면서 동시에 속박을 풀어버린 듯한 기분도 느껴진다.

복도의 전등이 환하게 불을 밝힌다. 계단실 문이 활짝 열리고 키 큰 형체가 시야 속에 들어온다. 나는 그와의 간격을 최대한 줄이기 위해 앞으로 돌진하면서 총을 발사한다. 그 형체가 휘청거리며 몸을 피하려고 먼 벽을 향해 움직이면서 본능적으로 양팔을 들어 올려 얼굴을 가린다.

이제 나는 사정거리 안에 들어섰다. 나도 그 사실을 알고, 적도 안다. 그리고 허브도 안다. 이제 다 끝났다. 나는 그 형체의 머리를 겨냥한다. 내 손가락이 방아쇠 위에서 긴장한다.

그때 나는 푸른색 점프슈트를 본다. 사령관의 제복이 아니다. 키도 다르다. 몸무게도 다르다. 나는 잠시 망설이고, 그 순간 그의 손이 내려간다.

처음 든 생각은 캐시에 관한 거다. 원더랜드가 전혀 필요치 않은 상황에서 그녀가 원더랜드를 견뎌내야 했다는 생각. 그녀는 그를 찾기 위해 모든 것을 희생했다……. 그가 그녀를 찾을 때까지.

에반 워커는 그녀를 찾아내는 데는 일가견이 있다. 늘 그랬다.

나는 100미터 밖에서 멈춰 서지만, 라이플 총구를 내리지는 않는다. 그가 떠나 있던 기간과 우리가 다시 만난 이 순간 사이에 무슨 일이 있었는지는 아무도 말할 수 없기 때문이다. 허브도 내 의견에 동의한다. 그가 죽는다면 아무 위험도 없지만, 그렇지 않다면 그 위험성은 어마어마하다. 그에게 어떤 가치가 있었든 간에 이제 그 가치는 사라졌다. 오직 캐시 설리번의 의식 속에만 담겨 있을 뿐이다.

"보쉬는 어디 있어?" 내가 묻는다.

아무 대답도 없이 그가 고개를 숙이더니 전력 질주한다. 내가 총을 발사하기도 전에 그가 우리 사이의 거리 절반을 달려온다. 처음에 나는 머리를 겨냥하라는 허브의 주장을 무시한다. 그런 다음 그가 가까이 오기 전에 후퇴하라는 명령도 무시해버린다. 그리고 그의 다리에 탄환 여섯 발을 명중시킨다. 그 정도면 그를 쓰러뜨릴 수 있으리라 짐작한 까닭이다. 하지만 그렇지 않다. 내가 경악하는 허브의 명령에 굴복할 때쯤, 이미 때는 늦는다.

그가 내 손에서 라이플을 쳐서 떨어뜨린다. 너무 빨라서 나는 그의 손이 다가오는 것도 보지 못한다. 다음 공격도 역시 보지 못한다. 내 목덜미 측면을 가격한 주먹이 나를 벽으로 던져버린다. 그 충격에 콘크리트가 금이 간다.

나는 눈을 깜빡이고, 그의 손가락이 내 목을 움켜잡는다. 또 한 번 눈을 깜빡인 후, 나는 왼손으로 그의 손아귀를 풀어버리고 오른손으로는 온 힘을 다해 그의 가슴 한가운데를 가격해 흉골을 부수고 그 쪼개진 뼛조각을 그의 심장 속으로 밀어 넣는다. 마치 3인치 두께의 강판을 주먹으로 내리친 듯한 충격이 전해 온다. 뼈가 으드득 소리를 내지만 부러지지는 않는다.

나는 다시 깜빡이고, 이제 내 얼굴은 차가운 콘크리트에 눌린 채 입안으로 피가 흘러들어온다. 내 얼굴이 들이받은 벽에도 피가 묻어 있는데, 알고 보니 그것은 벽이 아니다. 바닥이다. 나는 100미터나 날아가 가슴으로 바닥에 떨어졌다.

너무 빠르다. 그는 동굴에 있던 신부보다 빠르고, 병원 욕실에 있던 클레어보다도 빠르다. 심지어는 보쉬보다도 빠르다. 인간이 그렇게 빠르다는 건 물리학의 법칙에 어긋난다.

내 머릿속에 들어 있는 외계 중앙처리장치가 승률을 계산해내는 데 필요한 10억분의 1초를 채 다 사용하기도 전에, 나는 이미 이 싸움의 결과를 짐작한다.

에반 워커는 나를 죽일 것이다.

그가 내 발목을 움켜쥐고 내 몸을 바닥에서 들어 올려 벽을 향해 던진다. 콘크리트 블록이 쪼개진다. 내 뼈도 마찬가지다. 그는 발목을 놓아주지 않는다. 반대편 벽에 대고 내 몸을 후려친다. 콘크리트가 산산이 조각나서 먼지 같은 잿빛 가루가 바닥에 비처럼 떨어져 내릴 때까지 계속 앞뒤로 내 몸을 쳐댄다. 나는 아무것도 느끼지 않는다. 허브가 내 통증 수용기를 닫아버린 덕이다. 그가 내 몸을 머리 위로 들어 올리더니 들어 올린 자신의 무릎에 대고 내리친다.

나는 척추가 부러지는 것을 느끼지 못하지만, 귓속에 내장된 청각 드론 덕에 그 소리만은 1천 배쯤 더 크게 증폭해 들을 수 있다.

그가 축 늘어진 내 몸을 바닥에 떨어뜨린다. 나는 눈을 감고 최후의 일격을 기다린다. 적어도 그는 빠르게 끝내줄 것이다. 적어도 내 열두 번째 시스템이 고통 없는 죽음이라는 마지막 선물을 내게 주리라는 사실을 나는 알고 있다.

그가 내 등을 발로 걷어찬다. 그리고 내 옆에 무릎을 꿇고 앉는다. 그의 눈은 어떤 빛도 뚫고 들어가거나 도망칠 수 없는, 전혀 깊이를 헤아릴 수 없는 검은 구덩이 같다. 그 눈 속에는 아무것도 없다. 증오도 분노도 즐거움도 아주 미약한 호기심도. 에반 워커의 눈은 인형의 눈처럼 공허하고 그의 응시는 깜빡임조차도 없다.

"또 하나가 있군." 그가 말한다. "어디 있어?"

그의 목소리에는 감정이 실려 있지 않다. 인간성의 흔적도 느껴지지 않는다. 이전의 에반 워커는 사라졌다.

내가 대답하지 않자, 한때 에반 워커였던 그것이 가당찮은 자비심을 베풀어 두 손으로 내 얼굴을 감싸 쥐고 내 안으로 미끄러져 들어온다. 영혼 없는 외계인이자 외부인인 그것이 내 영혼을 짓밟는다. 나는 몸을 빼낼 수 없다. 움직일 수 없다. 시간이라는 개념이 없는 그것이 충분히 긴 시간 동안, 내 열두 번째 시스템이 내 척추에 입은 부상을 치유할 수 없도록 방해할 수 있을 만큼 충분한 시간 동안 그것이 나를 짓밟는다. 나는 잠시 온몸이 마비된다. 입이 벌어지지만, 아무 소리도 나오지 않는다.

그것은 알고 있다. 그것이 나를 놓아주고 일어선다.

나는 목소리를 찾는다. 그리고 있는 힘을 다해 소리 지른다.

"캐시! 캐시, 그게 가고 있어!"

그것이 녹색 문을 향해 복도를 쿵쿵거리며 달려간다.

이제 녹색 문이 활짝 열릴 것이다. 그럼 캐시는 그를 볼 것이다. 그가 보았던 모든 것을 본 에반의 눈과 그가 느꼈던 모든 것을 느낀 에반의 심장을 가진 그. 캐시는 그가 자신을 구하러 왔다고 생각할 것이다. 그의 사랑이 다시 한 번 자기를 구하러 왔다고 생각할 것이다.

내 목소리가 애처로운 흐느낌으로 작아져 간다.

"캐시, 그게 가고 있어. 그게 가고 있어……."

그녀가 내 말 목소리를 들을 방법이란 없다. 캐시는 알 길이 없다.

나는 캐시가 그것이 다가가는 걸 보지 않게 해달라고 기도한다. 한때 에반 워커였던 그것이 부디 빠르게 끝내주기를 기도한다.

★

95

소리 없는 자

복도 끝에는 녹색 문 하나가 있다. 녹색 문 맞은편에는 하얀 방이 있다. 방 안에는 그것의 먹잇감이 하얀 의자에 묶여 있다. 말뚝에 매인 염소처럼, 강한 물살에 갇힌 상처를 입은 물개처럼. 그것이 그녀의 두개골을 뭉개버릴 것이다. 그것이 그녀의 가슴에서 뛰고 있는 심장을 맨손으로 잡아 뜯어버릴 것이다. 에반 워커가 첫째 날 구해주었던 그녀를 그의 영혼 없는 껍데기가 이 마지막 날 죽여버릴 것이다. 이 잔혹함에는 역설 같은 것도 없다. 그저 잔인함만이 있을 뿐이다.

그러나 의자는 비어 있다. 그것의 먹이는 사라졌다. 소리 없는 자가 그녀의 팔을 묶어두었던 끈을 살펴본다. 머리카락, 살점, 피. 그녀는 살이 찢기는 고통을 무릅쓰고 결박을 끊어낸 것이 분명하다.

그것이 고개를 숙이고 가만히 귀 기울인다. 그것의 청각은 섬세하고 예민하다. 1.5킬로미터나 떨어진 복도 끝에 있는, 그것이 콘크리트 벽에 대고 내리쳐서 뼛조각을 산산조각내고 허리를 부러뜨려놓은 다른 인간의 숨소리도 들을 수 있을 정도다. 그것은 기지 전역의 안전실에 모여 앉아 경보해제 소리가 들려오기만을 기다리는 군인들의 숨소리와, 그들의 조용한 목소리와, 군복이 바스락거리는 소리와, 질주하는 심장 소리도 들을 수 있다. 벽으로 둘러싸인 방 안의 전선을 통해 전기가 단조롭게 흘러가는 소리도 들을 수 있다. 이제 그것이 먹잇감의 소리를 구분하기 위해 마구잡이로 뒤섞여 들려오는 소리를 하나씩 걸러내기 시작한다. 그것이 찾는 것은 가까이에서 들려오는 하나의 심장박동 소리, 외로이 들려오는 하나의 호흡 소리다. 그녀는 멀리 가지 못했을 것이다.

그녀의 위치를 특정 지었을 때도 그것은 만족감을 못 느낀다. 상어는 파도 속에 갇힌 새끼 물개를 발견해도 만족감 같은 건 느끼지 않는다.

그것이 아무 느낌도 없는 두 다리로 방에서 달려 나온다. 그것의 뇌 속에 심어놓은 중앙처리장치가 부상에서 오는 고통을 무효화시키고, 동맥 속을 돌아다니는 드론들이 탄환 유입지점으로 피가 흘러나오는 것을 차단한다. 그것의 다리는 심장이나 마찬가지로 무감각하고, 마음처럼 둔감하다.

오른쪽으로 세 번째 문이다. 그것이 잠시 문밖에 얼어붙은 듯이 서 있다. 양팔은 아래로 축 늘어뜨리고, 고개를 숙인 채 가만히 귀 기울인다. 그것의 먹잇감이 어찌어찌해서 이 방 전자키의 조합번호를 알아내 안으로 들어갔다. 그녀가 어떻게 그 번호를 알아냈는지는 그것의 관심사가 아니다. 그것은 소녀가 왜 하얀 방에 있었는지, 그리고 그 안에서 무슨 일이 있었는지 잠시 시간을 두고 생각해보지도 않는다. 이 먹잇감이 어디서 왔고, 그것이 에반 워커의 몸을 차지하기 전에 그 몸의 삶은 어떠했는지 등도 그것이 알 바 아니다. 물 표면에 어른거리는 어린 물개의 형체 아래 깊은 물 속에서 맹수가 로켓처럼 치솟아 오른다.

그녀는 가까이 있다. 매우 가깝다. 그것은 문 저편에서 들려오는 그녀의 숨소리를 듣는다. 그것은 그녀의 심장 소리도 구분한다. 그녀는 귀를 문에 바짝 붙이고 소리를 듣고 있다. 소리 없는 자의 손이 뒤로 물러나며 손가락을 구부려 주먹을 쥔다.

가격하는 힘을 극대화하기 위해 허리를 회전하면서, 그것이 주먹으로 강화문을 쳐서 박살 내 버린다. 맞은편에 있던 먹잇감이 움찔하지만, 때는 이미 늦었다. 그것이 그녀의 머리채를 한 움큼 움켜잡는다. 소녀는 비명을 지르며 그 손길을 뿌리치고 달아나지만, 그것의 손에는 곱슬머리 한 움큼이 그대로 남아 있다.

소리 없는 자가 경첩에서 문짝을 떼어내 버리고 안으로 튀어 들어간다. 먹잇감이 젖은 바닥을 가로질러 허둥지둥 달아나다가 좁은 통로 양쪽에 나란히 늘어놓은 접속 배선함 사이에서 미끄러진다.

그것이 단지 내 전기실 중 하나로 그녀를 몰아넣는다. 나가는 길은 단 하나뿐이고, 도망치고자 한다면, 그녀는 반드시 소리 없는 자를 지나쳐가야 한다. 하지만 그건 불가능하다.

소리 없는 자는 서두르지 않는다. 서두를 필요가 없지 않은가. 그것이 의도적으로 물웅덩이를 가로질러 둘 사이의 간격을 좁히며 미끄러지듯 다가온다. 먹잇감은 뒷벽 가까이에 멈춰서 있다. 어쩌면 그녀는 이제 달아날 곳도, 숨을 곳도 없으며, 이제 남아 있는 선택사항이라고는 돌아서서 그것과 직면하는 것뿐이라는 사실을 깨달았을지도 모른다. 그녀가 갑자기 오른쪽으로 돌아 펄쩍 뛰어올라서 쌓아놓은 상자 꼭대기와 천장 사이 1미터쯤 되는 공간으로 팔을 뻗어 뭔가를 움켜잡는다. 그녀의 손이 전선 하나를 꽉 움켜잡고, 그 좁은 공간으로 몸을 들어 올려 들어간다.

이제 그녀는 갇혔다.

그것이 사용하는 인간 뇌의 가장 오래된 부분이 대뇌피질에 삽입해놓은 고성능 중앙처리장치보다 먼저 위험을 감지한다. 뭔가 잘못됐다.

그게 무엇인지 알아내기 위해 소리 없는 자가 잠시 멈춰 선다.

품목: 접속 배선함에서 잘려 나왔거나 느슨하게 풀려나온 녹슨 빛깔의 두꺼운 고압 전선.

품목: 바닥을 덮고 있는 물기와 그것의 발치에 차 있는 물웅덩이.

그것의 뇌 속에 있는 중앙처리장치는 시간이 느리게 흐르도록 할 수는 없지만, 숙주가 시간을 인식하는 속도를 느리게 할 수는 있다. 천천히 흘러가는 고통스러운 시간 속에 전선이 먹잇감의 손에서 우아하고 크게 호를 그리며 떨어져 나온다. 눈처럼 나른하게 내려오는 노출된 전선에서 불꽃이 튄다.

문까지 뛰기에는 거리가 너무 멀다. 소리 없는 자 양쪽에 쌓여 있는 상자들은 천장까지 빽빽하게 차 있다. 그가 올라가 숨을 만한 공간이란 없다.

소리 없는 자가 바닥과 평행하게 몸을 수평으로 쫙 펴면서 뛰어오른다. 바닥에서 한 자 높이에 떠서 팔을 뻗고 손가락을 쫙 펼친다. 그것이 유일하게 바라는 것은 자줏빛 고압선이 물에 닿기 전에 그것을 낚아채는 것이다.

전선이 소리 없는 자의 손가락에서 우아하게 미끄러져 빠져나간다. 고압선이 바닥에 조용히, 마치 내리는 눈처럼 닿았을 때, 전선에서 불꽃이 튀어 오른다.

★

96

링거

전에도 이런 순간을 경험한 적이 있다. 끊임없이 빛을 뿜어내는 살균된 전등 빛 아래 무기력하게 누워 있던 경험.

적이 주입한 4만 개의 침입자에 대항해 내 몸이 불리한 싸움을 치르는 동안 레이저가 나를 찾아올 것이다. 레이저가 나를 구하러 올 테고, 그러면 그의 존재가 날 지탱해줄 것이다. 내가 허공 속으로 영원히 떨어져 내리지 않도록 나를 지켜줄 동아줄을 그가 내려보내 주리라는 희망, 그것이 날 지탱해줄 것이다.

그는 나를 구하기 위해 죽었고, 이제 나는 그의 아이와 함께 죽을 것이다.

계단실 문이 쿵 소리를 내며 닫힌다. 부츠 소리가 돌바닥을 울린다. 나는 이 소리를 안다. 그의 보폭이 내는 발소리의 리듬을 안다.

그래서 소리 없는 자가 나를 죽이지 않은 것이다. 그를 위해 남겨둔 것이다.

"마리카."

보쉬가 나를 내려다보며 우뚝 서 있다. 그는 높이가 3,000미터쯤 되고 단단한 바위로 만들어져서 도저히 무너뜨릴 수 없는 난공불락의 성벽이다. 기어오를 수도 없이 높은 곳에서 나를 내려다보는 동안 그의 하늘색 눈동자가 반짝인다.

"네가 잊은 게 있더구나." 그가 내게 말한다. "그런데 이제 너무 늦었어. 네가 잊은 게 뭐지, 마리카?"

한 아이가 입안에 캡슐 크기만 한 폭탄을 물고 바싹 말라 죽어버린 겨울 밀밭 사이에서 불쑥 나타난다. 인간의 호흡이 아이를 감싸 안으면 모든 것이 녹색 화염 속에 휩싸이고, 그 후에는 아무것도 남지 않는다.

알약. 내 재킷 가슴 주머니에 들어 있는 그의 작별 선물. 나는 손을 들어 올리지만, 손은 움직이지 않는다.

"난 네가 돌아오리라는 사실을 알고 있었어." 보쉬가 말한다. "너를 창조해낸 창조자를 제외하면, 너 말고 누가 마지막 답이 되겠니?"

내 말은 내 입술을 벗어나지 못한다. 난 여전히 말할 수 있지만, 해봤자 무슨 소용이 있겠는가. 그는 이미 내가 뭘 묻고 싶어 하는지 안다. 그게 내 안에 남은 마지막 질문이다.

"그래, 나는 그들의 우주선에 다녀왔어. 그리고 네가 상상하듯이 그곳은 정말 대단하단다. 나는 그들, 우리의 구원자들을 만났어. 그리고 맞아, 그들도 역시 네가 상상하는 것처럼 대단해. 물론 그들은 육체적으로 거기 있는 게 아니야. 그건 너도 이미 짐작하고 있을 테지. 그들은 여기 없어, 마리카. 한순간도 여기 있던 적이 없어."

그의 눈이 천국을 경험한 선지자의 초월적인 기쁨으로 빛난다.

"그들도 우리처럼 탄소를 기반으로 하는데, 거기가 바로 그들과 우리의 유사성이 끝나는 지점이야. 그들이 우리를 이해하고 이곳에서 일어난 일들을 받아들여서 문제에 관한, 유일하게 실행 가능한 해결책을 마련하기까지는 매우 오랜 시간이 걸렸단다. 마찬가지로, 나도 그들의 해결책을 이해하고 받아들이는 데 오래 걸렸지. 너 자신의 인간성을 무시하고 자아 밖으로 걸어 나가서 완전히 다른 종의 눈으로 세상을 본다는 건 말처럼 쉬운 일이 아니란다. 그게 처음부터 네 특별한 문제점이었어, 마리카. 난 언젠가는 너도 그걸 정복할 수 있기를 바랐지. 넌 내가 다른 인간 속에서 거의 나 자신을 발견한 것만 같은 기분을 느끼게 해준 그런 사람이었거든."

그가 내 얼굴에서 무언가를 알아차리고는 내 옆에 무릎을 꿇고 앉는다. 그의 손가락이 내 볼을 누르자 눈물이 그의 손가락 관절 위로 흘러내린다.

"난 멀리 간단다, 마리카. 너도 그건 짐작하고 있었을 거야. 우주 모함에 승선하는 순간부터 내 의식은 영원히 보존될 테고, 난 영원한 자유를 얻어 이곳에서 무슨 일이 일어나든 간에 영속적으로 안전해지는 거지. 그게 내가 요구한 대가야. 그리고 그들도 거기 동의했고." 그가 미소 짓는다. 미소는 친절하다. 사랑하는 아이에게 지어 보이는 아빠의 미소다. "이제 만족하니? 내가 네 질문에 전부 답을 한 건가?"

"아니." 내가 속삭인다. "당신은 이유가 뭔지에 대해서는 말해주지 않았어."

그는 방금 말해주지 않았느냐고 나를 탓하지 않는다. 내가 그의 동기를 묻는 게 아니라는 걸 알기 때문이다.

"우주는 무한하지만, 생명은 그렇지 않기 때문이지. 생명은 귀해, 마리카. 그러기에 소중하지. 무슨 일이 있어도 보존해야 하는 거야. 만약 그들이 인간의 신념과 비슷한 무언가를 가지고 있다고 한다면, 그게 바로 그거야. 모든 생명은 존재할 가치가 있다는 거. 그들이 구원한 행성이 지구가 처음은 아니란다."

그가 손으로 내 볼을 감싸 쥔다.

"나는 널 잃고 싶지 않아." 그가 말한다. "덕이 악덕으로 변했다는 말은 네가 한 말이야. 이 특별한 악덕에는 규칙이란 없어. 그 자체에도 없지. 나는 엄청난 죄를 지었어, 마리카, 그리고 너만이 내 죄를 사해줄 수 있어."

그가 내 머릿밑으로 손을 집어넣어 바닥에서 조심스럽게 들어 올린다. 그가, 내 창조주이자 아버지인 그가, 내 곁에 무릎 꿇고 앉아 손으로 내 머리를 받치고 있다.

"우린 그걸 찾았어, 마리카. 에반 워커의 프로그래밍에 나타난 변칙. 그 시스템의 결함은 결함이 하나도 없다는 거야.

내 말 이해하겠니? 네가 이해하는 게 중요해. 모든 이해를 초월하는 추상적이고 무한한, 시공간을 넘어서는 특이성. 그들도 답을 모르더구나. 그래서 답해주지 못했지. 어떻게 그럴 수 있지? 어떻게 어떤 알고리즘 안에 사랑이 포함될 수 있지?"

그의 눈이 여전히 번뜩이지만, 지금은 눈물이 배어 있다.

"나와 함께 가자, 마리카. 우리 함께 가자꾸나. 더는 고통도 슬픔도 없는 곳으로. 이곳의 모든 것이 순식간에 사라지게 될 거야." 그의 손이 기지와 행성과 과거 전부를 가리키며 흔들린다. "널 괴롭히는 모든 기억을 그들이 다 없애줄 거야. 넌 불멸이 되는 거지. 영원히 젊고, 영원히 자유를 누리면서. 그들이 그걸 네게 줄 거야. 내가 네게 그 영광을 줄 수 있도록 허락해다오."

"너무 늦었어."

내가 중얼거린다.

"아니! 이 부서진 몸뚱이는 아무것도 아니야. 가치 없는 것이지. 너무 늦지 않았어."

"당신이 그렇다는 거야." 내가 그에게 말한다.

그의 뒤에 서 있던 캐시가 내 신호를 받는다. 그녀가 창조자의 머리에 총구를 들이대고 방아쇠를 당긴다.

★ 97

그녀의 손에서 총이 떨어진다. 캐시의 다리가 휘청거린다. 보쉬의 시체와 그의 머리 아래서 가당치도 않게 후광의 흉내를 내며 천천히 확장되는 반원 모양의 피 웅덩이 위로 그녀의 몸이 무너져 내린다. 캐시는 오랫동안 고대해왔던 순간에 마침내 자신의 천분이 무엇인지 깨달았다. 하지만 그 순간이 오면 어떤 기분이 되리라고 예상했던 기분은 느끼지 못한다. 이건 그녀가 막연히 생각했던 승리나 보복의 순간이 아니다. 캐시가 무엇을 느끼는지 난 알 수 없다. 그녀의 얼굴은 무표정하고 시선은 내면을 향하고 있다.

"에반은 죽었어."

그녀가 기운 없는 목소리로 말한다.

"나도 알아." 내가 대답한다. "나한테 이런 짓을 한 게 바로 그야."

캐시의 눈이 보쉬에게서 내 쪽으로 움직인다.

"무슨 짓?"

"내 척추를 부러뜨렸어. 난 다리도 움직일 수 없어, 캐시."

그녀가 고개를 젓는다. 에반. 보쉬. 나. 감당하기에는 너무 벅찬가 보다.

"무슨 일이 있었던 거야?"

내가 묻는다.

"전기실." 그녀가 복도 쪽으로 시선을 던지며 말한다. "난 내가 어디 있는지 정확히 알고 있었어. 그리고 문을 열고 들어갈 수 있는 비밀번호, 그것도 알고 있었지." 그녀가 다시 나를 돌아본다. "사실 난 이 기지에 관한 모든 걸 알고 있는 거나 마찬가지잖아."

캐시의 눈은 말라 있지만, 금방이라도 눈물을 터뜨릴 것만 같다. 나는 역겨움과 놀라움이 진하게 배어나는 그녀의 목소리를 통해 그 사실을 직감한다.

"내가 그를 죽였어, 링거. 내가 에반 워커를 죽였어."

"아니야, 캐시. 나를 공격한 게 무엇이었든 간에 절대로 인간은 아니었어. 내 생각에는 보쉬가 그의 기억을, 인간의 기억을 모두 지워 버리고……."

"나도 그건 알아." 그녀가 내 말을 자른다. "그들이 에반의 기억을 삭제할 때 그가 마지막으로 들었던 말이 '인간을 지워'라는 말이었어."

그녀가 한숨을 내 쉰다. 그의 경험이 이제 여기 있다. 캐시가 그 끔찍한 순간을, 에반 워커가 살았던 삶의 마지막 순간을 공유한다.

"그가 죽었다는 건 확신하는 거야?" 내가 묻는다.

그녀가 무기력하게 공중으로 손을 내젓는다.

"아주 확실해." 그러고는 인상을 찌푸린다. "네가 그 빌어먹을 의자에 날 묶어놓은 채 가버렸잖아."

"시간이 될 줄 알았……."

"그런데 안 된 거네."

위쪽의 스피커가 치-익거린다.

"이제 일반 명령 4호를 해제한다. 모든 현역 병사는 즉시 각자의 전투배치 구역으로 이동해 보고한다……."

기지 내의 모든 분대원이 벙커를 나서는 소리가 들린다. 금방이라도 부츠가 쿵쿵거리고 강철이 반짝이고 탄환이 빗발치는 소리가 들릴 것 같다. 캐시가 마치 강화되지 않은 자신의 귀에도 그들의 소리가 들리는 것처럼 한쪽으로 고개를 갸웃 기울인다. 하지만 그녀는 다른 쪽으로 강화되었다. 나는 겨우 이해하는 척 흉내만 낼 수 있는 훨씬 심오한 방식으로.

"난 가야겠어." 캐시가 말한다.

그녀의 눈은 나를 바라보지 않는다. 심지어 나와 대화를 나누고 있는 것 같지도 않아 보인다. 나는 그녀가 내 허벅지에 묶어놓은 칼집에서 칼을 홱 뽑아 들더니 보쉬의 몸을 넘어가서 그의 손바닥을 바닥에 쫙 펴고 두 번의 강한 칼질로 오른쪽 엄지손가락을 잘라내는 모습을 그저 바라만 본다.

그녀가 피가 뚝뚝 떨어지는 그것을 군복 주머니에 집어넣는다.

"널 여기 남겨두고 가는 건 옳지 않을 것 같아, 마리카."

캐시가 내 어깨 아래로 양팔을 집어넣고 나를 가장 가까운 문 앞으로 끌고 간다.

"아니야, 난 잊어. 캐시. 난 끝났어."

"왜 이러셔, 조용히 해." 그녀가 중얼거린다. 그리고 키패드에 조합 번호를 입력하더니 나를 방 안으로 끌고 들어간다. "내가 너무 아프게 하는 거 아니지?"

"아니야. 하나도 안 아파."

그녀가 문을 마주 보는 맞은편 벽에 내 몸을 일으켜 세워 앉혀놓고 내 손에 총을 쥐여준다. 나는 고개를 젓는다. 이 방 안에 숨어서 총을 손에 쥐고 있어봐야, 피할 수 없는 순간을 미루는 결과밖에 되지 않는다.

하지만 내겐 좀 더 센 다른 방법이 있다. 나는 그것을 가슴 주머니에 지니고 다닌다.

때가 되면, 넌 이걸 가지고 있기를 간절히 바라게 될 거야. 그리고 그때는 분명히 올 거야.

"어서 여기서 나가." 내가 말한다. 캐시가 아니라, 나야말로 가야 할 때가 왔다. "이 건물을 빠져나가기만 하면, 이착륙장까지 갈 수 있을 거야……."

캐시가 참지 못하고 고개를 젓는다.

"아니, 그건 방법이 아니야, 마리카." 그녀의 눈이 다시 초점을 잃는다. "그리 멀지 않아. 여기서 5분쯤 걸릴까?" 그녀가 마치 누군가 자신의 질문에 답하기라도 했다는 듯이 고개를 끄덕인다. "그래, 이 복도 끝이니까, 5분이면 될 거야."

"복도 끝?"

"51구역."

그녀가 일어선다. 두 발로 단단히 땅을 짚고 서서 입술을 앙다문 모습이다.

"그애는 이해하지 못할 거야. 완전히 화가 나서 길길이 날뛸 테지. 그러니까 네가 나 대신 무슨 일이 있었고, 왜 그럴 수밖에 없었는지 설명해 줘야 해. 그리고 네가 돌봐줘야 해, 알았지? 그앨 안전하게 지켜주고 매일 샤워도 하게 하고, 이도 닦고 손톱도 깎고 속옷도 갈아입고 글도 읽을 수 있게 해주라고. 인내심도 가르치고 사람들에게 친절하게 굴고 모두를 신뢰하도록 가르쳐줘. 낯선 사람도. 그래, 특히 낯선 사람을."

캐시가 잠시 말을 멈춘다.

"뭔가가 또 있었는데. 아, 맞다. 사무엘 잭슨 설리번이라는 아이가 절대로 우연히 태어난 존재가 아니라는 사실도 이해하게 가르쳐줘. 70억의 10억 배쯤 되는 원자가 우연히 합체해서 하나의 인간으로 태어날 수는 없다는 걸 알려주라고. 또 뭐가 있지? 아! 그래, 아무도 너겟이라고 다시는, 절대로, 평생 죽었다 깨어나도, 부르지 못하게 하라고 해. 나 진담이야, 진심이라고. 나 정말 멍청하지.

약속해줘, 마리카. 약속해줘."

★

98

70억의 10억 배

우리는 인류다.

우리는 하나다.

우리는 척추가 산산이 조각난 채 빈방 안에 사지를 뻗고 누워 세상의 종말이 다가오기만을 기다리는 소녀다.

우리는 800미터쯤 저편에 쓰러져 있는 한 남자다. 우리 안에 여전히 살아 있는 유일한 존재는 생명체가 아니라 외계인이 고안해낸 장치뿐이다. 지금 그 장치가 차가운 돌바닥에 누워 있는 우리의 심장에 충격을 주어 다시금 뛰게 하려고, 그렇게 우리의 몸뚱이를 구해주려고 모든 자원을 총동원하도록 명령한다. 우리와 그 시스템 사이에는 아무런 차이도 없다. 열두 번째 시스템이 우리고, 우리가 열두 번째 시스템이다. 만약 하나가 죽으면, 다른 하나도 죽는다.

우리는 기지 위를 선회하는 블랙호크 헬리콥터에 타고 있는 포로다. 헬기는 연료가 다 떨어져 가도록 검푸른 물이 빠르게 흘러가는 넓은 강 위를 그네 타듯 오가고, 우리의 목소리는 열어놓은 화물칸을 통과하며 포효하는 바람 소리에 잠식당하고, 우리의 손은 마주 잡은 채, 끊을 수 없는 사슬에 함께 묶여 있다.

우리는 서둘러 전투배치 구역으로 돌아가는 병사다. 구조되어 버스를 타고 들어와 걸러지고 추려진 우리는 집단으로 분류되었고, 그 속에서 우리의 몸은 경직되고 영혼은 오직 증오와 희망으로만 채워질 수 있도록 완전히 비워졌다. 벙커를 달려 나오는 우리는 새벽이 다가오고 있으며 새벽과 함께 전쟁도 시작되리라는 사실을 안다. 그것이 바로 우리가 애타게 기다려온 동시에 두려워하던 것이다. 겨울의 종말이자 우리의 종말. 우리는 레이저를 기억하고 그가 치른 대가를 기억한다. 우리는 그를 기리기 위해 VQP라는 글자를 우리 몸에 새겨 넣었다. 우리는 죽은 자는 기억하지만, 우리 자신의 이름은 기억하지 못한다.

우리는 실종자이고, 홀로 남은 이들이며, 고속도로와 텅 빈 도심의 거리와 외로운 시골길을 덜컹거리며 달려 내려오던 버스에 올라타지 않은 사람들이다. 우리는 어딘가로 숨어들어 겨울을 나면서 하늘을 올려다보고 낯선 사람은 믿지 않았다. 우리 중에 굶주림이나 매서운 추위나, 우리에겐 없는 항생제 한 알이면 간단히 나을 수 있는 단순한 감염에 죽지 않은 사람들은 그저 견뎌냈을 뿐이다. 우리는 구부러질지언정 꺾이지는 않았다.

우리는 먹을 것을 찾아 시골 구석구석을 뒤지고 다니는 생존자들을 버스 안으로 몰아넣고 반항하는 자들을 죽이는 일을 하게끔 창조자의 손에 고안된 외로운 사냥꾼이다. 우리는 특별하고, 우리는 외따로 생존하며, 우리는 외부인이다. 우리는 너무도 흥미진진해서 믿지 않으면 미친 것으로 간주되는 거짓에 속아 각성했다. 이제 우리는 할 일을 다 마치고 하늘을 올려다보며 절대로 오지 않을 구원을 기다릴 것이다.

우리는 희생당한 70억 인류다. 우리의 몸은 뼈만 남기고 사라졌다. 우리는 휩쓸리고 버려진 자들이고, 우리의 이름은 잊혔으며, 우리의 얼굴은 바람과 흙과 모래 속으로 사라져 버렸다. 아무도 우릴 기억하지 못할 테고, 우리의 발자국은 지워졌고, 우리의 유산은 사라졌으며, 우리의 아이들과 그들의 아이들, 그리고 그 아이들의 아이들까지도 인류의 마지막 세대만 남을 때까지, 그리하여 세상의 종말을 맞을 때까지, 전쟁에서 서로에 맞서 싸울 것이다.

우리는 인류다. 우리의 이름은 카시오페이아다.

우리 안에 분노가 있고, 우리 안에 슬픔이 있으며, 우리 안에 두려움이 있다.

우리 안에 믿음과 희망과 사랑이 있다.

우리는 1만 명의 영혼을 싣고 가는 선박이다. 우리는 그들을 태우고, 안고, 보호하고 간다. 우리는 그들의 짐을 견디고, 우리를 통해 그들의 삶이 구원받는다.

그들은 우리 안에서 편히 쉬고, 우리는 그들 안에서 안식을 찾는다. 우리의 심장에 다른 모두의 심장이 담겨 있다. 하나의 심장, 하나의 생명, 하루살이의 마지막 비행.

캐시

외계인은 멍청하다.

우리를 와해시키는 데, 우리를 마지막 전자 한 톨에 이르기까지 속속들이 알아내는 데, 자그마치 1만 년이라는 시간을 허비하고도, 여전히 우리라는 존재를 모른다. 그들은 아직도 우리를 이해하지 못한다.

멍청이들 같으니.

바닥에서 층계 세 단쯤 높이로 설치해놓은 단 위에 포드 한 대가 앉아 있다. 달걀 모양에 거북 딱지처럼 녹색이고, 서버밴이나 에스컬레이드 같은 대형 SUV 차량 크기만 하다. 위쪽 해치 문은 닫혀 있지만, 나는 열쇠를 가지고 있다. 잘라낸 보쉬의 엄지손가락을 문 옆에 있는 동그란 센서에 가져다 대자, 해치가 소리도 없이 미끄러지듯 열린다. 불이 번쩍 들어오더니 녹색 광채 속에 실내가 그 모습을 드러낸다. 안에는 의자 하나와 또 하나의 터치 패드가 있다. 그게 전부 다. 계기판은 없다. 작은 모니터 같은 것도 없다. 의자와 패드와 작은 창문 하나뿐이다. 창문을 통해 작별 인사로 손은 흔들어줄 수 있을 듯하다.

에반은 틀렸고, 또 옳았다. 그는 그들이 던져주는 모든 거짓을 믿었지만, 진짜 중요한 한 가지 진실을 알고 있었다. 그들이 오기 전에도, 왔을 때도, 그리고 오고 난 후에도 한결같이 중요했던 단 한 가지 진실.

그들에게는 사랑에 대한 해답이 없다는 것.

그들은 우리 안에 있는 사랑을 뭉개버리고 우리의 머릿속에서 그것을 불태워버려서 그 반대되는 것, 즉 증오가 아니라 무관심으로 사랑을 대체할 수 있으리라 생각했다. 그들은 인간을 상어로 바꾸어놓을 수 있으리라 생각했다.

그러나 그들은 그 작은 것 하나를 설명할 수 없었다. 그것에 관해 답해줄 말이 없었다. 사실 사랑은 말로 설명할 수 있는 그런 종류가 아니다. 심지어 질문이 될 수도 없다.

그 빌어먹을 곰돌이도 마찬가지 아닌가.

링거

캐시가 떠난 후 나는 총을 떨어뜨린다.

총은 필요 없다. 내 주머니엔 보쉬가 준 선물이 들어 있지 않은가.

나는 밀밭 속의 어린아이다.

활주로에서 지휘본부 사이에 놓인 포장도로와 매끈하게 닦아놓은 콘크리트 바닥과 층계의 금속 수직면에 닿아 울리는 부츠의 발소리, 무너져 가는 호텔 벽 뒤에서 열심히 바스락-바스락 긁어대는 쥐들의 소리처럼 수천 개의 발이 달려오는 소리.

나는 포위됐다.

캐시에게 내가 줄 수 있는 유일한 걸 주겠어. 이렇게 생각하며 나는 주머니에 들어 있는 녹색 캡슐 쪽으로 손을 뻗는다. 내게 남은 유일한 것.

손가락이 재킷 주머니를 뒤진다.

주머니가 비어 있다.

나는 다른 주머니를 두드려 본다. 내 주머니에 없다. 캐시의 주머니에 들어 있다는 의미다. 지휘본부로 들어오기 전에 보급품 창고에서 서로 옷을 바꿔 입지 않았던가.

내겐 녹색 알약이 없다. 캐시가 가지고 있다.

포장도로, 매끈하게 닦아놓은 콘크리트 바닥, 층계의 금속 수직면에 닿아 울리는 부츠의 발소리. 나는 벽에서 몸을 떼어내 문까지 기어간다. 방을 가로질러 가서 문을 통과해 나가 복도를 몇 미터만 나아가면 된다. 그들이 여기 도착하기 전에, 내가 먼저 그에게 가 닿을 수만 있다면, 아직 기회는 남아 있다. 그들이 아닌 내게. 캐시에게.

문. 나는 손잡이를 아래로 홱 비틀어 문을 반쯤 연 후, 닫히지 않도록 몸으로 지탱하기 위해 열린 틈새로 재빨리 미끄러져 들어간다. 나는 그를 볼 수 있다. 70억을 살해한 얼굴 없는 살인자. 그는 기회가 있을 때, 나를 죽였어야 했고, 여러 번의 기회가 있었음에도 그러지 못했다. 아니, 그럴 수 없었다. 심지어 그 자신도 사랑의 예측할 수 없는 궤적에 당혹스러움을 느꼈기 때문이다.

복도. 그는 그 장치를 분명히 지니고 있을 것이다. 가는 곳마다 사방으로 들고 다니지 않았던가. 가볍고 크기도 휴대전화 정도밖에 되지 않으며, 기지에 있는 모든 병사의 위치를 추적할 수 있기 때문이다. 그리고 엄지손가락으로 한 번 훑는 것만으로 모든 병사의 목에 심어놓은 추적 장치에 신호를 보내 그들 모두를 죽일 수도 있다.

보쉬. 배를 깔고 누워 있다. 나는 곁으로 다가가 그의 군복 등 쪽을 움켜잡고 그를 굴려 뒤집는다. 한때 그의 얼굴이었던 피투성이 분화구가 천장의 살균된 빛을 향해 돌아간다. 층계 쪽에서 그들의 소리가 들린다. 금속 수직면에 닿아 울리는 부츠의 발소리가 점점 더 크게 들려온다. 그게 어디 있지? 어서 내놔, 이 개자식아.

가슴 주머니. 맞아 늘 거기에 지니고 있었어. 디스플레이 화면에 녹색 점들이 우글거린다. 족히 3개 분대는 될 듯한 인원이 나를 향해 곧장 몰려들고 있다. 나는 그들 모두를, 기지에 있는 5천 명이 넘는 모든 사람을 하이라이트 한다. 엄지손가락 밑에 있는 녹색 버튼이 깜빡거린다. 이래서 내가 여기에 다시 오고 싶지 않았던 거다. 무슨 일이 일어날지 알고 있었으니까. 나는 알고 있었다.

나는 수를 세다 잊어먹을 때까지 그들을 죽일 것이다. 수를 세는 게 더는 아무 의미 없을 때까지 죽이게 될 것이다.

나는 5천 개의 작은 점이 환하게 하이라이트 되어 깜빡이는 화면을 빤히 바라본다. 모두가 불운한 희생자이고, 모두가 인간이다.

내겐 선택의 여지가 없다고 나 자신에게 말한다.

나는 그의 창조물이 아니라고 나 자신에게 말한다. 난 그가 만든 그것이 아니다.

좀비

우리가 주변을 17번째로 돌았을 때, 아니, 어쩌면 18번째였을지도 모른다. 세다가 잊어먹었다. 어쨌든 그때 항공 기지가 갑자기 환하게 밝아지고, 내 맞은편에서 스프린터 하사가 헤드셋에 대고 소리지른다.

"현황은?"

우리는 한 시간 동안이나 기지 위를 빙빙 돌았으니 분명히 연료가 다 떨어졌을 것이다. 곧 착륙해야만 하리라는 의미다. 유일한 문제는 어디에 착륙하는가이다. 기지 안쪽인지, 바깥인지. 지금 당장은 다시 강 쪽으로 다가가는 중이다. 나는 조종사가 진로를 바꾸어 우리를 지상으로 데리고 가리라고 기대하지만, 그러지 않는다.

메건은 내 팔 아래 웅크리고 앉아 내 턱 밑으로 고개를 감추고 있다. 너겟은 내 다른 팔에 기대서 아래쪽 기지를 바라본다. 그의 누나가 저 아래 어딘가에 있다. 어쩌면 살았을지도 모르고, 죽었을지도 모른다. 전력이 복구됐다는 건 나쁜 징조다.

우리는 계속 기지를 왼편에 두고 강을 건너간다. 다른 헬기들도 강 위를 선회하는 모습이 보인다. 모두 착륙 허가를 기다리는 중이다. 헬기의 조명이 동트기 전 안개를 가르고 반짝이는 새하얀 기둥을 만들어낸다. 우리는 이제 이른 봄의 해빙으로 부풀어 오른 강 위에 있다.

위로는 하늘이 잿빛으로 밝아오고, 별들은 흐려지기 시작한다.

이제 시작이다. 녹색의 날. 폭탄이 떨어지는 날. 나는 우주선을 바라보지만, 밝아오는 하늘에서는 찾아낼 수가 없다.

지상과의 대화는 끝이 났고, 스프린터 하사가 헤드셋을 벗는다. 그녀의 눈은 내 얼굴에 고정돼 있고, 손은 허리춤에 찬 권총에 얹혀 있다. 너겟이 내 곁에서 바짝 얼어붙는다. 나보다도 먼저 다음에 무슨 일이 일어날지 알아차린 까닭이다. 달아날 곳도 숨을 곳도 없음에도 아이의 손이 안전띠를 움켜잡는다.

명령이 바뀌었다. 그녀는 무기를 꺼내 들고는 너겟의 머리를 겨냥한다.

나는 몸으로 아이의 앞을 가로막는다. 마침내 원이 완성됐다. 빚을 갚을 시간이다.

캐시

내 뒤쪽의 열린 문을 통해, 병사들이 홍수처럼 밀려든다. 그들이 재빨리 어깨를 나란히 하고 벽 이쪽 끝에서 저쪽 끝까지 2열 횡대를 이루어 늘어선다. 앞쪽 병사들은 무릎을 꿇었고, 열두 정의 라이플이 곱슬머리에 코가 휘어진 단 하나의 목표물을 겨냥한다. 나는 돌아서서 그들을 마주 본다. 그들은 내가 누군지 모르지만, 나는 그들을 안다. 나는 나를 죽이러 온 한 명 한 명의 얼굴을 다 알아본다.

나는 그들이 기억하는 것과 기억할 수 없는 게 무엇인지 안다. 나는 그들 모두를 내 안에 품고 있다. 지금 상황은 마치 내가 나로 이루어진 인간 모자이크에 의해 살해당할 위기에 놓인 것 같다. 그러자 이런 생각이 든다. 이게 살인인가? 아니면 자살인가?

나는 눈을 감는다. 미안해 샘. 나 정말 노력했어.

이제 그애는 나와 함께 있다. 내 동생. 나는 그 아이를 느낀다.

그리고 잘된 일이다. 적어도 죽을 때, 나는 혼자가 아닐 테니까.

링거

계단실 문이 쾅 소리와 함께 열리더니 그들이 무기를 들고 복도로 밀려들어온다. 손가락은 방아쇠에 단단히 걸고 있다.

그들에게는 너무 늦었다. 내게도 너무 늦었다.

나는 버튼을 누른다.

좀비

통로 맞은편에 앉아 있는 스프린터 하사가 갑자기 자리에서 경련을 일으킨다. 그녀의 아름답고 검은 눈동자가 뒤로 넘어가더니 두개골이 격벽에 가서 부딪친다. 그리고 그녀의 몸이 안전띠 안에서 축 늘어진다. 메건이 비명을 지르며 자리에서 벌떡 일어난다. 화물칸에 타고 있는 모든 병사가 하사의 뒤를 따른다.

조종사도 포함해서.

헬리콥터의 코가 아래로 처박히더니 오른쪽으로 거칠게 돌아가면서 내 몸을 너겟의 몸에 들이받는다. 너겟은 조금도 지체하지 않고 자기 안전띠를 푼다. 저 망할 꼬마 녀석은 늘 나보다 앞선다. 나는 메건의 안전띠를 먼저 풀어주기 위해 아이와 서로를 밀치고 때리는 필사적인 게임을 한다. 너겟이 자리에서 날아간다. 나는 녀석의 소매를 잡아 내 가슴으로 홱 잡아당긴다. 이번에는 메건이 나를 놓치지만, 나는 아니다. 한 손으로는 메건을 잡고 다른 손으로는 너겟을 움켜쥔다.

"강으로!" 내가 너겟에게 소리 지른다.

아이가 고개를 끄덕인다. 녀석이 우리 중에서 가장 이성적이다. 그의 작은 손가락이 내 안전띠 버클 위로 날아오더니 날 자유롭게 풀어준다.

헬기가 강으로 돌진해 들어간다.

"날 꼭 잡아!" 내가 소리 지른다. "손 절대로 놓지 마!"

우리는 옆으로 굴러떨어진다. 강은 너겟 쪽의 열린 해치를 향해 돌진해오는 아무 특징 없는 검은 벽처럼 보인다.

"하나!"

너겟이 눈을 감는다.

"둘!"

메건이 비명을 지른다.

"셋!"

나는 양쪽 겨드랑이에 두 아이를 하나씩 끼고 의자에서 빙글 돌아 떨어져 나와서 다리부터 허공으로 곤두박질친다.

캐시

군인들이 바닥으로 쓰러진다. 한순간 서 있던 이들이 다음 순간 쓰러져 있다. 누군가 그들의 뇌를 튀겨버렸다. 난 어떻게 된 건지는 잘 모르겠지만, 누가 했는지는 확신한다.

나는 돌아선다. 이제 난 1만 번 환생한다고 해도 다 겪지 못할 만큼 충분히 많은 죽음을 목격했다. 자신이 흘린 피 속에 익사해 죽은 엄마부터 시작해 복부에 총을 맞고 흙바닥에서 몸부림치며 죽어가던 아빠, 그들 이전과 이후, 그리고 그사이에 죽어간 수많은 사람들.

내게 속한 죽음과 그들에게 속한 죽음, 그리고 우리에게 속한 죽음.

그래 난 충분히 목격했어.

게다가 방금 쓰러진 아이들도 한편으로는 다 내게 속한 죽음이다. 이건 마치 나 자신의 시체를 내려다보는 듯한 느낌이 들게 한다. 감당하기엔 너무 벅차다.

나는 포드 안으로 들어간다. 의자에 자리 잡고 앉는다. 안전띠를 찾아 매고 가슴 끈을 단단히 조인다. 내 손엔 죽은 자의 손가락이 들려 있다. 내 주머니엔 비닐에 안전하게 포장해놓은 녹색 알약이 들어 있다. 내 머리엔 이상하게도 한목소리로 노래하는 1만 명의 목소리가 들어 있다. 그리고 내 가슴엔 공간을 넘어서고 시간에도 구애받지 않으며 그 어떤 것에도 방해받지 않는 고요한 장소, 정적이 들어서 있다.

캐시, 하늘을 날고 싶니?

내가 원더랜드 의자에서 가까스로 빠져나왔을 때, 녹색 알약이 떨어졌다. 나는 두 번 생각하지도 않고, 심지어 그것을 쳐다보지도 않은 채 바로 집어 들었다. 그리고 복도에 누워 있는 링거를 보았고, 우리가 재킷을 바꿔 입었던 기억이 났다. 그녀는 내내 그 폭탄을 지니고 다녔으면서 아무에게도 그 사실을 알리지 않았다. 나는 왜 그랬는지 알 것 같다. 링거가 자기 자신에 관해 아는 만큼 나도 그녀에 관해 안다. 심지어는 더 잘 안다. 그녀가 잊어버린 것도 나는 다 기억할 수 있기 때문이다.

보쉬의 잘린 손가락을 발사 버튼에 대고 누른다. 해치 문이 닫힌다. 잠금장치가 윙윙거린다. 환기 장치가 돌아간다. 차가운 공기가 내 볼을 쓰다듬는다.

포드가 떨린다. 나는 마치 양손을 들어 올리는 듯한 기분이다.

네 아빠, 날고 싶어요.

좀비

나는 물에 떨어지는 순간 아이들을 놓친다. 물에 닿는 순간의 힘이 아이들을 내게서 빼앗아 가버린다. 헬리콥터가 몇백 미터 떨어진 강 상류 쪽에서 물속으로 곤두박질치고, 솟아오른 불기둥이 강 표면을 뿌연 주황색으로 물들인다. 먼저 메건이 보인다. 아이의 얼굴이 꼴깍거리며 가까스로 비명을 질러댈 수 있을 만큼만 물 표면을 가르고 튀어 오른다. 나는 아이의 손목을 잡아 내 쪽으로 끌어당긴다.

"캡틴!" 메건이 소리 지른다.

어?

"캡틴을 놓쳤어!"

아이가 느리게 빙글빙글 돌며 우리에게서 멀어지는 곰 인형을 향해 자유로운 팔을 뻗으면서 내 다리를 발로 찬다. 아, 젠장. 저 빌어먹을 곰.

나는 어깨너머를 바라본다. 너겟, 너 어디 있는 거니? 그때 해안가에서 반쯤 물에 잠기고 반쯤은 물 밖으로 나온 너겟의 모습이 보인다. 등을 구부린 채 족히 5리터쯤 되는 물을 기침과 함께 토해내고 있다. 저 꼬마는 정말 말이 필요 없을 만큼 대단하다.

"좋아, 메건. 내 등에 매달려. 캡틴은 내가 잡을게."

아이가 내 등에 올라타더니 가느다란 두 팔을 내 목에 감고 막대 같은 두 다리를 내 상체에 감는다. 나는 곰돌이 쪽으로 헤엄쳐간다.

잡았다. 그러고 나서 해안까지 먼 거리를 헤엄쳐간다. 아니, 그리 멀다고는 할 수 없지만, 물이 얼어붙을 듯이 차고, 등에 매달린 메건은 기를 쓰고 날 아래로 내리누른다. 아니, 강가로 밀어내는 건가? 어쨌든 재미있군.

우리는 강가에 도착해 너겟 옆에 풀썩 쓰러진다. 몇 분간 아무도 아무 말도 하지 않는다. 그러다가 너겟이 입을 연다.

"좀비?"

"누군가 병사들을 몰살시키려고 원격제거 스위치를 눌렀어. 그게 유일하게 이치에 닿는 설명이야, 일병."

"상병."

그가 날 고쳐준다. 그리고 다시 말한다.

"링거?"

나는 고개를 끄덕인다.

"그래, 링거."

그가 잠시 생각에 잠긴다. 그러더니 두려움에 떨리는 목소리로 다시 묻는다.

"캐시?"

캐시

포드가 발사대에서 하늘로 폭발해 올라가는 순간 신의 손이 바닥을 쿵 내리치고, 거대한 주먹이 내 몸을 의자에 납작하게 눌러 버린다. 그런 다음 그 주먹이 다시 내 몸을 꽉 쥐어짠다. 어떤 건방진 존재가 내 어깨 위에 2톤짜리 바윗덩이를 떨어뜨렸는지, 나는 숨조차

쉬기 힘들다. 또한 내 안식이나 안전 같은 건 안중에도 없는 누군가가 불이란 불은 타 꺼버린 탓에 나는 사방에서 들어오는 듯한 으스스한 녹색광조차도 볼 수가 없다. 두 눈은 마치 두개골 뒤쪽으로 거칠게 밀려들어 가는 느낌이다.

좀비

아니, 너겟. 캐시는 아마 해내지 못했을 거야. 내가 뭐라고 입을 열기도 전에, 메건이 내 가슴을 치며 기지 쪽을 가리킨다. 반짝이는 녹색 구체 하나가 나무 위로 솟구쳐 오르더니 장밋빛 하늘을 향해 날아간다. 구체가 대기권 속으로 사라지고 난 후에도 그 잔상이 오랫동안 우리 눈에 남는다.

"별똥별이야!" 아이가 말한다.

나는 고개를 젓는다.

"방향이 반대잖아."

그 순간 나는 내 짐작이 틀렸을지도 모른다는 사실을 깨닫는다.

캐시

칠흑 같은 어둠 속에서 천천히 으깨져 죽어가는 듯한 느낌이 몇 분간 지속된다. 다시 말해, 영원히 지속된다. 그렇다, 영원히가 맞는 표현이다.

우리가 너무도 흔하게, 마치 인간의 마음이 '영원'의 의미를 완전히 이해하고 있기라도 하다는 듯이 여기저기 말하고 다니는 단어.

가슴을 가로질러 장착된 안전띠가 느슨해진다. 2톤짜리 바위가 녹아버린다. 나는 크게 떨리는 숨을 내쉬고 눈을 뜬다. 포드 안이 어둡다. 녹색 빛이 사라져서 속이 시원할 지경이다. 난 늘 외부인들의 녹색 빛이 지긋지긋했다. 그건 절대로 내 취향이 아니다. 창밖으로 시선을 돌리다가 나는 숨을 헉 들이마신다.

안녕, 지구.

그래 이게 바로 신이 우리를 내려다보는 방식이다. 뿌연 어둠 속에 빛을 발하는 푸른 구체. 그가 우릴 만들었다는 건 놀랄 일도 아니다. 그분이 우리를 더 잘 보기 위해 태양과 별을 만들었다는 것도 당연하다.

아름다움이라는 말도 우리가 아무렇지도 않게 던지는 단어 중 하나다. 우리는 모든 따분함의 무게 아래서 그 단어가 붕괴돼 버릴 때까지 자동차부터 매니큐어에 이르는 온갖 것에 아름답다는 말을 남발한다. 하지만 세상은 아름답다. 나는 그들이 그 사실만은 잊지 않기를 바란다. 세상은 아름답다.

물방울 하나가 내 눈앞에서 까딱거린다. 자유롭게 떠가는 그것은 지금껏 내가 훔쳐 닦은 눈물 중에 가장 이상한 눈물이다.

절대로 잊지 마, 샘. 사랑은 영원한 거야. 만약에 영원하지 않다면, 그건 사랑이 아닐 거야. 세상은 아름다워. 만약 그렇지 않다면, 그건 세상이 아닐 거야.

내 안에 동생의 추억을 간직하고 있다는 게 어떤 면에서 그리 대단한지 아는가? 그 아이의 눈을 통해 나 자신을 바라보고, 그애의 귀로 내 목소리를 들으며, 세상에서 우리가 가장 잘 이해하고 있다고 생각하는 단 한 가지, 바로 우리 자신을 제외한 세상 모든 것을 경험하는 방식으로 3차원의 카시오페이아 바다를 항해해갈 수 있다는 점이다. 샘에게는 그 아이만의 캐시를 구성하는 색깔과 냄새와 감각이 있다. 그 캐시는 벤의 캐시도, 마리카의 캐시도 에반의 캐시도, 심지어는 캐시의 캐시도 아니다. 그 캐시는 샘에게만, 오직 샘 혼자에게만 속해 있다.

포드가 굴러간다. 환하게 빛나는 푸른색 보석이 옆으로 미끄러져 가고 생애 마지막으로 나는 세상의 끄트머리에서 떨어져 내리는 듯한 두려움을 느낀다. 하지만 어떤 의미에서 세상은 이미 내 안에 있다. 거의 본능적으로, 나는 사라져 가는 지구를 향해 손을 뻗는다. 내 손가락 끝이 유리창을 쓰다듬는다.

안녕.

아, 난 너무 멀리 와 있다. 그리고 너무 가깝기도 하다. 지금 난 황야에서 아주 나지막이 들려오는 긁어대는 듯한 목소리에 귀 기울인다. 외로워, 외로워, 외로워, 캐시, 넌 외로워. 그리고 또한 나는 에반의 눈을 통해 소중한 곰 인형과 아무짝에도 쓸모없는 M16을 들고 숲 속의 침낭 속에 누워 자신이 지구상의 마지막 인간이라고 생각하며 잠든 그 소녀를 바라본다. 나는 매일 밤 그녀가 잠든 모습을 지켜보고, 그녀가 매일 먹을 것을 찾아 여기저기 뒤지고 다니는 모습을 바라본다. 아, 나는 얼마나 비열한가. 그녀의 물건을 만지고, 그녀의 일기를 훔쳐 읽고, 그럼에도 난 왜 그녀를 죽이지 못하는 걸까?

그게 내 이름이다. 카시오페이아의 캐시. 별처럼 혼자이고, 별처럼 외로운.

이제 나는 그의 안에서 나 자신을 발견한다. 나는 내가 예상했던 그런 사람이 아니다. 그의 캐시는 10억 개의 태양이 비추는 강렬한 빛으로 어둠을 태워버린다. 그 사실에 그가 당황한다. 나만큼이나, 인류만큼이나, 그리고 외부인들만큼이나 당황한다. 그는 이유를 설명할 수 없다. 이유도 없고, 깨끗하게 설명할 길도 없기 때문이다. 무엇보다도 그 질문은 왜 어떤 것이 존재하냐고 묻는 것처럼 도저히 이해할 수도 없고 질문 자체도 부적절하다.

그래, 그는 해답을 알고 있다. 하지만 그건 내가 찾고 있던 답이 아니다.

미안해, 에반. 내가 틀렸어. 네가 사랑했던 건 나의 개념이 아니었어. 이제야 나는 그걸 알았어. 창밖의 별들이 흐려지며 그 짜증스러운 녹색 빛으로 대체되고, 즉시 우주 모함의 동체가 시야 앞으로 미끄러져 들어온다.

아, 이 빌어먹을 것. 1년 동안이나 나는 네놈의 녹색 창자를 저주해왔어. 폭발할 듯한 증오와 두려움을 느끼며 널 지켜봐 왔어. 그리고 이제 내가 왔어. 이젠 우리 둘뿐이야. 외계인과 인간.

그게 내 이름이야. 카산드라의 캐시가 아니라. 혹은 캐시디의 캐시도 아니야. 그리고 카시오페이아의 캐시도 아니야. 더는 아니야. 이제 난 그 여자애의 합 이상이야.

나는 그들 모두야. 에반과 벤과 마리카와 메건과 샘. 나는 덤보이자 파운드케이크이고 티컵이야. 나는 네가 소거시킨 모두이자 부패시킨 모두이며, 네가 폐기해버린 모두이고, 네가 죽여버렸다고 생각하지만 내 안에 그대로 살아 있는 수십억의 그들이야.

하지만 나는 그들의 합 이상이야. 나는 그들이 기억하는 모든 것이고, 그들이 사랑하는 모두이며, 그들이 아는 전부이고, 그들이 유일하게 들을 수 있는 모두의 목소리야. 내 안에 얼마나 많은 그들이 있느냐고? 별을 세어봐. 어서 해봐. 모래알을 헤아려봐. 그게 나야.

내가 인류야.

좀비

우리는 몸을 숨길 수 있는 나무들 사이로 움직인다. 내가 그럴지도 모른다고 의심하고 있는 일이 정확히 벌어진 거라면, 즉, 기지 안에 있던 누군가가 모두를 해치워버린 거라면, 두 아이를 기지 안으로 데려가도 별 위험이 없겠지만, 그래도 약간의 위험은 남아 있을지 모르는 일이다. 게다가 뭔가 잘 알고 있는 누군가가 언젠가 내게 모든 건 위험과 관련 있는 거라고 말하지 않았던가.

너겟은 화가 잔뜩 났다. 메건은 안심한 듯 보인다.

"네가 나와 함께 가면 메건은 누가 지켜줄 건데?"

"난 신경 안 써!"

너겟이 대답한다.

"그렇지만 우리 둘 중 한 사람은 그게 신경이 쓰여. 그리고 우연히도 그 사람이 책임자야."

숲을 통과해가서 기지를 빙 돌아가는 무인지대 경계를 넘어 가장 가까운 출구를 향해 가다 보니 그 옆에 감시탑이 서 있다. 나는 무기도 없고, 방어할 수단도 없다. 아주 쉬운 먹잇감이다. 그렇지만 선택의 여지가 없다. 그저 계속 걸어가는 수밖에.

나는 뼛속까지 흠뻑 젖었고, 기온도 7도로 꽤 낮지만, 춥지는 않다. 기분이 끝내준다. 심지어 다리도 더는 아프지 않은 것 같다.

카시오페이아

녹색으로 환하게 빛을 발하는 우주선의 표면이 별들을 완전히 덮어버리고 유리창을 가득 메운다. 이제 그 녹색 표면이 내 눈에 보이는 전부 다. 태양 빛이 아무 특징도 없는 우주선 표면에 빛을 반사한다. 그들이 이게 얼마나 크다고 했었지? 끝에서 끝까지 30킬로미터가 넘어서 대략 맨해튼 크기만 하다고 했었다. 지금 난 그 거대한 전체의 극히 일부만을 보고 있다. 심장이 쿵쿵거린다. 숨이 가빠오고 입에서는 하얀 호흡이 깃털처럼 소용돌이치며 터져 나온다. 실내가 얼어붙을 듯이 춥다. 이렇게 극심한 추위는 느껴본 기억이 없다.

떨리는 손으로 나는 주머니에 손을 넣어 알약을 꺼낸다. 그것이 내 손에서 미끄러지더니 낚싯대에 달린 미끼처럼 빙글빙글 회전해서 포드 천장으로 올라간다. 나는 두어 번쯤 시도한 후 그것을 잡아 주먹에 꼭 감싸 쥔다.

젠장, 너무 춥다. 이가 덜덜 떨린다. 제대로 생각이란 걸 할 수가 없다. 이제 또 뭘 해야 하지? 더 할 게 있기는 한가? 뭐가 남은 거지? 남은 게 많지는 않다. 이제 나는 내 경험의 합 이상이다. 나는 내 경험의 1만 배나 되는 경험을 내 안에 쌓아놓고 있다.

중요한 건 바로 이것이다. 우리가 다른 사람의 눈을 통해 자기 자신을 바라보게 되면 중력의 중심이 뒤집힌다. 그렇다고 그것이 우리가 자신을 바라보는 방식을 바꾸지는 않는다. 단지 세상을 바라보는 방식을 바꿀 뿐이다. 이제 넌 예전의 네가 아니다. 네가 아닌 다른 모든 것이다.

난 이제 더는 너를 증오하지 않아. 내가 우주선에 말한다. 이젠 너를 두려워하지 않아. 나는 아무것도 증오하지 않고, 아무것도 두려워하지 않아.

유리창 중심에, 내 시야 한가운데, 검은 구멍 하나가 점점 커지기 시작한다. 마치 입이 천천히 열리는 것을 보고 있는 것 같다. 나는 그 안으로 곧장 들어간다.

나는 알약을 내 입술 사이에 집어넣는다.

아니, 증오는 답이 아니야.

검은 구멍이 점점 더 확장한다. 나는 암흑의 구덩이, 허공, 그리고 우주가 우주이기 이전의 우주 속으로 떨어져 내린다.

그리고 답은 두려움도 아니다.

우주선 한가운데 어딘가에서 내 입안에 굴려 넣은 폭탄보다 20배쯤 커다란 폭탄 수천 개가 발사대 쪽으로 이동한다. 나는 그것들이 아직 우주선 안에 있기를 기도한다. 제발 아직 낙하를 시작하지 않았기를 바란다. 내가 제때에 도착한 것이길 간절히 소망한다.

포드가 우주선의 문지방을 통과해 들어서더니 갑자기 덜컥이며 멈춘다. 창문에는 뿌옇게 성에가 끼어 있지만, 바깥쪽에는 불빛이 있다. 그것이 얼음 속에서 반짝거린다. 내 뒤쪽의 해치가 쉭 소리를 낸다. 나는 문이 열릴 때까지 기다리고 있어야 한다. 그런 다음 의자에서 일어나야 한다. 그리고 돌아서서 밖에서 날 기다리고 있는 것과 마주해야 한다.

지금 우린 여기 있지만, 때가 되면 죽는 거야. 그가 내게 말했었다. 삶이란 시간과 관련된 문제가 아니야.

우리는 실타래처럼 풀 수 있는 사이가 아니다. 내가 끝나면서 그가 시작하는 장소란 없다.

풀 수 있는 건 아무것도 없다. 하루살이부터 가장 먼 별에 이르기까지 나는 모든 것과 얽혀 있다. 나는 경계가 없고, 한계도 없으며, 비에 활짝 열린 꽃잎처럼 창조에 활짝 열려 있다.

이제 난 춥지 않다. 70억 인구의 팔이 날 감싸 안고 있다.

나는 떠오른다.

이제 저는 잠들기 위해 누우려 합니다…….

나는 마지막 호흡을 깊게 들이마신다.

아침 햇살 속에서 제가 깨어난다면…….

나는 힘차게 깨문다. 캡슐이 터진다.

사랑의 길로 나아가는 길을 제게 가르쳐주십시오.

나는 밖으로 걸어 나간다. 그리고 깊이 심호흡한다.

좀비

나는 보안 울타리에 접해 있는 자갈길에 도착했다. 지평선에 태양이 떠오른다. 아니, 태양이 아니다. 해가 북쪽에서 떠오르기로 작정했고, 그 황금빛을 녹색으로 바꿔버린 게 아니라면, 절대로 태양일 리가 없다. 나는 오른쪽으로 홱 돌아서서 북쪽 지평선 가장자리 위로 거대한 폭발이 일어나서 별들이 하나둘씩 깜빡이다가 완전히 사라지는 것을 바라본다. 폭발은 초고층 대기권에서 일어나 눈을 멀게 할 것 같은 녹색 빛의 홍수로 풍경을 휩쓸어버린다.

내 머릿속에 처음 떠오른 생각은 아이들이다. 난 대체 무슨 일이 벌어지고 있는지 전혀 모르고, 기지에서 날아간 발사체와 북쪽 하늘의 거대한 불길을 연결시키지도 못한다. 아주 오랜 시간이 흐른 후, 처음으로 뭔가가 실제로 완전히 사라져 버렸다는 생각 같은 것도 전혀 떠오르지 않는다. 솔직히 말해 그 빛을 본 순간, 나는 폭탄 투하가 시작되었으며, 내가 지상의 모든 도시 파괴를 목적으로 시작하는 첫 번째 기습공격을 목격하고 있다고 생각했다. 우주 모함이 실제로 사라졌다는 생각은 내 레이더에 스쳐 지나가지도 않았다. 어떻게 그게 사라지겠는가? 우주선은 달처럼 공격이 불가능한 것 아니던가.

나는 계속 가야 할지 돌아서야 할지 결정하지 못하고 망설인다. 그러나 녹색 빛은 흐려지고 하늘은 다시 장밋빛으로 빛나고, 숲 속에서 살려달라고 외치는 겁에 질린 아이들의 목소리 같은 건 들려오지 않는다. 나는 가던 길을 계속 가기로 한다. 나는 너겟을 믿는다. 내가 돌아갈 때까지 그 자리를 떠나지 않을 것이다.

기지 안으로 들어가 10분쯤 지났을 때, 나는 수없이 많은 시체를 발견한다. 기지는 거대한 무덤이다. 나는 죽은 자들의 들판을 헤치며 걸어간다. 여섯에서 열 명 정도씩 무더기로 쌓여 누워 있는 그들의 몸은 침묵의 고통을 그려내며 뒤틀려 있다. 나는 두 명의 친근한 얼굴을 찾기 위해 끔찍한 시체 더미마다 멈춰 서서 하나하나의 얼굴을 일일이 확인한다. 비록 1분, 1분 지날 때마다 머릿속의 목소리 하나가 '서둘러, 서둘러'라고 소리 지르지만, 난 서두르지 않을 것이다. 내 마음속 깊은 곳에서는 헤이븐 캠프에서 무슨 일이 일어났었는지 기억하고 있다. 보쉬는 한 마을을 구하기 위해 그 마을을 기꺼이 희생할 각오가 되어 있었다.

이건 링거가 한 짓이 아닐지도 모른다. 어쩌면 보쉬가 마지막으로 실행한 짓인지도 모른다.

나는 몇 시간이 걸려서 마침내 마지막 층, 그러니까 이 죽음의 구덩이 맨 아래층에 도착한다.

내가 계단실 문을 열었을 때, 그녀는 거의 고개도 가누지 못한다. 내가 그녀의 이름을 외쳐 불렀을지도 모르지만, 기억은 안 난다.

내가 보쉬의 몸을 밟고 지나갔던 것도 기억할 수 없지만, 그랬던 게 분명하다. 그는 내가 가는 길을 가로막고 누워 있었다. 내 부츠가 그녀 옆에 놓인 원격제거장치를 차버린다. 그게 바닥을 가로질러 날아간다.

"에반……." 그녀가 내 어깨너머 긴 복도를 가리키며 헐떡인다. "내 생각엔 아직 그가……."

나는 고개를 젓는다. 그녀는 부상으로 쓰러져 누운 채로도 여전히 내가 그에 관해 단 1초라도 걱정을 한다고 생각하는 걸까? 내가 그녀의 어깨를 만진다. 검은 머리칼이 내 손등을 쓰다듬는다. 그녀의 눈이 반짝인다. 그 광채가 복도를 환히 비춘다.

"네가 날 찾아냈어." 그녀가 말한다.

내가 그 옆에 무릎을 꿇고 앉아 그녀의 손을 잡는다.

"그래, 내가 찾았어."

"나 허리가 부러졌어." 그녀가 말한다. "걸을 수가 없어."

내가 그녀의 등으로 팔을 밀어 넣는다.

"내가 안고 갈게."

★
마블 폴스

벤

늦은 오후의 태양이 대형슈퍼마켓의 먼지 낀 유리창을 광채가 나는 황금빛으로 물들인다. 매장 안으로 들어가자 빛은 잿빛으로 색이 바랜다. 어두워지기 전에 집으로 돌아가려면 시간은 채 한 시간도 남지 않았다. 낮은 우리의 차지일지 모르지만, 밤은 콜로라도의 언덕을 어슬렁거리고 마블 폴스 외곽을 헤매다니는 코요테와 야생 들개의 차지다. 나는 완전 무장을 하고 있다. 난 코요테에게는 아무 정도 없지만, 개를 쏘고 싶지는 않다. 나이 든 개들은 한때 누군가의 반려견이었던 게 분명하기에 그애들을 쏜다는 건 마치 구원의 희망을 전부 다 포기해버리는 기분이기 때문이다.

그리고 단지 개나 코요테 때문만은 아니다. 우리가 텍사스 경계를 가로지른 지 두 주가 지나고, 날씨가 다시 늦여름이 되었을 때, 마리카가 동물원을 탈출한 게 분명해 보이는 암사자 한 마리와 새끼 두 마리가 강 상류 쪽에서 물을 마시는 모습을 목격했다. 그때 이래로, 샘은 사파리 탐사에 나서고 싶어 안달하고 있다. 그애는 코끼리 한 마리를 잡아 길들여서 알라딘처럼 타고 다니고 싶어 한다. 아니면 원숭이를 잡아 길들이는 것도 괜찮다고 한다. 그다지 까다롭게 구는 건 아니다.

"어이, 샘."

내가 통로에 서서 부른다. 아이는 보물을 찾겠다고 또 헤매다니는 중이다. 최근에 그가 찾는 보물은 레고다. 그 전에는 링컨의 통나무집이었다. 샘은 뭔가를 쌓아 올리는 놀이에 흠뻑 빠져들었다. 요새도 만들고 나무집도 만들고, 뒷마당에는 지하 벙커도 만들기 시작했다.

"왜?"

아이가 장난감 판매대에서 소리 지른다.

"너무 늦었어. 여기서 결정을 해야 해."

"난 아무래도 상관없다고 했잖아! 알아서 결정해!"

뭔가가 선반에서 무너져 내리자 샘이 크게 욕설을 내뱉는다.

"샘, 내가 뭐라 그랬어?" 내가 다시 아이를 부른다. "욕하지 말라 그랬지."

"시발, 시발, 시발."

나는 한숨을 쉰다.

"어서 이리와, 샘. 이걸 5킬로미터나 운반해가야 하잖아. 난 어두울 때 돌아다니고 싶지 않아."

"나 바빠."

나는 진열대 쪽으로 다시 돌아선다. 전구가 아예 세트로 감겨 있는 건 쓸모가 없다. 그럼 1.8미터나 2.4미터, 또는 3미터짜리가 남는다. 3미터는 천장에 비해 너무 키가 크다. 그러니 1.8미터나 2.4미터 둘 중 하나인데, 1.8이 아무래도 운반하기는 좋겠지만, 너무 형편없어 보인다. 텍사스의 열기가 물건을 완전히 망쳐놓은 것 같다. 가시도 죄다 부러지거나 흐물흐물하고 쓰러질 때 부딪쳐서 그랬는지 아예 부러진 곳도 몇 군데 보인다. 2.4미터짜리도 그다지 상태가 좋은 건 아니지만, 뒤틀리거나 부러진 곳은 없다. 그렇지만 2.4미터나 되잖아! 어쩌면 창고에 새 물건이 상자째로 쌓여 있을지도 모르겠다.

나는 여전히 이걸 고를까 저걸 고를까 고민하며 마음속으로 나 자신과 논쟁을 벌이고 있었다. 그때 너무도 친숙하면서, 너무 역겹기도 한 그 소리가 들렸다. 탄환이 약실 안으로 철컥이며 장전되는 소리.

"움직이지 마!" 샘이 소리 지른다. "손 들어서 보여줘! 손 들어!"

나는 내 무기를 꺼내고 불편한 다리가 허락하는 한 최대 속도로 통로를 달려간다. 쥐똥이 범벅된 카펫 위를 미끄러지고, 바닥에 떨어진 상품들과 찢겨서 벌어진 상자들 위를 건너뛴다. 장난감 통로에 도착하니 너겟이 바닥에 자세를 낮추고 있는 한 남자에게 총구를 겨누고 있다.

내 나이 또래다. 군복을 입고 있다. 다섯 번째 파동의 접안렌즈가 그의 가느다란 목에 걸쳐 있다. 그가 보드게임 아래 뒷벽에 기대서서 한 팔은 가슴을 누르고 한 손은 머리 위에 올리고 있다. 미친 듯이 뛰던 심장이 조금씩 느려진다. 나는 이자가 소리 없는 자는 아니라고 생각한다. 마리카가 몇 달 전에 마블 폴스에 할당된 인원은 모두 죽이지 않았는가. 하지만 확신하기는 이르다.

"이쪽 팔도 올려!"

샘이 그에게 소리 지른다.

"난 무장하지 않았어……."

남자가 강한 텍사스 방언으로 헐떡이며 대꾸한다.

"뒤져봐, 좀비."

샘이 내게 말한다.

"분대원들은 어디 있어?"

매복 인원이 있으리라 짐작하며 내가 묻는다.

"분대원은 없어. 나뿐이야."

"너 다쳤구나." 내가 말한다. 핏자국이 보인다. 거의 다 말랐지만, 소맷부리에는 아직 젖은 피가 묻어 있다. "왜 그런 거야?"

그가 고개를 저으며 기침을 한다. 가슴에서 그르렁거리는 소리가 난다. 폐렴일지도 모르겠다.

"저격수."

그가 숨을 헉헉거리며 겨우 대답한다.

"어디서? 여기 마블 폴스에서, 아니면……?"

그가 가슴을 압박하고 있던 팔을 움직인다. 나는 곁에 있는 샘이 긴장하는 것을 느끼고 팔을 뻗어 그의 베레타 총신 위에 내 손을 얹는다.

"기다려."

내가 웅얼거린다.

"너희들에겐 아무 말도 안 할 거야. 이 감염된 쓰레기들아."

"좋아. 그럼 내가 말하지. 우린 감염되지 않았어. 아무도 감염 같은 건 되지 않았어." 이런 말을 해봐야 내 입만 아플 것이다. 차라리 그에게 제라늄 꽃이 아주 이상한 꿈을 꿨다고 말하는 게 나을지도 모른다. "잠깐만 기다려."

내가 샘을 반대편 통로 끝으로 끌고 가서 소곤거린다.

"문제가 하나 있어."

샘이 격렬하게 고개를 젓는다.

"아니, 없어. 우린 저놈을 죽여버려야 해."

"이제 더는 죽고 죽이는 건 없어, 샘. 그 얘긴 그만 해."

"놈을 여기 그대로 두고 갈 수는 없어, 좀비. 자기 분대에 관해 거짓말을 한 거면 어떡해? 부상 입은 척 연기를 하는 거면 어떡하느냐고? 놈이 우릴 죽이기 전에 우리가 먼저 놈을 죽여야 해."

샘이 고개를 들어 내 얼굴을 바라본다. 아이의 눈이 저물어가는 햇살을 받아 반짝이고, 증오와 두려움으로 빛을 발한다. 놈이 우릴 죽이기 전에 우리가 먼저 놈을 죽인다. 가끔, 자주는 아니지만, 아주 가끔, 나는 캐시가 무엇을 위해 죽었을까 궁금해진다. 호랑이가 우리에서 탈출했지만, 그걸 잡으려는 시도는 없다. 우리는 잃어버린 것을 어떻게 재건해야 할까? 어느 버려진 편의점 안에서, 겁에 질린 한 소녀가 믿음이 산산 조각나버린 까닭에 무고한 한 남자를 살육한다. 그 방법 외에는 확신할 길도 없고, 안전할 방법도 없기 때문이다.

넌 여기서 안전해. 완전히 안전해. 그 말이 지금도 내 머리에서 떠나지 않는다. 그건 늘 거짓이었기에 그래서 계속 머릿속에서 맴돈다. 그들이 오기 전에도 거짓이었는데, 지금도 여전히 거짓이다. 우린 절대로 완전히 안전할 수 없다. 지구상의 어떤 인간도 현재 안전하지 않고, 과거에도 안전하지 않았다. 산다는 건 목숨과 심장과 모든 것을 거는 것이다. 그러지 않으면, 우린 단지 걸어 다니는 시체에 불과하다. 그 자체로 좀비인 것이다.

"그는 우리와 조금도 다르지 않아, 샘." 내가 말한다. "누군가 먼저 총을 내려놓기로 하지 않는 한, 이 모든 일은 절대로 끝나지 않을 거야."

그렇지만 난 그의 무기 쪽으로 손을 뻗지 않는다. 그건 샘이 결정할 일이다.

"좀비……."

"내가 뭐라 그랬는지 기억 안 나? 내 이름은 벤이야."

샘이 총구를 내린다.

바로 그 순간 통로 저편 끝에서도 또 하나의 고요한 전투가 끝이 났다. 군인이 거짓말했던 것이다. 그는 무장하고 있었고, 자신이 홀로 남겨질 때를 기다려 총을 꺼내 자기 머리를 겨누고 방아쇠를 당길 기회를 잡았다.

마리카

처음에 나는 그에게 그건 멍청한 생각이라고 말했다. 그럼에도 그가 고집을 부렸을 때, 나는 내일까지 기다려야 한다고 했다. 시간이 너무 늦었고, 그 편의점은 5킬로미터나 떨어져 있었다. 그러니 어두워지기 전에 돌아올 만큼 충분한 시간이 없을 터였다. 그럼에도 그는 떠났다.

"내일이 크리스마스야." 벤이 내 기억을 상기시켰다. "작년 크리스마스도 그냥 보냈는데, 난 그게 내가 놓친 마지막 크리스마스가 되게 할 거라고."

"크리스마스가 뭐가 그리 중요한데?"

내가 그에게 묻는다.

"다 중요해."

그리고 그가 미소 짓는다. 마치 그게 내게 무슨 효력이라도 발휘한다는 듯이.

"샘은 데려가지 마."

"샘이 바로 내가 가려는 이유야." 그가 벽난로 곁에서 놀고 있는 메건의 모습을 내 어깨너머로 흘낏 바라본다. "그리고 재도." 그러고는 덧붙인다. "그리고 캐시도. 다른 누구보다도."

그는 곧 돌아오겠다고 약속했다. 나는 강이 내려다보이는 테라스에서 그들이 떠나는 모습을 지켜봤다. 샘은 텅 빈 수레를 끌고, 벤은 아픈 다리를 조심스럽게 디디며 다리를 향해 걸어가는 모습이 보였다. 태양이 마치 시곗바늘처럼 하나는 길고, 하나는 짧게 두 사람의 그림자를 아래로 던져놓고 있었다.

울음은 어두워지면서 시작했다. 늘 그랬다. 나는 아이를 무릎에 안고 흔들의자에 앉아 있었다. 방금 젖을 먹였기에 배고프지 않으리라는 사실은 알고 있었다. 나는 아이가 원하는 것이 무엇인지 알아보기 위해 아이의 뺨에 손을 올리고 조심스럽게 아이의 안으로 들어갔다. 벤. 벤을 원하고 있었다.

"걱정하지 마." 내가 아이에게 말했다. "금방 올 거야. 금방 온다고 약속했어."

벤은 왜 꼭 그 먼 편의점까지 가야 했던 걸까? 강 이편에만 해도 다락방에 크리스마스트리를 보관해놓은 집이 족히 수십 채는 될 터였다. 그럼에도 그는 안 된다고 했다. '새것'을 찾을 거라고, 반드시 인조 트리여야만 한다고. 죽는 건 아무것도 안 된다고, 그는 주장했다.

나는 담요를 아이 몸 주변으로 단단히 끼워 넣었다. 밤하늘에는 구름이 끼어 있었고, 강에서 불어오는 바람은 차가웠다. 벽난로에서 나오는 빛이 내 뒤쪽 창문을 통해 흘러나와서 테라스 판자 위에 반짝이며 머물러 있었다.

에반 워커가 테라스로 걸어 나와 난간에 라이플을 기대놓았다. 그의 눈이 내 시선을 따라 어둠 속으로 들어가 강을 건너가서 다리와 강 반대편의 건물들을 살펴봤다. 그가 물었다.

"아직 안 온 거야?"

"응."

그가 나를 흘낏 바라보며 미소 지었다.

"올 거야."

그가 녹색 화물이 실린 작고 빨간 수레를 뒤에 끌고 다리 쪽으로 다가오는 그들을 먼저 알아봤다. 그리고 미소 지었다.

"보아하니 노다지를 캔 것 같은데."

이렇게 말하며 에반이 무기를 어깨에 둘러메고, 다시 안으로 들어갔다. 바람의 방향이 바뀌었다. 화약 냄새가 났다. 젠장, 벤. 그가 마치 사냥감을 동굴로 운반해오는 의기양양한 사냥꾼처럼 입이 귀에 걸린 듯이 환하게 웃으며 테라스 앞으로 걸어왔을 때, 나는 그의 머리를 한 대 쳐버리고 싶은 충동을 가까스로 참아야 했다. 빌어먹을 플라스틱 크리스마스트리 하나 때문에 멍청한 위험을 감수하다니.

나는 일어섰다. 그가 내 표정을 보더니 멈춰 섰다. 샘이 마치 몸을 숨기려는 듯이 그의 뒤에서 어물거렸다.

"왜 그래?"

벤이 물었다.

"누가 총을 쐈고, 왜 쏜 거야?"

"소리를 들은 거야, 아니면 냄새를 맡은 거야?" 그가 한숨을 쉬었다. "가끔 난 그 열두 번째 시스템이 정말 싫다니까."

"이상한 대답이네, 벤 패리시."

"네가 날 패리시라고 부르는 거 정말 좋더라. 내가 전에도 그 말 한 적 있던가? 엄청 섹시해." 그가 내게 키스를 하더니 말을 이었다. "우리가 아니야. 그리고 나머지는 얘기하자면 엄청 길어. 일단 안으로 들어가자. 여기 얼어 죽을 만큼 춥다."

"얼어 죽을 정도는 아니야."

"그래도 어쨌든 추워. 자, 어서 샘, 이제 파티를 시작해보자고!"

나는 그들을 따라 안으로 들어갔다. 메건이 가지고 놀던 인형을 두고 펄쩍 뛰어 일어나더니 기쁨의 환호성을 질렀다. 플라스틱 트리 하나가 깊은 곳에 있는 뭔가를 건드리고 있었다. 에반이 트리 세우는 것을 돕기 위해 부엌에서 나왔다. 나는 울어대는 딸아이를 어르며 문 옆에 서 있었다. 벤이 마침내 알아차리고는 트리를 내팽개치고 내 팔에서 아이를 받아들었다.

"왜 그래, 꼬꼬마 하루살이, 어? 누가 우리 아가씨를 울려?"

아이가 작은 주먹을 들어 그의 콧방울을 치자 벤이 웃음을 터뜨렸다. 그는 아이가 자기를 치거나, 바닥에 내려놓지 말고 종일 안고 걸어 다니라고 칭얼대는 등 격려해서 별로 좋을 게 없는 행동을 할 때마다 늘 웃음을 터뜨렸다. 태어나던 그 순간부터, 딸아이는 벤이 자기 손을 꼭 잡고 있게끔 했다.

방 저편에서 에반 워커가 움찔거렸다. 하루살이. 그에게는 공명하는 단어이자, 그저 하나의 단어일 수 없는 단어. 가끔 나는 그를 캐나다에 그냥 남겨두고 왔어야 하는 건 아니었을까, 그의 기억이 다시 돌아오는 건 그저 단순히 잔인한 게 아니라, 정신적인 고문이 아니었을까 궁금해지곤 했다. 하지만 다른 대안 역시 별로 생각해볼 가치도 없는 것이었다. 그를 죽여버리거나 기억을 완전히 지워버려서 그녀와의 추억이 전혀 남아 있지 않은 인간 껍데기로 살아가게 한다. 물론 이 두 가지 대안은 고통은 없을 터였다. 하지만 우리는 고통 쪽을 택했다.

고통은 반드시 필요하다. 고통은 삶이다. 고통 없이, 기쁨도 없다. 캐시 설리번이 그것을 가르쳐주지 않았던가.

울음은 계속됐다. 벤이 전매특허의 힘을 발휘해 아이를 달래봐도 소용이 없었다.

"왜 이러지?"

그가 내게 물었다. 마치 내가 뭘 알기라도 하는 것처럼.

"네가 불쑥 외출했잖아. 그게 애 일상을 망쳤고, 그래서 화가 난 거야."

난 내가 느끼는 대로 말했다. 아이가 이름값을 톡톡히 하는 것 같다. 울고, 때리고, 떼쓰고, 원하고. 어쩌면 정말 환생이라는 것이 있는지도 모르겠다. 늘 부산하고, 생전 만족할 줄도 모르고, 고집 세고, 막무가내로 호기심도 많고. 캐시가 그런 특성에 붙여놓은 이름이 있었다. 오래전 그애가 자기 자신에게 바로 그 꼬리표를 붙여놓지 않았던가. 나는 인류다.

샘이 자기 방까지 복도를 달음박질쳐 간다. 나는 애 울음소리를 더는 참지 못해서라고 짐작했다. 하지만 내가 틀렸다. 샘이 등 뒤에 뭔가를 숨겨서 들고 나왔다.

"내일까지 기다리려고 했는데……." 샘이 어깨를 으쓱했다.

저 곰도 이젠 많이 너덜너덜해졌다. 귀도 한 짝 없고, 갈색이던 털도 더러운 잿빛으로 변했고, 여기는 꿰매고 저기는 천을 덧대어서 프랑켄슈타인의 괴물보다도 봉합 부위가 더 많아졌다. 엉망진창에 누더기가 다 됐음에도 여전히 우릴 떠나지 않았다. 여기에 함께 있다.

벤이 곰 인형을 받아들여 캐시 눈앞에 대고 춤을 추어 보였다. 뚱뚱한 곰의 팔이 펄럭거렸다. 한쪽은 짧고 한쪽은 긴 곰의 짝짝이 다리가 이리 얽히고 저리 꺾였다. 아기가 화나고 불편한 마음이 실체 없는 바람처럼 손가락 사이로 빠져나갈 때까지 좀 더 거기 매달려 울어댔다. 그러다가 인형으로 손을 뻗었다.

줘, 줘, 가질래, 가질래.

"참, 나, 이 아가씨 변덕을 누가 당하겠어." 벤이 말했다.

그리고 나를 바라봤다. 그의 미소는 너무도 진실했다. 계산도 허영기도 없고, 모든 걸 드러내는 것 외에는 아무 의도도 없었다. 결국 나는 어쩔 수 없이, 정말 그러고 싶지 않았지만 지고 말았다.

나도 미소 지었다.

에반 워커

매일 밤 땅거미 질 무렵부터 동틀 녘까지 그는 테라스에 앉아 강을 내려다봤다. 매시 30분마다. 그는 테라스를 떠나 전체 블록을 한 바퀴 돌며 정찰했다. 그런 다음 다시 테라스로 돌아와 다른 식구들이 자는 동안 보초를 섰다. 그는 거의 자는 법이 없었다. 보통은 오후에 한두 시간쯤 자다가 갑자기 소스라쳐 깨어나서는 마치 물속에 가라앉다가 표면으로 치솟아 오른 사람처럼 혼란스러워하고 공황 상태에 빠져 어쩔 줄 몰라 했다. 물은 그를 아래로 끌어내려 죽여버릴지도 모르는 무자비한 매체였다.

자는 동안 꿈을 꾸는지는 모르겠지만, 깨고 나면 그는 아무것도 기억하지 못했다.

모두가 잠든 동안 어둠 속에 홀로 깨어 있을 때, 그는 가장 큰 평화를 느꼈다. 그는 그것이 자신의 천성이라고 짐작했다. 할아버지에게서 아버지에게로 아버지에게서 그에게로 전해 내려온, 땅을 가꾸고 가축을 돌보던 농부들의 천성. 그들은 추수를 위해 키우고 돌보고 지키는 사람이었다. 그게 바로 에반 워커가 물려받은 천성임이 틀림없었다. 그럼에도 그는 천성에 반하는 사람이 되었다. 숲 속의 소리 없는 사냥꾼. 인간 사냥감을 찾아다니는 치명적인 저격수. 그 가을날 오후, 숲에 숨어 있던 그녀를 만나기 전에 그는 대체 얼마나 많은 사람을 죽였을까? 그는 기억할 수 없었다. 자신이 이용당했다는 사실을 알았다고 해서 용서받은 듯한 느낌이 들지도 않았고, 자기가 죽인 사람들이나 마찬가지로 자기 자신도 희생자였다는 사실을 이해했다고 해서 구원받은 듯한 기분이 느껴지지도 않았다. 그는 그들을 멀리서 죽였다. 늘 멀리 떨어져서.

순수하거나 무지했다고 해서 무조건 용서받을 수 있는 것은 아니다. 용서란 사랑에서 태어나는 것이다.

새벽녘에 그는 테라스를 떠나 자기 방으로 돌아갔다. 이제 때가 왔다. 이미 이곳에 너무 오래 머물러 있었다. 그는 더플백 안에 여분의 재킷 하나를 챙겨 넣었다. 그레이스의 집에서 가져온, 캐시가 너무도 싫어하던 볼링 재킷이었다. 벤이 수염이 까칠하게 자란 얼굴에 게슴츠레한 눈을 뜨고 셔츠도 입지 않은 채 문간에 나타났다.

"떠나는구나." 그가 말했다.

"그래, 떠나려고."

"마리카가 그럴 거라고 하더라. 그래도 난 그 말을 안 믿었는데."

"왜 안 믿었어?"

벤이 어깨를 으쓱했다.

"그애라고 늘 옳은 말만 하는 건 아니니까. 절반만 옳아. 그애가 하는 말도 반만 맞더라고." 그가 눈을 비비더니 하품을 했다. "그리고 다시는 안 돌아올 거라고 했어." 벤이 말을 이었다. "다시는. 그것도 마리카 말이 맞는 거야?"

에반이 고개를 끄덕였다.

"응."

"그렇구나." 벤이 천천히 어깨를 긁적이며 시선을 돌렸다. "어디로 갈 건데?"

"어둠 속에서 빛을 찾아."

"빛이라." 벤이 그의 말을 반복했다. "예를 들어, 말 그대로 빛, 아니면……."

"내 말은 기지를 찾아갈 거라는 거야. 군사시설. 가장 가까이 있는 게 여기서 150킬로미터쯤 떨어져 있어. 거기부터 시작하려고."

"가서 뭘 할 건데?"

"내가 가장 잘하는 거."

"북미 지역에 있는 모든 군 기지를 다 폭파해버리려는 거야?"

"남미 지역에 있는 것도 다. 물론 내가 그렇게까지 오래 살아남는다면."

"야심 찬 계획이네."

"내 생각에는 내가 혼자 활동하게 될 것 같지는 않아."

벤은 잠시 그 의미를 생각해봤다.

"소리 없는 자들."

"거기 말고 그들이 갈 곳이 어디 있겠어? 소리 없는 자들은 적이 어디 있는지 알아. 그들은 각각의 기지에 헤이븐 캠프처럼 외계인 군수품 창고가 있다는 것도 알아. 그리고 이제 모함이 사라져 버렸으니 다섯 번째 파동 기지를 모두 폭파시켜버리는 것 외에는 선택의 여지가 없다고 믿고 있어. 물론, 장담하기는 이르지만, 적어도 그들이 그렇게 믿는다는 게 내 믿음이야. 내가 지금까지 보쉬의 말을 신뢰하고 있었다면, 그게 바로 내가 믿었을 이론이니까. 어쨌든 두고 보면 알겠지."

그가 더플 백을 어깨에 짊어지고 문으로 걸어갔다. 벤이 길을 막아섰다. 그의 얼굴은 분노로 벌겋게 달아올라 있었다.

"넌 지금 수천수만의 무고한 아이들을 죽이는 얘기를 하는 거야."

"그럼 넌 내가 뭘 어떻게 했으면 좋겠어, 벤?"

"여기 있어. 우릴 도와줘. 우린……." 그가 깊이 숨을 들이마셨다. 좀처럼 인정하기가 쉽지 않은 말이었다. "우린 네가 필요해."

"무엇 때문에? 네가 밤에 보초를 서고, 밭도 경작하고, 모자라는 건 돌아다니면서 구해도 되잖아."

"젠장, 에반. 대체 왜 이러는 거야, 어?" 벤의 분노가 폭발했다. "진짜 의도가 뭐냐고? 전쟁을 끝내자는 거야, 아니면 보복을 하자는 거야? 네가 세상 절반을 폭파해버린다고 해도 모든 걸 처음으로 되돌릴 수는 없어. 캐시를 다시 데려오지는 못한다고."

에반은 침착함을 유지했다. 이미 여러 번 들었던 말이었다. 그는 여러 달 동안 홀로 가슴속에서 고요하게 일어나는 소요에 맞서 이 전투를 치러왔다.

“내가 죽이는 한 명이 두 명의 목숨을 살릴 거야. 그게 정확한 셈이야. 대안이 뭐가 있는데? 여기 머물라고? 너무 위험해질 때까지 머물러 있다가 또 다른 장소로 옮겨가고, 또 옮겨가고, 옮겨가고, 그렇게 그들이 내게 준 능력을 내 목숨을 유지하는 데만 사용하면서, 숨고, 달아나라고? 대체 뭘 위해서? 캐시는 날 살리기 위해 죽은 게 아니야. 그보다는 훨씬 큰 뭔가를 위해 자기 목숨을 내놓은 거라고.”

벤이 고개를 저었다.

“맞아, 그러면 지금 내가 널 죽여서 수천만의 목숨을 살리는 건 어때? 그 셈법은 네게 어떻게 작용하는데?”

“네 말도 일리는 있어.” 에반이 미소 지었다. “문제는 넌 살인자가 아니라는 거야, 벤. 넌 한 번도 그랬던 적이 없어.”

샘

에반 워커가 강을 가로지르는 다리 위에 있다. 에반 워커가 한쪽 어깨에는 가방을 다른 어깨에는 라이플을 메고 점점 작아져 간다.

“에반은 어디 가는 거야?”

메건이 물었지만, 샘은 고개를 저었다. 그도 모르기 때문이었다. 두 아이는 그가 더는 보이지 않을 때까지 계속 바라보고 있었다.

“우리 재밌는 거 하고 놀자.”

메건이 말했다.

“나 벙커 만들던 거 끝내야 해.”

“그거 두더지 굴보다도 크지 않아.”

"네가 두더지야."

"네가 캡틴을 줘버렸잖아."

샘이 한숨을 쉬었다. 또 시작이네.

"개 이름은 캡틴이 아니야. 그리고 곰돌이는 네 것도 아니야. 내 거였다고."

"나한테 물어보지도 않았잖아. 이젠 관심 없어. 캐시 가지라고 해. 냄새도 풀풀 났었어."

"너도 냄새나."

그가 창문가를 떠나 부엌으로 갔다. 배가 고팠다. 샘은 먹는 동안 읽기 위해 가장 좋아하는 책을 집어 들었다.《골목길이 끝나는 곳(Where the Sidewalk Ends)》. 에반 워커가 캐시 누나가 가장 좋아하던 책이라고 말해줬었다.

네가 꿈꾸는 아이라면, 어서 오렴…….

에반 워커는 갔다. 영원히, 좀비가 말했다. 샘은 그것에 대해 생각하고 싶지 않았다. 누나의 죽음에 관해 떠올리고 싶지도 않았다. 덤보도 파운드케이크도 예전 분대에 속해 있던 다른 사람들도, 아빠도 엄마도, 이곳으로 와서 강가에 있는 이 커다란 저택에서 살기 전에 알았던 어떤 사람의 죽음에 관해서도 떠올리고 싶지 않았다. 평소 샘은 아무도 떠올리지 않고 그런대로 잘 버텨 나갔다. 하지만 가끔은 캐시 누나가 꿈에 나타나서 별것도 아닌 일로, 예를 들어, 왜 깨끗이 씻지를 않니, 왜 점잖게 행동하지 않니 등등 잔소리를 하며 수선을 피워대곤 했다. 샘은 누나가 중요하게 생각하는 것들을 잘 기억해낼 수 없었다. 꿈속에서 누나의 코는 휘어지지 않았고, 머리는 더 길었으며, 옷은 더 깨끗했다. 그의 꿈에 나타나는 누나는 예전의 그 캐시였다.

착하게 잘 지내고 있지, 샘? 매일 밤 자기 전에 잊지 않고 기도하는 거지?

어느 날 밤, 샘은 좀비를 깨웠다. 샘은 지금도 속으로는 그를 좀비라고 불렀다. 좀비가 그를 욕실로 데리고 가서 얼굴에 흘러내린 눈물을 씻어주고 자기도 누나가 그립다고 말해주고는 샘을 데리고 밖으로 나가 하늘을 손으로 가리켰다. 봐, 저기 하늘에 떠 있는 별들, 옆으로 눕혀놓은 W처럼 보이는 저 별들 보이지? 저게 뭔지 너도 알지?

그들은 뒤쪽 테라스에 앉아 별들을 바라봤고, 좀비는 하늘의 왕좌에서 영원히 살아가는 카시오페이아 여왕에 관한 이야기를 들려주었다.

"그런데 왕좌가 기울어졌잖아." 샘이 별자리를 바라보며 말했다. "카시오페이아 여왕이 떨어지지 않을까?"

좀비가 목청을 가다듬었다.

"떨어지지 않을 거야. 여왕의 왕좌는 여왕이 자기 영토를 계속 지켜볼 수 있게 하려고 그렇게 놓인 거니까."

"영토가 뭐야?"

좀비가 샘의 가슴에 그의 손을 대고 눌렀다.

"이거야." 좀비의 손은 샘의 심장에 얹혀 있었다. "여기."

〈끝〉

마지막 별

1판 1쇄 인쇄 2017년 12월 29일
1판 1쇄 발행 2018년 1월 5일

지은이 릭 얀시
옮긴이 전행선

발행인 양원석
편집장 김지연
디자인 RHK 디자인연구소 지현정, 김미선
해외저작권 황지현
제작 문태일
영업마케팅 최창규, 김용환, 이영인, 정주호, 양정길, 이선미,
신우섭, 이규진, 김보영, 임도진
독자교정 송창일, 함형준

펴낸 곳 ㈜알에이치코리아
주소 서울시 금천구 가산디지털2로 53, 20층(가산동, 한라시그마밸리)
편집문의 02-6443-8846 **구입문의** 02-6443-8838
홈페이지 http://rhk.co.kr
등록 2004년 1월 15일 제2-3726호

ISBN 978-89-255-5817-2 (04840)
978-89-255-5551-5 (세트)